Peter Reidegeld

Ruhr-Blues

Ruhr-Blues

von
Peter Reidegeld

Bibliografische Information der Deutschen Nationalbibliothek
Die Deutsche Nationalbibliothek verzeichnet diese Publikation in der Deutschen Nationalbibliografie; detaillierte bibliografische Daten sind im Internet über http://dnb.d-nb.de abrufbar.

Peter Reidegeld
Ruhr-Blues
Kriminalroman

Bildquellen:
Förderturm, Gitarre auf der Titelseite – www.fotolia.de
Blues harp mit Micro – www.freepik.com

Berlin: Pro BUSINESS 2015

ISBN 978-3-86386-861-1

1. Auflage 2015

Produktion und Herstellung: Pro BUSINESS GmbH
Gedruckt auf alterungsbeständigem Papier
Printed in Germany
www.book-on-demand.de

Hoch aufgerichtet stand sie da.
Ihr langer schlanker Hals lief auf einen
elegant geformten Kopf zu.
Der glänzende Korpus war ebenfalls wohlgeraten.
Die weichen, fließenden Formen verlockten jeden dazu,
sie zu berühren, zu bewundern und mit ihr zu spielen.
Die Versuchung, ihr sowohl weiche als auch harte Töne
zu entlocken, war groß.
Lediglich ihr Besitzer war dazu nicht fähig.
Manchmal übergab er sie für kurze Zeit einem anderen,
der sie oft zu hart herannahm.

Kapitel 1

Die Automatiktüren der U-Bahn öffneten sich. Freddy Spieker stolperte heraus. Seine Bassgitarre trug er in einem Gigbag, einer Instrumententasche um die Schulter. Sie rutschte herab und schlug um Haaresbreite auf dem Boden auf. Freddy konnte sich noch gerade rechtzeitig fangen. Doch rempelte er eine junge Passantin an, die sich wegen des vermeintlich plumpen Anmachversuches lautstark beschwerte.

Freddy murmelte etwas von „Schulligung“, schaffte es aber nicht mehr, den mächtigen Rülpser, der ihm entfuhr, zu unterdrücken. Die junge Frau wendete sich angewidert ab und bemühte sich, schnell zur Rolltreppe zu gelangen, um Freddy abzuschütteln.

Da sein Alkoholspiegel ohnehin keine Schnelligkeit zuließ, war ihre Eile allerdings unnötig. Sie bemerkte nicht mehr, dass Freddy zunächst stehen blieb, um sein Gleichgewicht wiederzuerlangen.

Eigentlich war er viel zu betrunken, um Bass spielen zu können. Wie jeden ersten Freitag im Monat fand im *Kultur-Café* der Bochumer Ruhr-Universität eine offene Session der Blues-Musiker des Ruhrgebietes statt. Die Szene traf sich, um gemeinsam (und gelegentlich auch gegeneinander) Musik zu machen. Spontan fand man sich zu lockeren Gruppierungen zusammen. Mitunter hatte man vorher noch nie zusammen gespielt. Natürlich bildeten sich mit der Zeit auch Lieblingsformationen. Es gab Cliquenbildungen wie früher in der Schule. Auch Eifersüchteleien blieben nicht aus.

Dennoch fühlte man sich als große Gemeinschaft. Vor vielen Jahren von einigen Musikern ins Leben gerufen, hält sich die Institution bis zum heutigen Tag.

Donald Berger, genannt „Don“, stand rauchend vor dem *Kultur-Café*. Soeben hatte er als Gitarrist seiner Band *Blues-Machine* das Opening für die Session absolviert. Von drinnen dröhnte bereits die erste Sessionband hinaus auf den Campus. Hier draußen hörte sich alles recht schrecklich an, so, als würde nichts miteinander harmonieren. Das war möglicherweise auch der Fall. Don schien das im Moment nicht besonders zu interessieren, er wartete nur darauf, dass einer seiner Musikerkollegen mit hinauskam, um mit ihm ein kleines Schwätzchen zu halten. Es nieselte ein wenig, der Herbst hatte Einzug gehalten und Don fröstelte.

In diesem Moment hörte er Schritte hinter sich. Als er sich umdrehte, sah er Bogdan herauskommen. Sie kannten sich seit langem, hatten jedoch bisher nur gelegentlich in diversen Sessionbands zusammen gespielt. Nach der Auflösung seiner letzten Band, den *Blues Bandits* und dem Diebstahl seines Schlagzeugs hatte Bogdan einige Zeit gebraucht, um sich ein neues zusammenzusparen, denn eine Instrumentenversicherung besaß er natürlich nicht. Er hatte zunächst versucht, seine Hausratversicherung zu betrügen, doch die fiel auf seinen plumpen Versuch nicht hinein und warf ihn hinaus. Er war gerade noch einmal um eine Anzeige herum gekommen.

Schließlich kam er bei Dons Band unter, nachdem der dortige Schlagzeuger ausgestiegen war. Die Band war zwar nicht so erfolgreich wie die *Bandits*, aber Bogdan war zufrieden, endlich wieder trommeln zu können.

Es gehörte zu Bogdans Angewohnheiten, seine Mitmusiker mit seinen Eheproblemen zu behelligen. Auch seine neuen Bandmitglieder machten inzwischen diese Erfahrung. Allerdings interessierten sich diese nur für seine Trommelkünste, sodass Bogdans obligatorische verzweifelte Frage, was er denn in Bezug auf seine Ehefrau bloß tun sollte, regelmäßig unbeantwortet blieb.

Don war deshalb nicht besonders begeistert darüber, dass sich ausgerechnet Bogdan als Gesprächspartner anbot. Ein erbauendes Gespräch würde dies sicher nicht werden. Als er Bogdans zerknirschten Gesichtsausdruck sah, wusste er schon, was ihn erwartete.

„Was soll ich bloß tun?“, jammerte Bogdan da schon.

Don seufzte. Nicht schon wieder!

„Ich glaube, sie hat einen anderen!“

„Ach!“

Das hatte allerdings eine neue Qualität. Bisher war es immer nur darum gegangen, dass sie sich ständig stritten. Die Anlässe waren höchst unterschiedlich, meistens ging es um Banalitäten wie den Müll hinausbringen oder unpünktliches Erscheinen, aber nie ums Fremdgehen. Diesmal war es wohl etwas Ernstes. Don wurde neugierig.

„Was würdest du denken, wenn deine Frau plötzlich ein Telefonat beendet, wenn du in den Raum kommst und immer nur behauptet, sie hätte mit einer guten Freundin gesprochen?“ Wenn Bogdan erregt war, traten sein polnischer Akzent und die dazugehörige Sprachmelodie noch stärker zutage. Sonst war hiervon wenig zu merken.

In solchen Momenten fuchtelte er mit den Armen fast mehr als beim Schlagzeugspielen herum und sein Schnauzbart vibrierte.

Er starrte Don an, als er würde er *ihn* für den Nebenbuhler halten. Dabei kannte dieser Magdalena kaum.

„Gar nichts würde ich sagen. Ich würde die Anrufliste im Telefonspeicher checken, wenn sie mal nicht zu Hause ist“, antwortete Don gelassen.

„Das habe ich getan“, rief Bogdan. „Aber da steht immer nur ‚unbekannt‘. Da stimmt doch was nicht! Wenn ich dann ihre Freundin frage, behauptet die dann auch noch, dass sie wirklich mit Magdalena telefoniert hat.“

„Vielleicht stimmt’s ja auch!“, erwiderte Don, bei dem sich wieder Desinteresse einschlich. Er hatte Spannenderes erwartet, so was wie unbekannte Herrenslips in der Wäsche oder eine Packung Pariser, womöglich benutzte, aber Bogdan schien nur vage Vermutungen zu haben.

„Nie und nimmer!“, schrie Bogdan. „Sie ist so merkwürdig gut gelaunt in letzter Zeit. Aber trotzdem will sie von mir nichts mehr wissen.“

Oha!, dachte Don, da hat wohl jemand ’nen Hormonstau. Er grinste in sich hinein, sagte aber nichts, weil er nicht wusste, wie Bogdan reagieren würde, wenn er sich auch noch darüber lustig machen würde.

„Stell dir vor, sie schmeißt mich raus und holt sich den anderen in die Bude. Was wird dann aus mir?“, jaulte Bogdan. Er war den Tränen nahe.

In einem seltenen und aberwitzigen Anflug von Mitleid sagte Don: „Vielleicht kann ich dir ja dann noch mal ’n bisschen Kohle leihen.“

Er hatte Bogdan schon einmal Geld geliehen, als dieser bei der *Blues Machine* einsteigen wollte, aber noch nicht genügend gespart hatte, um sich ein Drum Set nach seinen Ansprüchen kaufen zu können. Das geliehene Geld wurde dann mit den eingespielten Gagen verrechnet. Bogdan hatte sich noch gewundert, dass einer wie Don, der in solch abgerissenen Klamotten herumlief, in der Lage war, großzügig Kredite zu vergeben. Umso mehr wunderte er sich jetzt, dass Don noch mal bereit war, ihm etwas zu leihen.

„Das würdest du tun?“, fragte er dann auch verwundert.

„Kommt drauf an, wie viel du brauchst. Wir können’s ja wieder mit den Gagen verrechnen. Aber wahrscheinlich ist doch gar nichts an der Sache dran“, sagte Don gelangweilt. Er hätte sich gar nicht auf das Gespräch einlassen sollen.

„So war sie noch nie. Diesmal steckt bestimmt ein Kerl dahinter. Wenn ich den erwische …!“

Bogdans Gesichtsausdruck verriet Wut und Verzweiflung. Er schien kurz vor einer Explosion zu stehen. Don musste zugeben, dass auch er ihn so noch nie erlebt hatte.

In diesem Moment sahen sie eine dunkle Gestalt auf sich zu torkeln. Zunächst dachten sie an einen besoffenen Obdachlosen, der seine Habe in einem Sack um die Schulter trug. Doch als die Figur ins Licht trat, erkannten sie Freddy. Bogdan hatte ihn seit der Auflösung der Band nicht mehr gesehen. Er sah zum Erbarmen aus und Bogdan musste sich eingestehen, dass es anscheinend Leute gab, denen es noch schlechter ging als ihm. Kurzzeitig wurde er von seinen eigenen Problemen abgelenkt.

Freddy war trotz seines ungepflegten und abgerissenen Erscheinungsbildes bester Laune, was sicher nicht zuletzt den circa sechs Flaschen Bier und den paar Whiskey zu verdanken war, die er intus hatte.

„Hallllooo!!!“, lallte er dann auch lautstark in Dons und Bogdans Richtung. „Na, ihr alten Strategen! Lange nich gesehen. Alles noch fit im Schritt?!“

Freddy lachte lautstark. Seinen alten Musikerkumpeln schlug bereits aus mehreren Metern eine strenge Alkoholfahne entgegen.

„Bei uns schon, Freddy!“, antwortete Don mit einem unsicheren Seitenblick auf Bogdan. „Bei dir auch? Hast du heute was zu feiern?“

„Na und ob!“, rief Freddy, während er dem verdutzten Bogdan den Arm um die Schulter warf. „Heute ist doch mein Comeback! Wie sieht’s aus, spielen wir gleich ’ne Runde, Jungs?“

Don und Bogdan sahen sich vielsagend an.

„Was is’ los?“, argwöhnte Freddy. „Traut ihr mir wohl nicht mehr zu oder was?“

„Doch doch!“, beeilte sich Bogdan zu sagen. „Aber vielleicht hast du doch ein paar Bier zu viel getankt.“

„Schnickschnack!“, grunzte Freddy. „Gerade jetzt habe ich das richtige Blues-Feeling!“

„Ich weiß nicht, ob wir noch auf die Playlist kommen“, versuchte Don ihn abzuwimmeln. „Heute sind viele Musiker da.“

Freddy starrte ihn verständnislos an.

„Was für ’ne Playlist?“

„Da musst du mit Fritz sprechen, der hat die eingeführt, weil es zuletzt immer so ein Chaos gegeben hat.“

Fritz Krause war einer der besten Blues-Drummer im Umkreis, von dem man munkelte, er habe zu Hause auch eine ansehnliche Gitarrensammlung, aber nicht die Traute, sich öffentlich mit anderen Gitarristen zu messen. Er moderierte die Session schon seit Jahren, indem er die Eröffnungsband ansagte und versuchte, dem Chaos, das zuweilen auf der Bühne herrschte, Herr zu werden. So hatte er vor kurzem eine Schiefertafel eingeführt, auf der er penibel aufführte, wer mit wem in der nächsten Sessionband spielen sollte. Von dieser Neuerung wusste Freddy noch nichts. Schließlich war er seit einiger Zeit dort nicht mehr aufgetaucht. Fritz schien sich zunehmend in seiner Rolle als Kontrolleur zu gefallen. Er achtete peinlich darauf, dass die Sessionbands ihre Spielzeiten von zwanzig Minuten nicht überschritten. Das brachte ihm einerseits so manchen Ärger ein (ein Musiker drohte ihm auf der Bühne Prügel an, worauf ihm Fritz ein lebenslanges Session-Verbot erteilte), andererseits auch den Spitznamen „Blues-Polizist“.

„Der Fritz kann mich mal am Arsch lecken!“, schrie Freddy. „Und wenn ihr nicht mit mir spielen wollt, dann such ich mir halt jemand anders.“

Er wollte sich gerade in Richtung Eingang aufmachen, als ihm einfiel: „Ist meine alte Freundin Ella eigentlich da?“

„Wie immer!“, antwortete Don. Diese Frage empfand er als überflüssig.

Ella Dörmann, auch als „Blues-Ella“ bekannt, gehörte genauso zur lokalen Blues-Szene wie jeder Musiker, ja vielleicht sogar noch mehr. Sie ließ kaum einen Gig einer heimischen Band im Umkreis aus, es sei denn, die Auftritte fanden gleichzeitig statt. Sie kannte jeden und jeder kannte sie, sie war quasi das Maskottchen der Szene und gerade bei den monatlichen Sessions ein fester Bestandteil der Veranstaltung. Die wenigen Male, die sie nicht da war, machten sofort die wildesten Gerüchte von Krankheit oder Tod die Runde. Ella hatte inzwischen längst das Rentenalter erreicht und insbesondere bei den jüngeren Musikern eine Art Mutterstatus. Nie sah man sie schlecht gelaunt. Die Musiker, die auf der Bühne ihr Bestes gaben, wurden von ihr frenetisch angefeuert. Unterstützt wurde sie dabei lautstark von ihrem Mann Horst, der, obwohl ebenfalls Nichtmusiker, genauso wie sie zur Szene gehörte.

Die beiden genossen seit langem Kultstatus. Es hatte sich eingebürgert, dass direkt vor der Bühne des *Kultur-Cafés* eigens ein Tisch reserviert wurde, der den besten Blick auf die Bühne garantierte. Neben dem „Königspaar“ wurden noch Plätze für den „Hofstaat“, also die engsten Freunde und Bekannten, freigehalten. Es hatte den Charakter einer Jury bei einer der unzähligen TV-Casting-Shows, mit dem Unterschied, dass von Ella keine Bewertungen abgegeben wurden. Allerdings konnte man von ihrem Gesicht ablesen, ob ihr das Vorgetragene gefiel oder nicht. Im besten Falle ließ sie ein lautstarkes kopfstimmliches „Huuuuuuuuuuuuuu!!!“ ertönen, was für die Band auf der Bühne eine Art Ritterschlag bedeutete.

Auch Freddy kannte Ella und Horst seit langem. Viele seiner Gigs hatten sie besucht und ihm immer treu zur Seite gestanden. Nach der dramatischen Auflösung der Band hatten sie versucht, Freddy zu unterstützen, doch der ließ niemanden an sich heran.

„Sie hat schon gedacht, du lebst nicht mehr“, meinte Bogdan.

„Ha, von wegen!“, lachte Freddy. „Den guten alten Freddy bringt so schnell nichts um! The blues must go on.“

Freddy wechselte den Gigbag auf die andere Schulter, wobei er beinahe das Gleichgewicht verlor. Als er sich wieder gefangen hatte, ließ er seine alten Kumpel stehen und wankte über den kurzen Flur in Richtung Eingang. Dabei schlug ihm der Gestank aus den Toiletten entgegen und Freddy fühlte sich wieder in alte Zeiten zurückversetzt.

Bogdan tauchte plötzlich vor ihm auf und versperrte ihm den Weg.

„Äh, Freddy! Vielleicht ist es besser, du gehst heute nicht rein."

„Wieso?" Freddy glotzte ihn verständnislos an.

„Na ja", stammelte Bogdan. „Vielleicht sind ja ein paar Leute von früher da, die du nicht unbedingt sehen willst!"

„Was soll 'n das?", lallte Freddy. „Was für Leute meinst du? Sind doch alle alte Kumpels und Freundinnen von mir. Ich glaub, du siehst Gespenster, Bogdan."

Er schob ihn zur Seite.

Der Lärm der Sessionband nahm zu, als er sich der Eingangstür näherte. Er wurde nur von Ellas langgezogenem Heulton übertönt.

Als Freddy sich durch die Leute gezwängt hatte, die die Eingangstür blockierten, brauchte er einen Moment, um sich zu orientieren. Der Alkohol und die plötzliche Reizüberflutung in Form von Lärm, unterschiedlichsten Gerüchen und Hitze, die ihm aus dem Inneren des *Kultur-Cafés* entgegenschlug, mussten zunächst erst mal verdaut werden. Zudem glotzten ihn alle möglichen Leute an, zum Teil, weil sie ihn wiedererkannten, zum Teil, weil er in seinem Zustand nicht den besten Eindruck machte.

Das Erste, was er registrierte, war der Tisch vor der Bühne, wo Ella und Horst sich gerade von einem ekstatischen Gitarrensolo mitreißen ließen und heftig applaudierten. Ein Blick ins Publikum ließ ihn erkennen, dass noch viele andere Musiker da waren, die, ihr Equipment in Reichweite, bereit waren, bei nächster sich bietender Gelegenheit die Bühne zu entern.

Der Slow-Blues, den die Band spielte, war gerade an der Stelle angelangt, wo sich die Leadgitarre kreischend dem lautesten und intensivsten Moment, quasi dem Orgasmus näherte, Bass, Schlagzeug und weitere Instrumente mit sich reißend, um danach plötzlich zärtlich flüsternd in sich zusammenzusinken, was eingefleischte Blues-Fans regelmäßig in Verzückung versetzte.

Dieser Moment stand kurz bevor und Freddy registrierte, dass diese Jungs richtig gut waren.

Aber auch der Gitarrensound und die Spielweise kamen ihm bekannt vor. Er blickte zur Bühne, brauchte jedoch einen Moment, um die Situation zu erfassen.

Er erkannte, dass die Gitarre von Ulli Kanderske gespielt wurde.

In diesem Moment braute sich etwas Unheilvolles in Freddy zusammen. Es ergriff plötzlich Besitz von ihm. Er spürte, wie ihm das

Blut in den Kopf stieg, ihm mit einem Schlag heiß wurde und sich seine Beine erst langsam, aber dann immer schneller in Richtung Bühne in Bewegung setzten. Sein Mund öffnete sich wie von selbst und ein heiserer Schrei entfuhr ihm. An das, was dann geschah, konnte er sich später kaum mehr erinnern.

Die meisten hatten Freddy Spieker zunächst nicht bemerkt. Erst als man seinen Schrei zur Rechten wahrnahm, der trotz des Bandlärms zu hören war, sah man ihn. Von diesem Moment an liefen die Geschehnisse vor den Augen des Publikums ab wie im Film. Deutlich hörte man Freddy grölen: „Du verdammter Wichser! Wo hast du meine Gitarre gelassen? Ich mach dich fertig!"

Er rannte in Richtung Bühne, wobei er unkoordiniert Haken schlug, die nur auf übermäßigen Alkoholkonsum zurückzuführen waren. Dabei wuchtete er seinen Gigbag von der Schulter, packte ihn an der Halsseite und hob ihn hoch über seinen Kopf.

Ulli Kanderske war noch vollkommen in sein Solo vertieft. Wie so oft hatte er bei der ekstatischsten Solopassage seine Augen geschlossen. Als er bemerkte, dass irgendetwas nicht stimmte und er sie öffnete, war es zu spät.

Alle Beteiligten waren zu überrascht, um Freddys Ausraster rechtzeitig zu bemerken und ihn aufzuhalten.

Der Slow-Blues erstarb urplötzlich in dem Moment, als Freddy Ulli den Gigbag samt Inhalt auf den Kopf schlug. Zum Glück nahm er sich nicht die Zeit, den Bass vorher noch auszupacken. Der abgemilderte Schlag reichte dennoch aus, Ulli kopfüber in das sich hinter ihm befindende Schlagzeug zu befördern und dieses mitsamt Drummer umzureißen. Freddy hatte durch den Schlag ebenfalls das Gleichgewicht verloren und fiel mit seinem Kopf in das das nach vorne offene Fell der Bass Drum.

Es folgte ein Tumult.

Mit einem Male schienen hunderte von Leuten auf der Bühne zu sein. Jeder schien irgendetwas zu rufen oder meinte wild mit den Armen gestikulieren zu müssen. Freddy hatte sich erstaunlich schnell aufgerappelt und stürzte sich erneut auf Ulli, um ihn laut schreiend und Morddrohungen ausstoßend mit seinen Fäusten zu traktieren. Im nächsten Moment warf sich „Bluespolizist“ Fritz auf ihn und versuchte ihn festzuhalten, was Freddy noch wütender machte. Als Fritz ihn mit einem Catcher-Griff losriss und beide zur Seite schleuderten, wurden laut krachend zwei Gitarrenverstärker umgestoßen. Es entstand eine kreischende Rückkopplung, die das Chaos noch verstärkte. Mittlerweile waren Fritz drei weitere Musiker zu Hilfe geeilt und hatten versucht, Freddy an Armen und Beinen festzuhalten. Dieser schlug wie von Sinnen um sich und stieß die wildesten Flüche aus. Erst als der Pächter des *Kultur-Cafés*, Wolfhard, ein stämmiger, stets grimmig dreinblickender Kerl, mit anpackte, wurden sie allmählich der Situation Herr. Freddy wurde hochgehoben und mit vereinten Kräften nach draußen geschleppt. Da er sich immer noch nicht beruhigt hatte, wurde er vor den Treppen zum Eingang auf den Boden gelegt und weiter festgehalten, währenddessen Fritz per Handy die Polizei anrief. Unter seinen Bändigern bestand kein Zweifel darüber, dass Freddy Spieker die kommende Nacht in der Ausnüchterungszelle würde verbringen müssen.

Auf der Bühne versuchten in der Zwischenzeit etliche Leute das Chaos zu beseitigen. Einige Leute kümmerten sich um Ulli Kanderske, der noch immer völlig benommen und aus der Nase blutend an der Stelle hockte, wo Freddy ihn zusammengeschlagen hatte. Die Gitarre trug er noch um den Hals.

Überrascht nahm Ella Dörmann zur Kenntnis, dass Bogdans Frau Magdalena, die sonst nur selten bei den Sessions erschien, sich ebenfalls Ullis annahm, misstrauisch beäugt von ihrem Mann. Ella schrieb es der Tatsache zu, dass sie von Beruf Krankenschwester war.

Sie selbst hatte sich während der Schlägerei wie gelähmt nicht von ihrem Platz bewegen können. Auch Horst saß wie versteinert, jedoch mit weit geöffnetem Mund neben ihr und konnte nicht glauben, was er da soeben gesehen hatte. So etwas hatte es in den langen Jahren, in denen sie die Sessions und Konzerte der lokalen Bluesbands besuchten, noch nicht gegeben.

Henning Walters, ein Mundharmonikaspieler, der bei jeder der Sessions anwesend und für sein bescheidenes Temperament bekannt war, schlenderte an Ella vorbei und meinte lapidar:

„Das war’s dann wohl für heute!“

„Ja, das glaube ich auch!“, erwiderte Ella tonlos.

„Der Freddy muss den Verstand verloren haben. Allen Ernstes“, fand Horst seine Sprache wieder. „So kenne ich ihn überhaupt nicht. Entweder er hat einen psychischen Knacks bekommen, oder er hat seine letzten Gehirnzellen versoffen.“

„Oder beides“, sagte Ella.

„Wie dem auch sei, sein ‚Comeback‘ hätte ich mir wirklich anders vorgestellt. Der braucht sich in der Szene nicht mehr blicken zu lassen. Und ’ne Strafanzeige wegen Körperverletzung und Hausfriedensbruch wird er auch noch bekommen.“

„Wie kann man nur so ausflippen?“ Ella schüttelte den Kopf. „Er glaubt immer noch, dass Ulli für den Einbruch in seinem Haus verantwortlich ist, obwohl er nie einen Beweis für seine Verdächtigung hatte. Ich hatte gehofft, dass er irgendwann mal von seiner fixen Idee abkommen würde.“

„Er hat, glaube ich gehört zu haben, immer behauptet, nur er, seine Freundin und die anderen Bandmitglieder hätten von dem Probenraum und dem, was sich darin für ein Equipment befand, gewusst“, dachte Horst laut.

„Deshalb konnte nur einer von ihnen was mit dem Diebstahl zu tun haben.“

„Aber warum hat Freddy nur Ulli verdächtigt, die anderen hätten theoretisch ja auch in Frage kommen können.“

„Freddy würde zumindest nicht seine eigene Freundin verdächtigen. Wie ich hörte, sind zwar Bogdans Schlagzeug und Mikes Mikrofone gestohlen worden, nicht aber Ullis Verstärker. Deshalb hatte Freddy wohl ihn in Verdacht.“

„Ich weiß nicht.“ Ella schüttelte den Kopf und presste die Lippen aufeinander.

„Irgendwas passt da nicht zusammen. Ulli hätte doch seinen eigenen Verstärker auch verschwinden lassen, *damit* er nicht unnötig in Verdacht gerät. Das ergibt doch keinen Sinn. Wahrscheinlich sind die Diebe nur gestört worden.“

Horst zuckte mit den Schultern. „Vielleicht war es Ulli tatsächlich und er hat die anderen Sachen für gutes Geld verkauft.“

„Glaub’ ich nicht. Ulli hätte das nicht nötig gehabt. Außerdem hätte er niemals die Band dafür aufs Spiel gesetzt. Die *Blues Bandits* waren sein Leben.“

„Den Diebstahl werden wir wohl heute nicht mehr aufklären. Lass uns mal nachsehen, wie es Ulli geht.“ Horst ging zur Bühne.

Man hatte Ulli inzwischen auf die Beine geholfen und zur alten Ledersitzgarnitur, die rechts neben der Bühne stand, geführt. Wie zum Schutz hielt er sich immer noch an seiner Gitarre fest und wirkte ziemlich benommen. Magdalena sprach ihn an.

„Ulli! Hörst du mich? Wie fühlst du dich? Soll ich einen Arzt rufen?“

„He, was ’n los! Wer war der Bekloppte?“, fragte Ulli leise.

Magdalena sah ihm in die Augen.

„Ulli, alles klar?“

„Ja, ja, geht schon wieder!“

„Bist du sicher?“ Magdalena sah auf und schaute in eine Menge skeptischer und sorgenvoller Gesichter.

„Okay, kleiner Test, Ulli. Wie viel Finger halte ich gerade hoch und welchen Wochentag haben wir heute?“ Sie machte ein Victory-Zeichen.

„Häh?“

„Wie viel Finger ich hochhalte und welchen Tag wir heute haben, sollst du mir sagen.“

„Äh ... keine Ahnung! Welche Finger? Und was soll der Quatsch mit den Tagen in der Woche?“

Magdalena erhob sich und sah die Umstehenden mit wichtiger Miene an.

„Tja, ich schätze, er hat eine Gehirnerschütterung.“

„So ’n Quatsch!“ Ulli winkte ab.

„Kein Quatsch!“, sagte Magdalena. „Ich rufe jetzt einen Krankenwagen.“

„Lass den Blödsinn, ich bin okay …“; erwiderte Ulli, machte jedoch urplötzlich ein komisches Gesicht, drehte sich zur Seite und kotzte aufs Sofa.

„Klare Sache!“, meinte Magdalena, zückte ihr Handy und rief den Notarzt an.

Währenddessen versuchten draußen vor der Eingangstür weiterhin etliche Leute Freddy zu bändigen. Er lag noch immer auf dem Boden und wurde an Armen und Beinen festgehalten. Probeweise hatte man versucht, die Griffe zu lockern, worauf Freddy sofort mit heftigen Befreiungsversuchen reagierte. Sehnsüchtig warteten seine „Bewacher“ auf das Eintreffen der Polizei. Schließlich näherten sich zwei Uniformierte zu Fuß. Ihr Auto hatten sie an der Treppe unterhalb des *Kultur-Cafés* stehen lassen und Fritz Krause sah schon das Szenario auf sich zukommen, dass man Freddy die ganze Treppe würde hinunterschleppen müssen.

Zu ihrer Überraschung erkannten die Anwesenden Bodo und Hasso, die bekannten Bochumer Fernsehpolizisten, die durch die von einem Privatsender über sie gedrehte Dokusoap-Serie bundesweite Berühmtheit erlangt hatten. Auch ein aus drei Leuten bestehendes Fernsehteam war dabei. Ein Kameramann, ein das Mikrofon samt dazugehörigem Galgen haltender Gehilfe und eine junge Frau liefen angestrengt hinter den Polizisten her.

„N’ Abend allerseits!“, begrüßte Bodo locker die Runde und schaute stirnrunzelnd auf Freddy hinab. „Schlenkhoff meine Name. Dass ich von der Polizei bin, brauche ich ja wohl keinem zu sagen. Ich hoffe, von den Anwesenden hat keiner was gegen das Kamerateam einzuwenden. Wenn einer nachträglich unkenntlich gemacht werden will, muss er es den Leuten hier nur sagen.“

Keiner der Anwesenden sagte hierzu etwas, sodass Bodo von einem stillen Einverständnis ausgehen konnte. Was Freddy anbetraf, sah er, dass dieser offensichtlich derzeit nicht zurechnungsfähig war.

„Den da solltet ihr auf jeden Fall unkenntlich machen“, raunte er der jungen Frau zu, während er Freddy anschaute. „Wenn den seine Mutter so sieht, kriegt die glatt ’nen Herzinfarkt!“

„Lasst mich los, ihr Arschlöcher!“, schrie Freddy außer sich und versuchte vergeblich sich zu befreien.

„Ich glaube, Sie brauchen Verstärkung, um den unter Kontrolle zu kriegen!“, meinte Fritz Krause wichtigtuerisch an die Polizisten gewandt.

„Na, schau’n wir mal“, entgegnete Hasso, nahm aber schon mal das Funkgerät zur Hand.

„Erzählen Sie mir erst einmal, was hier eigentlich passiert ist.“

Ruhig und sachlich gab Fritz die Geschehnisse zu Protokoll, währenddessen aus dem Inneren des *Kultur-Cafés* immer mehr Schaulustige herausströmten.

Nachdem sich die beiden Polizisten in aller Ruhe die kurze

Geschichte angehört hatten, ging Hasso auf die immer näher kommende Menschenmenge zu und sagte laut und vernehmlich: „Also, Herrschaften! Hier gibt's nichts zu sehen. Bitte gehen Sie nach Hause und behindern Sie unsere Arbeit nicht!" Widerwillig zerstreute sich die Menge, nur die vier Leute, die Freddy noch festhielten und Fritz sowie zwei weibliche Kellnerinnen des *Kultur-Cafés* waren am Ende noch anwesend.

Bodo versuchte den noch am Boden liegenden Freddy anzusprechen,

„N' Abend, Meister! Schlenkhoff meine Name, Polizei Bochum. Sind Sie Herr Freddy Spieker?"

„Ja, sicher", lallte Freddy, der sich inzwischen ein wenig beruhigt hatte. „Das hat Ihnen doch schon der Schlaumeier da gesagt!", ergänzte er mit einem Seitenblick auf Fritz.

„Sie haben ja hier ganz schön randaliert, sagen Ihre Kollegen hier."

„Das sind keine Kollegen, das sind alles Verbrecher!"

„So, so. Da fällt mir ein, sieh doch mal nach dem Mann, den er niedergeschlagen hat", sagte er an Hasso gewandt. „Vielleicht müssen wir einen Krankenwagen rufen." Im selben Moment hörten sie auch schon das Martinshorn.

„Da kommt er ja schon", sagte Hasso, „Ich schau trotzdem mal nach und versuche, was rauszukriegen." Er verschwand im Eingang des *Kultur-Cafés.*

Bodo wandte sich wieder Freddy zu.

„Wie sieht's aus mit Ihnen? Wenn die Leute Sie jetzt loslassen, kann ich damit rechnen, dass Sie friedlich bleiben?"

„Ich bin fast immer friedlich!", antwortete Freddy.

„Ah ja, und heute haben Sie dann mal eine Ausnahme gemacht?"

Freddy glotzte ihn verständnislos an.

„Also, was ist jetzt? Bleiben Sie jetzt friedlich oder muss ich Ihnen Fesseln anlegen?"

„Schon gut! Ich mach nix!"

„Das hoffe ich für Sie! Mein Kollege hat nämlich schon Verstärkung geordert. Die schnüren ein hübsches Paket aus Ihnen und aus dem könnte sich selbst ein Entfesselungskünstler nicht befreien."

Keiner der Anwesenden konnte sich daran erinnern, dass die Polizisten Verstärkung angefordert hatten und hofften, dass die Finte Erfolg haben würde.

„Lassen Sie ihn mal los!", forderte Bodo Freddys „Bewacher" auf.

„Wir können ihn nicht weiter auf dem kalten Boden liegen lassen."

Mit skeptischen Blicken ließ man von Freddy ab.

Er setzte sich auf und versuchte umständlich aufzustehen, was ihm jedoch nicht gelang. Fritz half ihm auf, was Freddy nicht mit einem Dankeswort, sondern mit einem unflätigen „Lass mich los, du Penner! Ich komm schon alleine klar!" kommentierte.

Bodo spürte, dass der Vulkan noch nicht erloschen war. Er bedeutete Hasso, der gerade wieder auf dem Weg nach draußen war, vom Funkgerät Gebrauch zu machen.

Währenddessen waren die Sanitäter eingetroffen und verschwanden nach einem kurzen Gespräch mit Bodo im Gebäude, um sich Ullis anzunehmen.

„Also, Herr Spieker", wandte sich Bodo wieder an Freddy, „wie viel haben Sie denn heute so getrunken?"

„Keine Ahnung! Zwei bis drei Flaschen!"

„Zwei bis drei Flaschen WAS?"

Freddy warf Bodo einen unsicheren Blick zu.

„Bier", sagte er achselzuckend.

„Das glauben Sie doch wohl selbst nicht."

„War eben Starkbier", erwiderte Freddy frech.

„Ach ja. Und das hatte wahrscheinlich so um die fünfzig Prozent. Erzählen Sie mir doch keinen Blödsinn!"

„Was spielt das für 'ne Rolle, was ich getrunken habe?", lallte Freddy. „Is' das etwa verboten?"

„Nein. Aber ich würde gerne wissen, warum Sie so ausgeflippt sind", nahm ihn Bodo in die Mangel. „Und offensichtlich spielt dabei eine große Rolle, dass Sie sich ordentlich einen gekippt haben. Also … erklären Sie mir mal, was das alles hier sollte!"

Freddy knirschte mit den Zähnen.

„Der Penner da drinnen ist in meine Bude eingebrochen und hat so einiges mitgehen lassen. Ich kann ihm aber nix beweisen. Ihr von der Polizei wolltet ihn damals ja auch nich' drankriegen. Als ich den Arsch dann vorhin wiedergesehen habe, is' mir der Kragen geplatzt."

Plötzlich zog Freddy einen Flachmann aus der Tasche und machte sich am Drehverschluss zu schaffen. Bodo traute seinen Augen nicht.

„Das glaube ich ja wohl nicht!", rief er aus.

„Wieso?", fragte Freddy gespielt naiv. „Woll'n Sie auch 'n Schluck?"

Ungeachtet Bodos Entrüstung kippte Freddy einen Schluck

herunter.

Als er den Flachmann absetzte, griff Bodo schnell zu und nahm ihm das halbvolle Fläschchen ab.

„He, was soll ’n das!“, protestierte Freddy lautstark.

„Wissen Sie was, Herr Spieker, ich glaube, Sie kommen jetzt mal mit uns auf die Wache. Da nehmen wir das Ganze fein säuberlich auf und schauen dann mal, wie es weitergeht. Ihre Vorstellung hier ist heute erst mal beendet. Und ich warne Sie, seien Sie schön friedlich, sonst lernen Sie uns mal richtig kennen.“

Freddy grunzte irgendetwas Unverständliches, während ihm Bodo auch den Schraubverschluss des Flachmanns abnahm, diesen verschloss und quasi als Beweismittel in seiner Jackentasche verschwinden ließ. Vorher überzeugte er sich durch Schnuppern, dass sich in dem Fläschchen offensichtlich Whiskey befand.

„Ich muss noch meinen Bass mitnehmen“, sagte Freddy.

„Keine Sorge! Den nehmen wir allein schon als Beweismittel mit“, meinte Hasso grinsend.

„Beweismittel? Wofür?“, raunzte ihn Freddy an. „Der Schädel von dem Sackgesicht is’ doch heil geblieben!“

„Ach, da kommt der arme Kerl ja“, sagte Fritz plötzlich.

Zwei Sanitäter trugen Ulli Kanderske auf einer Bahre liegend an der Gruppe um Freddy und den Polizisten vorbei.

Dieser Anblick schien bei Freddy alles andere als Mitleid auszulösen. Plötzlich veränderte sich sein Gesichtsausdruck erneut und wurde zu einer entstellten Grimasse. Schon hatte er den Hosenschlitz geöffnet, torkelte die wenigen Schritte hin zur Bahre und pinkelte den noch sehr benommen wirkenden Ulli in hohem Bogen an.

„Da hast du ’s, du Schweinehund!“, brüllte er dabei.

Bodo und Hasso zogen ihn hastig zurück, konnten aber nicht mehr verhindern, dass Ulli der erste Schwall voll traf.

„Was soll die Scheiße!“, schrie Freddy, immer noch in hohem Bogen strullend.

Er riss sich los und drehte sich hastig zu Hasso um, wobei auch dieser von ihm getroffen wurde.

„Verdammt noch mal!“, entfuhr es Hasso, der einen Sprung nach hinten machte, um nicht noch mehr von Freddys Urin abzubekommen.

„Ich hau’ dir eins in die Fresse!“, tobte Freddy und stürmte wild fuchtelnd auf Hasso zu.

Er lief direkt in Hassos ausgestreckte Faust.

Die Schwerkraft übermannte ihn.

Als er an der gleichen Stelle zu liegen kam, an der er kurz zuvor niedergehalten wurde, versiegte der Urinstrom allmählich. Für die Umstehenden sah es so aus, als habe man einen Springbrunnen abgedreht.

Kapitel 2

Er kam langsam zu sich. Obwohl es düster in dem Raum war, schmerzten seine Augen, sodass er sie schnell wieder schloss, um sie dann gleich wieder vorsichtig zu öffnen. Alles tat ihm weh. Sein Schädel brummte unerträglich. Besonders die Schmerzen in der rechten Hand waren heftig. Er lag auf dem Rücken und schien zu keiner Bewegung fähig zu sein. Als er sich dann doch rührte, verdoppelten sich seine Schmerzen.

Mit größter Kraftanstrengung richtete er sich auf. Sein Kopf schien zu platzen. Hinzu kam dieser penetrante Uringestank.

Er schaute sich verwirrt um. Wo war er?

Er befand sich in einem leeren Raum, ohne jegliches Inventar. Durch ein kleines vergittertes Fenster drang ein wenig Licht ein. Er saß auf einer mit Kunststoff überzogenen Matratze inmitten des Raumes. Die Stahltür zu seiner Rechten hatte keine Klinke, sondern nur einen runden Knauf und ein kleines Fenster in der Mitte, das aber offensichtlich durch eine Klappe von außen verschlossen war. Erst jetzt bemerkte er, dass er noch angezogen war. Nur seine Schuhe fehlten. Diese waren nirgendwo zu sehen.

Was war passiert? Er konnte sich nicht erinnern.

Er wusste nur noch, dass er sich nach langer Zeit mal wieder dazu entschlossen hatte, die Bochumer Blues-Session aufzusuchen. Zunächst hatte er die Idee wieder verworfen. Schließlich hatte er vor kurzem noch seine Musikerkarriere beenden wollen. Nachdem er sich jedoch ein wenig „Mut“ angetrunken hatte, war sein Tatendrang erneut entfacht worden und er hatte sich auf den Weg gemacht. Er wusste noch, dass er mindestens eine leere Whiskeyflasche in den nahe gelegenen Glascontainer geworfen und entschieden hatte, besser doch nicht mit dem Auto zu fahren, sondern die U-Bahn zu nehmen.

Er konnte sich auch noch verschwommen daran erinnern, dass er am *Kultur-Café* angekommen war und ein paar alte Musikerkollegen getroffen hatte.

Von da an … Filmriss!

Nichts mehr.

Er sah sich nochmals in dem Raum um.

Kein Zweifel, das war eine Zelle!

Er hatte Mist gebaut. Aber was?

Er wusste, dass er nicht zu viel trinken sollte, weil er dann unberechenbar werden konnte. Als seine Freundin Elke noch bei ihm war, hatte sie darauf immer geachtet und war rechtzeitig eingeschritten. Seitdem sie weg war, weil er die Sache mit dem Gitarrenraub nicht verwinden konnte, kam es bisweilen vor, dass er zu tief ins Glas sah. Meistens verkroch er sich dabei zu Hause und hörte alte Bluesplatten. Ein oder zweimal hatte er allerdings einen plötzlichen Wutanfall bekommen und einen Teil seiner Wohnungseinrichtung zerschlagen. Danach hatte er sich geschworen, die Finger von harten Sachen zu lassen und sich höchstens ein oder zwei Bierchen zu genehmigen. Offensichtlich war ihm dies gestern Abend nicht gelungen.

Er ekelte sich vor sich selbst.

Es half nichts. Er musste sich bemerkbar machen, um herauszufinden, was geschehen war.

Mühsam richtete er sich auf und brauchte einen Moment, um sein Gleichgewicht zu halten. Er ging zur Tür und versuchte den Knauf zu drehen. Als dies nicht gelang, zog und drückte er und musste feststellen, dass er eingesperrt war.

Resigniert legte er sich wieder auf die Pritsche.

Er spürte, dass er einen neuen Tiefpunkt erreicht hatte. Seine Gedanken kreisten um all das, was in den letzten Jahren geschehen war.

Freddy Spieker spielte den Blues schon lange Jahre. Mit seiner Band *Blues Bandits* hatte er des Öfteren die Eröffnungsband bei der Session in Bochum gestellt und das Publikum für die bevorstehende offene Session „aufgewärmt“. Abgesehen davon war er mit seiner Blues-Combo auch sonst recht gut gebucht. Zumindest reichte es ihm und seinen Mitmusikern aus, als Semiprofis ein- bis zweimal im Monat durch Auftritte in Kneipen und Clubs im und ums Ruhrgebiet herum ein gutes Zubrot zum eigentlichen Job zu verdienen.

Freddy hatte die Band vor fünf Jahren gegründet, nachdem er zuvor schon in einigen Gruppen gespielt hatte. Bei diesen hatte er sich als Bassist immer als fünftes Rad am Wagen gefühlt. Die *Blues Bandits* führte er zum ersten Mal als „Bandleader" an. Er hatte sich die Leute, mit denen er spielen wollte, selbst ausgesucht und auch die musikalische Richtung vorgegeben.

Als leidenschaftlicher Fan der Blues- und Rock-Gitarrenlegende Johnny Winter machte er die Band mit ihrem knackigen Blues-Rock-Stil bekannt. Um Auftritte zu organisieren, fuhr er quer durch die Region, telefonierte stundenlang mit Kneipeninhabern und Veranstaltern, bis diese, allein um vor ihm Ruhe zu haben, entnervt einen Auftrittstermin mit ihm vereinbarten. Aber die Mühe zahlte sich aus. In der Zwischenzeit, vor allem nach Herausgabe der ersten CD, die sie sinnigerweise „Stolen Blues" nannten, hatten die *Blues Bandits* bereits eine ansehnliche Fan-Gemeinde, die sie zu ihren Gigs begleitete.

Der stämmige Freddy mit seinem dunklen Bart, der ziemlich unaufgeregt und ständig grinsend seinen Bass zupfte, war bald bei fast allen beliebt.

Als Gitarristen hatte Freddy seinen alten Schulkameraden Ulli Kanderske angeheuert. Ulli hatte wie Freddy bereits ein bewegtes Musikerleben hinter sich.

Als „rauchende Bohnenstange" verulkt, war der hagere Ulli im Revier dafür bekannt, dass er als Mitglied verschiedenster Bands ständig mit einer Zigarette im Mundwinkel seine Lieblingsgitarre, eine abgewetzte rote Fender Stratocaster, so lange malträtierte, bis irgendwann eine Saite riss. Seine langjährige Freundin Karin stand daher bei jedem Auftritt neben der Bühne, eine frisch-besaitete Ersatz-Stratocaster in der Hand, die sie ihm blitzschnell in die Hand drückte, wenn Ulli mal wieder sein Spielgerät zerfetzt hatte. Höhepunkt seiner Show war immer, wenn er zum Ende des Gigs in Ekstase vor seinem Verstärker kniend sämtliche Variationen einer Rückkopplung durchexerzierte. Was eigentlich eine Qual für jedes menschliche Ohr war, wurde vom bis dahin bereits größtenteils betrunkenen Publikum grölend bejubelt. Ulli fühlte sich in solchen Momenten wie die Reinkarnation eines Jimi Hendrix. Manchmal übertrieb er es, sodass es einmal passiert war, dass der Wirt einer Szenekneipe ihm den Strom abstellte, worauf Ulli ihm fast den Hals umgedreht hatte. Seinem Ruf als „Gitarrengott des Reviers“ tat dies allerdings keinen Abbruch, im Gegenteil verstärkte dies sein Image noch.

Vor einigen Jahren, zu Zeiten eines Blues-Booms, den ein irischer Rockgitarrist namens Gary Moore ausgelöst hatte, konnte Ulli mit seiner Band *Roosters* sogar leidlich von der Musik leben. Der Boom ebbte jedoch in der Folgezeit ab, sodass er zu seinem Leidwesen doch wieder seinen alten Job als Maler und Lackierer im Familienbetrieb seines Schwagers annehmen musste. Warum er jedoch seine alte Fender Stratocaster nicht neu lackierte, konnte Ulli selbst nicht erklären. Für ihn war sie wie ein Lebewesen, das man nicht mit Farbe beschmieren sollte. Ja, er gab der Gitarre sogar einen Namen. Er nannte sie *La Belle*, die Schöne, in Erinnerung an eine Urlaubsaffäre, die er mal in Frankreich gehabt hatte. Fortan konnte sich seine Karin eines irrationalen Eifersuchtsgefühls nicht erwehren.

Ulli war Feuer und Flamme gewesen, als ihn Freddy, den er von etlichen Blues-Sessions kannte, gefragt hatte, ob er Interesse an der Gründung einer Blues-Rock-Band hätte. Diese sollte eher im Stil eines Jimi Hendrix, Eric Clapton oder auch Johnny Winter daherkommen, als den Standard-Shuffle der 50er Jahre oder den altbekannten Chicago-Blues zu spielen. Da Freddy zudem gerne slappte, sollten auch Funk-Elemente in den Stil der Band einfließen. Ulli war hellauf begeistert und schlug zu Freddys Freude vor, auch andere Stilrichtungen wie Jazz oder Latin mit einzubringen.

Der Grundstein war gelegt. Freddy hatte glücklicherweise zum gleichen Zeitpunkt einen Probenraum in einem alten Bunker in Herne aufgetan. Wie üblich handelte es sich dabei um ein altes nach Pisse und Bier stinkendes Loch, dass sie sich mit einer Punkband teilen mussten, die den Raum offenbar auch als Feten- und Wohnraum nutzte. Dies führte des Öfteren zu Auseinandersetzungen zwischen den Musikern, insbesondere dann, wenn Freddy und seine Jungs proben wollten, die Punks ihr Saufgelage jedoch noch nicht beendet hatten.

Nach der Probe stanken sie aus allen Löchern. Ihre Frauen und Freundinnen bestanden bei ihrer Heimkehr dann auf einen kompletten Kleiderwechsel und eine Dusche, bevor sie sich ihnen nähern duften.

Nachdem Freddy und Ulli eine, wenn auch stinkende, Bleibe gefunden hatten, machten sie sich daran, die Band zu komplettieren.

In Mike Bruns fanden Sie einen stimmgewaltigen Sänger, der

zudem noch eine gute Blues-Mundharmonika spielte, Songs schrieb und auch sonst keinen schlechten Frontmann abgab. Sein Problem war allerdings sein ausgeprägtes Mitteilungsbedürfnis, was bisweilen dazu führte, dass seine Mitmusiker ihm oft auf drastische Art und Weise den Mund verboten. Bei Gigs, wenn Mike zwischen den Songs das Publikum mit seinen Monologen traktierte, war es unter Umständen notwendig, dass Ulli eine seiner berüchtigten Rückkopplungen vom Zaun brach und diese solange aufrecht erhielt, bis Mike endlich den nächsten Song ansagte. Es wunderte daher keinen mehr, als herauskam, dass Mike von Beruf Versicherungsvertreter war. Seine Provisionen waren Gerüchten zufolge nicht von schlechten Eltern, er versuchte sogar innerhalb der Musikerszene seine Versicherungen zu verkaufen. (Manch ein Musikerkollege fragte sich im Nachhinein, warum er so viele Versicherungen abgeschlossen hatte, die er zuvor noch nicht benötigte.)

Mikes Überredungskünste blieben auch in der Damenwelt nicht unbeachtet. Seine Bandkollegen rieben sich bisweilen die Augen über die Anzahl seiner Eroberungen. Allerdings verlor der gute Mike zwischenzeitlich den Überblick, sodass bei einigen Gigs zwei oder einmal sogar drei seiner Damen anwesend waren. Nach den Auftritten kam es daher oft zu Streitigkeiten zwischen seinen Verehrerinnen. Mikes Rechtfertigungsversuche ließen ausnahmsweise in solchen Situationen viel an Überzeugungskraft zu wünschen übrig. Im Gegenteil mussten ihn zwei seiner Liebschaften per Vaterschaftstest davon überzeugen, dass er der Erzeuger ihrer Sprösslinge war. Dies führte dazu, dass Mike trotz seines guten Verdienstes ständig in Geldnot war.

Auch wenn er bisweilen ihr Nervenkostüm stark beanspruchte, fanden Freddy und Ulli musikalisch in ihm die ideale Ergänzung. Wenn er es nicht übertrieb, war Mikes Art durchaus unterhaltsam.

Ein Fall der ganz besonderen Art war ein Schlagzeuger, den sie erst nach längerer Bedenkzeit in die Band aufnahmen. Es war Bogdan Kobusinski, gebürtiger Pole und ohne Frage einer der besten Drummer im Umkreis. Das Problem war, dass Bogdan das personifizierte Selbstmitleid darstellte. Er nutzte jede sich bietende Gelegenheit, seinen Bandmitgliedern mit großer Leidensmiene seine Eheprobleme zu schildern und nach jedem zweiten Satz zu fragen: „Was soll ich nur machen?“ Die zweifelhaften Ratschläge seiner Mitmusiker wie „Schieß die Alte doch in den Wind“ oder „Fahr doch mal alleine nach Malle. Da gibt's Weiber …" ignorierte er. Es kam sogar vor, dass er bei Proben oder Gigs in Tränen ausbrach, wenn seine geliebte Magdalena ihm mal wieder die Hölle heiß gemacht hatte. In Extremsituationen äußerte er dann unentwegt Suizidabsichten. Wenn insbesondere Freddy irgendwann mal der Kragen platzte und er ihm mit dem Rausschmiss aus der Band drohte, schwieg Bogdan beleidigt. Dies konnte mehrere Wochen dauern. Die anderen Bandmitglieder genossen diese ruhigen Zeiten, wohl wissend, dass Bogdans Eheprobleme sie wieder einholen würden.

Die Band wurde gelegentlich durch einen Keyboarder namens Chris Wenzel, einen schlaksigen jungen Typen, der stark kurzsichtig war, ergänzt. Zeitweise spielte auch ein kleiner Saxophonist namens Oliver Kampmann mit, der es schaffte, mit Ausnahme seiner Finger und seiner Lippen völlig regungslos auf der Bühne zu stehen. Zunächst war geplant, die beiden fest in die Band aufzunehmen, was jedoch an deren begrenzter Zeit (Keyboarder und Saxophonisten sind heiß begehrte Leute und spielen in vielen Bands) scheiterte.

Freddy hatte auch zwei Mädels als Backgroundsängerinnen engagiert. Anja Schulte und Renate Thomann machten sowohl als Blickfang als auch über ihre Stimmgewalt eine Menge her. Leider bekamen sich die ansonsten guten Freundinnen wegen Mike derbe in die Haare, umso mehr, als jener ihnen bei dem Versuch, zu schlichten, fröhlich grinsend einen flotten Dreier vorschlug. Da Mike dieses Gespräch um Haares Breite nicht überlebte, sah sich Freddy gezwungen, die Idee, Frauen als feste Mitglieder in die Band aufzunehmen, aufzugeben, zumindest solange Mike mit von der Partie war. Der Beliebtheit der Band tat dies jedoch keinen Abbruch. Zu besonderen Anlässen, wie zum Beispiel bei ihrer CD-Präsentation, engagierte er die Mädels weiterhin.
Der lokale Erfolg der *Blues Bandits* ließ Profiträume reifen.

Während Freddy die Decke seiner Zelle anstarrte, dachte er wehmütig an diese Zeit zurück. Die Träume waren ausgeträumt, die Band existierte inzwischen nicht mehr und Freddys Gemütslage war katastrophal. Er hatte mehr als nur den Blues. „More than just the Blues", so hatte einer ihrer Songs geheißen, den Mike und Ulli geschrieben hatten. Zu Zeiten, als die Band und ganz besonders auch er auf einem ganz besonderen Höhentrip waren, schlug das Schicksal hart zu. Seitdem war alles schiefgegangen

Erst jetzt, nach vielen Monaten, hatte er wieder seinen alten Bass hervorgekramt und sich, nachdem er ein wenig darauf geübt hatte, entschlossen, die Session zu besuchen, um mit ein paar alten Kumpels zu jammen.

Zunächst war alles wie im Märchen weitergegangen für ihn. Sein kinderloser Onkel Walter, ein alter Kohlenhändler, war plötzlich gestorben und hatte ihm eine größere Summe vererbt. In seiner Euphorie hatte Freddy jedem, der es hören wollte, lachend erzählt, dass er jede Menge Kohle geerbt habe. Tatsächlich befand sich im Keller des Hauses seines toten Onkels noch ungefähr eine Tonne des schwarzen Goldes. Da zum Teil in der Wohnung noch verstreut Bargeld gefunden wurde, hatten Freddy und seine Freundin Elke auch den Keller durchsucht. Ja, sie machten sich einen Spaß daraus, den Kohlenberg zu durchwühlen in der Hoffnung, vielleicht noch mehr Bargeld zu finden. Sich ausschüttend vor Lachen und schwarz wie die Schornsteinfeger waren sie schließlich dem Kohleberg entstiegen. Elke hatte tatsächlich noch ein altes Fünf-Mark-Stück gefunden.

Abgesehen davon hatte Onkel Walter, der eigentlich jedem misstraute, seine Verstecke gut gewählt. Hinter seinem Schlafzimmerschrank etwa hatte er zehntausend Euro hinter der Tapete versteckt. Nur durch Zufall war Freddy darauf gestoßen.

Letztendlich kamen auch nach Summierung allen Bargeldes und aller Bankkonten an die siebenhundertzwanzigtausend Euro zusammen und Freddy war drauf und dran, seinen Job als Schreiner in einem Baumarkt zu schmeißen, Elke hatte Mühe, ihn davon zu überzeugen, dass das Geld nicht ewig reichen würde und er es doch besser sinnvoll investieren solle. Außerdem musste noch ein gehöriger Batzen Erbschaftssteuer gezahlt werden. (Das gefundene Bargeld unterschlug Freddy allerdings.)

Elke versuchte ihm ein Häuschen im Grünen schmackhaft zu machen, was Freddy zunächst spießig fand. Sein Augenmerk war eher auf einen schicken Ferrari gerichtet. Als Elke ihn jedoch vor die Wahl stellte: „Der Ferrari oder ich“, ließ Freddy seufzend von diesem Plan ab. Elke hatte schließlich die zündende Idee und schlug ihm vor, ein altes Haus zu kaufen und im Keller einen eigenen Probenraum einzurichten. Das stinkende Loch im Bunker in Herne könne man dann endlich aufgeben.

Das überzeugte Freddy. Sie kauften ein stark renovierungsbedürftiges Haus in einer ausgesuchten Wohnlage in Essen-Werden und bauten es nach ihren Bedürfnissen um.

Im Keller richtete er sich den Probenraum ein. Seine Jungs halfen mit, den Raum so schalldicht wie möglich zu gestalten. Er baute sogar ein besonders isoliertes Fenster ein, sodass sie bei Tageslicht proben konnten. Es war der erste Raum im neu erworbenen Haus, der komplett fertig wurde, währenddessen in den Wohnräumen noch einiges zu tun war, was Elke nicht besonders lustig fand. Freddy hatte vorgehabt, alles in Eigenarbeit umzubauen. Da dies sich jedoch immer länger hinzog und Elke immer mehr darauf drängte, die Arbeiten abzuschließen, hatten sie schließlich doch einige Firmen mit der Fertigstellung beauftragt. Schließlich wohnten sie in einem schicken Häuschen in einer besseren Wohngegend und Freddy begnügte sich anstatt eines Ferraris mit einem geräumigen alten amerikanischen Straßenkreuzer, einem Lincoln. Es war ein topgepflegtes Schmuckstück, welches er der Ehefrau eines verstorbenen Sammlers solcher Oldtimer aus den 50er und 60er Jahren zu einem wahren Schnäppchenpreis abgekauft hatte.

Die *Blues Bandits* waren froh, den stinkenden Bunker verlassen zu können. Auch deshalb, weil sie ihre schwere Anlage nicht mehr über mehrere Etagen schleppen brauchten, wenn sie ihre Autos für die Fahrt zu einem Gig beladen mussten. Von der Hintertür zu Freddys Probenraum führte lediglich eine kleine Treppe in den Garten. Von dort aus waren es nur wenige Meter zum Gartenzaun und zum Straßenrand, wo ihre Fahrzeuge parkten.

Etwas fehlte Freddy allerdings noch zu seinem vollkommenen Glück. Er konnte nicht genau sagen, was es war. Jedenfalls musste es etwas Besonderes sein, das er quasi als Trophäe bei sich beherbergen konnte.

Eines Tages suchte er im Internet nach Tickets für Auftritte des in Ehren ergrauten „King of the Blues“, B.B. King. Es sollten die letzten Auftritte der Blues-Legende in Europa sein. Danach wollte sich der über achtzig Jahre alte B.B. in seiner Heimat, den USA, zur Ruhe setzen. Freddys erste Berührung mit dem Blues waren die Platten des alten Meisters. Diese hatte ihm schon sein Vater vorgespielt. Er sah es als absolutes Muss an, bei den letzten Auftritten seines Ur-Idols dabei zu sein. So kaufte er für sich, Elke und seine Kumpels die besten Karten. Aber was eigentlich seine Aufmerksamkeit erregte war, dass aus diesem Anlass handsignierte Gitarren des großen Meisters verkauft wurden. Es handelte sich um eine streng limitierte Auflage von wunderschönen halbakustischen Gibson-Gitarren, die natürlich alle nach B.B. Kings legendärer Gitarre namens *Lucille* benannt waren.

Den Preis hierfür verriet Freddy nicht. Er war exorbitant hoch, was Freddy allerdings egal war. Er hatte nach all den Ausgaben für das Haus noch genügend Geld übrig. Die Nachfrage allerdings war größer als die verfügbaren Gitarren. Freddy musste mit seinem Kaufersuchen an einer Verlosung teilnehmen. Nach einer kurzen Zeit des Zitterns erhielt er glücklicherweise den Zuschlag und das gute Stück wurde geliefert, kurz bevor sie B.B. Kings letzten Auftritt besuchten. Am Ende des Konzerts hatte Freddy auch noch das Glück eines der original gespielten Plektren des großen Meisters zu ergattern. Diese verteilte B.B. zum Abschluss immer gönnerhaft am Bühnenrand ans Publikum. Ja, er schaute Freddy dabei freundlich lächelnd an und Freddy meinte hinterher sogar, ein „God bless ya“ vernommen zu haben.

Das Plektrum wurde eingerahmt und erhielt einen Ehrenplatz im Wohnzimmer. Der Gitarre wurde ein besonderer Platz im Probenraum zugewiesen. Da Freddy allenfalls ein paar Grundakkorde darauf spielen konnte, saß er oftmals nur bewundernd davor, unfähig seinen Blick abzuwenden. Die Gitarre war sein persönlicher Schatz, sozusagen der heilige Gral für ihn. Elke hielt dies für übertrieben, akzeptierte es aber.

Bei Proben durfte Ulli das kostbare Stück natürlich spielen, aber erst nachdem er Freddy versichert hatte, damit pfleglich und nicht so rau wie mit seiner eigenen Gitarre umzugehen. Oftmals passierte es, dass Freddy aus dem Takt geriet, weil er nur auf den Klang von *Lucille* achtete.

Für Ulli war es etwas Besonderes, auf dem Instrument zu spielen. Er versuchte Freddy zu überreden, die Gitarre zu den Auftritten der Band mitzunehmen. Es sei viel zu schade, dem Publikum einen solchen Sound und eine solche Optik vorzuenthalten. Freddy war damit nicht einverstanden. Das Instrument habe seinen Platz in seinem Haus und sonst nirgendwo. Es sei zu riskant, die Gitarre irgendwelchen grölenden, stinkenden Massen, und damit meinte er das Publikum, wie Ulli verwundert feststellte, auszusetzen. Das Risiko, dass die Gitarre Schaden nehmen könnte, sei ihm einfach zu groß. Ulli akzeptierte es widerwillig. Zudem hatte Freddy seinen Jungs das Versprechen abgenommen, niemand anderem von der Gitarre zu erzählen. Die Gastmusiker und Sängerinnen schloss er damit ein. Wenn mit diesen geprobt wurde, versteckte Freddy *Lucille*. Die Heimlichtuerei fanden die restlichen *Blues Bandits* merkwürdig. Der Stimmung in der Band tat dies alles keinen Abbruch.

Freddy war auf dem Höhepunkt. Alles lief bestens.

Dann jedoch kam es zu einem Ereignis, das Freddys heile Welt gehörig ins Wanken und schließlich zum Einsturz brachte.

Eines Freitagabends hatten sich Freddy und Ulli zur Blues-Session in Bochum verabredet. Da sie an diesem Wochenende keinen Gig hatten, beschlossen sie, zur Abwechslung mal wieder mit anderen Musikerkollegen und -kolleginnen zu jammen. Als Elke und Freddy in Bochum eintrafen, war von Ulli jedoch nichts zu sehen. Achselzuckend nahm Freddy dies zur Kenntnis. Da die Session von anderen Musikern gut besucht war, hatte er die Qual der Wahl, mit wem er denn nun spielen sollte. Auch Mike und Bogdan waren da und kamen ebenfalls zu Kurzeinsätzen. Gegen ein Uhr nachts endete die Veranstaltung. Entspannt und zufrieden machten sich Freddy und Elke auf den Weg nach Hause.

Als sie dort eintrafen, merkten sie, dass etwas nicht stimmte. Das Gartentor stand offen und sie konnten sich nicht erinnern, es nicht geschlossen zu haben. Die Haustür war jedoch wie gewohnt verschlossen, sodass sie sich zunächst nichts weiter dabei dachten.

Im Korridor erwartete sie bereits das Chaos. Die Mäntel und Jacken, die an der Garderobe gehangen hatten, lagen wild verstreut herum. Es war eingebrochen worden. Im Wohnzimmer fehlte der riesengroße Fernseher, den sie sich gegönnt hatten. Schubladen standen offen und waren durchsucht worden. Die Küche war übersät von zerschlagenem Geschirr, Besteck lag überall herum. Alle

Schränke waren durchsucht worden. Elke entfuhren gleich mehrere hysterische Schreie, vor allem nachdem sie das durchwühlte Schlafzimmer entdeckt hatte. Entsetzt musste sie feststellen, dass fast ihr gesamter Schmuck und die Pelzjacke, die Freddy ihr geschenkt hatte, gestohlen worden waren.

Noch unter dem Eindruck des ersten Schocks stellten sie sich zunächst nicht die Frage, wie die Einbrecher überhaupt hinein gelangt waren. Elke alarmierte per Handy die Polizei, während Freddy fassungslos dastand.

Dann durchfuhr es ihn wie ein Blitz. Die Täter mussten durch die Hintertür zum Probenraum hineingekommen sein. Oh Gott, was war mit *Lucille?*

Wie gehetzt rannte er in den Keller. Seine schlimmsten Befürchtungen bestätigten sich. Der Probenraum war fast restlos leer geräumt. Bogdans Schlagzeug war verschwunden, die Verstärkeranlage fehlte, der Bassverstärker war weg. Aber das Schlimmste war: Der Platz, an dem *Lucille* gestanden hatte, war leer!

Freddy wurde schwarz vor Augen. Er musste sich dort, wo er stand, auf den Boden setzen, sonst hätte er sich nicht auf den Beinen halten können. Elke stürzte kurz darauf hinein und erkannte die ganze Tragik der Situation auf den ersten Blick

Während sie Freddy tröstend in den Arm nahm, bemerkte sie etwas Ungewöhnliches. Ullis Gitarrenverstärker stand noch an seinem Platz. Auch das Effektgerät war noch angeschlossen. Diese Gegenstände strahlten eine Gleichgültigkeit gegenüber dem umliegenden Chaos aus, die Elke wütend machte.

Kurz darauf traf die Polizei ein. Mit routinierter Gelassenheit nahmen sie die Anzeige auf. Als Erstes untersuchten sie die aufgebrochene Hintertür. Sie war mir roher Gewalt aufgestemmt worden. Freddy hatte dies zunächst gar nicht zur Kenntnis genommen, er war immer noch wie versteinert, während Elke den Polizisten aufgeregt mitteilte, was alles entwendet worden war.

Freddy kam langsam zu sich und sah sich um. Bogdan würde wahrscheinlich einen Nervenzusammenbruch erleiden, wenn er erfuhr, dass sein Schlagzeug weg war. Mike hatte seinen Verstärker für die Bluesharp glücklicherweise zur Session mitgenommen. Dass auch zwei seiner Gesangsmikrofone abhandengekommen waren, war zu verkraften.

Der Verlust seiner Verstärkeranlage war für Freddy ärgerlich, aber nicht allzu tragisch. Im Gegensatz zu *Lucille* war diese ersetzbar.

Dann bemerkte er Ullis Verstärker. Wieso hatten die Diebe ihn stehen lassen? Waren sie gestört worden? Darauf deutete nichts hin. In der Nachbarschaft schien niemand den Einbruch bemerkt zu haben.

Ulli! Er war nicht zur Session erschienen, obwohl sie sich verabredet hatten.

In Freddy kam ein Verdacht auf. Der Grund für den Einbruch konnte nur *Lucille* sein. Alles andere, was gestohlen worden war, war erstens zu verschmerzen und zweitens ersetzbar. Schließlich waren sie ja versichert. Aber ein Unikat wie *Lucille* war nicht zu ersetzen. Außer Elke und seinen Bandmitgliedern wusste niemand von der Gitarre. Auch dass man sich über die Hintertür Zugang verschaffen konnte und das wertvollste Stück jedem gleich in die Hand fiel, wusste sonst keiner. Trotz aller Mühe, die sie in den Umbau investiert hatten, hatten sie es versäumt, die Kellertür besonders zu sichern.

All dies ergab für Freddy nur eine logische Schlussfolgerung. Ulli musste etwas mit dem Einbruch zu tun haben. Bogdan und Mike hatten erstens ein Alibi, zweitens würden sie kaum ihre eigenen Instrumente klauen und drittens waren sie keine Gitarristen. Abgesehen davon traute Freddy ihnen diese kriminelle Energie auch gar nicht zu.

Ulli dagegen hatte bei Proben fast ausschließlich *Lucille* gespielt. Auch hatte er öfters versucht, Freddy zu überreden, die Gitarre zu Gigs mitzunehmen. *Er* musste also der Täter sein! Sein bester Freund. Ausgerechnet Ulli, dem er immer vertraut hatte.

Ohne seinen Verdacht den noch im Hause anwesenden Polizisten oder auch nur Elke mitzuteilen, schnappte sich Freddy plötzlich die Autoschlüssel, rannte zu seinem Wagen und raste los. Elke schrie noch hinter ihm her, dass er sich doch jetzt nicht einfach aus dem Staub machen könne, aber sie konnte ihn nicht aufhalten.

Mit quietschenden Reifen fuhr er vor Ullis Wohnung vor. Außer sich vor Wut schellte er derart Sturm, dass auch einige Nachbarn davon aufwachten und Freddy verärgert am offenen Fenster mit der Polizei drohten.

Eine Gegensprechanlage gab es nicht. Wer auch immer drückte für Freddy den Türöffner. Als er die Treppe hinauf stürmte, erkannte der völlig ahnungslose Ulli ihn nicht wieder.

Außer sich vor Zorn schrie ihn Freddy an, dass er Lucille herausgeben solle.

Ulli hatte keine Gelegenheit mehr, irgendetwas zu erwidern, da sich Freddy auf ihn stürzte und wie besessen auf ihn einschlug. Karin versuchte ihn wegzuzerren, was ihr jedoch nicht gelang. Zwei männliche Nachbarn, die von dem Lärm wach geworden waren, schafften es auf Karins Flehen hin, Freddy von Ulli loszureißen und ihn halbwegs unter Kontrolle zu halten.

Freddy war nicht zu beruhigen. Aus seinem Geschrei war herauszuhören, dass bei ihm eingebrochen und *Lucille* gestohlen worden war. Gerade erst von dem Überfall erholt, versuchte Ulli Freddy klarzumachen, dass er damit nichts zu tun habe und dass er den ganzen Abend mit Karin zu Hause gewesen sei. Nach einem langen Arbeitstag habe er keine Lust mehr gehabt, zur Session zu gehen, es aber versäumt, Freddy Bescheid zu geben. Dass sein Verstärker als Einziges den Einbruch überstanden hatte, berühre ihn zwar peinlich, war aber vielleicht darauf zurückzuführen, dass die Einbrecher gestört worden waren.

Freddy konnte Ullis Bemerkung, dass er sehr enttäuscht sei, dass sein alter Kumpel ihn des Einbruchs und Diebstahls bezichtige, keinen Glauben schenken. Auch sein Argument, dass er ein solch einzigartiges, gestohlenes Instrument gar nicht in der Öffentlichkeit spielen könne, ohne damit aufzufallen, überzeugte Freddy nicht. Wenn die Nachbarn und schließlich die Polizei ihn nicht gehalten hätten, hätte er Ullis Wohnung durchsucht. Zunächst wurde er jedoch auf die Polizeiwache mitgenommen, wo der Vorfall aufgenommen wurde. Ulli verzichtete auf eine Anzeige. Sicherheitshalber eskortierte ein Polizeiwagen Freddy nach Hause, nachdem man ihm das Versprechen abgenommen hatte, nicht wieder bei Ulli „vorbeizuschauen".

Elke war über Freddys Verhalten entsetzt und verärgert. Gleichzeitig konnte auch sie sich eines Verdachts gegen Ulli nicht erwehren. Auch sie äußerte sich gegenüber der Polizei, worauf diese Ulli verhörte und seine Wohnung durchsuchte. Zudem hatte er kein eindeutiges Alibi. Da der Verdacht jedoch nicht bestätigt werden konnte, wurden weitere Ermittlungen eingestellt.

Die Folgen für die Band waren fatal. Bogdan verfiel in tiefe Depression, als er von seinem verschwundenen Schlagzeug erfuhr.

Mike nahm seinen Verlust relativ gelassen, ahnte jedoch, dass das das Ende der Band bedeuten könnte.

So kam es dann auch. Freddy ließ sich nicht davon abbringen, dass Ulli den Diebstahl auf dem Gewissen hatte. Er konnte sich nicht vorstellen, dass der Einbruch ein Zufallsprodukt war. Zu genau hatten der oder die Täter gewusst, wo sie am leichtesten ins Haus einsteigen konnten, zu genau wussten sie, wo die fetteste Beute zu holen war. Die Befragung der Nachbarn durch die Polizei ergab, dass niemand etwas von dem Einbruch mitbekommen haben wollte. Es war abzusehen, dass das Verfahren irgendwann eingestellt würde, da auch im Haus und im näheren Umkreis keine weiteren Hinweise auf die Täter gefunden wurden.

Freddy sagte die noch ausstehenden Auftritte der Band ab. Er weigerte sich, Ulli seinen Verstärker herauszugeben. Er betrachtete ihn als einen Teil des Schadensersatzes, der ihm seiner Meinung nach zustand. Ulli raunzte ihn am Telefon an, dass dies Diebstahl sei, worauf sich erneut ein hitziges Wortgefecht zwischen den beiden ehemaligen Freunden am Telefon ergab. Um die Angelegenheit nicht noch weiter eskalieren zu lassen, ließ es Ulli zunächst dabei bewenden, zumal er noch zwei weitere Verstärker besaß. Bald fand er Aufnahme in einer anderen Band.

Freddy hingegen veränderte sich in der Folgezeit. Er wurde zusehends missmutiger. Die Versicherung ersetzte zwar den größten materiellen Schaden, aber den ideellen Verlust von *Lucille* konnte dies nicht ausgleichen. Die Fenster ihres Hauses wurden vergittert, die neue Hintertür wurde zusätzlich gesichert, aber dennoch fühlten sie sich dort nicht mehr gänzlich sicher. Die Spannungen zwischen Freddy und Elke wuchsen. Aus dem sonst so lockeren und heiteren Freddy war ein verbitterter und misstrauischer Kerl geworden. Seinen Unmut ließ er mehr und mehr an ihr aus. An manchen Abenden, wenn ihre Streitereien überhandnahmen, schloss sich Freddy mit einem vollen Kasten Bier im Probenraum ein und verließ ihn erst am nächsten Tag mit einem leeren wieder.
Wenige Monate später trennten sie sich. Elke zog aus.

Er erhob sich mit Mühe wieder von der Matte. Es ging ihm immer noch nicht besser. Die Gedanken an das Geschehene hatten seine Kopfschmerzen eher noch verstärkt. Auch wenn er ahnte, dass ihn keine guten Nachrichten erwarteten, musste er jetzt wissen, was passiert war.

Er klopfte gegen die Tür und wartete.

Es tat sich nichts.

Er klopfte nochmals, diesmal etwas stärker und rief mehrmals laut: „Hallo!“ Seine eigene Stimme dröhnte in seinem Kopf.

Kurz darauf hörte er sich langsam nähernde Schritte. Die Klappe in der Tür wurde zur Seite geschoben und ein ihm zunächst unbekanntes männliches Gesicht erschien.

„Guten Morgen, der Herr!“, rief das Gesicht fröhlich. Der Sarkasmus in der Stimme war allerdings klar herauszuhören. „Wünsche wohl geruht zu haben! Darf es vielleicht ein Aspirin zum Frühstück sein?“

„Keine schlechte Idee!“, sagte Freddy leise. „Aber könnten Sie vielleicht ein bisschen leiser sprechen?“

Das Gesicht in der Tür schaute amüsiert. Die Klappe wurde zugezogen und die Tür geöffnet.
Freddy erblickte einen Polizisten. Verblüfft stellte er jetzt fest, dass es sich um Hasso, den bekannten Bochumer Fernsehpolizisten handelte.

„Gestern hat Ihnen die Lautstärke aber nichts ausgemacht“, sagte dieser. „Im Gegenteil. Sie waren auf der Lärmskala ganz oben.“

Freddy kratzte sich am Kopf.

„Scheiße! Was ist passiert? Ich kann mich an nichts mehr erinnern.“

„Ach! Auch an mich nicht mehr? Dabei hatten wir doch eine Menge Spaß miteinander.“

Freddy kannte Hassos lockere, ironische Art aus den Fernsehsendungen und hatte sich immer köstlich darüber amüsiert. Jetzt allerdings, wo er selbst betroffen war, schien ihm dies unangebracht zu sein.

„Aber kein Problem“, fuhr Hasso fort, „ein Teil ist ja vom unserem TV-Team aufgezeichnet worden. Da können Sie sich Ihre Ein-Mann-Show noch mal in aller Ruhe ansehen. Sorgt bestimmt für gute Einschaltquoten. Wenn’s am Samstagabend gesendet wird, kriegt der Lanz echt Probleme.“

Er ging Freddy auf die Nerven. Aber das hatte er ja wohl verdient. Dass seine Verfehlungen auch noch im Fernsehen gesendet werden sollten, machte die Blamage perfekt. Eigentlich wollte er die Einzelheiten gar nicht wissen. Wer weiß, bei wie vielen Leuten er sich entschuldigen musste. Und nicht nur das. Die Tatsache, dass er in einer Ausnüchterungszelle gelandet war sowie Hassos Andeutungen ließen ihn vermuten, es würde wohl noch eine Strafanzeige hinzukommen.

„Und was passiert jetzt?“, fragte Freddy.

„Jetzt ziehen Sie erst mal Ihre Schuhe an“, sagte Hasso und kickte diese, die auf dem Flur neben der Zelleneingangstür standen, in Freddys Richtung. „Und dann kommen Sie schön mit mir.“

Freddy tat wie ihm geheißen.

Er folgte Hasso in ein mit zwei Schreibtischen und PCs ausgestattetes Büro. Auf einer Seite erkannte er auch den zweiten der bekannten Polizisten, Bodo, wieder.

„Guten Morgen. Bin ja mal gespannt, ob Sie sich noch an gestern Abend erinnern können?“, wurde Freddy von diesem begrüßt.

„Kein bisschen“, meinte Freddy mit einer hilflosen Geste.

„So, wie Sie jetzt noch aussehen, glaube ich Ihnen das sogar.“ Eine Spur von Mitleid klang in Bodos Stimme mit. „Vielleicht machen Sie sich erst mal frisch. Hier um die Ecke ist gleich die Toilette. Aber versuchen Sie nicht abzuhauen! Wir passen auf!“

Hasso begleitete ihn und blieb vor der Tür stehen. Vorher sagte er noch zu Freddy: „Die Toilettenfenster sind vergittert.“

Als Freddy sich im Spiegel betrachtete, erschrak er. Sein Gesicht war geschwollen und an einer Stelle stark gerötet, die Haare zerzaust und seine Kleidung verdreckt. Da der Uringestank nicht nachgelassen hatte, musste er sich wohl eingestehen, dass er bzw. seine Hose der Verursacher war.

Er schämte sich.

Wie weit war es mit ihm gekommen. Ein Häufchen Elend. Ein heruntergekommener Typ, mit dem keiner mehr was zu tun haben wollte. Und das alles nur wegen einer geklauten Gitarre?

Er zog Jacke und Hemd aus, um sich mit kaltem Wasser wenigstens das Gesicht und den Oberkörper zu waschen. Er verbrauchte Unmengen von Papierhandtüchern, um sich einigermaßen abzutrocknen. Danach fühlte er sich etwas besser. Zu Hause würde er ein heißes Bad nehmen.

Nachdem er sich wieder angezogen und seine Blase entleert hatte, sah er sich nochmals im Spiegel an, konnte aber keine wesentliche

Verbesserung feststellen. Er seufzte.

Vor der Toilettentür nahm ihn ein ungeduldiger Hasso in Empfang.

Als er sich an Bodos Schreibtisch setzte, meinte dieser: „Also, ich habe bereits einen Bericht angefertigt. Bevor ich ihn abschließe, erzählen Sie mir mal, woran Sie sich überhaupt erinnern können.“

Freddy schilderte ihm das Wenige, was er wusste. Sein Bericht endete damit, dass er am *Kultur-Café* eingetroffen war und alte Musikerkollegen getroffen hatte. Wen genau, konnte er nicht mehr mit Bestimmtheit sagen.

Bodo hörte sich alles in Ruhe an und sagte dann: „Okay, dann erzähle *ich* Ihnen mal, was Sie danach nach Zeugenaussagen angestellt haben. Ab dem Zeitpunkt, an dem wir eingetroffen sind, lass ich einfach mal das Video laufen, das uns die Fernsehleute netterweise auf DVD hiergelassen haben.“

Bodo zitierte die Zeugenaussagen und führte Freddy über den PC-Monitor das angekündigte Video vor.

Freddy traute seinen Augen nicht. Er konnte kaum glauben, dass *er* dieses Wesen war, welches dort über den Bildschirm flimmerte und dessen Benehmen jeder Beschreibung spottete. Als das Video zu Ende war, schlug er seufzend die Hände vors Gesicht.

Bodo lehnte sich zurück.

„Ich glaube, die Dröhnung, die Sie sich gestern verpasst haben, war um ein paar Promille zu stark“, sagte er ernst.

„Und ich schätze, die Probleme, die Sie sich dadurch eingehandelt haben, heißen Körperverletzung, Hausfriedensbruch, Widerstand gegen die Staatsgewalt … Da kommt so einiges zusammen. Die Staatsanwaltschaft wird sich intensiv mit Ihnen beschäftigen müssen.“

„Es tut mir alles furchtbar leid“, sagte Freddy kleinlaut.

Ihn überkam ein enormes Mitteilungsbedürfnis und er erzählte Bodo seine ganze Geschichte von den Anfängen seiner Musikerkarriere über den Gitarrendiebstahl bis zur letzten Nacht.

Der Polizist hörte teils interessiert, teils etwas ungeduldig zu, wenn Freddy zu weit ausschweifte und meinte dann: „Ich glaube, es wäre ganz gut, wenn Sie das mal einem Therapeuten erzählen würden. Vielleicht kann der Ihnen ja helfen, damit so was nicht nochmal passiert.“

Freddy nickte langsam. Er hatte nicht gedacht, dass er ausgerechnet einem Polizisten einmal sein Herz ausschütten würde. Er fühlte sich etwas erleichtert.

„Und was passiert jetzt mit mir? Wandere ich jetzt direkt in den Knast?“

Bodo sah ihn streng an und ließ ihn einen Moment zappeln.

Dann stand er plötzlich auf und sagte: „Warten Sie einen Moment.“

Er verließ den Raum und ließ Freddy mit Hasso, der begonnen hatte, eifrig auf seiner PC-Tastatur herumzuhacken, allein.

Nach einiger Zeit kam er wieder und sagte: „Okay, Sie haben mir noch einige Formulare zu unterschreiben und müssen mir Ihre Telefon- und Handynummer hinterlassen. Sie müssen sich bis auf weiteres zur Verfügung halten. Das Übrige werden Sie dann noch schriftlich erfahren. Ach so …, fast hätte ich es vergessen. Wir haben Ihnen eine Blutprobe entnommen. Sie hatten über zwei Promille. Wenn Sie Glück haben, werden Sie als eingeschränkt zurechnungsfähig betrachtet. Dann fällt die Strafe nicht ganz so hart aus.“

Nachdem die Formalitäten erledigt waren, entschuldigte sich Freddy nochmals bei den Polizisten und verließ die Polizeihauptwache.

Auf dem Weg nach Hause hatte er Zeit zum Nachdenken. Hasso hatte ihm tatsächlich zwei Aspirin besorgt und inzwischen setzte deren Wirkung ein. Er fühlte sich zwar immer noch mies, aber wenigstens konnte er jetzt über die Geschehnisse nachdenken.

Sein Anblick auf dem Video hatte ihn entsetzt. Er musste sich eingestehen, dass er seit dem Raub von *Lucille* offensichtlich die Bodenhaftung verloren hatte.

Zu Hause angekommen, gönnte er sich ein heißes Bad. Anschließend hielt er ein Nickerchen, wobei die Bilder des Videos wieder und wieder vor seinem geistigen Auge abliefen.

Das Schrillen des Telefons riss ihn jäh aus seinem Dämmerschlaf.

Er hatte seinen Nachnamen noch nicht ausgesprochen, da wischte eine schrille Frauenstimme die eingetretene Wirkung der Kopfschmerztabletten mit einem Schlag hinweg.

„Hast du völlig den Verstand verloren, Freddy Spieker?“

Im ersten Moment erkannte er die Stimme nicht. Er hielt den Hörer etwas weiter weg, um den plötzlichen Kopfschmerz zu lindern.

„Willst du Ulli umbringen? Du bist doch krank. Ein Fall für die geschlossene Abteilung."

Es war Karin, Ullis Freundin.

Freddy hatte keine Ahnung, was er sagen sollte.

Er schämte sich für den letzten Abend. Dennoch saß der Stachel des Verdachtes gegen Ulli noch tief.

„Es tut mir leid. Ich war besoffen", war seine hilflose Erklärung.

„Oh, es tut dir leid. Immerhin, so viel Reue hätte ich dir gar nicht zugetraut. Sollte etwa doch noch ein besserer Mensch aus dir werden? Gestern Abend war es jedenfalls Mr. Hyde. Spreche ich jetzt etwa mit Dr. Jekyll?"

„Hör zu, Karin. Du weißt, wie sehr mich der Einbruch damals getroffen hat. Ulli hat auch nicht viel dazu beigetragen, meinen Verdacht gegen ihn zu zerstreuen."

„Du Idiot! Das hast du dir schön zurechtgelegt. Hast du vielleicht auch mal in eine andere Richtung gedacht? Jetzt noch mal zum Mitschreiben: Ulli hat nichts mit der Sache zu tun. Wir waren an dem Abend zusammen, ob du es glaubst oder nicht. Und noch was: Ulli hat es sehr getroffen, dass du ihn verdächtigt hast und dass die Band geplatzt ist. Aber du wolltest ihm ja nicht glauben."

Freddy hatte immer gedacht, dass das Alibi, dass Karin Ulli für die Zeit des Einbruchs gegeben hatte, nur eine Schutzbehauptung gewesen war. Er hatte Karin bisher als humorvolle, aber zurückhaltende Frau erlebt und den Eindruck gehabt, dass sie sehr unter Ullis dominantem Einfluss stand. So emotional wie jetzt hatte er sie noch nie erlebt. Zum ersten Mal kamen ihm Zweifel. Ihre vehemente Verteidigungsrede hatte ihre Wirkung nicht verfehlt.

„Ulli hat des Öfteren zu mir gesagt, dass er alles dafür tun würde, dir deine Gitarre wieder zu beschaffen. Er hat sehr darunter gelitten, dass die Freundschaft zu dir und die Band zerbrochen sind."

Freddy wurde nachdenklich. Hatte er sich wirklich geirrt? Hatte der Schmerz über den Verlust von *Lucille* seine Sinne so sehr getrübt, dass es der Nährboden für unberechtigte Verdächtigungen wurde?

Er war gerührt. Und er glaubte ihr.

„Hat er das wirklich gesagt?"

Die Frage war eigentlich überflüssig. Sie hatte ihn längst überzeugt.

„Oh ja! Und er hat immer die Augen offen gehalten, wenn er auf der Suche nach einer neuen Gitarre mal wieder die Geschäfte abgeklappert oder sich Auftritte von anderen Bands angesehen hat. Du solltest endlich begreifen, dass du ihm Unrecht getan hast und dich bei ihm entschuldigen, wenn du noch einen Funken Anstand besitzt."

Das saß. Seine Schuldgefühle verstärkten sich.

„Ich bin fertig. Du weißt, was du zu tun hast."

Sie hatte aufgelegt.

Freddy musste sich setzen. Karins Gehirnwäsche hatte ihn umgeworfen.

Er hatte zwar immer noch keine Erklärung, wer bei ihm eingebrochen war, aber Ulli war es wohl nicht gewesen.

Im Gegenteil. Ulli hatte versucht, *Lucille* wiederzufinden.

Diese neue Erkenntnis veränderte seine Sichtweise völlig.

Er musste Ulli besuchen und versuchen, die Sache vernünftig aus der Welt zu schaffen. Die Staatsanwaltschaft hatte den Einbruch längst zu den Akten gelegt, was sein Vertrauen in Polizei und Justiz nachhaltig erschüttert hatte. Er musste aber zugeben, dass die damaligen Ermittler auch Ulli und seine Lebensumstände ins Visier genommen hatten und sich keinerlei Hinweise auf eine Beteiligung des Gitarristen ergeben hatten. Ulli hatte bei Proben als Einziger immer auf der Gitarre spielen dürfen. Er hatte sich zwar darüber beschwert, dass er sie zu Live-Gigs nicht hatte mitnehmen dürfen, aber wenn er sie gestohlen hätte, hätte er dies auch nicht tun können. Es wäre schließlich aufgefallen. Freddy konnte sich auch nicht vorstellen, dass Ulli diese weiterverkauft hätte, dazu war er viel zu versessen darauf, auf *Lucille* zu spielen. Und dies im stillen Kämmerlein ohne Band zu tun, ohne dass Publikum oder Bandmitglieder ihm Anerkennung, ja, Verehrung zollten, war nicht Ullis Ding.

Nein, es musste etwas anderes dahinter stecken! Je länger er darüber nachdachte, umso absurder kamen ihm seine bisherigen Unterstellungen vor. Er war es Ulli und auch sich selbst schuldig, die Sache nochmals aufzurollen und den wahren Schuldigen zu finden.

Seine Gedanken gingen jetzt über das bisher Vermutete hinaus. Seine damaligen Bandmitglieder hatte er zur Geheimhaltung verdonnert. Dennoch musste es eine undichte Stelle gegeben haben. Vielleicht hatte sich jemand verplappert und die Information gelangte an die falschen Leute.

Schließlich entschloss er sich, Ulli zu besuchen. Dies war zwar in der gegenwärtigen Situation eigentlich unangebracht, aber er würde ansonsten keine Ruhe mehr finden. Er musste sich bei Ulli entschuldigen und die Sache klären. Vielleicht könnten sie sich dann eines Tages doch wieder versöhnen und gemeinsam Musik machen.

Er ging davon aus, dass sich Ulli noch im Krankenhaus befand. Er nahm seinen Mut zusammen und rief Karin an. Sie bestätigte, dass Ulli im Bergmannsheil aufgenommen und nach kurzzeitigem Aufenthalt in der Notaufnahme auf eine normale Station verlegt worden war. Auf seine Ankündigung, ihn besuchen und sich bei ihm entschuldigen zu wollen, reagierte sie verhalten, aber nicht abwehrend. Offensichtlich schien sie selbst überrascht zu sein, welch schnelle Wirkung ihre Standpauke gehabt hatte.

Freddy überlegte, wie er seinem alten Freund gegenübertreten sollte, nach alldem, was zuletzt vorgefallen war. Wie sollte er ihm seinen plötzlichen Sinneswandel erklären? Nach zwei Bechern starken Kaffees sagte er sich, dass er den Besuch riskieren musste, obwohl damit zu rechnen war, dass er von Ulli oder seinen eventuell anwesenden Familienangehörigen hinausgeworfen würde. Während er noch überlegte, was sich als passendes Entschuldigungsgeschenk eignen würde, schnappte er sich die Autoschlüssel und verließ sein Haus.

Während das elektrische Garagentor aufschwang, gab es den Blick auf den Lincoln frei, auf dem immer noch der Aufkleber mit dem Logo der *Blues Bandits* prangte. Bei dessen Anblick überkam ihn seit langer Zeit wieder so etwas wie Wehmut. Die guten alten Zeiten hatten so plötzlich geendet.

Er drückte aufs Gas, wie immer zu viel, sodass ein Nachbar, der gerade in seinem Vorgarten dem Unkraut zu Leibe rückte, den Lärm des aufheulenden Motors mit einem Kopfschütteln quittierte. Auf die Sympathie seiner Nachbarn konnte Freddy allerdings noch am ehesten verzichten, die waren ihm eh alle viel zu spießig.

Ob es ihm gelingen würde, die Freundschaft zu Ulli wiederherzustellen? Würde er vielleicht zusammen mit ihm *Lucille* wiederfinden? Er tat sich immer noch schwer damit, sich mit dem Verlust seiner Gitarre abzufinden. Er musste damit rechnen, *Lucille* nie wiederzufinden.

Während er noch in Gedanken versunken war, hielt er an einer Tankstelle und kaufte für Ulli die neueste Ausgabe des Playboy und eine Stange Zigaretten. Wie er Ulli kannte, war es ihm egal, dass man im Krankenhaus nicht rauchen durfte. Er würde schon eine

Gelegenheit finden, seiner Sucht zu frönen. Notfalls würde er im Bett rauchen. Solange, bis eine Krankenschwester ihm den Glimmstängel wegnehmen würde. Ulli machte eben, was er wollte.

Je näher er dem Krankenhaus kam, umso größer wurden seine Zweifel, ob er das Richtige tat. Er ertappte sich dabei, wie er absichtlich Umwege fuhr, nur um den Zeitpunkt der Ankunft hinauszuzögern. Schließlich fuhr er auf die Autobahn Richtung Münster, nur um am Kreuz Recklinghausen wieder kehrtzumachen. Nachdem er weitere Umwege gefahren war, nahm er sich schließlich ein Herz und steuerte direkt auf seinen Zielort zu.

Er hasste Parkhäuser. Es dauerte ihm immer zu lange, bis man da herauskam. Glücklicherweise fand er in der Nähe des Einganges des Krankenhauses einen Parkplatz, als ein Wagen, der ihm irgendwie bekannt vorkam, kurz vor ihm aus einer Lücke herausfuhr.

Nachdem er am Empfang Ullis Zimmernummer in Erfahrung gebracht hatte, machte er sich mit weichen Knien auf den Weg. Er war darauf gefasst, dass Ulli ihn nicht gerade freundlich empfangen würde. Möglicherweise konnte er gerade noch eine Entschuldigung loswerden und musste sich dann wieder trollen. Als er vor Ullis Krankenzimmer stand, klopfte sein Herz bis zum Hals. Ihn überkamen heftige Schuldgefühle. Von der Überzeugung, dass Ulli ein Gitarrendieb war und seinen Hassgefühlen ihm gegenüber war nichts mehr geblieben. Kurzzeitig hatte er den Impuls, sich wieder auf dem Absatz umzudrehen.

„Feigling!“, sagte er laut zu sich, sodass ein Krankenpfleger, der in diesem Moment an ihm vorbeiging, verwundert aufsah, im Glauben, er wäre gemeint.

Bevor Freddy eintrat, horchte er an der Tür. Er hörte einen Fernseher plärren. Ansonsten … keine Stimmen. Offenbar hatte Ulli keinen Besuch. Immerhin! Er atmete nochmal tief durch und öffnete langsam die Tür.

Drei Betten waren auf der rechten Seite des Zimmers aufgereiht. Das erste Bett war unbelegt und das Bettzeug mit einer durchsichtigen Plastikplane bedeckt. Vor dem zweiten Bett stand ein älterer Herr im Schlafanzug, der Freddy durchdringend ansah. Im dritten Bett lag Ulli. Er schien zu schlafen. Langsam ging Freddy in seine Richtung. Sollte er ihn aufwecken? Vielleicht wäre es besser, später noch einmal wiederzukommen.

„Haben Sie mir jetzt endlich meine Zeitung mitgebracht?“,

herrschte ihn plötzlich der ältere Herr an. Freddy zuckte erschreckt zusammen.

„Wie bitte?“, antwortete er verdutzt.

„Ich warte schon seit Tagen, aber in dieser Pension funktioniert ja so gut wie gar nichts. Also, was ist mit meiner Zeitung?“, sagte der Mann in barschem Tonfall.

„Entschuldigen Sie, Sie müssen mich verwechseln“, erwiderte Freddy.

„Jetzt kommen Sie mir nicht so! Ich weiß genau, dass Sie hier arbeiten.“

Der Mann wurde immer zorniger. So langsam dämmerte es Freddy. Der ältere Herr war offenbar dement. Na toll, dieser Umstand dürfte nicht gerade zu Ullis Gesundung beitragen! Der Alte starrte Freddy weiterhin voll zorniger Erwartung an. Freddy musste ihn irgendwie ablenken. Nachdenklich betrachtete er den Playboy, den er in seiner Hand hielt. Ulli würde im Moment wahrscheinlich sowieso nicht der Sinn danach stehen. Kurzerhand reichte er dem Mann die gerade gekaufte Zeitschrift.

„Bitte sehr!“ Der Alte nahm das Heft an sich, ohne Freddy aus den Augen zu lassen.

„Na bitte. Geht doch!“, sagte er triumphierend, setzte sich auf sein Bett und fing umgehend an zu lesen. Zumindest versuchte er es. Der krausen Stirn nach zu urteilen, schien er nicht ganz zu verstehen, was er da gerade las.

Freddy wandte sich Ulli zu. Er lag auf dem Rücken, die Bettdecke bis fast zum Hals gezogen, die Augen geschlossen. Eigentlich hätte er bei dem lauten Gerede seines Zimmergenossen aufwachen müssen. Möglicherweise hatten sie ihn aber so sehr mit Medikamenten vollgestopft, dass ihm das nichts anhaben konnte. Freddy entschloss sich, einen Versuch zu wagen.

„Hallo Ulli“, sagte er zu ihm. „Hörst du mich? Hey, das war echt Scheiße gestern. Hab zu viel gesoffen.“ Keine Reaktion. Noch ein Versuch!

„Vielleicht können wir nochmal über alles reden. Schätze, ich habe dir Unrecht getan.“

Nichts. Ulli rührte sich nicht. Da war wohl heute nichts zu machen. Freddy musste es an einem anderen Tag versuchen. Er überlegte noch, ob er ihm die Zigaretten dalassen sollte, verwarf den Gedanken aber schnell, weil die sicherlich vom Pflegepersonal entsorgt werden würden, wenn man sie entdeckte. Er könnte sie vielleicht auch in Ullis Nachtschränkchen verstauen, mit einem Entschuldigungszettel. Aber nein, es wäre besser, sie beim nächsten Mal wieder mitzunehmen.

Freddy wollte gerade auf dem Absatz kehrtmachen, als ihm etwas Ungewöhnliches auffiel. Das Mittagessen stand noch unberührt auf der Ablage. Es war mit einer Plastikhaube zugedeckt. Ulli musste also schon etwas länger schlafen. Besorgt sah Freddy ihn sich noch mal etwas genauer an. Der Mund war leicht geöffnet. Das Kissen unter seinem Kopf sah ziemlich zerknautscht aus. Ein Schnarchen war nicht zu vernehmen.

Freddy beschlich ein seltsames Gefühl. Er ging näher heran. Ullis Gesichtsfarbe war unnatürlich grau. Gut, er war starker Raucher und Freddy hatte ihn auch länger nicht gesehen, aber so fahl hatte er ihn nicht in Erinnerung. Er ging noch näher heran.

Er hörte ihn nicht atmen. Verdammt, er atmete nicht!

„Ulli!", rief Freddy, packte ihn an den Oberarmen und schüttelte ihn. Er reagierte nicht.

„Mein lieber Mann!", hörte er auf einmal den alten Mann ausrufen. Freddy drehte sich irritiert zu ihm um. Dieser war jedoch in den Playboy vertieft und betrachtete offenbar gerade höchst verzückt das Bunny des Monats. „Nicht schlecht!"

Freddy ließ Ulli völlig entsetzt los, als er merkte, dass dieser schon kalt war. Sein Körper rutschte halb aus dem Bett. Der Kopf hing herab.

Ulli war tot. Daran bestand kein Zweifel. Und er, Freddy, hatte ihn umgebracht. Er konnte es sich nicht anders erklären, Ulli musste infolge der Gehirnerschütterung eine Hirnblutung oder so was Ähnliches erlitten haben. Eine andere Erklärung gab es nicht. Die Gedanken rasten ihm durch den Kopf. Was sollte er jetzt tun? Wenn ihn jetzt jemand am Bett des Toten sehen würde. Man würde doch denken, er habe ihm jetzt noch den Rest gegeben.

Während er völlig in Panik, aber unfähig sich zu bewegen, vor Ullis Bett stand, hörte er hinter sich einen spitzen Schrei. Eine Krankenschwester stand mit weit aufgerissenen Augen und einem Tablett mit Kaffee und einem Stück Kuchen mitten im Raum. Er hatte sie gar nicht hereinkommen hören.

„Was soll der Lärm?", schnauzte der Alte, nachdem er von seiner Zeitschrift aufgesehen hatte.

Einen kurzen Moment lang starrten sich Freddy und die

Krankenschwester an. Dann rannte er los und rammte die verängstige Frau, deren Tablett samt Kaffee und Kuchen scheppernd auf dem Boden landete. Er stürzte zur Zimmertür hinaus und lief den Gang entlang bis zum Treppenhaus.

Es war schon immer Freddys Art gewesen, kopflos und rein emotional zu reagieren. Noch vor zwei Stunden hatte er sich vorgenommen, das in Zukunft zu ändern. Aber diesen Schock konnte er so schnell nicht verarbeiten. Während er wie ein gehetztes Tier zu seinem Auto lief, schossen ihm die wildesten Gedanken durch den Kopf. Ihm war klar, er hatte Ulli umgebracht. Mord war es nicht; nein, das konnten sie ihm nicht anhängen. Totschlag? Nun ja, vielleicht! Aber nein, er wollte ihn ja nicht töten, sondern lediglich eine Abreibung verpassen und dabei nebenbei in Erfahrung bringen, was mit seiner Gitarre geschehen war. Dann vielleicht Körperverletzung mit Todesfolge. Ja, so würde wohl die Anklage lauten. Aber dennoch, ihm war klar, dass sie ihn dafür einbuchten würden, vielleicht für Jahre. Nein, das konnte er nicht ertragen! Er musste weg, einfach nur weg!

Schließlich erreichte er sein Auto, stieg ein und raste los wie von Sinnen. Vielleicht erst mal ins Ausland. Zum Beispiel nach Holland. Er hatte seine Kreditkarte dabei, konnte sich zunächst mit dem Nötigsten versorgen. Vielleicht konnte er sich nach einiger Zeit in sein Haus schleichen, um das eine oder andere einzupacken und sich dann wieder aus dem Staub machen. Verdammt, seinen Job war er wohl los! Und überhaupt … nun hatte er endgültig niemanden mehr, der zu ihm stehen würde. Er hatte seinen ehemals besten Freund umgebracht. Das wird ihm niemand mehr verzeihen. Er musste zugeben, dass er dafür Verständnis hatte, er würde genauso handeln.

Verdammt! Ulli tot! Er konnte es nicht fassen. Er hatte nicht gedacht, dass es einmal so weit kommen würde. Und das alles nur wegen einer Gitarre! Während er in einem Höllentempo auf die Königsallee einbog, kamen ihm die Tränen.

Zur gleichen Zeit ging bei der Polizei ein Notruf ein. Eine Krankenschwester, völlig außer sich, erklärte dem Polizisten, dass gerade ein Patient in seinem Krankenbett, man stelle sich das nur vor, ermordet worden sei. Da sich der Täter sehr auffällig verhalten habe, konnte sie eine detaillierte Beschreibung des Flüchtigen durchgeben. Bevor sie auflegte, erhielt sie noch die Mitteilung einer Kollegin, wonach der Mörder mit einem dunkelblauen Lincoln mit dem amtlichen Kennzeichen E-FS 1968 H in Richtung Königsallee davongeeilt sei. Die Polizei solle sich doch gefälligst beeilen und den Dreckskerl dingfest machen.

Bodo und Hasso saßen gerade bei einer Kaffeepause, als sie die Aufforderung der Leitstelle erreichte. Mit einem Seufzer ließen sie den Kaffee Kaffee sein und eilten zu ihrem Fahrzeug. Mit Martinshorn und Blaulicht rasten sie los. Mittlerweile kam der Funkspruch, dass sich der Wagen inzwischen auf der Alleestraße befinde, möglicherweise auf dem Weg zur Autobahnauffahrt Stahlhausen.

„Der wird doch nicht so bekloppt sein und will auf die Autobahn", bemerkte Hasso. „Da steht er doch sofort im Stau und kann zu Fuß weiter flüchten, Spätestens dann haben wir ihn!"

Als Nächstes kam der Funkspruch, dass man inzwischen den Halter des Fahrzeuges ermittelt habe. Es handle sich um einen gewissen Freddy Spieker, der offenbar noch am Abend zuvor wegen Randalierens festgenommen worden war und die Nacht in einer Ausnüchterungszelle verbracht hatte.

Bodo und Hasso sahen sich entsetzt an. Weiter wurde durchgegeben, dass das Opfer ein gewisser Ulli Kanderske sei, der offenbar auch am Abend zuvor von Freddy Spieker krankenhausreif geschlagen worden war. Die genaue Todesursache stehe noch nicht fest. Nach derzeitigem Stand sei das Opfer aber wohl in seinem Krankenbett von dem Verdächtigen getötet worden. Spieker sei umgehend festzunehmen. Andere Streifenwagen, auch aus den Nachbarstädten, seien alarmiert, um ihm möglichst den Weg abzuschneiden und Unfälle zu vermeiden.

„Verdammte Scheiße!", fluchte Bodo. „Wir hätten ihn festhalten sollen heute Morgen. Aber wer konnte ahnen, dass er ihm dann noch den Rest geben würde. Als er wieder nüchtern war, wirkte er doch ganz vernünftig und schien einzusehen, dass er Mist gebaut hatte."

„Vielleicht hat er sich in der Zwischenzeit wieder den Kopf zugesoffen", erwiderte Hasso. „Der Typ scheint ja mit Alkohol im Blut unberechenbar zu sein. Schätze, der säuft auch öfter mal. Den Kollegen in Essen ist der mit Sicherheit auch schon hinlänglich bekannt."

„Könnte sein. Aber wenn er besoffen mit seinem Auto auf der Flucht ist, macht das die Sache nicht gerade einfacher. Hoffentlich erwischen wir ihn, bevor er noch mehr Unheil anrichtet." Bodo schaute kurz von seinem Steuer hinüber zu seinem Kollegen und runzelte die Stirn. „Schnall dich an, du Kamikaze-Cop!", befahl er trocken.

Auf der Wattenscheider Straße überholte Freddy gerade die Straßenbahn in einem Höllentempo und näherte sich der Autobahnauffahrt Stahlhausen. Er konnte bereits erkennen, dass die Autobahn mal wieder total dicht war. Scheiß A 40, ging es ihm durch den Kopf! Ob er irgendwann mal den Tag erleben würde, an dem hier kein Stau war?

Er hatte schon von weitem das Martinshorn mehrerer Wagen gehört. Die Bullen waren offenbar schon hinter ihm her. Zum Glück wusste er einen Schleichweg durch Wattenscheid. Da konnte er sie abhängen.

Als er sich dem Kreisverkehr näherte, von dem eine Abzweigung auf die Umgehungsstraße führte, kam ihm ein Streifenwagen mit Blaulicht entgegen. Er schaffte es gerade noch abzubiegen. Der Polizeiwagen war jetzt dicht hinter ihm. Freddy drückte aufs Gas. Von hinten wurde er mehrmals per Lichthupe aufgefordert, anzuhalten. Er ignorierte es.

Plötzlich tauchte vor ihm ein Müllfahrzeug auf, das gerade von der angrenzenden Kippe einen Container Gartenabfälle abtransportierte und sich anschickte, Freddy den Weg abzuschneiden. Freddy gab Gas. Er musste den LKW noch umkurven, sonst hatten sie ihn. Die Augen des LKW-Fahrers weiteten sich zusehends, als er bemerkte, dass Freddy keinerlei Anstalten machte, das Tempo zu senken, sondern mit einem Affenzahn auf die Gegenfahrrichtung zuhielt, die der Laster aber zum Einbiegen benötigte. In Panik riss er im letzten Moment das Steuer herum, während Freddy haarscharf an ihm vorbeibrauste. Der Hänger des LKW verlor bei diesem abrupten Manöver das Gleichgewicht, neigte sich zunächst leicht, um dann im nächsten Moment samt Container krachend auf die Fahrbahn zu kippen. Die Polizisten konnten zwar noch bremsen, rasten aber dennoch in den riesigen Haufen von abgemähtem Rasen, Sträuchern, Unkraut und sonstigem Grünzeug, welches die Hobbygärtner der Umgebung entsorgt hatten. Immerhin minderte das den Aufprall mit dem Container, sodass sie der Leitstelle melden konnten, dass der Wagen hin und der Täter geflüchtet war, aber es außer einem unter Schock stehenden LKW-Fahrer keine ernsthaften Verletzungen gab. Allerdings könne man jetzt einen Kran gebrauchen.

Bodo und Hasso trafen kurz nach dem Unglück an der Unfallstelle ein.

„Scheiße! Hier kommen wir nicht weiter“, konstatierte Hasso und drehte den Wagen, während sich hinter ihnen bereits eine Schlange zu bilden begann.

„Wo will er jetzt wohl hin?“, überlegte Bodo laut.

„Nach Gelsenkirchen“, erwiderte Hasso bestimmt. „Sieh zu, dass die Kollegen dort informiert werden.“ Er schaute Bodo grinsend von der Seite an. „Wetten, wir kriegen ihn da?“

Während Freddy in einer holprigen Tempo-30-Zone mit achtzig Sachen dahinraste, nahm er nach einem Blick in den Rückspiegel zufrieden zur Kenntnis, dass er die Polizisten abgehängt hatte. Er überlegte, welchen Weg er durch Gelsenkirchen einschlagen sollte. Er entschied sich entlang der östlich gelegenen Ostpreußenstraße in Richtung der Autobahnauffahrt zur A 42 im Stadtteil Bismarck weiterzufahren. Dort gab es weniger Ampeln. Obwohl ..., er hatte wenige Minuten zuvor schon genügend Rotverstöße begangen, sodass es darauf auch nicht mehr ankam. Glücklicherweise war in diesem Bereich wenig Verkehr und die Ampeln zeigten Grün. Er näherte sich der Auffahrt und er war guter Hoffnung, dass die Bahn frei sein werde. Wenn er erst mal auf der Autobahn sein würde, würden sie ihn nicht mehr kriegen. Da war er sich sicher.

Aber was war das? Ein Polizeifahrzeug versperrte die Auffahrt! Und nicht nur das! Ein zweiter Streifenwagen stand quer über der Fahrbahn. Davor stand ein Beamter und schwenkte hektisch eine Kelle, um ihn zum Anhalten zu zwingen.

Freddys Adrenalinspiegel stieg erneut an. Er raste auf das quer stehende Fahrzeug zu und drehte im letzten Moment nach links ab.

Mit dem linken Reifen schrammte er am Bordstein entlang, mit dem rechten Kotflügel rammte er leicht den Streifenwagen. Der Polizist hatte sich zuvor mit einem Hechtsprung in Sicherheit gebracht.

Er raste weiter. Was nun? Auf einer Nebenstrecke näherte er sich dem Zoo. Die Besucher, die auf den Haupteingang zuliefen und gerade die Straße überqueren wollten, warnte er mit lautem Hupen. Schließlich bog er rechts auf die Münsterstraße und überquerte den Rhein-Herne-Kanal. Als nächstes Ziel hatte er die Auffahrt zur A 2 im Visier.

Der Verkehr wurde immer dichter. Was war hier los? Da! Schon wieder Polizeifahrzeuge vor ihm. Sie versperrten zwar nicht die Fahrtrichtung, beobachteten aber den Verkehr sehr genau.

Er schlängelte sich durch den dichten Verkehr, nicht ohne von anderen Verkehrsteilnehmern wütend angehupt zu werden. Spontan entschloss er sich links auf die Willy-Brandt-Allee abzubiegen. Mit quietschenden Reifen verursachte er seinen nächsten Rotverstoß. Kurz darauf hörte er erneut Sirenen hinter sich. Als er in den Rückspiegel sah, machte er auch noch ein Polizei-Motorrad aus. Er drückte das Gaspedal durch.

Und dann sah er sie! Nein, das konnte nicht wahr sein! In Scharen säumten sie die Straßen. Aus den Autos vor ihm wehten ihre Fahnen.

SCHALKER!

Königsblaue Schalker, soweit das Auge reichte. Natürlich …, es war Samstagnachmittag, die Schalker Arena in Sichtweite, die deutsche Fußball-Bundesliga hatte einen Spieltag und, na klar, Schalke 04 hatte ein Heimspiel! Wie hatte er das vergessen können? Warum konnten die nicht ausnahmsweise mal ein Auswärtsspiel haben?

In diesem Moment kreuzte ein Pulk von Fans, die offensichtlich nicht nur äußerlich blau waren, die Fahrbahn. Freddy trat hart auf die Bremse, konnte aber nicht verhindern, zumindest zwei von ihnen so stark zu touchieren, dass sie das Gleichgewicht verloren und unsanft mitsamt halbvollen Bierflaschen zu Boden gingen. Freddy hörte, dass zumindest eine Flasche dabei zu Bruch ging.

Was dann folgte, war ein wildes Geschrei der blauen Horde, das bei einem Tor der Schalker in der letzten Minute nicht lauter sein konnte. Freddy schaffte es gerade noch, die glücklicherweise bei seinem Lincoln nachträglich eingebaute Zentralverriegelung zu betätigen, bevor einige wütende Fans die Türen des Wagens aufreißen konnten.

„Ey, du Arsch! Komm raus und hol dir deine Klatsche ab!“, brüllte ihn ein Typ mit hochrotem Kopf an.

„Guckt euch die Scheiße hier mal an!“, schrie einer von hinten und deutete auf Freddys Kofferraumhaube. Oh Mist, er hatte ja immer noch den Aufkleber von Rot-Weiß Essen darauf!

Im nächsten Moment enterte die johlende Masse das Dach und die Motorhaube des Autos und begann wie wild darauf herumzuspringen. Freddy geriet in Panik und war drauf und dran, die Fahrertür zu öffnen, um sich dann irgendwie durchzuschlagen. Aber wohin er auch blickte, sah er nur blaue Trikots.

„Wer nicht hüpft, der ist Borusse! Wer nicht hüpft, der ist Borusse!“, skandierten die Fans lautstark.

Freddy war schweißgebadet. Bevor die Bullen ihn erwischen würden, hätten diese wild gewordenen Horden ihm vorher schon den Garaus gemacht.

Plötzlich vernahm er eine undeutliche, quäkende Stimme. Bei dem Lärm, der im Wageninneren herrschte, konnte er zunächst nicht verstehen, um was es sich handelte. Das Trampeln ließ langsam nach. Die blauen Randalierer sprangen einer nach dem anderen von seinem Wagen herunter, nicht ohne ihm noch einen Stinkefinger gezeigt zu haben.

„Gehen Sie sofort von dem Fahrzeug herunter und verlassen Sie die Fahrbahn!“, hörte er die quäkende Stimme erneut. Es war ein Megafon.

Als sich das blau-weiße Volk aus seinem Blickfeld verzogen hatte, sah er vor sich zwei Polizisten mit der Waffe im Anschlag.

„Schalten Sie den Motor aus und steigen Sie gaaaaanz langsam aus dem Fahrzeug aus! Legen Sie Ihre Hände auf das Autodach!“

Diese Aufforderung galt ihm. Freddy atmete tief durch. Vorbei! Dennoch war er erleichtert. Auf Dauer wäre das Ganze wohl doch nicht gut gegangen. Er musste sich der Sache stellen. Jetzt gab es kein Zurück mehr!

„Aussteigen und Hände aufs Dach!“, befahl die Stimme deutlich ungeduldiger.

Freddy zog das Knöpfchen für die Zentralverriegelung und tat wie ihm geheißen. Im nächsten Moment schienen ihn tausend Arme zu packen und zu betatschen, herumzureißen und äußerst unsanft Handschellen anzulegen. Er war wie benommen. Undeutlich nahm er wahr, wie Schalker Hooligans die Polizeiaktion lauthals bejubelten. Vermutlich war es das erste Mal, dass die Fans Applaus für Polizisten spendeten.

„Scheiß RWE!“, hörte er sie noch im Chor brüllen, während er abgeführt wurde. Als er zum nächsten Streifenwagen gedrängt wurde, bemerkte er Bodo und Hasso, die inzwischen auch am Ort des Geschehens eingetroffen waren.

„So schnell sieht man sich wieder!“, bemerkte Hasso trocken. Und zu Bodo gewandt: „Ich hab’s doch gesagt. Wenn der durch Gelsenkirchen fährt, haben wir ihn.“

Sie hatte einen neuen Besitzer.
Zu ihrem Glück hatte er sie ihrem früheren Herrn entrissen.
Nun hoffte sie sich so entfalten zu können, wie es ihrer Bestimmung entsprach.
Sie war jetzt allein in diesem dunklen Raum und wartete geduldig auf ihren Meister.

Kapitel 3

Polizeioberkommissar Bruno Peppelinski lauschte aufmerksam dem telefonischen Bericht seines Kollegen von der Einsatzzentrale. Man habe den mutmaßlichen Täter festgenommen. Die Spurensicherung sei noch am Tatort und ermittle die genaue Todesursache. Ja, der Festgenommene sei bereits auf dem Weg zur Wache und werde sich bald hinter Schloss und Riegel befinden. Peppelinski beendete das Gespräch mit der Aufforderung, ihm doch den Bericht des gestrigen Abends zukommen zu lassen, der den Gewaltausbruch des Verdächtigen detailliert dokumentierte. Dann legte er auf.

Er strich sich durch sein schütteres Haar. Der Fall schien ziemlich eindeutig zu sein. Selten in seiner langjährigen Dienstzeit hatte er eine solche Dreistigkeit erlebt. Da hatte jemand seinen ehemals besten Freund krankenhausreif geprügelt, um ihm dann auch noch einen Tag später, hilflos wie er war, den Rest zu geben. Für diesen Fall brauchte keine Sonderkommission eingerichtet werden. Ohnehin wäre Peppelinski dafür wohl nicht berufen worden.

Er galt zwar bei seinen Kollegen als tüchtig, aber nicht sonderlich kompetent. Abgesehen davon machte man sich gern über seinen Nachnamen lustig. Auch in seinen Ohren klang dieser recht kurios. Er hatte ihn immer gehasst und oft mit dem Gedanken gespielt, sich umzubenennen. Dies bedeutete jedoch nicht, dass er seinen Kollegen mangelnden Respekt durchgehen lassen konnte. Als Folge trat der Herr Oberkommissar – immerhin hatte er es aufgrund seiner Hartnäckigkeit so weit gebracht – betont herrisch auf. Seine geringe Körpergröße und seine abgewetzte Garderobe bewirkten jedoch, dass man ihn nicht ganz ernst nahm. Dass man ihm hinter vorgehaltener Hand den Spitznamen „Ekel Alfred“ verpasst hatte, war ihm noch nicht zu Ohren gekommen.

„Sobald ich mich über die gestrigen Vorgänge informiert habe, können wir mit der Vernehmung beginnen“, sagte er zu seinem

Assistenten Rico Bein, der ihm an seinem Schreibtisch gegenübersaß. Dann teilte er ihm mit, was die Einsatzzentrale ihm soeben berichtet hatte.

Rico Bein nickte stumm und wandte sich wieder seinem PC zu, um irgendwelche Statistiken für irgendwelche wichtigen Leute fertigzustellen. Er schien der Einzige im hiesigen Polizeiapparat zu sein, der Bruno Peppelinski vorbehaltlos akzeptierte. Womöglich lag es daran, dass Rico Bein ein gänzlich humorfreier Mensch war, der auf Witze im Kollegenkreis meist nur mit einem Stirnrunzeln reagierte. Auf jeden Fall schien man ihn für die ideale Ergänzung Peppelinskis zu halten. Vielleicht hatte es auch damit zu tun, dass er aus der ehemaligen DDR stammte und mit dem speziellen Ruhrgebietshumor nichts anzufangen wusste.

Er war mit Mitte dreißig, etwa zehn Jahre jünger als sein Vorgesetzter, und stellte dessen Vorbildfunktion allein aufgrund seines Ranges von vornherein nicht in Frage, auch wenn dieser etwa einen Kopf kleiner und, im Gegensatz zu ihm, völlig unsportlich war. Letzteres war überhaupt kein Problem. Wenn sein Vorgesetzter ihm befehlen würde, einen Verbrecher zu fangen, würde sein durchtrainierter Körper zur Höchstform auflaufen und den Verdächtigen in Rekordzeit zur Strecke bringen. Auf diese Gelegenheit wartete er sehnsüchtig.

Das Telefon schrillte. Bein hob ab. Ein Kollege fragte nach, ob er den Bericht auch per E-Mail übersenden könne. Er sei noch nicht ausgedruckt und vom aufnehmenden Beamten noch nicht unterzeichnet worden. Rico Bein gab die Frage an seinen Vorgesetzten weiter. Dies stieß bei Peppelinski auf Unverständnis. Dem technischen Fortschritt stand er bisweilen sehr skeptisch gegenüber. Verärgert ließ er dem verdutzten Beamten ausrichten, dass es zu „seiner Zeit" so etwas nicht gegeben habe. Berichte mussten umgehend fertiggestellt und unterzeichnet werden. Man solle diesen doch gefälligst ausdrucken und vom Verfasser sofort unterschreiben lassen. Er bestehe auf der Papierform.

Rico Bein bemühte sich, die Anweisungen in demselben scharfen Ton weiterzugeben, wie es ihm sein Chef übermittelt hatte, was im Übrigen gar nicht notwendig war, da der Polizist am anderen Ende der Leitung bereits alles gehört hatte. Als dieser dann anmerkte, dass sich der betreffende Kollege derzeit noch auf Streife befinde und den Bericht erst im Laufe des Tages unterzeichnen könne, war für

Peppelinski das Maß voll.

„Ja, hat sich den hier alles gegen mich verschworen?“, brüllte er. „Schlamperei!“

Rico Bein entschloss sich dies nicht weiterzugeben, dies konnte der Gesprächspartner am anderen Ende der Leitung unmöglich überhört haben.

Peppelinskis cholerische Ausbrüche waren allgemein bekannt, richtig ernst nehmen wollte sie jedoch keiner. Nachdem er tief durchgeatmet hatte und Rico Bein ihn erwartungsvoll anschaute, was er dem Kollegen als Nächstes mitteilen solle, entschied der Oberkommissar, dass man ihm zunächst den Bericht ohne Unterschrift bringen solle und zwar sofort. Der betreffende Beamte solle sich nach seiner Rückkehr umgehend bei ihm melden.

Innerhalb von zehn Minuten hatte er den Bericht auf dem Tisch liegen. Er wurde ihm von einer jungen, dynamischen Beamtin überreicht, die er noch nie zuvor gesehen hatte und irgendwie beschlich ihn das Gefühl, dass er nicht mehr alles mitbekam, was sich in der Polizeiwache abspielte.

Nachdem er den Bericht eingehend studiert hatte, ließ er Bein nachfragen, ob der Verdächtige mittlerweile schon auf der Wache eingetroffen sei. Dies wurde bejaht, der vorläufige Bericht der Spurensicherung lag jedoch noch nicht vor.

Er entschloss sich dessen ungeachtet keine Zeit zu verlieren und Freddy Spieker vorab zu vernehmen. Vielleicht war dieser zu einem Geständnis bereit. Der Bericht über die Todesursache musste sich dann nur noch mit den Aussagen des Beschuldigten decken.

Peppelinski klemmte sich die Akte unter den Arm und bedeutete seinem Assistenten, dass nun der Zeitpunkt für die Vernehmung gekommen sei. Eifrig schnappte sich Rico Bein einen Notizblock samt Kugelschreiber sowie das Diktiergerät und folgte seinem Vorgesetzten.

Freddy erlebte alles wie unter einer Dunstglocke. Mit gesenktem Kopf saß er im Streifenwagen, der ihn ins Polizeipräsidium nach Bochum fuhr. Alles um ihn herum nahm er gedämpft wahr. Als man ihn in eine Zelle sperrte und es etwas ruhiger um ihn wurde, hatte er Mühe, das gerade Geschehene zu realisieren. Es kam ihm wie ein böser Traum vor. Wieder hatte er völlig den Kopf verloren, ähnlich wie gestern Abend. Allerdings mit dem Unterschied, dass er diesmal nüchtern war. Es hatte ihm jedoch einen Schock versetzt, als er den toten Ulli vor sich liegen sah und die Aussicht im Gefängnis zu landen, versetzte ihn geradezu in Panik. Jetzt konnte er nicht mehr weglaufen. Er musste ab jetzt Ruhe bewahren und in den Gesprächen mit der Polizei offen über die Hintergründe seines Handelns reden. Es musste klar werden, dass er nicht der hysterische und gleichzeitig eiskalte Killer war, der er in den Augen der Gesetzeshüter zu sein schien.

Als sich seine Benommenheit etwas gegeben hatte, fiel ihm ein, dass er seinen Anwalt anrufen musste. Allerdings hatte man ihm sein Handy abgenommen. Sein Anwalt war ein alter türkischer Freund aus Schulzeiten. In Strafrechtsangelegenheiten hatte er ihn allerdings noch nie in Anspruch genommen. Wie auch? Bisher war sein Vorstrafenregister leer. Aber wie er Salih Aksoy kannte, würde er sich in die Sache reinknien und das Bestmögliche für ihn herausholen. Salih war ein sehr talentierter Anwalt, der es durch Intelligenz, Charme und Witz zu einem anerkannten Fachanwalt in Sachen Vertragsrecht gebracht hatte. Gelegentlich hatte er sich auch erfolgreich mit Strafrechtssachen befasst, wobei er es interessanterweise vermied, seine Landsleute zu vertreten. Hier verwies er fast immer auf seine Kollegen in der Anwaltskanzlei. Den Grund hierfür hatte er nie genannt.

In diesem Moment öffnete sich die Zellentür und Rico Bein betrat die Zelle.

„Polizeihauptmeister Bein“, stellte er sich schneidig vor. „Herr … äääh …“, er schaute kurz in die Akte, die er in den Händen hielt, „Fred Spieker?“ Er sprach es betont langsam aus, sodass Freddy den Eindruck gewann, dass Bein dies für einen äußerst ungewöhnlichen Namen hielt. Da Freddy nicht sofort antwortete, sah Rico Bein ihn erwartungsvoll aus den Augenwinkeln an. Sein herablassendes Verhalten ärgerte Freddy. Er spürte, wie seine Benommenheit verflog und sich sein cholerisches Temperament erneut Bahn brach.

„Jawoll!“, antwortete er zackig, was Bein zu einem Stirnrunzeln veranlasste.

Freddy schloss kurz die Augen und atmete tief durch. Er musste sich zusammenreißen. Wenn er so weiter machte, würden seine Aussichten auf mildernde Umstände noch weiter abnehmen. Durch seine halsbrecherische Flucht hatte er ohnehin schon schlechte Karten.

„Mitkommen!“, befahl Bein und machte den Türausgang frei, sodass Freddy hinausgehen konnte.

Er ließ alle erkennungsdienstlichen Maßnahmen über sich ergehen. Mit kühler Routine nahm man von ihm Fingerabdrücke, schoss Fotos, nahm Speichelproben und vervollständigte sämtliche Personalien. Freddy ließ alles resigniert über sich ergehen. Jetzt war es amtlich: Er war ein Krimineller. Er fühlte sich, als sei er mit einem Makel versehen worden, den man zweifellos auch in der Öffentlichkeit sofort erkennen würde. Während der ganzen Prozedur ließ ihn Rico Bein nicht aus den Augen. Mit starrem Blick verfolgte er jede seiner Bewegungen, so als würde er nur auf den Moment warten, in dem Freddy aus der Reihe tanzen würde und er augenblicklich zufassen könnte.

Nachdem diese Formalitäten abgeschlossen waren, führte ihn Bein in ein Zimmer, das er aufgrund seiner Nüchternheit, nur Tisch und Stühle standen darin, als Verhörzimmer identifizierte. Am Tisch saß bereits ein untersetzter, dünn behaarter Mann mit hässlicher Brille und abgewetzten Klamotten, den er spontan für den hiesigen Hausmeister hielt. Dagegen sprach allerdings, dass dieser Mann angestrengt in einer Akte las, die vor ihm lag und sich Notizen dabei machte. Dabei würdigte er Freddy keines Blickes. Es schien gerade so, als würde er gar nicht bemerken, dass jemand den Raum betrat. Bein drückte ihn auf den Stuhl dem Mann gegenüber, setzte sich neben diesen und fing erneut an, Freddy unablässig anzustarren.

Freddy versuchte lässig zu wirken und legte seine Hände, die sich immer noch in Handschellen befanden, vor sich auf den Tisch, wobei er es vermied, Rico Beins stechenden Blick zu erwidern.

Der Mann gegenüber vervollständigte in aller Seelenruhe seine Notizen. Dann lehnte er sich mit einem Seufzer zurück und fragte Rico Bein knapp: „Alles erledigt?“ Dieser nickte, wobei er Freddy unverändert nicht aus den Augen ließ.

Gleichzeitig holte er das Diktiergerät aus seiner Jackentasche, schaltete es ein und sprach Datum, Ort und Gegenstand der Vernehmung darauf. Er stellte es auf dem Tisch ab. Auch während dieser Zeit wandte Bein den Blick nicht ein einziges Mal von dem Inhaftierten ab. Langsam wurde Freddy dieser Typ unheimlich.

„Mein Name ist Peppelinski“, sagte der andere Mann plötzlich, noch ohne ihn anzusehen. Dann ließ er eine kleine Pause.

„*Oberkommissar* Peppelinski", ergänzte er dann, um im gleichen Augenblick Freddy fest ins Auge zu blicken, als ob er sagen wollte, dass er sich auch nicht den geringsten Anflug von Belustigung über diesen Nachnamen leisten solle.

Freddy war allerdings gar nicht zum Lachen zumute. Unter normalen Umständen hätte er sich allerdings über die beiden skurrilen Typen lustig gemacht.

„Fürs Protokoll: Ihr Name ist Frederick Spieker?", fragte ihn Peppelinski.

Freddy nickte.

„Antworten Sie bitte mit ja oder nein!", forderte ihn der Oberkommissar auf.

„Aääh, ja!"

Nachdem nochmals die Personalien abgerufen wurden, kam Peppelinski zur Sache.

„Herr Spieker, wir haben Sie wegen verschiedener mutmaßlicher Vergehen festgenommen. Neben zahlreichen Verkehrsverstößen wie überhöhter Geschwindigkeit, Überfahren der Lichtzeichenanlage bei Rot, gravierender Gefährdung anderer Verkehrsteilnehmer sowie Widerstandes gegen die Verkehrspolizei steht hier möglicherweise ein Tötungsdelikt an."

Er machte eine Pause, wohl um die vorgebrachten Anschuldigungen auf Freddy wirken zu lassen.

„Bereits gestern sind Sie wegen Randalierens stark angetrunken festgenommen worden und haben die Nacht in einer der hiesigen Ausnüchterungszellen verbracht. Zuvor hatten Sie Herrn Ulrich Kanderske so schwer verletzt, dass dieser mit einer Gehirnerschütterung ins Krankenhaus eingeliefert werden musste. Heute gegen 14 Uhr wurde Herr Kanderske tot in seinem Krankenhausbett aufgefunden, während Sie ihm gerade einen Besuch abstatteten. Daraufhin haben Sie fluchtartig das Krankenhaus verlassen. Aufgrund eines Notrufes der Krankenstation haben wir dann die Verfolgung aufgenommen und Sie in Gelsenkirchen gestellt und festgenommen. Soweit die Fakten."

Pause.

„Haben Sie etwas dazu zu sagen? Werden die genannten Feststellungen von Ihnen bestritten?"

Freddy schüttelte den Kopf.

„Antworten Sie bitte mit ja oder nein!", forderte ihn Bein ruppig auf, wobei sein sächsischer Dialekt noch deutlicher zu Tage trat. „Auf der Bandaufzeichnung kann man nicht *sehen*, dass Sie die Frage verneint haben.“

Freddy unterdrückte den Impuls, eine patzige Antwort zu geben.

„Nein, das, was Sie gesagt haben, entspricht den Tatsachen“, hörte er sich sagen und erschrak sogleich. Hatte er jetzt etwa ein Mordgeständnis abgelegt? Bevor er noch etwas sagen konnte, beugte sich Peppelinski vor und sah ihn durchdringend an.

„Haben Sie Herrn Ulrich Kanderske ermordet?“

Bei dem Wort „ermordet“ drehte sich Freddy der Magen um. Er war sich bisher sicher, dass Ulli infolge von Komplikationen nach der Gehirnerschütterung gestorben war. Aber da konnte man doch nicht von Mord sprechen. Er hatte dies schließlich nicht gewollt. Er wollte gerade antworten, als ihm einfiel, dass er noch ohne anwaltlichen Beistand war.

„Ich möchte Kontakt mit meinem Anwalt aufnehmen. Bis dahin beantworte ich keine weiteren Fragen mehr“, sagte er fest, aber er zitterte dabei. Peppelinski sah ihn an, als habe er etwas Unmögliches verlangt. Dann lehnte er sich wieder zurück und wies Bein an, Freddy ein schnurloses Telefon zu bringen. Die beiden Polizisten konnten jedoch ihre Verärgerung über die unwillkommene Unterbrechung kaum verbergen.

Zum Glück erreichte er Salih Aksoy, der ihm nach kurzer Schilderung der Sachlage zusagte, sofort alles stehen und liegen zu lassen und sich so schnell wie möglich auf den Weg zu machen.

Nachdem er wieder in seine Zelle zurückgeführt worden war, erschien nach etwa einer Stunde Salih. Völlig außer Atem sah er Freddy wie ein Häufchen Elend in seiner Zelle sitzen.

„Mensch Freddy, da hast du aber ordentlich Scheiße am Hacken!“, keuchte er.

„Danke für die aufmunternden Worte!“, entgegnete Freddy frustriert.

„Jetzt erzähl mir erst mal von Anfang an, was seit gestern Abend genau passiert ist.“

Freddy berichtete ihm so ausführlich wie möglich, was seit seinem

Eintreffen bei der Blues-Session vorgefallen war, wobei er natürlich Gedächtnislücken einräumen musste, was die Zeit vor seinem Knockout betraf. Salih rügte ihn, dass er ihn schon vor seinem Besuch im Krankenhaus hätte benachrichtigen sollen. Dann versuchte er ihn zu beruhigen.

„Hör zu! Die genaue Todesursache steht doch noch gar nicht fest. Wer sagt denn, dass Ulli an den Folgen einer Gehirnerschütterung gestorben ist? Meines Wissens stirbt man daran nicht zwangsläufig. Natürlich könnte es auch sein, dass er noch eine andere Schädigung erlitten hat, die bisher von den Ärzten nicht entdeckt und folgerichtig auch nicht korrekt behandelt wurde?“ Er kratzte sich am Kopf.

„Aufgrund der Sachlage sieht es allerdings nach einem Zusammenhang zwischen der gestrigen Verletzung und dem heutigen, plötzlichen Tod aus. Die Ermittlung der Todesursache wird noch ein paar Tage dauern. Solange werden sie dich aufgrund des Tatverdachtes festhalten. Der Tatvorwurf wird wohl auf Körperverletzung mit Todesfolge lauten.“ Er wurde nachdenklich.

„Wahrscheinlich wird auch geprüft, ob Anklage wegen Mordes oder Totschlag erhoben werden soll.“

Freddy wurde schlecht.

„Ich möchte aussagen!“, rief er aus. „Jetzt!“

Salih sah ihn skeptisch an: „Du weißt, dass du dich um Kopf und Kragen reden könntest.“

„Ich will denen alles erzählen ab dem Zeitpunkt, wo mir die Gitarre geklaut wurde.“

„Du bist dir im Klaren, dass du denen dann ein Motiv lieferst.“

„Ein schwaches Motiv. Wenn ich denjenigen, den ich des Diebstahls meiner Gitarre bezichtige, umbringe, erfahre ich ja nie, wo sie geblieben ist.“

„Schon klar, aber bei deiner Aktion gestern warst du ja auch nicht zurechnungsfähig und ich glaube, du solltest erst mal ein oder zwei Nächte darüber schlafen, bevor du dich zu Aussagen hinreißen lässt, die dir am Ende noch schaden könnten.“

Freddy begrub das Gesicht in den Händen. Er hatte bis jetzt die leise, wenn auch unrealistische Hoffnung, dass er vielleicht noch nach Hause könnte. So wie es aussah, musste er die nächsten Tage und Nächte in der Zelle verbringen. Der Gedanke, dass daraus auch Jahre werden konnten, löste mittlere Panikgefühle in ihm aus.

Als er die Hände von seinem Gesicht nahm, bemerkte er, dass sie schweißnass waren.

Salih sah ihn erstaunt an.

„He, Alter! So kenn ich dich ja gar nicht. Dein Gesicht hat jetzt die gleiche Farbe wie meine Raufasertapete.“

Als Freddy aufblickte, sah er, wie Salih seine blendenden Zähne entblößte. Seltsamerweise schien ihn Salihs schwarzer Humor zu beruhigen. Die Zuversicht, die der Anwalt ausstrahlte, ließ ihn ein wenig lächeln.

Schließlich willigte er ein, dass er heute keine Aussage mehr machen würde und in den nächsten Tagen mit Salih Wort für Wort seiner beabsichtigten Aussage besprechen würde. Zum Ende des Gesprächs klopfte ihm Salih auf die Schulter. „Mach dir mal keine Sorgen! Wir kriegen das schon wieder hin.“

Freddy fühlte sich abermals ein wenig auf den Arm genommen. Wie konnte Salih so optimistisch sein? Alles sprach gegen ihn. Nach seiner Meinung konnte er nur auf mildernde Umstände hoffen, wenn er mit offenen Karten spielte.

Salih grinste ihn unumwunden mit strahlend weißen Zähnen an und schien nicht den geringsten Zweifel daran zu haben, Freddy sobald wie möglich aus der Sache heraushauen zu können. Dann stand er auf, strich seinen Designeranzug glatt und meinte zu Freddy: „So, ich muss dann mal! Hab noch eine Menge anderes Zeug zu tun. Ich schau am Montagmorgen noch mal vorbei und dann besprechen wir die Einzelheiten vor der nächsten Vernehmung. Und übrigens …, für deinen Arbeitgeber besorge sich dir einen Krankenschein für die nächste Woche. Ich kenne da einen Orthopäden, der mir noch einen Gefallen schuldet. Dann wird dein Boss erst mal ruhig gestellt. Wir wollen ja nicht, dass du auch noch deinen Job verlierst.“ Freddy fragte sich, wie lange diese Hinhaltetaktik funktionieren konnte. „Na ja, schönes Wochenende brauch ich dir ja wohl nicht zu wünschen.“ Salih grinste erneut.

Darüber konnte Freddy nun wirklich nicht lachen. Am liebsten hätte er Salih für diese Äußerung einen kräftigen Tritt in den Hintern verpasst. Sein sarkastischer Sinn für Humor war bisweilen völlig deplatziert. Dennoch vertraute ihm Freddy, auch wenn er ihn jetzt mit einem vernichtenden Blick strafte.

Salih klopfte an die Zellentür, um anzuzeigen, dass er hinaus wollte.

„Ach so“, sagte er, als sich die Tür öffnete, „dein Führerschein wurde natürlich eingezogen. Und dein Wagen wurde von der Spurensicherung beschlagnahmt. Du bist daher bis auf weiteres Fußgänger."

„Jetzt aber raus hier!", zischte Freddy.

In den folgenden Stunden wurde Freddy von Rico Bein eröffnet, dass gegen ihn vom zuständigen Haftrichter ein Haftbefehl erlassen und die Untersuchungshaft angeordnet worden sei. Sein Anwalt sei selbstverständlich informiert worden, ergänzte Bein süffisant und ließ ihn kurz darauf ins Untersuchungsgefängnis bringen. Freddy sprach während dieser ganzen Zeit kein einziges Wort. Er fühlte sich wie in einem schlechten Traum. Leider fehlte der Effekt, wenn man schweißgebadet aufwacht und erst einen Moment später erleichtert feststellt, dass das Schreckenserlebnis nicht real war. Im Untersuchungsgefängnis bekam er eine Einzelzelle und die Handschellen wurden ihm endlich abgenommen. Den fürchterlichen Fraß, den man ihm als Abendessen vorsetzte, verschmähte er allerdings. Er verbrachte zwei schlaflose Nächte auf einer viel zu harten Pritsche und zermarterte sich den Kopf, wie er seine Aussage formulieren sollte. Bevor Salih am Montagmorgen bei ihm erscheinen sollte, konnte er ihm zumindest noch eine Nachricht zukommen lassen, dass er ihm einige persönliche Dinge sowie Pflegeartikel mitbringen solle.

Salih erschien bei ihm mit gewohnt guter Laune, perfekt gestylt und besprach mit ihm, nachdem er sich danach erkundigt hatte, ob er mit dem Service im Knast zufrieden sei, nun die Einzelheiten seiner geplanten Aussage. Zunächst hatte er die Absicht, die Sache mit dem Probenraumeinbruch nicht zu erwähnen. Im Laufe ihres Gespräches kamen sie jedoch zu der Ansicht, dass die Polizei bei der Befragung der Zeugen des Freitagabends den Hintergrund des Streits zwischen den beiden Musikern in Erfahrung gebracht haben musste. Schließlich war dies den meisten in der Szene ja bekannt. Sie entschieden sich daher dafür, die Sache herunterzuspielen, um sie nicht als allzu starkes Motiv für Freddys Tat im Raum stehen zu lassen. Salih baute eher auf zeitweilige Unzurechnungsfähigkeit wegen überhöhten Alkoholkonsums. Für den Folgetag setzte er auf akuten

Schockzustand, der zur halsbrecherischen Fahrt ausartete. Insgesamt solle Freddy aber möglichst wortkarg sein. Sie vereinbarten, vor jeder Antwort Blickkontakt miteinander aufzunehmen. Abgesehen davon sollte Freddy Kooperationsbereitschaft vermitteln und auf unangemessene Äußerungen verzichten.

Die Vernehmung im Polizeipräsidium mit Peppelinski und Bein begann genauso kühl, sachlich und einschüchternd, wie sie zwei Tage zuvor aufgehört hatte, mit dem Unterschied, dass Rico Beins stechender Blick nun unruhig zwischen Freddy und Salih hin- und herwanderte.

Nach kurzer Einleitung kam Peppelinski zur Sache: „Herr Spieker, wir haben zwischenzeitlich Zeugenbefragungen hinsichtlich der Ereignisse am Freitagabend durchgeführt."

Gewichtige Pause.

„Danach liegt der Grund für Ihren tätlichen Angriff auf Herrn Kanderske schon einige Zeit zurück."

Pause.

Durchdringender Blick.

Freddy kam sich fast wie in einem Theaterspiel vor. Diese beiden Bullen waren derart skurril, dass er kurzzeitig an der Ernsthaftigkeit dessen zweifelte, was er gerade erlebte.

Peppelinski lehnte sich vor.

„Dann erzählen Sie doch mal, warum Sie auf den Mann losgegangen sind."

„Sagen Sie's mir!", entgegnete Freddy patzig, worauf er von Salih unter dem Tisch einen Fußtritt erntete, was Bein jedoch nicht entging. Freddy meinte, daraufhin ein flüchtiges Grinsen auf dessen Gesicht bemerkt zu haben.

„Ich meine, was haben diese Zeugen Ihnen denn erzählt?", fuhr er betont freundlich fort, um die Situation zu retten.

„Ich würde gern zuerst Ihre Fassung hören", antwortete Peppelinski listig.

Freddy sah Salih fragend an. Er nickte mit einem Augenzwinkern.

„Wir haben vor Jahren mal in einer Band zusammen gespielt", begann Freddy langsam. „Irgendwann wurde in mein Haus eingebrochen und vieles geklaut. Ich hatte damals Ulli Kanderske in Verdacht, aber weder ich noch Ihre Kollegen konnten die Sache von damals aufklären. Aber das ist lange her", spielte er die Sache mit einer wegwerfenden Handbewegung herunter.

„Am Freitag habe ich einfach zu viel getrunken und da wir uns seit langem nicht mehr gesehen hatten, kam mir die Sache wieder hoch. Da sind mir wohl die Sicherungen durchgebrannt“, meinte er achselzuckend.

„Einen Teil Ihres fulminanten Auftrittes können Sie ja demnächst im Privatfernsehen mit unseren Kollegen Bodo und Hasso bewundern“, bemerkte Peppelinski mit einem unerwarteten Anflug von Humor.

Salih horchte auf. Ihm war noch nicht bekannt, dass ein Fernsehteam bei Freddys nächtlicher Aktion zugegen war.

„Weiß man schon den Sendetermin?“, entfuhr es ihm halb belustigt, halb brennend vor Neugierde, worauf er sich einige verständnislose Blicke seiner Gesprächspartner einhandelte.

„Nein“, antwortete Peppelinski kühl, „aber Sie können sich das Video bereits jetzt im Polizeipräsidium anschauen, wenn Sie es nicht mehr erwarten können.“

Salihs Gesichtsausdruck veränderte sich aufgrund des leicht gehässigen Untertons. Freddy staunte, wie angriffslustig sein Anwalt mit einem Male dreinschauen konnte.

„Ich bitte darum!“, entgegnete er scharf und beugte sich vor. „Schließlich sind dies Beweismittel, die ich für meine Verteidigung benötige.“

Peppelinski tat so, als habe er nicht bemerkt, dass sich Salihs Verhalten verändert hatte und wechselte das Thema.

„Die Krankenschwester, die Sie bei der Leiche gesehen hat, gab an, dass es kurz vor 14 Uhr gewesen sei. Wie lange haben Sie sich zu diesem Zeitpunkt schon im Krankenzimmer befunden?“

„Ich bin erst kurz zuvor dort hereingekommen. Ich schätze mal, es waren nur ein, zwei Minuten“, antwortete Freddy wahrheitsgemäß. „Der alte Mann, der dort ebenfalls ein Bett hatte, könnte es Ihnen bestätigen, allerdings …“ Ihm fiel ein, dass ein an Alzheimer Erkrankter wohl kaum ein zuverlässiger Zeuge sein konnte.

„Reden Sie ruhig weiter“, forderte ihn der Oberkommissar auf.

„Ich hatte den Eindruck, dass der Mann schwer demenzkrank ist. Er hat mich wohl für so was wie einen Zeitungsboten gehalten und hat überhaupt nicht mitbekommen, was los war.“

Peppelinski machte sich seine Notizen und schwieg. Salih mischte sich ein.

„Haben Sie den Mann schon befragt?“, wollte er wissen.

Rico Bein meldete sich plötzlich zu Wort: „Wir werden Ihrem Mandanten erst einige Fragen stellen und dann schauen, ob sich die Antworten mit unseren Ermittlungsergebnissen decken. Wenn nicht, stellen wir noch ein paar Fragen mehr."

Er riss die Augen auf, als ob er sagen wollte: Pass bloß auf, was du sagst, wir finden die Wahrheit sowieso heraus!

„Mein Mandant ist durchaus bereit zu kooperieren, das dürften Sie inzwischen schon bemerkt haben. Ich habe nur etwas dagegen, wenn man mir etwas vorenthält, was meine Verteidigung unnötig erschwert. Wenn ich weiterhin diesen Eindruck haben sollte, werde ich Herrn Spieker raten, zunächst keine weiteren Aussagen zu machen."

Salih wurde für Freddys Empfinden etwas zu giftig, sodass er sich genötigt sah, das Wort zu ergreifen.

„Herr Kommissar …", Peppelinski hob die Augenbrauen.

„*Ober*kommissar!", verbesserte er ihn.

„Ich habe mir nichts vorzuwerfen oder besser gesagt, ich habe es nicht nötig, Ihnen irgendwelche Lügen aufzutischen. Fragen Sie, was Sie fragen wollen und Sie werden sehen, dass sich Ihre Ermittlungen mit meinen Aussagen decken werden!"

Freddy warf Salih einen nervösen Seitenblick zu. Eigentlich hatten Sie das so nicht abgesprochen. Vor jeder Antwort sollte Salih sein Okay geben. Salihs sah ihn skeptisch an. Er hatte wohl wie ursprünglich auch Freddy die Befürchtung, dass man seinem Mandanten aus einer unbedachten Äußerung einen Strick drehen könnte.

„Wann haben Sie das Krankenhaus betreten?", fragte Peppelinski.

Freddy schaute zu Salih hinüber, der ihn jetzt ansah, als ob er sagen wollte: Du machst ja sowieso, was du willst!

„Das muss so gegen viertel vor zwei gewesen sein."

Peppelinski beugte sich plötzlich vor.

„Im Eingangsbereich des Krankenhauses gibt es eine Überwachungskamera. Wir werden uns die Bänder sehr genau ansehen. Falls Sie nicht die Wahrheit gesagt haben sollten, werden wir das feststellen."

„Es ist die Wahrheit!", rief Freddy aus. „Von mir aus können Sie sich die Bänder der letzten 24 Stunden ansehen. Sie werden nichts anderes feststellen."

Peppelinski setzte nach: „Eine viel interessantere Frage ist aber, was Sie dort überhaupt wollten."

„Ich wollte mich bei Ulli …, ich meine, Herrn Kanderske, entschuldigen und ihm sagen, dass ich ihn vielleicht zu Unrecht des Diebstahls bezichtigt habe. Überhaupt wollte ich ihm sagen, dass es mir leid tat, wie sich alles in den letzten Jahren zum Negativen hin entwickelt hat. Schließlich waren wir früher mal befreundet."

„Und das soll ich Ihnen glauben, nachdem Sie dem Geschädigten nur einen Tag zuvor fast den Schädel eingeschlagen haben. Nein, warten Sie …, vielleicht *haben* Sie ihm den Schädel eingeschlagen, nur mit verspäteter Wirkung."

Salih griff ein: „Ich protestiere gegen diese Äußerung. Solange die genaue Todesursache noch nicht feststeht, kommt das einer Unterstellung gleich."

„Oh ja! Genau das unterstellen wir Ihrem Mandanten!", sagte Peppelinski laut.

Die Vernehmung begann hitzig zu werden.

„Was genau haben Sie im Krankenzimmer getan?", setzte der Oberkommissar seine Befragung fort.

„Haben Sie dem Opfer vielleicht irgendwelche Tabletten eingeflößt oder haben Sie ihn gewürgt?"

Freddy spürte, wie ihm der Kamm schwoll. Er konnte sich kaum beherrschen. Salihs Bedenken waren offenbar gerechtfertigt. Diese beiden Bullen wollten ihn in Widersprüche verwickeln, um ihn möglichst schnell als Mörder oder Totschläger präsentieren zu können. Für sie stand anscheinend schon fest, dass Freddy der Täter war. Daran ließ ihr Verhalten keinen Zweifel.

„Mein Mandant wird sich bis auf weiteres nicht mehr zu Ihren Anschuldigungen äußern."

Salih schlug mit der flachen Hand auf den Tisch, sodass alle zusammenzuckten.

Peppelinski ballte die Fäuste. Wenig souverän, ging es Freddy durch den Kopf. Der Polizist wollte gerade noch etwas zu Salih sagen, als plötzlich die Tür aufgerissen wurde und ein Uniformierter den Oberkommissar zu sich winkte. Peppelinski verließ wortlos den Raum, nicht ohne Salih noch einen vernichtenden Blick zuzuwerfen. Bein blieb sitzen und beobachtete die beiden wortlos. Salih starrte zurück und schnitt gelegentlich ein paar komische Grimassen, was den Polizisten sichtlich irritierte. Unter normalen Umständen wäre Freddy darüber in schallendes Gelächter ausgebrochen.

Nachdem man sich mehrere Minuten wortlos angestarrt hatte,

öffnete sich erneut die Tür und Peppelinski erschien mit einem Herrn im grauen Anzug. Freddy ahnte, dass es sich um jemand Wichtiges handeln musste.

„Mein Name ist Bauers“, stellte sich der Mann, den Freddy auf ungefähr Mitte fünfzig schätzte, vor. „Ich bin der zuständige Staatsanwalt“, ergänzte er und fuhr sich durch sein graues, strähniges Haar. Auf der Nasenspitze trug er eine halbförmige Lesebrille, in der Hand hielt er einen Packen Unterlagen. Er setzte sich und breitete die Papiere auf dem Tisch aus. Peppelinski wirkte derweil ziemlich zerknirscht.

„Der Herr Oberkommissar hat mich über die von Ihnen gemachten Aussagen zum Tode von Herrn Ulrich Kanderske in Kenntnis gesetzt“, begann Bauers salbungsvoll. „Haben Sie dem noch irgendetwas hinzuzufügen oder wollen Sie Ihre Aussage zumindest in Teilen korrigieren?“

Er sah Freddy über seine Brillengläser hinweg erwartungsvoll an.

„Mein Mandant hat weder irgendetwas hinzuzufügen noch irgendetwas an seiner Aussage zu ändern“, mischte sich Salih resolut ein. „Er wird bis auf weiteres zu der Angelegenheit schweigen. Nur so viel sei gesagt: Falls Herr Kanderske an den Folgen der Gehirnerschütterung gestorben sein sollte, was wir für sehr unwahrscheinlich halten, so ist dies als Folge eines Unfalls zu werten, da Herr Spieker den Verstorbenen in keinem Falle ernsthaft verletzten wollte.“

Bei dem Wort „Unfall“ sahen alle Beteiligten inklusive Freddy erstaunt auf. Salih warf Freddy einen listigen Blick zu. Freddy zweifelte, ob er mit dieser Strategie Erfolg haben würde.

Der Staatsanwalt seufzte und blätterte in seinen Unterlagen.

„Inzwischen wurde die Todesursache geklärt. Sie ist zunächst von dem behandelnden Krankenhausarzt festgestellt worden und wurde anschließend vom zuständigen Gerichtsmediziner bestätigt.“

Er machte eine Pause, den Blick weiterhin auf seine Unterlagen gerichtet. Freddy konnte es vor Anspannung kaum noch aushalten. Er fühlte sich wie jemand, der jeden Moment sein Todesurteil erwartete. Peppelinski hatte den Blick auf die Zimmerdecke gerichtet und verzog den Mund. Sein aufgesetztes selbstsicheres Verhalten war verschwunden. Offensichtlich behagte es ihm ganz und gar nicht, dass der Staatsanwalt die Sache an sich gerissen hatte. Rico Bein und Salih lehnten sich vor, als wollten sie gerade zum Sprung ansetzen.

„Also …“ Dieser Herr Bauers konnte es richtig spannend machen.

„Herr Kanderske ist nicht an den Folgen einer Gehirnerschütterung gestorben. Die Obduktion hat ergeben, dass keinerlei Schädigungen in Form einer Blutgerinnsels, eines Bruches oder sonstiger Schädigungen vorgelegen haben.“

Er sah auf und schaute Freddy und Salih mit einem undefinierbaren Gesichtsausdruck an.

„Herr Kanderske ist erstickt. Die Spurensicherung hat festgestellt, dass er offensichtlich mit seinem Kopfkissen erstickt worden ist. Das heißt, es handelt sich um Mord.“

Freddy und Salih sahen sich an. Was hatte das jetzt zu bedeuten? Mord! Bei diesem Wort fuhr Freddy ein Schauer über den Rücken. Er konnte keinen klaren Gedanken fassen. In seinem Kopf herrschte vollkommenes Chaos. Aber ihm wurde klar, dass *er* Ulli nicht auf dem Gewissen hatte. Das Problem war nur, wie er die Polizisten und den Staatsanwalt davon überzeugen konnte.

„Ich habe ihn nicht umgebracht!“, entfuhr es ihm.

Salih legte seine Hand beruhigend auf seinen Arm.

„Welche Erkenntnisse liegen noch vor?“, wollte er vom Staatsanwalt wissen.

Bauers sah ihn durchdringend an, sagte aber nichts.

„Sagen Sie uns doch zuerst, wo Sie zwischen 12 und 14 Uhr gewesen sind?“, mischte sich Peppelinski plötzlich wieder ein, was ihm einen missbilligenden Blick des Staatsanwaltes einbrachte.

Freddy blickte zu Salih hinüber, der ihn mit einer beruhigenden Geste zum Schweigen aufforderte. Dann beugte sich der Anwalt erneut vor und sah Peppelinski direkt in die Augen.

„Ich schlage vor, Sie sehen sich die Bänder der Überwachungskamera an. Dann können Sie sehen, dass mein Mandant erst kurz vor 14 Uhr das Gebäude betreten hat.“ Er wandte sich an den Staatsanwalt, den Oberkommissar bewusst ignorierend: „Ich frage noch einmal. Welche Erkenntnisse liegen noch vor?“

Bauers druckste herum. Anscheinend hätte auch er lieber zuvor eine Antwort auf Peppelinskis Frage gehabt.

„Der Todeszeitpunkt“, begann er schließlich, „so die übereinstimmende Meinung des behandelnden Krankenhausarztes und der Gerichtsmedizin, liegt circa eineinhalb bis zwei Stunden vor der Entdeckung der Leiche.“

Salih grinste. „Na, sehen Sie! Mein Mandant ist unschuldig. Wie gesagt: Sehen Sie sich die Überwachungsvideos an. Dann haben Sie den Beweis, dass Herr Spieker nicht der Mörder sein kann.“

Er lehnte sich entspannt zurück.

„Immer langsam“, entgegnete Bauers kühl, „wir werden die Überwachungsbänder prüfen. Aber auch, wenn die Bänder Ihre Behauptung stützen, ist das noch kein endgültiger Beweis, dass der Beschuldigte nicht auch auf andere Weise zuvor schon mal unbemerkt ins Gebäude gelangt ist. Vielleicht ist er ja zurückgekehrt, gerade *um* sich ein Alibi zu verschaffen und um sicherzugehen, dass Herr Kanderske auch wirklich tot ist.“

Salih schüttelte energisch den Kopf. „Das ist absurd, Herr Staatsanwalt“, bemerkte er. „An den Haaren herbeigezogen“.

Freddy war fassungslos. Diese Männer redeten über sein Schicksal, schienen aber mehr mit ihren eigenen Eitelkeiten beschäftigt zu sein als mit der Tatsache, dass sie die Zukunft eines völlig unschuldigen Menschen zerstören konnten.

Aber plötzlich fiel es ihm ein. Warum hatte er nicht eher daran gedacht? Es war, als würde jemand einen inneren Schleier wegziehen. Und vom einen auf den anderen Moment war er klar und fühlte sich von einer Zentnerlast befreit.

„Ich kann *beweisen*, dass ich zum Todeszeitpunkt nicht im Krankenhaus war“, platzte er heraus. Alle sahen ihn erstaunt an.

„Ich habe kurz vor zwölf an einer Tankstelle in Essen-Kray eine Zeitschrift und Zigaretten gekauft. Die Quittung habe ich dort weggeworfen, aber anhand meiner Kreditkartennummer können Sie genau feststellen, wann ich da gewesen bin. Außerdem haben die da bestimmt auch Überwachungskameras. Das muss ungefähr zu dem Zeitpunkt gewesen sein, als Ulli ermordet worden ist.“

Im Raum herrschte erstauntes Schweigen, während Freddy alle Beteiligten erwartungsvoll anstarrte.

„Ich beantrage die sofortige Freilassung meines Mandanten“, unterbrach Salih die Stille.

Kapitel 4

So schnell ging es dann allerdings doch nicht. Zunächst mussten die Videobänder der Tankstelle und des Krankenhauses gesichtet werden. Freddy war auf den Bändern gut zu erkennen, sodass sich bezüglich der von ihm angegebenen Zeitpunkte keine Zweifel ergaben. Auch konnte festgestellt werden, wann Freddy im Tankstellenshop seine Kreditkarte belastet hatte. An den Händen des Ermordeten waren Faserspuren sichergestellt worden, die möglicherweise von der Kleidung des Mörders stammten. Gegen diesen hatte er sich offenbar in einem letzten verzweifelten Kampf gewehrt. Es wurde ein Abgleich mit Freddys Jacke und Hose vorgenommen. Das Ergebnis war negativ. Die Befragung des Pflegepersonals ergab, dass außer der Dame am Empfang und der Krankenschwester, die Freddy neben der Leiche gesehen hatte, niemand zuvor den Festgenommenen zu Gesicht bekommen hatte. Außerdem überzeugte man sich davon, dass Ullis Zimmergenosse aufgrund der fortgeschrittenen Demenz kein zuverlässiger Zeuge sein konnte. Die Ermittler verzichteten in Absprache mit dem Staatsanwalt auf eine Gegenüberstellung, sodass es letztlich keinen Grund mehr gab, Freddy weiterhin festzuhalten. Peppelinski hatte so sehr auf einen schnellen Ermittlungserfolg gehofft und war bis zuletzt von Freddys Schuld überzeugt. Doch auch er musste schließlich zähneknirschend einsehen, dass allein wegen des zeitlichen Zusammenhanges ein anderer Täter in Frage kommen musste. Trotzdem gewann Freddy bei der letzten Vernehmung den Eindruck, dass ihn der Oberkommissar immer noch verdächtigte. Zumindest schien er der Meinung zu sein, dass Freddy irgendetwas mit der Sache zu tun hatte.

Er hatte erwartet, dass sich die Polizisten aufgrund ihres falschen Verdachtes bei ihm entschuldigen würden. Allerdings musste er sich eingestehen, dass seine panische Flucht aus dem Krankenhaus mit der anschließenden Verfolgungsjagd nicht dazu beigetragen hatte, ihn als unschuldig erscheinen zu lassen. Peppelinski und Bein ließen ihn daher in ihrer herablassenden Art spüren, dass er zwar kein Mörder, aber in Bezug auf seine sonstigen Eskapaden in ihren Augen offensichtlich ein Krimineller war. Genüsslich wurde ihm daher eröffnet, dass wegen verschiedenster verkehrsrechtlicher Vergehen noch weiter gegen ihn ermittelt werde. Er werde schon noch von der Staatsanwaltschaft hören. Er solle bloß froh sein, dass dem Fahrer des umgestürzten Müllwagens außer einem Schock und einigen Prellungen nichts weiter passiert sei, sonst hätte er noch weiter gesiebte Luft atmen müssen. Auf Schadensersatz- und Schmerzensgeldforderungen könne er sich aber schon mal einstellen. Er musste sich eine umfangreiche Gardinenpredigt der ermittelnden Polizisten anhören, die nur aufgrund Salihs Eingreifens verkürzt wurde. Jedoch konnte er in Erfahrung bringen, dass der Mörder sich offensichtlich zu Nutze gemacht hatte, dass Ulli zum Zeitpunkt der Attacke von der Einnahme starker Schmerztabletten ziemlich benebelt war. Vielleicht war er sogar eingeschlafen, sodass er sich nur mit geringer Kraft zur Wehr setzen konnte. Der Täter musste einen unbedachten Moment ausgenutzt haben. Dies zeugte von großer Hinterhältigkeit. Nachdem Ulli aufgehört hatte zu atmen, hatte der Mörder das Kissen fein säuberlich wieder unter den Kopf des Toten gelegt, um keinen Verdacht zu erregen. Anscheinend hatte er die Lage zuvor genau erkundet. Er muss gewusst haben, dass er unbeobachtet war, von dem Alzheimerpatienten einmal abgesehen. Dieser war sicher nicht in der Lage, den Ernst der Situation zu erfassen, sofern er überhaupt zum Tatzeitpunkt im Zimmer war. Dennoch war der Täter ein ziemlich hohes Risiko eingegangen, entdeckt zu werden.

Es dauerte noch quälende vier Tage, bevor Freddy endlich entlassen wurde. Er wurde noch eindringlich darauf hingewiesen, dass er sich wegen der weiteren ihm zur Last gelegten Vergehen bis auf weiteres zur Verfügung zu halten habe.

Salih holte ihn schließlich mit einem frisch polierten, neuen roten Porsche ab.

„Donnerwetter“, entfuhr es dem erleichterten Freddy, „dass nenn ich mal ’ne standesgemäße Abholungsaktion.“

„Na, das klingt doch fast wie der alte Freddy“, lachte Salih. „So gefällst du mir schon wieder besser. Als Trauerkloß kann man doch nicht allzu viel mit dir anfangen.“

„Witzbold! Kommt leider nicht so oft vor, dass ich wegen

Mordverdachts eingebuchtet werde. Scheiß-Gefühl, kann ich dir nur sagen."

Freddy wollte gerade den Gurt anlegen, als Salih den ersten Gang einlegte und mit quietschenden Reifen losbrauste.

Als er in den Sitz gedrückt wurde, erscheinen plötzlich wieder die Bilder seiner halsbrecherischen Verfolgungsjagd vor seinem geistigen Auge. Er bat Salih, langsamer zu fahren. Der Anwalt sah ihn erstaunt von der Seite an und lachte.

„Da legst du einen Stunt à la Blues Brothers hin und machst dir auf einmal in die Hose, wenn ich nur ein bisschen Gas gebe. Was ist los mit dir, Freddy? Traumatisiert?"

„Ich bin im Moment echt nicht für deine Späße aufgelegt, Salih. Die letzten Tage haben mich ganz schön geschlaucht. Muss mich erst mal wieder fangen und den ganzen Scheiß verarbeiten."

Er überlegte kurz.

„Kann mir dein Kurpfuscher noch mal für 'ne Woche einen Freifahrtschein ausstellen? Den Baumarkt kann ich mir im Moment echt nicht antun."

„Klar, kein Thema. Noch weiter ausreizen kann ich die Sache allerdings nicht."

„Alles klar! Danke. Ich schätze, danach werde ich mich schon wieder etwas bekrabbelt haben."

Salih drosselte das Tempo. Freddy spürte jedoch, dass ihm das merklich schwerfiel.

Dann kam ihm die zentrale Frage, die ihn in den letzten Tagen vor seiner Entlassung zunehmend beschäftigt hatte, in den Sinn.

Wer hatte Ulli ermordet und vor allem aus welchem Grund?

Ulli war allgemein beliebt. Freddy fiel in der Szene niemand ein, den man als seinen Feind bezeichnen konnte. Gelegentlich nervte er, wenn er seine exzessiven Gitarrensoli übertrieb, aber das war noch lange kein Grund, ihn umzubringen. Freddy konnte sich keinen Reim darauf machen. Das hatte er auch den Polizisten gesagt, als diese ihn gefragt hatten, wer seiner Meinung nach als Täter in Frage kommen konnte.

„Meinst du, die Cops finden den Täter?", fragte Salih, nachdem sie eine Zeitlang geschwiegen hatten. Er sah mit skeptischem Gesichtsausdruck zu Freddy hinüber.

„Keine Ahnung!", antwortete Freddy. „Ich halte die beiden Superbullen, mit denen ich es zu tun hatte, für nicht besonders fähig.

Außer den Faserspuren scheinen sie keine weiteren Anhaltspunkte zu haben."

„Vielleicht haben sie dir aus ermittlungstaktischen Gründen, wie es so schön heißt, auch nicht alles gesagt. Aber du hast Recht. Da du jetzt als möglicher Täter ausscheidest, tappen die ganz schön im Dunkeln."

Salih gab wieder etwas mehr Gas und atmete erleichtert auf, als er bemerkte, dass Freddy ihn gewähren ließ.

„Und wie geht's jetzt mit mir weiter?", wollte Freddy wissen.

„Nun ja ...", Salih zuckte die Achseln.

„Es werden schon einige Leute bei mir anklopfen, ob es nun die Staatsanwaltschaft ist oder irgendwelche Anwälte. Sicherlich wirst du noch mal zu einer Verhandlung erscheinen müssen. Aber mach dir mal nicht ins Hemd. Ich regele das schon für dich. Viel mehr als eine Bewährungsstrafe wirst du wohl nicht zu erwarten haben."

Freddy hasste es, wenn Salih ernste Dinge so locker nahm. Während ihm sich bei dem Wort „Bewährungsstrafe" der Magen umdrehte, klopfte ihm Salih beruhigend aufs Knie und lächelte ihm freundlich zu.

„Mit anderen Worten ..., ich gelte dann als vorbestraft."

„Na ja, das schon, aber das ist ja nicht gravierend. Die Schmerzensgeld- und Schadensersatzforderungen werden unangenehmer sein. Da fällt mir ein ..., du hast doch noch Kohle aus der Erbschaft deines Onkels über?"

In diesem Moment fragte sich Freddy, ob Salih wirklich der richtige Anwalt für ihn war. Er legte den Finger in die Wunde:

„Hör mal. Mit Strafsachen hast du ja gewöhnlich nicht viel am Hut. Bist du sicher, dass du das Beste für mich rausholen kannst?"

Salih antwortete nicht. Auch sein Lächeln war verschwunden. Freddy unterbrach das Schweigen.

„Salih, ich weiß deine Fähigkeiten als Anwalt zu schätzen. Aber es geht verdammt noch mal um *meinen* Arsch. Den Mord können sie mir zwar nicht mehr anhängen, aber wenn sie den Täter nicht finden, versuchen die vielleicht mir irgendeine Beteiligung oder sonst was anzudichten oder sie lassen mich für die anderen Sachen besonders bluten. Ich meine, vielleicht sollten wir jemand fragen, der sich mit so was auskennt."

Salih seufzte.

„Freddy, Freddy! Ich habe wirklich gedacht, du würdest mir vertrauen."

Freddy wollte gerade weiterreden, als Salih ihm bedeutete, zuzuhören.

„Vielleicht kannst du dich erinnern, dass ich auch mal eine Sache am Hals hatte. Um genau zu sein, handelte es sich um eine angebliche Fahrerflucht."

Freddy kramte in seinem Gedächtnis und konnte sich an einen Vorfall vor ein paar Jahren erinnern, wenn auch nur dunkel.

„Mich hat damals ein alter Schulfreund namens Rotzke vertreten und ich sag dir, der hat mich da rausgehauen, ohne dass mir ein Härchen gekrümmt wurde. Umgekehrt habe ich ihn aus zwei Wirtschaftssachen befreit. Macht also 2:1 für mich. Das heißt, ich habe noch einen gut bei ihm."

Interessant, wer Salih so alles einen Gefallen schuldete.

„Ich werde mir so einige Tipps von ihm holen. Du siehst also, du brauchst dir keine Sorgen zu machen. Und wenn du noch mal an mir zweifelst, kannst du dir gleich einen neuen Anwalt suchen."

Salih blickte Freddy mit ernster Miene von der Seite an, um im nächsten Moment gleich in schallendes Gelächter auszubrechen.

„Oh Mann, Freddy! Der Knast hat ja ein richtiges Weichei aus dir gemacht! Der Mordverdacht ist aus der Welt, der Rest ist doch nun wirklich Kindergeburtstag!"

„Na ja, vielleicht ein Kindergeburtstag, bei dem am Ende eine wilde Tortenschlacht steht und man die ganze Bude renovieren kann."

„Das ist doch wieder mein alter Freddy! Versuch's mit Humor zu nehmen, das hilft, glaub mir!"

Das mit dem Humor fiel Freddy im Moment schwer, da ihm gerade wieder sein toter ehemaliger Freund Ulli einfiel.

Den Rest der Fahrt verbrachten sie schweigend. Am Ende hatte Salih wieder die Geschwindigkeit erreicht, mit der er gestartet war.

Nachdem er sich von Salih verabschiedet und einen starken Kaffee aufgebrüht hatte, machte er es sich auf dem Sofa bequem und überlegte, was als Nächstes kommen würde.

Er war heilfroh, aus der Untersuchungshaft heraus zu sein. Aber sehr bald überkam ihn das Gefühl, irgendetwas tun zu müssen. Er hatte Ulli zwar nicht umgebracht, dennoch fühlte er sich schuldig. Ohne ihn wäre Ulli nicht im Krankenhaus gelandet. Und womöglich wäre er auch nicht ermordet worden, wenn er nicht hilflos in seinem Krankenbett gelegen hätte. Freddy hatte ihn erst in diese Lage gebracht.

Mittlerweile war auch seine Überzeugung geschwunden, dass Ulli für den Einbruch verantwortlich war. Ihm war klar geworden, dass in der Vergangenheit Wut und Enttäuschung über den Verlust der Gitarre seine Sinne getrübt hatten.

Er konnte jetzt nicht die Hände in den Schoß legen. Der Polizei traute er nicht zu, dass sie den Täter ermitteln würde.

Nachdem er eine Zeitlang nachgedacht hatte, entschloss er sich, die nächsten Tage abzuwarten. Er würde die Lokalpresse studieren, um auf dem Laufenden zu sein.

Sollte sich nichts Entscheidendes tun, würde er die Sache selbst in die Hand nehmen.

In den folgenden Tagen wurde in den Zeitungen zwar ausführlich über den Mord im Krankenhaus berichtet, aber die Polizei konnte keine konkreten Ergebnisse vorweisen. Man versuchte alle Personen, die in der fraglichen Zeit das Krankenhaus betreten oder verlassen hatten, zu identifizieren und sie anschließend zu befragen. Da dies sehr aufwändig war, hatte man eine Sonderkommission unter Leitung von Peppelinski eingerichtet und rechnete nicht vor Ablauf von einigen Wochen mit ersten Ergebnissen. Das Motiv lag nach wie vor im Dunkeln. Laut Zeitungsberichten sei ein Tatverdächtiger festgenommen, aber wegen erwiesener Unschuld wieder freigelassen worden. Freddy erfuhr, dass zunächst nicht ausgeschlossen wurde, dass ein demenzkranker Mitpatient die Tat begangen hatte. Dies wurde aber nach kurzer Zeit verworfen, da die sichergestellten Faserspuren nicht zur Kleidung des Kranken passten. Dieser zeigte auch keine aggressiven oder gewalttätigen Neigungen, die Demenzkranken manchmal zugeschrieben wurden.

Nach einigen Tagen wurde Freddy klar, dass die Polizei sobald nichts herausfinden würde. Er wurde unruhiger und zerbrach sich den Kopf darüber, was er als Nächstes tun sollte. Er hatte von Salih erfahren, dass die Leiche inzwischen freigegeben worden war und die Beerdigung in den nächsten Tagen stattfand. Er überlegte, ob auch er dort erscheinen sollte, verwarf den Gedanken jedoch schnell wieder. Das Risiko, viele Leute aus der Szene dort zu treffen, die ihn wegen seiner Prügelattacke beschimpfen würden, war zu groß.

Wahrscheinlich würde er mit seinem Erscheinen alles nur noch schlimmer machen.

Stattdessen meldete er sich übers Internet bei Facebook an und versuchte mit Leuten aus der Szene, die ebenfalls registriert waren, in Kontakt zu kommen. Einerseits brachte er sein Bedauern über seinen Ausraster zum Ausdruck, andererseits versuchte er klarzustellen, dass er wirklich unschuldig war. Die Folge waren zum Teil wüste Beschimpfungen einiger Musiker. Tenor war, dass Ulli ohne ihn nicht im Krankenhaus und somit auch nicht im Sarg gelandet wäre und überhaupt, wer weiß, ob die Polizei korrekt ermittelt hatte. Freddy fühlte sich danach schlechter als zuvor. Trauer und Wut bestimmten abwechselnd seine Gemütslage.

Alkohol hatte er in den letzten Tagen gemieden. Zu frisch war noch die Erinnerung an seinen letzten Rausch beziehungsweise an das, was dieser ausgelöst hatte. Nach den Reaktionen im Internet war seine Stimmung einmal mehr auf dem Tiefpunkt. Die Flasche Bier im Kühlschrank lächelte ihn verführerisch an. Schließlich schnappte er sich diese und suchte in seinen unsortierten Küchenschränken nach einem Flaschenöffner. Seitdem Elke ausgezogen war, hatte das Chaos in seinem Haushalt Einzug gehalten. Während er noch in den Schubladen wühlte, läutete das Telefon. Außer mit Salih und seiner besorgten Mutter hatte er in den letzten Tagen mit niemandem gesprochen. Er glaubte nicht, dass es Salih war. Er rechnete nicht damit, dass es so schnell Neues zu berichten gäbe. Seiner Mutter hatte er aus Rücksicht auf ihre angeschlagene Gesundheit vorgelogen, er habe plötzlich einen Montagejob in Ostdeutschland angenommen. Er habe überhaupt keine Zeit gehabt, sich noch von ihr zu verabschieden. Ob er denn schon von Ullis Tod gehört habe. Sei das denn nicht schrecklich? Ob er immer noch glaube, dieser habe bei ihm eingebrochen?

In Erwartung, diese Sätze würden erneut auf ihn einprasseln, schlenderte Freddy seufzend zum Telefon. Er rechnete mit der besorgten Stimme seiner Mutter und nahm, ohne aufs Display zu sehen, den Hörer ab.

„Ja bitte!“

Umso überraschter war er, als er plötzlich Elkes Stimme vernahm.

„Hallo Freddy! Ich bin’s!“

Es war Monate her, dass sie miteinander gesprochen hatten. Freddy war zunächst sprachlos. Er fühlte sich in vergangene glücklichere

Zeiten zurückversetzt.

„Hallo, Freddy! Bist du dran?“

„Ja, ja! Ich … bin am Apparat!“, stotterte Freddy.

„Wollte nur mal hören, wie es dir geht!“

Freddy durchfuhr ein Schauer. Elkes warme, weiche Stimme, die er immer so geliebt hatte, verfehlte seine Wirkung nicht. Und mit einem Male wurde ihm bewusst, was ihm in letzter Zeit gefehlt hatte.

„Geht so“, hörte er sich sagen. Mehr fiel ihm nicht ein.

„Ich wollte eigentlich schon viel früher anrufen“, fuhr Elke fort, „aber ich musste die schrecklichen Neuigkeiten auch erst einmal verdauen.“

Sie machte eine Pause. Offensichtlich war sie ebenso verlegen wie er. Vielleicht hatte sie auch erwartet, dass Freddy sofort auflegte.

„Schön, dass du anrufst“, beeilte sich Freddy zu sagen und wunderte sich gleichzeitig über das, was er da gerade von sich gegeben hatte. Hoffentlich hatte sie das jetzt nicht falsch verstanden. Oder *sollte* sie das etwa so verstehen? Elke war die Einzige gewesen, die Freddys harte Schale aufzubrechen vermochte. Als ihr das in der Zeit nach dem Diebstahl nicht mehr gelang, hatte sie sich entschlossen, ihn zu verlassen.

Er hörte sie am anderen Ende der Leitung seufzen.

„Ich wollte eigentlich noch mal *deine* Version der Ereignisse hören“, sagte sie leise. „Es wird so viel spekuliert, dass man gar nicht mehr weiß, was überhaupt richtig ist. Ich habe gelesen, was du auf Facebook gepostet hast, aber ich denke, das ist nur die Kurzversion.“

„Das ist richtig. Für die Langversion bräuchte man aber schon einen Abend.“

Sollte das etwa eine Einladung sein? Freddy zuckte zusammen und spürte gleichzeitig, wie sehr er sie vermisst hatte. Er hatte das in den letzten Monaten immer verdrängt. Jetzt hoffte er, dass sie ihm die Gelegenheit zur Aussprache geben würde.

„Das dachte ich mir. Vielleicht können wir uns ja irgendwo treffen, wo wir uns in Ruhe unterhalten können.“

Freddy war erleichtert. Treffen an einem neutralen Ort. Er willigte ein und schlug eine Pizzeria in der Nähe vor, wo man sie nicht kannte und daher nicht Gefahr lief, Bekannten aus ihrer gemeinsamen Zeit zu begegnen. Das hätte nur wieder unangenehme Fragen nach sich gezogen.

Als er auflegte, fühlte er sich so gut wie lange nicht mehr. Da war jemand, der sich um ihn kümmerte.

Ebenfalls fragte er sich, was er eigentlich erwartete. Sicherlich würde Elke nicht sofort zu ihm zurückkehren. Wenn er sie jetzt bedrängte, würde er sie vielleicht verschrecken. Er musste Geduld haben. Der erste Schritt war gemacht.

In diesem Moment überkam ihn ein anderer schrecklicher Gedanke. Was, wenn sie zwischenzeitlich einen anderen hatte? Das könnte er nicht ertragen. Aber hätte sie sich dann auch bei ihm gemeldet? Freddy beantwortete sich diese Frage mit Nein und stellte die Flasche Bier wieder zurück in den Kühlschrank.

Nervös wartete er vor der Pizzeria. Er hatte in der Zwischenzeit wieder angefangen zu rauchen, wenn auch nur eine halbe Schachtel pro Tag. Davon sollte Elke aber nichts mitbekommen, weil er keinen schlechten Eindruck auf sie machen wollte. Da sie es riechen würde, hatte er frische Sachen angezogen und die Zigaretten zu Hause gelassen. Sein Schmacht war jedoch so groß, dass er versucht war, sich an der nächsten Trinkhalle eine Packung zu kaufen.

Während er sich noch mit diesem Gedanken beschäftigte, sah er ihren Fiat Panda vorfahren. Als sie ausstieg, blieb fast sein Herz stehen. Sie sah klasse aus. Ihre rot gefärbte hohe Stoppelfrisur leuchtete in der spätsommerlichen Abendsonne. Sie hatte abgenommen. T-Shirt und Jeans saßen perfekt. Freddy war hin und weg. Sie sah aus wie an dem Abend, als sie sich kennen gelernt hatten.

Sie begrüßte ihn mit einer knappen Umarmung. Ihr ernstes Gesicht war sicherlich der Situation angemessen, doch wünschte sich Freddy insgeheim, sie wäre etwas fröhlicher dahergekommen.

Nachdem sie sich ihre Lieblingspizza bestellt hatten, erkundigte sie sich nach seiner Mutter und er sich nach ihrer Familie.

Das eigentliche Thema sparten sie sich für die Zeit nach dem Essen auf. Freddy gönnte sich ein Gläschen Wein. Eigentlich hatte er dem Alkohol für die nächste Zeit abgeschworen, aber im Moment beruhigte es ihn ein wenig.

Nach dem Essen atmete Elke tief durch und bat ihn, alles ausführlich aus seiner Sicht zu erzählen. Freddy nahm sich vor, alles so ungeschönt wie möglich darzustellen. Bei einigen Szenen war sie um Fassung bemüht. Als er geendet hatte, fühlte er sich einerseits erleichtert, andererseits war ihm klar, dass er Elke mit seinem Verhalten schockiert hatte. Er fragte sich, warum sie überhaupt alles so genau wissen wollte. Helfen konnte sie ihm ohnehin nicht.

Sie schwiegen eine Zeitlang. Elke starrte die Tischdecke vor sich an. Freddy wartete ungeduldig auf ihre Reaktion.

„Hör zu, Freddy“, begann sie schließlich, „ich habe mich nicht mit dir getroffen, um unsere Beziehung wieder aufzufrischen.“

Er fühlte einen Stich in seiner Herzgegend.

„Aber uns verbindet auch viel und ich konnte dich nicht einfach so hängen lassen. Wenn ich dir irgendwie helfen kann, lass es mich wissen, aber du musst dir im Klaren seien, dass wir keine Beziehung mehr haben. Meinst du, du kannst das?“

Sie sah ihn skeptisch an.

„Na klar! Kein Problem. Mich kann doch so leicht nichts erschüttern“, hörte er sich sagen.

Elke verdrehte die Augen, Na klar, wieder einer seiner coolen Sprüche, die in dieser Situation völlig unangebracht waren. Freddy schluckte.

„Okay, okay! Ich weiß Bescheid“, ergänzte er besänftigend. „Ich find’s toll von dir, dass du dich gemeldet hast. Im Moment habe ich echt nicht viele Freunde.“

„Ist ja auch kein Wunder“, erwiderte Elke säuerlich.

Ihm lag die Frage auf der Zunge, ob sie schon jemand Neues kennengelernt hatte, aber er verkniff es sich. Er wechselte das Thema.

„Ich habe nicht den leisesten Schimmer, wer Ulli auf dem Gewissen hat. Die Bullen tappen trotz eines Riesenaufwandes bei den Ermittlungen im Dunkeln. Es gibt kein Motiv.“

Er überlegte kurz.

„Hast du vielleicht eine Ahnung, was und wer dahinter stecken könnten?“

Sie schüttelte den Kopf.

„Ich habe Ulli vor zwei, drei Monaten zuletzt gesehen. Er machte wie fast immer einen aufgedrehten Eindruck. Er war im Einkaufszentrum mit seiner Karin unterwegs.“

„Ist dir nicht irgendetwas aufgefallen bei eurer Unterhaltung?“

„Nein. Es gab wenig Neuigkeiten, außer unserer Trennung.“

„Die scheidet ja nun als Mordmotiv aus“, sinnierte Freddy.

Elke sah ihn ungläubig an.

„Versuchst du dich jetzt als Detektiv?“

„Ich will versuchen, etwas herauszubekommen. Die Bullen sind offensichtlich unfähig und ich kann nicht so einfach die Hände in den Schoß legen und darauf warten, dass was passiert. Außerdem scheint man in der Szene immer noch zu denken, dass ich was damit zu tun habe, auch wenn meine Unschuld erwiesen ist.“

„Was hast du denn vor? Meinst du wirklich, du könntest mehr herausbekommen als die Polizei? Das sind Profis und du nicht mal Amateur.“

„Aber meine Birne funktioniert richtig“, meinte Freddy etwas heftig und tippte sich an die Schläfe.

Da fiel ihm Karins Anruf nach seiner Nacht in der Ausnüchterungszelle ein. Hatte sie nicht gesagt, dass Ulli alles dafür tun würde, ihm die Gitarre wiederzubeschaffen?

Was, wenn er etwas entdeckt hatte?

Was, wenn er den Dieb ausfindig gemacht und gestellt hatte?

Vielleicht war er ihm auch nur dicht auf den Fersen und der Gesuchte war nervös geworden.

Wenn der Dieb so besessen von *Lucille* war wie er selbst, war er fähig, dafür einen Mord zu begehen?

Freddy beantwortete diese Frage laut mit „Ja!“ und war sich mit einem Male sicher, das Mordmotiv gefunden zu haben.

„Was meinst du mit *Ja*?“

Jetzt erst merkte er, dass er gedankenverloren an die Wand gestarrt und Elke völlig ausgeblendet hatte. Diese fixierte ihn immer noch verwundert.

„Ich meine: Ja, so könnte es gewesen sein.“

„Du sprichst in Rätseln. Was könnte wie gewesen sein?“

„Ulli hat herausgefunden, wer damals bei uns eingebrochen ist und musste dafür mit dem Leben bezahlen.“

Elke schaute ihn skeptisch an.

„Dafür mordet man doch nicht.“

„Menschen wurden schon aus weit geringerem Anlass umgebracht. Es laufen genügend Psychopathen frei herum.“

Elkes Blick wurde noch skeptischer. Bei dem Wort Psychopath hatte sie ihn noch mehr fixiert, was er beleidigt zur Kenntnis nahm.

„Ich finde, du solltest dich da raushalten“, sagte Elke. „Das solltest du wirklich der Mordkommission überlassen. Kann ja auch mal gefährlich werden. Wenn du irgendwelche Vermutungen hast, wende dich an die Polizei."

„Aber darum geht's ja! Ich muss erst mal *versuchen*, etwas herauszubekommen. Und wenn ich eine Ahnung bekomme, wo der Hase im Pfeffer liegt, kann ich den Bullen sagen, wo sie weiter suchen können."

„Die Frage ist nur, wo du anfangen willst. Du hattest zu Ulli seit längerem keinen Kontakt mehr. Du weißt ja gar nicht, wo du ansetzen sollst. Gegenüber dem, was die Polizei ermittelt, hast du keinen Wissensvorsprung."

„Sei's drum", erwiderte Freddy trotzig, „ich werde es versuchen."

Insgeheim hatte er schon den Entschluss gefasst, die Mordkommission für den Fall, dass er was herausfinden würde, nicht sofort einzuschalten. Der Ehrgeiz, den Täter zu entlarven und dann als der stolze Held dazustehen, hatte längst Besitz von ihm ergriffen.

Elke durchschaute ihn. Sie wusste, dass sie ihn so schnell nicht von seinem Vorhaben abbringen konnte.

„Du bist und bleibst ein alter Sturkopf", bemerkte sie kopfschüttelnd. „Hoffentlich machst du alles nicht noch schlimmer, als es ohnehin schon ist."

„Was soll schon passieren?" Freddy machte eine Unschuldsmiene. „Entweder ich finde den Mörder oder nicht."

„Das meine ich ja. Wenn du ihn tatsächlich vor der Polizei finden solltest, könnte es gefährlich für dich werden."

Freddy konnte ein Lächeln nicht unterdrücken. Schon wieder so eine fürsorgliche Bemerkung.

Plötzlich kam ihm eine Idee.

„Hör mal. Du wirst doch Karin bei der Beerdigung sehen oder sie zumindest mal anrufen."

„Was hast du vor?", fragte sie misstrauisch.

„Könntest du ihr sagen, dass ich sie sprechen will. Vielleicht weiß sie irgendwas, was mir weiterhelfen könnte. Ach so …, und sag ihr bitte, dass es mir total leid tut. Ich glaube nämlich nicht, dass ich zu der Beerdigung kommen sollte. Du weißt schon, wegen der Schlägerei. Wenn ich sie anrufe, legt sie bestimmt gleich auf. Aber wenn du …"

„Das kannst du vergessen!" Sie war aufgesprungen und hatte ihre Handtasche an sich genommen.

„Weißt du, Freddy, ich hatte wirklich gehofft, dass dich diese ganzen Ereignisse etwas zur Vernunft gebracht haben. Aber jetzt fängst du plötzlich wieder an zu spinnen und verlangst von mir diese ungeheure Taktlosigkeit."

„Aber wieso denn?", rief Freddy verzweifelt. „Ich versuche doch nur, alles wieder gut zu machen. Ich habe Ulli zu Unrecht des Einbruchs verdächtigt. Vielleicht ist das meine Chance, alles wieder ins Reine zu bringen."

Sie sah ihn wütend an.

„Ohne deine fixe Idee wäre es erst gar nicht so weit gekommen. Und jetzt auf einmal kommst du daher und sagst: Oh, ich habe mich geirrt, jetzt muss ich aber schnell wieder alles heile machen."

Sie hatte sich in Rage geredet und setzte zu weiteren sarkastischen Bemerkungen an.

„Bitte, Elke", unterbrach er sie fast flehentlich, „frage sie einfach. Wenn sie partout nicht mit mir reden will, muss ich das so hinnehmen. Aber ich bin sicher, wir haben das Mordmotiv."

Sie stand immer noch da und sah mit zusammengepressten Lippen auf ihn herunter.

In den Monaten nach dem Einbruch hatten sie öfter hitzige Diskussionen geführt, an deren Ende sie oft so dastand wie jetzt.

„Bitte, Elke!" Freddy bemühte sich leise zu sprechen, was ihm bei ihren letzten Streitigkeiten nie gelungen war. „Es wäre echt wichtig."

Sie schwieg einen Moment.

„Ich weiß wirklich nicht, was das bringen soll. Ich werde noch mal darüber nachdenken, aber ich glaube kaum, dass sie noch etwas mit dir zu tun haben will."

„Danke", sagte Freddy knapp. Er hätte ihr gerne noch viel mehr gesagt, aber dies war jetzt nicht mehr der richtige Moment.

„Ich muss jetzt gehen", sagte sie plötzlich, zückte einen 10-Euro-Schein und warf ihn auf den Tisch. „Mach's gut, Freddy." Sie rauschte davon.

Er schaute ihr hinterher und fühlte sich sehr einsam.

Seine Unruhe steigerte sich in den nächsten Tagen. Er hatte Karin eine Beileidskarte geschrieben. Da er sich nicht sicher war, ob Elke ihr seine Bitte ausgerichtet hatte, schrieb er neben einigen Entschuldigungsworten hinein, dass er alles tun wolle, um Ullis

Mörder zu finden und dass sie ihn jederzeit um Hilfe bitten könne.

Zeitweilig starrte er abwechselnd sein Handy und sein Telefon an und musste den Drang unterdrücken, Karin anzurufen.

Wenn er es nicht mehr aushielt, zog er sich in den Keller zurück und spielte Bass. Meistens legte er eine alte Scheibe der *Blues Bandits* auf und jammte dazu.

Inzwischen hatte er wieder angefangen zu arbeiten. Er war froh darüber, sich ablenken zu können. Den Kollegen fiel zwar auf, dass er sehr verschlossen war, aber das kümmerte ihn nicht weiter.

Nach einer weiteren Woche war das Telefon noch immer stumm geblieben. Er hatte fast die Hoffnung aufgegeben, dass sich Karin bei ihm melden würde. Aus der Zeitung erfuhr er, dass der Mörder trotz umfangreicher Befragungen noch nicht entlarvt werden konnte, man aber aus ermittlungstechnischen Gründen der Öffentlichkeit keine weiteren Informationen geben könne. Für Freddy bedeutete das nichts anderes, als dass die Polizei nach wie vor im Dunkeln tappte.

Eines Tages war er in seinem Baumarkt damit beschäftigt, Holzlatten zu sortieren, als er eine weibliche Stimme hinter sich hörte.

„Was kostet es, Ihnen diese Holzlatte über den Schädel zu ziehen?“

Verdutzt drehte er sich um. Es war Karin.

Sie hatte tatsächlich eine zwei Meter lange Holzlatte in der Hand und starrte ihn mit einem seltsamen Blick, einer Mischung aus Trauer und Belustigung an. Die Situation passte zu ihrem Nachnamen: Langholz.

Freddy wusste nicht, wie er reagieren sollte. Früher hatten sie sich oft gegenseitig auf den Arm genommen. Ulli und Freddy waren bei Gigs und anderen gemeinsamen Unternehmungen oft mit ihren Frauen unterwegs gewesen. Nach dem Einbruch waren die Kontakte der Paare zueinander abgebrochen.

„Keine Angst, auf dieses Niveau lasse ich mich nicht herab“, ergänzte Karin spöttisch grinsend. Freddy hatte immer noch keinen Ton herausbekommen. Die Anspielung auf seinen Ausraster bei der Blues-Session war unüberhörbar.

Sie stellte die Holzlatte ab.

„Was ist los? Hat’s dir die Sprache verschlagen?“

Sie sah so hübsch und niedlich aus wie immer. Wenn man sie mit ihrer zierlichen Figur und den langen aschblonden Haaren so sah, konnte man sich gar nicht vorstellen, zu welch frech-witzigen und schlagfertigen Äußerungen sie fähig war. Trotz der Trauer hatte sie diese Fähigkeit offensichtlich nicht verloren. Allerdings war sie etwas blasser als sonst.

Freddy atmete durch und fand langsam die Fassung wieder.

„Grüß dich, Karin! Lange nicht gesehen! Wie geht's denn so?"

Er ruderte unbeholfen mit den Armen. Oh Mann, war das erbärmlich! Er wusste nicht, wie er sich ihr gegenüber verhalten sollte und verfiel wieder in seine flapsige Art.

Karin sah ihn an, als zweifle sie an seiner geistigen Verfassung.

„Oh, gut!", sagte sie schließlich übertrieben. „Es könnte mir nicht besser gehen. Weißt du, ich habe gerade bei Günther Jauch die Millionenfrage richtig beantwortet und, stell dir vor, direkt am nächsten Tag meinen neuen Traumprinzen getroffen."

Freddy hob beschwichtigend die Hände.

„Okay! Tut mir leid. Ich hab jetzt echt nicht mit dir gerechnet. Habe mir die ganzen Tage überlegt, was ich sagen soll, wenn wir miteinander telefonieren sollten. Und jetzt, wo du vor mir stehst, fällt mir nur Müll ein."

„Schon gut, Freddy! Du bist nicht der Einzige, der sich in letzter Zeit komisch mir gegenüber verhalten hat. Die Situation ist wirklich so wie in einem schlechten Krimi. Alle kennen es aus dem Fernsehen, aber in der Realität weiß keiner damit umzugehen."

„Das gilt für mich ganz besonders. Schließlich war ich an der ganzen Sache nicht unbeteiligt."

Er machte eine Pause, während sie vorwurfsvoll nickte.

„Jetzt mal ehrlich! Wie kommst du klar?"

Sie zuckte mit den Schultern.

„Dank der Pillen, die mir mein Doc verschrieben hat und einem Krankenschein halt ich mich so gut es geht über Wasser. Na ja, und Familie habe ich ja auch noch."

Inzwischen hatten sich einige Kunden hinter ihr versammelt und brannten darauf, Freddy eine Frage zu stellen.

Karin fuhr fort: „Du wolltest mit mir reden. Wie wär's heute Abend im Hugo?"

Das „Hugo" war in früheren Zeiten ihre Stammkneipe.

„Okay!", erwiderte Freddy. Er hatte immer mit einer strikten Zurückweisung von Karin gerechnet, umso erleichterter war er, dass sie ganz anders reagierte. Er nahm sich vor, neben seinen Nachforschungen öfter nach ihr zu sehen.

„Alles klar! Ich glaube, der junge Mann hinter mir möchte gerne wissen, wie viele Latten er für seinen Zaun braucht", sagte sie mit einem kleinen, schelmischen Lächeln und ließ einen schmächtigen, verdutzt dreinschauenden Jüngling zu Freddy vor.

Er blickte ihr grinsend nach. Die Frage des Kunden nahm er gar nicht wahr.

Während er zu ihrem abendlichen Treffen ging, wunderte er sich, wie gefasst Karin war. Er war sich sicher, dass es ihr schlechter ging, als es den Anschein hatte.

Sie begrüßten sich nicht so überschwänglich wie in der Vergangenheit. Dafür war in der Zwischenzeit zu viel geschehen, aber sie ließ Freddy keinerlei Ablehnung spüren.

Sie berichtete ihm von der Beerdigung. Viele Leute aus der Szene waren gekommen. Don Berger und Mike Bruns hatten einen herzzerreißenden Blues von Robert Johnson am offenen Grab gespielt. Am Ende hatte Mike seine Mundharmonika ins offene Grab geworfen und geschworen, nie wieder zu spielen. Freddy kannte ihn zu gut, um zu wissen, dass dieser Schwur nicht lange halten würde. Es war nur wieder eine von Mikes Showeinlagen.

Ansonsten habe sie alles wie unter einem Schleier erlebt. Nur mit Hilfe ihrer Angehörigen und einigen Beruhigungsmitteln habe sie den Tag überstehen können.

Als sie endete, standen Tränen in ihren Augen. Freddy legte seine Hand auf ihren Arm. Dass sie es zuließ, erleichterte Freddy.

Dann wollte sie in allen Einzelheiten den genauen Ablauf der Ereignisse bei der Blues-Session wissen. Freddy ließ nichts aus. Er versicherte Karin, dass ihm alles sehr leid tue und dass sie ihn davon überzeugt hatte, dass Ulli nichts mit dem Gitarrenraub zu tun hatte.

„Warum hast du dich denn so sehr darin verbissen, dass Ulli der Dieb war?", wollte Karin wissen. „Es hat eine Menge kaputt gemacht."

Freddy schluckte den Vorwurf herunter.

„Diese Gitarre war wie ein Heiligtum für mich. Ich kann's dir auch nicht erklären, aber als sie gestohlen wurde, habe ich fast durchgedreht …"

„Fast?", unterbrach ihn Karin und sah ihn mit spöttischem

Gesichtsausdruck an.

Freddy senkte den Kopf.

„Okay, du hast Recht! Ich *habe* durchgedreht. Dieses Instrument war der Höhepunkt meines bisherigen Lebens und irgend so ein dahergelaufener Typ klaut sie mir.“

Er hielt inne. Karin wartete geduldig auf weitere Erklärungen.

„Ich habe damals allen Bandmitgliedern das Versprechen abgenommen, niemandem etwas von der B.B. King-Gitarre zu erzählen. Da ich davon ausgegangen bin, dass alle dicht gehalten haben, konnte der Dieb nur Mitglied der Band sein. Und da ich wusste, dass Ulli auch verrückt nach der Klampfe war, haben sich mein Verdacht und meine ganze Wut gegen ihn gerichtet. Wäre es dir in meiner Situation nicht ähnlich gegangen?“

Karin seufzte. Sie wurde des Themas langsam überdrüssig.

„Ja, möglich“, sagte sie dann. „Aber bist du denn nie von der Möglichkeit ausgegangen, dass sich jemand aus der Gruppe inklusive dir *doch* verplappert hat? Und wer sagt, dass nicht ein anderes Bandmitglied etwas mit dem Einbruch zu tun hat?“

„Ehrlich gesagt habe ich nie ernsthaft an die Möglichkeit gedacht. Ich kenne die Jungs alle schon so lange. Ich konnte mir das einfach nicht vorstellen. Dass Ulli was damit zu tun haben würde, lag für mich am nächsten und daran habe ich mich festgebissen.“

„Aber er war dein Freund. Warum sollte er dir so was antun?“

Karin sah ihn kopfschüttelnd an.

Freddy antwortete nicht gleich. Er konnte es sich selbst nicht erklären, warum er sich derart verrannt hatte.

„Erst nach dem Chaos bei der Blues-Session habe ich geschnallt, dass es so nicht weitergeht. Offensichtlich brauchte ich solch einen Schock, um wieder zur Besinnung zu kommen. Außerdem hast du mir ja gehörig den Kopf gewaschen.“

„Ich kann dir zu hundert Prozent versichern, dass Ulli nichts damit zu tun hatte“, sagte Karin fest. „Du kannst mir glauben, dass er die Gitarre nicht hätte vor mir verheimlichen können. Und er hat mir tausendmal gesagt, dass er keinen Schimmer habe, was mit dem Ding passiert ist.“

Freddy zuckte kurz zusammen. Sie hatte *Lucille* tatsächlich als „Ding“ bezeichnet. Er beherrschte sich schnell und schluckte seinen Protest hinunter.

Sie senkte ihre Stimme.

„Er hat mir mehrmals gesagt, wie enttäuscht er sei, dass ihn sein bester Freund des Diebstahls bezichtige und dass er alles dafür tun würde, wenn er dir die Gitarre wiederbringen könnte."

Freddy hatte einen Kloß im Hals, Tränen stiegen ihm in die Augen.

Nachdem er sich gefasst hatte, sagte er: „Alles meine Schuld! Ich wünschte, ich könnte alles rückgängig machen. Ich habe damit gerechnet, dass du mich total abfahren lassen würdest, wenn ich dich um ein Gespräch bitte. Deshalb habe ich Elke gebeten, dir meine Bitte auszurichten."

„Elke war es sichtlich peinlich, mir das zu sagen."

„Ich weiß!"

„Deine Beileidskarte hat mich gerührt. Warum auch immer, ich konnte dir nicht mehr böse sein. Anfangs habe auch ich gedacht, dass du Ulli umgebracht hast, aber die Polizei hat mir versichert, dass du ein wasserdichtes Alibi hast. Einige Leute verdächtigen dich trotzdem immer noch, aber das ist Quatsch. Ich weiß, dass du unschuldig bist. Außerdem wollte ich wissen, wie du inzwischen zu der Sache stehst."

Freddy spürte, dass jetzt die Zeit für das eigentliche Thema gekommen war.

„Hast du eine Idee, wer ihn umgebracht haben könnte?"

Er bemerkte, dass Karin bei dem Wort „umgebracht" zusammenzuckte.

„Nein", antwortete sie leise. „Ich habe mir x-mal diese Frage gestellt. Der Polizei konnte ich keine Hinweise geben. Es muss ein Verrückter gewesen sein. Vielleicht ist einer aus der geschlossenen Abteilung ausgebrochen."

„Ich glaube, das wäre aufgefallen!", bemerkte Freddy trocken. „Nein, dafür ist der Täter zu planmäßig vorgegangen und sehr darauf bedacht gewesen, nicht gesehen zu werden. Er wusste genau, dass der alte Alzheimerpatient kein zuverlässiger Zeuge sein würde. Es gibt ein eindeutiges Motiv für den Mord."

„Ich wüsste nicht, welches."

„Aber ich."

Während Karin ihn erstaunt ansah, erläuterte er ihr seine These. Er bemerkte, wie sie ins Grübeln kam. Anders als Elke schienen ihr seine Vermutungen plausibel zu sein.

„Überleg mal genau! Ist dir irgendetwas in der letzten Zeit aufgefallen?"

„Nein, da gab es nichts Besonderes. Jedenfalls hat mir Ulli nichts erzählt, was von Bedeutung sein könnte."

„Hat er sich in letzter Zeit seltsam verhalten? War er nervös oder ängstlich?"

Karin runzelte die Stirn.

„Hey, Sherlock Holmes, warum willst du das alles so genau wissen? Dafür haben wir doch die Polizei."

Freddy winkte ab.

„Kannste vergessen! Die Typen habe ich kennengelernt. Sind die totalen Loser. Aber vielleicht kriegen wir was raus, das wir dann an die Bullen weitergeben können."

Mit „wir" meinte er natürlich ausschließlich sich. Er wollte Karin soweit wie möglich aus seinen Plänen heraushalten. Vielleicht würde sie ihm genau wie Elke auch den Rat geben, der Polizei alles zu überlassen.

„Ulli war nicht nervöser als sonst. Du kanntest ihn ja, eigentlich stand er immer unter Strom. Vor allem, wenn er mal wieder seinen Gitarrenverstärker auf volle Dröhnung eingestellt hatte."

Sie schmunzelte. Der Gedanke schien sie zu belustigen. Gleichzeitig bemerkte Freddy auch eine schmerzliche Wehmut in ihrem Blick.

„Er schien sogar recht guter Dinge zu sein", fuhr sie fort, „auch wenn ich nicht genau dahinter gekommen bin, warum eigentlich. Wenn ich ihn gefragt habe, hat er immer nur gesagt, es gäbe nichts Neues. Von Ängstlichkeit war erst recht keine Spur."

„Sorgen hatte er wohl keine", sinnierte Freddy. „Das macht es nicht gerade einfacher. Aber irgendjemandem muss er auf den Schlips getreten sein. Irgendetwas muss er dir doch gesagt haben. Es muss etwas vorgefallen sein, von dem bislang niemand etwas weiß. Überleg noch mal. Vielleicht ist es was Banales, was wir mit dem Mord gar nicht in Zusammenhang bringen."

Karin dachte angestrengt nach.

„Na ja", sagte sie nach einer Weile, „Ulli war immer auf der Suche nach der perfekten Gitarre. Er hat seine *La Belle* über alles geliebt, das weißt du ja. Ihren Sound konnte keine andere Gitarre übertreffen, außer …"

Sie sah ihn an.

„… außer deiner B.B. King-Gitarre natürlich. Seitdem er auf ihr gespielt hatte, war er häufig in Musikgeschäften unterwegs, um die ultimative Gitarre zu finden. Jedenfalls hat er mir das oft gesagt."

Freddys Gehirn arbeitete auf Hochtouren.

„Und bei diesen Ausflügen in die verschiedenen Geschäfte muss er etwas herausgefunden haben.“

„Warum hat er mir dann nichts davon erzählt?“

„Vielleicht wollte er dich nicht hineinziehen. Vielleicht hat er gedacht, du machst dir dann zu viel Sorgen oder er würde dich sogar in Gefahr bringen. Eins ist mir aber klar geworden …“

Freddy ballte die Faust und blickte Karin entschlossen an.

„Finden wir die Gitarre, haben wir den Mörder!“

Kapitel 5

Oberkommissar Bruno Peppelinski schaltete seinen PC aus und rieb sich übermüdet die Augen. In den vergangenen Tagen hatten sie eine Unmenge von Befragungen durchgeführt. Alle ohne Ergebnis. Am schwierigsten war es, die Videobänder der Überwachungskamera auszuwerten. Die Personen, die darauf zu sehen waren, mussten identifiziert, ausfindig gemacht und anschließend vernommen werden. Damit war man noch längst nicht am Ende und noch immer hatte man kein Motiv ausgemacht.

Peppelinski hatte in den letzten Tagen kaum geschlafen. Dass man ihn mit der Lösung dieses Falles beauftragt hatte, war eine einmalige Chance für ihn, sein ramponiertes Image aufzupolieren. Da alle anderen Kollegen, die für diese Aufgabe in Frage kamen, bis über beide Ohren in Arbeit steckten, blieb seinen Vorgesetzten, allen voran dem Polizeipräsidenten, trotz aller Skepsis nichts anderes übrig.

„Trauen Sie sich das zu?“, hatte man ihn gefragt. Schon allein die Frage war eine Beleidigung für ihn. Er hatte im Brustton der Überzeugung, dass er mit Freddy Spieker den Schuldigen bereits gefasst hatte, geantwortet, dass dies wohl als eine rhetorische Frage zu verstehen sei. Er werde in kurzer Zeit seine Ermittlungsergebnisse präsentieren. Seine Vorgesetzten hatten sich nur wortlos angesehen. Insgeheim hatten sie beschlossen, Peppelinski wieder von dem Fall abzuziehen, sofern er seine Versprechungen nicht einhalten würde und einen seiner Kollegen zu beauftragen, wenn sich die Arbeitslage etwas entspannt hatte.

Zunächst hatte es auch so ausgesehen, als könnte er baldige Erfolge vorweisen. Als sich jedoch Freddy Spiekers Unschuld zweifelsfrei herausstellte, sah er seine Felle davon schwimmen. Seine Vorgesetzten wurden nervöser. Mangels kompetenter Alternativen hatten sie sein Team aufgestockt, welches nun verzweifelt nach Hinweisen suchte.

Die Befragung der Krankenhausmitarbeiter und der Familie des Toten hatte keine eindeutigen Hinweise ergeben. Niemand hatte etwas gesehen. Niemand konnte sich einen Grund für die Ermordung vorstellen. Peppelinskis Befragungen konzentrierten sich zuletzt auf seine Familie und den zugehörigen Handwerksbetrieb. Seiner Erfahrung nach war das Mordmotiv am ehesten dort zu finden. Er nahm sich vor, hier eingehender nachzuforschen.

Dennoch hatte er immer noch das Gefühl, dass Freddy Spieker in die Sache verstrickt war. Er war der Einzige, der bisher ein Motiv hatte. Außerdem war er jähzornig, unberechenbar. Vielleicht hatte er jemanden mit dem Mord beauftragt und sich anschließend von der korrekten Ausführung der Tat persönlich überzeugen wollen. Wie sonst war seine abenteuerliche Flucht zu erklären? Dass er angeblich in Panik geraten sei, weil er befürchtete, dass man ihm den Mord zu Unrecht anhängen würde, war wahrscheinlich nur eine Schutzbehauptung. Leider hatte Peppelinski den Staatsanwalt nicht von dieser Theorie überzeugen können. Aber für ihn war eines klar: Er würde Freddy Spieker im Auge behalten.

Für heute hatte er sich vorgenommen, etwas früher Feierabend zu machen. Er streckte seine müden Glieder aus und wollte sich gerade erheben, um seinen Mantel zu holen (einen hellgrauen Trenchcoat, womit er sämtliche Klischees, die Kommissare betrafen, bediente), als Rico Bein in seiner übertrieben dynamischen Art die Tür aufriss und Peppelinski ansah, als habe er die größte Sensation, die es jemals auf diesem Planeten gegeben habe, zu verkünden. Meistens waren es irgendwelche Belanglosigkeiten, die sie bei der Lösung eines Falles nicht weiterbrachten. Der Oberkommissar fiel immer wieder darauf herein. Rico Bein war eben von Natur aus ein misstrauischer Mensch. Der Prämisse, dass eine auch noch so kleine Begebenheit wichtig sein konnte, maß er eine überdimensionale Bedeutung bei. Hinter jedem winzigen Hinweis vermutete er sofort ein Motiv. Auch jetzt erweckte er den Eindruck, als habe er den Ermittlungen zum Durchbruch verholfen.

„Chef, ich habe da was für Sie“, verkündete er mit wichtiger Miene und breitete die aktuelle Ausgabe der Tageszeitung vor ihm aus.

„Da!“

Er deutete mit dem Finger auf einen kleinen bildlosen Artikel. Dieser besagte, dass heute Abend ein Gedenkkonzert zu Ehren des ermordeten Blues-Gitarristen Ulli Kanderske stattfand. Als Veranstaltungsort wurde das *Kultur-Café* der Ruhr-Universität genannt, also der Ort, wo der Verstorbene seinen letzten Auftritt gehabt hatte. Dabei sollte auch für den „Weißen Ring", die Organisation der Verbrechensopfer, gesammelt werden. Es handle sich gleichzeitig um eine Benefizveranstaltung. Alle Musiker, die Kanderske gekannt hatten, waren eingeladen und sollten seine Lieblingssongs im Rahmen einer Session zum Besten geben. Der Eintritt war frei, was die Spendenbereitschaft erhöhen sollte.

„Schön, schön!", bemerkte Peppelinski lapidar. „Und weiter?"

Bein blickte enttäuscht.

„Die Musiker haben wir noch gar nicht abgeklappert", antwortete er. „Da haben wir doch einen großen Kreis von Leuten beisammen, die wir befragen können. Vielleicht kommen wir dem Täter dort auf die Spur."

„Und wie wollen Sie das machen? Wollen Sie das Konzert unterbrechen, damit jeder unsere Fragen beantworten kann. Oder wollen Sie den Laden abschließen und keinen mehr rauslassen, bevor er uns nicht sein Alibi gegeben hat?"

Rico Bein schaute bedröppelt.

„Ich meine ja nur …", entgegnete er hilflos. Plötzlich fiel ihm etwas ein.

„Vielleicht können Sie dort eine Ansprache halten. Mikrofone dürften die genug haben. Sie könnten so etwas in der Art sagen, dass uns jeder mit noch so kleinen Hinweisen weiterhelfen könnte."

Er ließ die Arme hängen. Überzeugt schien der Oberkommissar nicht zu sein.

In der Tat, Peppelinski war skeptisch, ob das wirklich etwas bringen würde. Er hatte sich auf seinen bevorstehenden Feierabend gefreut, den er in den letzten Tagen nicht vor Mitternacht hatte nehmen können. Zwar wartete zu Hause außer seinen Goldfischen niemand auf ihn, aber er hatte sich vorgenommen, heute Abend mal eine *ganze* Flasche Wein zu trinken, bevor er vor dem Fernseher einschlafen würde. Außerdem mochte er keinen Blues. Wenn der Fernseher nicht lief, schaltete er im Radio mit Vorliebe WDR 4 ein.

Er blickte zu Bein hoch. Der starrte ihn erwartungsvoll an. Der Kerl schien kein Privatleben zu haben. Manchmal war er selbst Peppelinski unheimlich.

„Na gut", seufzte er schließlich. „Wir können es uns ja mal

anschauen. Vielleicht gewinnen wir irgendwelche Erkenntnisse."

„Ich hole schon mal den Wagen", frohlockte Bein und raste zur Tür, als ob es gelte, sich auf die nächste Verfolgungsjagd zu begeben.

„In Ordnung, Harry", murmelte Peppelinski resigniert, warf die Zeitung in den Papierkorb und erhob sich so langsam, als würde eine Zentnerlast auf seinen Schultern liegen.

Als er auf den Parkplatz hinaus trat, erwartete ihn Bein bereits mit laufendem Motor. In hohem Tempo machten sie sich auf den Weg zum Veranstaltungsort. Zum Glück war es ein Zivilfahrzeug, sonst hätte Peppelinskis übereifriger Assistent wohl noch Signalleuchten und Martinshorn eingeschaltet. Nach kurzer Zeit erreichten Sie den Universitätsparkplatz.

Als sie sich zu Fuß dem *Kultur-Café* näherten, hatten sie erwartet, dass ihnen bereits von weitem diese rohe, stampfende Musik entgegenschallen würde, die nicht so recht in die kalte Betonwüste des Universitätsgeländes passen wollte. Zu ihrer Verwunderung war dem aber nicht so, obwohl die Veranstaltung dem Zeitungsbericht nach schon längst hätte angefangen haben müssen.

„Verpiss dich!" Mit einem heftigen Tritt in den Hintern wurde Freddy nach draußen befördert. Auf den Stufen vor dem *Kultur-Café* konnte er sich dann nicht mehr halten, stolperte und fiel der Länge nach auf die Waschbetonplatten. Mit diesen hatte er nach seinem Amoklauf bei der letzten Session schon einmal unliebsame Bekanntschaft gemacht.

„Du hast hier lebenslanges Hausverbot, du Penner! Vergiss das nicht!", schrie ihm Wolfhard, der Wirt des *Kultur-Cafés* hinterher. Mit dem war nicht zu spaßen. So grimmig, wie er aussah, war er auch.

Eigentlich hatte Freddy nur mit den Organisatoren des Gedenkkonzertes sprechen wollen. Er hatte mit Karin verabredet, dass er mit ihr zusammen die versammelte Musikergemeinschaft aus gegebenem Anlass auffordern wollte, bei der Aufklärung des Mordfalles mitzuhelfen. Karin war zwar anfangs sehr skeptisch, ob Freddy es wirklich wagen sollte, dort persönlich zu erscheinen, hatte sich aber von ihm überzeugen lassen. Zwar hätte sie selbst einen flammenden Appell an das Publikum richten können, jedoch traute sie sich allein nicht die Überzeugungskraft zu, die Freddy zu Eigen war.

Nach langer Diskussion einigten sie sich schließlich darauf, zusammen dort zu erscheinen. Karin hatte zuvor die Organisatoren davon in Kenntnis gesetzt. Leider hatten sie die Rechnung im wahrsten Sinne des Wortes ohne den Wirt gemacht.

Es war schwierig genug gewesen, Fritz Krause und seine Mitstreiter von seinem Vorhaben zu überzeugen. Als Freddy mit Karin den Raum betrat, wurde er lediglich mit einer Menge skeptischer Blicke begrüßt. Rührend kümmerten die Musiker sich allerdings um Karin, wobei der eine oder andere jedoch sein Unverständnis, dass sie ausgerechnet mit ihm dort auftauchte, kaum verbergen konnte. Als man nahe der Eingangstür darüber sprach, wann der günstigste Zeitpunkt für eine Ansprache sein würde und gerade zu dem Ergebnis kam, dass dies am besten vor Beginn des musikalischen Treibens sein würde, erblickte Wolfhard, der sich bisher mit der Bierzapfanlage beschäftigt hatte, plötzlich Freddy. Mit hoch rotem Kopf sprang er hinter der Theke hervor und hielt strammen Schrittes auf Freddy zu, der ihn zunächst gar nicht bemerkte. Mit seinen kräftigen Pranken packte er den Ahnungslosen am Kragen, holte ihn mit einem Ruck von den Beinen und schleifte ihn zum Ausgang. Die Umstehenden waren derart überrascht, dass sie alle zunächst vor Schreck zusammenzuckten und im ersten Moment zu keiner Reaktion fähig waren. Innerhalb kürzester Zeit hatte Wolfhard sein Opfer, das kaum Zeit hatte sich zu wehren, bis zum Ausgang gezerrt und brutal hinaus befördert.

Während Freddy noch benommen am Boden lag, waren Karin und die Musiker am Ort des Geschehens angelangt. Karin begann auf Wolfhard einzureden.

„Mensch, Wolfhard! Wir haben ganz vergessen, dir was zu erklären."

Wolfhard schaute sie verständnislos an.

„So? Was denn?"

„Freddy wollte nur eine kleine Ansprache halten. Er wollte sich für sein Verhalten entschuldigen und alle Anwesenden bitten, bei der Aufklärung des Mordes mitzuhelfen."

Wolfhards grimmige Gesichtszüge entspannten sich in keinster Weise.

„Na und? Was hab ich damit zu tun? Wenn der Kerl eine Ansprache halten will, kann er das ja auch hier draußen machen. Bei mir hat er jedenfalls Hausverbot."

„Bitte, Wolfhard“, versuchte Karin ihn zu besänftigen. „Es dauert nicht lange. Ich verspreche dir, er ist stocknüchtern und wird keinen Ärger machen. Wenn du willst, wird er danach auch sofort wieder verschwinden.“

Sie schaute Wolfhard so treuherzig wie möglich an. Es verfehlte seine Wirkung nicht. Der grobschlächtige Wirt beruhigte sich.

„Ich kapier nicht ganz, wieso du dich für einen Kerl einsetzt, der deinen Typen zusammengeschlagen hat. Vielleicht hat er ihn ja auch auf dem Gewissen.“

„Freddy ist unschuldig“, beeilte sich Karin zu sagen. „Ja, er hat Mist gebaut, das weiß er auch. Aber mit dem Mord hat er nichts zu tun. Er hat im Gegenteil vielleicht sogar eine Ahnung, wie wir den Mörder ausfindig machen können.“

Wolfhard wunderte sich immer mehr. Er beobachtete Freddy, der sich inzwischen erhoben hatte und seine Kleidung abwischte.

„Bitte Wolfhard! Mach noch einmal eine Ausnahme für mich!“, bettelte Karin.

Nachdem er einen kurzen Moment nachgedacht hatte, richtete er seinen Finger auf Freddy.

„Hör zu, Drecksack! Dieses eine Mal noch! Von mir aus kannst du deine komische Ansprache halten. Aber wenn du fertig bist, verschwindest du! Und wenn es wegen dir wieder Ärger gibt, ist sofort Feierabend. Hast du mich verstanden?“

Am liebsten hätte Freddy ihm eine saftige Antwort gegeben. Um Karins Vermittlung nicht zunichte zu machen, hob er stattdessen beschwichtigend die Hände.

„Okay, okay! Ich geb dir mein Wort, dass ich keinen Ärger mache.“

„Ich scheiß auf dein Wort!“, brummte Wolfhard, drehte sich auf dem Absatz um und verschwand wieder in Richtung Theke.

Während Freddy noch am Treppenabsatz stand, sahen ihn Karin und die anderen erwartungsvoll an. Neben Fritz Krause standen da noch Don Berger sowie seine früheren Bandmitglieder Chris Wenzel und Oliver Kampmann.

„Blues-Polizist“ Fritz Krause fand zuerst seine Sprache wieder.

„Ich schlage vor, du hältst dich erst einmal im Hintergrund, bis wir dem Publikum die Angelegenheit erklärt haben.“

Nachdem sie wieder in den überfüllten Saal zurückgekehrt waren, machte sich Fritz sofort auf in Richtung Bühne. Mit salbungsvollen

Worten pries er die musikalischen Verdienste des Verstorbenen und ließ natürlich auch nicht unerwähnt, wie beliebt dieser gewesen sei. Bei der letzten Äußerung ließ Freddy seine Blicke über die Menge schweifen. Zumindest eine Person war nicht dieser Ansicht. Dessen war er sich sicher. Eine Rede hatte er sich nur grob zurechtgelegt. Nervös wartete er, bis Fritz seine Predigt beendet hatte. Warum ist der nicht Pfarrer geworden?, dachte Freddy bei sich.

Dann wurde Karin auf die Bühne gebeten. Mitleidvolle Blicke empfingen sie und Freddy bemerkte, dass ihr dies gar nicht behagte. Nachdem sie sich für die Anteilnahme und die von vielen angebotene Unterstützung bedankt hatte, bat sie die Anwesenden, nicht ohne eine Spende für den „Weißen Ring" zu gehen. Freddy wartete gespannt auf die Überleitung zu ihm.

Plötzlich breitete sie die Arme aus, deutete in seine Richtung und rief laut: „And now … please welcome: Mr. Freddy Spieker!"

Freddy erschrak. Eiskalt lief es ihm den Rücken hinunter. Was zum Teufel trieb sie da? Alle Anwesenden starrten sie völlig entgeistert und verstört an, ließen ihre Blicke abwechselnd zwischen den beiden hin und her wandern. Oh verdammt! Es war wieder einer von Karins schrägen Scherzen. Gerne brachte sie diese in solch schwierigen Momenten. Anschließend amüsierte sie sich köstlich über die verdutzten Gesichter der Anwesenden.

Auch jetzt stand sie grinsend am Mikrofon und schien die seltsame Situation zu genießen. Niemand muckte sich. Auch Freddy konnte sich nicht rühren.

„Okay, ich glaube, ich muss euch was erklären", sagte sie schließlich und berichtete, dass sie sich mit Freddy getroffen und sich von seiner Unschuld überzeugt hatte. Er sei heute gekommen, um sich bei allen zu entschuldigen und etwas Wichtiges mitzuteilen. Sie bat die Anwesenden, Freddy zuzuhören, zumindest ihr zuliebe, und sich das, was er zu sagen habe, durch den Kopf gehen zu lassen. Dann bat sie ihn auf die Bühne.

Mit schweren Beinen trat Freddy ans Mikro. Karin blieb neben ihm stehen und nickte ihm aufmunternd zu.

Er spürte die zornigen Blicke. Die Stille im Saal war bedrückend. Vor ihm saßen wie üblich an einem langen Tisch die Dörmanns und ihr Gefolge. Er fühlte sich wie ein Angeklagter vor dem Richtertisch. Er holte tief Luft.

„Hallo erst mal!", begann er verkrampft.

„Zunächst möchte ich mich in aller Form entschuldigen für den Scheiß, den ich beim letzten Mal angerichtet habe. Ich war ziemlich besoffen und hatte immer noch die Wahnvorstellung, dass Ulli etwas mit dem Einbruch in meinem Haus zu tun hatte."

Er ließ den Gitarrendiebstahl an sich unerwähnt. Er folgte seiner Intuition, die ihm sagte, dass dies den Dieb und, wie er glaubte, auch Mörder aufschrecken könnte. Über die große Bedeutung der Gitarre wussten nur wenige Bescheid.

„Mittlerweile bin ich der Überzeugung, dass Ulli mit dem Einbruch nichts zu tun hatte. Ich habe mich da in etwas verrannt und mit dem Alkohol kam dann alles wieder hoch. Das tut mir alles sehr leid."

Totenstille.

„Da kommen uns aber die Tränen!", rief plötzlich einer. Im Publikum begann es zu rumoren.

Freddy schluckte. Früher hatte er es immer genossen, auf der Bühne zu stehen. Heute war es die Hölle.

„Jetzt möchte ich aber zum eigentlichen Punkt kommen."

„Was soll der Scheiß?", war erneut jemand zu vernehmen. Es war Henning Walters, der Mundharmonikaspieler, der plötzlich vortrat.

„Vielleicht bist du ja unschuldig. Aber der Mist, den du letztes Mal angerichtet hast, disqualifiziert dich auf Dauer. Es ist der Hammer, dass ausgerechnet *du* heute hier auftauchst, wo wir uns eigentlich würdig von Ulli verabschieden wollen. Dein Gesülze will nun wirklich keiner hören." Im Publikum entstand Unruhe. Einige zustimmende Kommentare waren zu hören.

„Aber darum geht es ja", beeilte sich Freddy zu sagen.

„Lass Ulli in Frieden ruhen und hau ab!", rief einer.

„Jetzt lasst ihn doch wenigstens mal ausreden!" Mike Bruns betrat die Bühne, legte seinen Arm um Freddy und sprach ins Mikro.

„Ich habe das Gefühl, unser alter Freund Freddy hat uns was Wichtiges zu sagen. Bevor ihr ihn davonjagt, sollte er wenigstens eine Chance haben. Entschuldigt hat er sich jetzt und einen actionreichen Fernsehauftritt bekommen wir auch noch zu sehen. Hören wir uns also an, was er uns zu sagen hat!" Er grinste Freddy von der Seite an. Ganz der alte Showman, dachte Freddy bei sich. Mikes Talent, sich und andere Leute zu präsentieren, kam ihm im Moment sehr gelegen.

„Also, es ist Folgendes …" Die auf ihn gerichteten unfreundlichen Blicke irritierten ihn immer noch. Mike nickte ihm aufmunternd zu.

„Ich habe mir Gedanken gemacht, welches Motiv jemand haben könnte, Ulli nach dem Leben zu trachten. Wie ich erfahren habe, gab es innerhalb seiner Familie und des Betriebes keine Probleme. Zumindest keine, die eine solche Tat rechtfertigen würden. Das hat mir Karin bestätigt.“

Er sah zur Seite. Karin stand immer noch dort und bestätigte seine Aussage mit einem Nicken ins Publikum.

„Da sich Ullis sonstige Aktivitäten nur auf die Musik konzentrierten, muss man davon ausgehen, dass das Motiv und somit auch der Mörder in Musikerkreisen oder deren Umfeld zu finden ist.“

Freddy ließ die Worte erst mal nachwirken. An den vielen gerunzelten Stirnen konnte er erkennen, dass es in den Köpfen zu arbeiten begann. Nach einer Pause fuhr er fort.

„Was ich damit sagen will … der Mörder befindet sich wahrscheinlich gerade unter uns.“

Der Stille folgte ein aufgeregtes Gemurmel. Man sah Leute hektisch umherschauen. Diskussionen begannen.

„Vielleicht steht er ja auch gerade am Mikrofon!“, rief einer aus den hinteren Reihen.

Freddys Nervosität drohte nach dieser Äußerung einem Wutanfall zu weichen.

„Meine Unschuld ist zweifelsfrei erwiesen“, sagte er ruhig, aber scharf. Sein zorniges Gesicht sprach Bände.

„Oder meint ihr etwa, die Polizei hätte mich sonst wieder auf freien Fuß gesetzt?“

„Vielleicht ist die Polizei unfähig!“, war erneut Henning Walters’ gehässiger Kommentar zu vernehmen.

Freddy musste grinsen. Diese Steilvorlage kam ihm gerade recht.

„Und genau da kommen wir zum entscheidenden Punkt! Was meine Unschuld betrifft, liegt die Kripo richtig. Wer’s nicht glaubt, kann sich das gerne von Kommissar Peppelinski bestätigen lassen. Aber ansonsten tappen unsere Gesetzeshüter völlig im Dunkeln. Die haben nicht die geringste Ahnung, wonach sie suchen sollen. Ich sage, dass der Schlüssel hier unter uns zu finden ist. Deshalb müsst ihr alle mithelfen, den Täter zu entlarven!“

Freddy kam in Fahrt. Er spürte, wie die Skepsis verflog. Obwohl er von vielen noch kritisch beäugt wurde, zeigten seine Argumente Wirkung.

„Damit nicht alles durcheinander läuft, müssen wir Fakten

sammeln. Vor allem über das, was Ulli in den letzten Wochen getrieben hat, wo er sich aufhielt, mit wem er Kontakt hatte. Gebt eure Infos an mich oder Karin weiter. Wir werden versuchen, das Entscheidende herauszufinden. Sobald wir was Handfestes haben, werden wir das an die Polizei weitergeben."

Beim letzten Satz hatte Freddy geflunkert. Aber das musste ja noch keiner wissen.

„Ich bin überzeugt, dass wir Erfolg haben werden", fuhr er fort. „Und falls der Mörder sich hier unter uns befinden sollte, sag ich ihm nur eins: Wir werden dich kriegen, verlass sich drauf!"

„Hört, hört!", war von der Seite plötzlich eine Stimme zu vernehmen.

Freddy drehte den Kopf und sah zu seiner Überraschung Peppelinski auf sich zukommen. Offensichtlich war dieser ziemlich genervt. Ohne Freddy eines weiteren Blickes zu würdigen, nahm er das Mikro und wandte sich ans Publikum.

„Mein Name ist Peppelinski, *Ober*kommissar Peppelinski! Ich leite die Ermittlungen im Mordfall Kanderske."

Er machte eine bedeutungsschwangere Pause und ließ den Blick über die ersten Reihen des Publikums schweifen. Alle starrten ihn halb erwartungsvoll, halb belustigt an. Peppelinski fragte sich, was diese unverschämt grinsenden Mienen zu bedeuten hatten.

„Ich warne davor, hier irgendwelche Privatermittlungen durchzuführen", mahnte er schließlich mit einem Seitenblick auf Freddy.

„Das ist immer noch Sache der Polizei. Wenn Sie irgendetwas wissen, was zur Klärung der Sache beitragen kann, dann wenden Sie sich bitte an mich. Wenn Sie auf eigene Faust irgendetwas unternehmen, bringen Sie sich womöglich in Gefahr!"

Freddy tobte innerlich. Musste ihm dieser Idiot ausgerechnet jetzt in die Quere kommen? Im Hintergrund entdeckte er auch noch diesen unsäglichen Rico Bein, der mit stechenden Blicken das Publikum beobachtete. Er konnte nur hoffen, dass sich seine Musikerkollegen eher an ihn als an die Polizei wenden würden. Peppelinskis Auftreten und sein Erscheinungsbild erschienen ihm aufgesetzt und inkompetent. Insgeheim hoffte er, dass auch das Publikum denselben Eindruck haben würde. Vielleicht waren seine Ausführungen bei seinen Zuhörern auf fruchtbaren Boden gestoßen. Im Moment konnte er nur abwarten und auf einen wichtigen Hinweis hoffen.

„Wir werden noch eine Zeitlang hier bleiben“, fuhr Peppelinski fort. „Wer uns noch sachdienliche Hinweise geben kann, bitte sehr …“, er deutete auf sich und Bein, „wir stehen Ihnen zur Verfügung.“

Mit diesen Worten verließ er staksig die Bühne. Anschließend trat nochmals Karin ans Mikro.

„Ich habe gehört, was gesagt worden ist. Bitte helft uns, den Mörder zu finden!“

Schließlich schnappte sich Fritz Krause das Mikrofon. Nach erneuter Aufforderung, zur Klärung des Mordfalles beizutragen, eröffnete er das Konzert.

Während die ersten Musiker die Bühne betraten und ihre Instrumente stimmten, wandte sich Peppelinski an Freddy.

„Können Sie mir vielleicht mal erklären, was das gerade hier sollte?“

Freddy machte eine Unschuldsmiene.

„Ich weiß gar nicht, was Sie wollen, Herr Kommissar ...?“

„*Ober*kommissar ...“

„Ich will der Polizei lediglich bei ihren Ermittlungen helfen!“

Peppelinski schaute ihn skeptisch an. Auch Bein, der hinter ihm stand, blickte grimmig. Er hatte sie unterschätzt. Sie hatten ihn durchschaut und herausgefunden, dass Freddy auf eigene Faust handeln würde.

„Sie behindern unsere Ermittlungen“, raunzte ihn Peppelinski an. „Womöglich haben Sie den Täter jetzt aufgeschreckt und er wird Maßnahmen ergreifen, die es uns schwierig machen könnten, ihn zu fassen.“

„Und welche sollten das sein?“, fragte Freddy.

„Zum Beispiel flüchten“, mischte sich Rico Bein ein.

„In diesem Falle würde er sich ja erst recht verdächtig machen“, bemerkte Freddy.

„Bei der Menge an Leuten, die sich heute in diesem Raum befinden, würde es nicht sofort auffallen“, antwortete der Oberkommissar. „Ich werde mit Ihnen jetzt keine Ermittlungsmethoden diskutieren, sondern ich fordere Sie auf, sich herauszuhalten. Haben Sie in letzter Zeit nicht schon genug Ärger gehabt?“

Schlagzeug und Gitarren intonierten in diesem Moment einen Slow-Blues, den Mike Bruns, der sogleich den Gesangspart übernahm, „Blues für Ulli“ getauft hatte. Die Polizisten erschraken und flüchteten in Richtung Vorraum, um dort etwaige Hinweise der Konzertbesucher entgegennehmen zu können.

Während Freddy ihnen hinterherschaute, tippte ihm jemand auf die Schulter. Als er sich umdrehte, blickte er in das drohende Gesicht Wolfhards.

„Gehst du freiwillig oder soll ich dir noch mal 'ne Flugstunde verpassen?“, schrie er so laut, dass er mühelos die Musik übertönte.

„Schon gut! Bin ja schon weg“, antwortete Freddy und trottete in Richtung Ausgang. Mühsam quetschte er sich durch die inzwischen beträchtlich angewachsene Menschenmenge. Kurz vor dem Ausgang hielt ihm ein Halbwüchsiger eine Blechdose vor die Nase.

„Eine Spende für den Weißen Ring!“, forderte er ihn lautstark auf.

Noch misstrauisch von Wolfhard beäugt, kramte Freddy eine Münze aus seiner Jeans und steckte diese unter den kritischen Blicken des Jünglings in die Sammeldose.

Als er sich auf den Weg zur U-Bahn machte, schallte hinter ihm emotionsgeladene Musik über den Campus. Wehmut überkam ihn. Er musste an Ulli und die *Blues Bandits* denken.

Wie gerne würde er jetzt mit ihnen auf der Bühne stehen.

Kapitel 6

In den folgenden Nächten fand Freddy kaum Schlaf. Die Ereignisse der letzten Zeit hatten sich in sein Unterbewusstsein eingebrannt. Fast jede Nacht träumte er davon, dass er Ulli begegnete. Manchmal erlebte er von neuem, dass er diesen tot aufgefunden hatte, dann wiederum erschien ihm der Verstorbene als blutüberströmter Zombie, der mit dem Finger auf ihn zeigte und ihn beschuldigte, für seinen Tod verantwortlich zu sein. Die nettere Variante war noch, dass Ulli als Engel herabschwebte und ihm freudestrahlend seine geliebte Gitarre auf einem Silbertablett mit den Worten präsentierte: „Siehst du, Freddy, ich habe *Lucille* gefunden!"

Jedes Mal war er schweißgebadet aufgewacht und konnte danach nicht mehr einschlafen.

Die Strafverfahren wegen seiner sonstigen Vergehen zogen sich in die Länge. Er hatte ohnehin Salih alles überlassen. Er konnte nichts anderes tun, als abzuwarten.

Das Telefon schwieg. Nach einigen Tagen hatte er es nicht mehr ausgehalten und Karin angerufen. Nein, sie könne ihm noch nichts Wichtiges sagen. Einige Musiker hatten ihr berichtet, dass Ulli verschiedene Sessions besucht hatte und gelegentlich bei anderen Bands aushalf, wenn ein Gitarrist ausgefallen war. Keinem sei etwas Besonderes aufgefallen, außer dass Ulli nicht so redselig wie sonst gewesen sei. Freddy überlegte, ob dies von Bedeutung sein konnte. Normalerweise konnte man in Ulli lesen wie in einem offenen Buch. Diese Verschlossenheit war untypisch für ihn.

An die Polizisten hatte sich im Übrigen kaum jemand gewandt. Karin berichtete, dass Peppelinski und Bein geduldig fast bis zum Ende des Konzertes im Vorraum gewartet hatten und lediglich von einigen wenigen angesprochen worden waren. Peppelinskis Gesichtsausdruck zufolge hatten sie nach Karins Einschätzung kaum brauchbare Informationen erhalten. Sie bezweifelte, dass die Ermittler mehr in Erfahrung gebracht hatten als sie. Amüsiert erzählte sie zum Ende von ihrer Beobachtung, wie Peppelinski, nachdem er sich Watte in die Ohren gestopft hatte, mehrfach mit angestrengtem Blick auf die Bühne geschaut und Anstalten gemacht hatte, vorzeitig zu gehen. Rico Bein hatte ihn jedoch immer wieder überredet, zu bleiben. Schließlich waren sie frustriert davongestapft.

Freddy ging noch einmal in sich. Wenn Ulli wirklich herausfinden wollte, wer die Gitarre gestohlen hatte, wo hätte er angesetzt? Sicherlich hätte er bei den verschiedenen Gelegenheiten, also bei den Sessions und Konzerten die Augen offen gehalten. Eine Gitarre wie diese wäre sicherlich nicht nur ihm aufgefallen. Hatte er bei einem dieser Konzerte vielleicht eine Entdeckung gemacht und diese weiter verfolgt? Andererseits musste sich der jetzige Besitzer der Gitarre doch darüber im Klaren sein, dass er sich mit diesem auffälligen Instrument kaum in der Öffentlichkeit zeigen konnte. Zumindest galt dies für das nähere Umfeld, also das Ruhrgebiet und die angrenzenden Regionen. Es konnte daher sein, dass er seine Suche nach *Lucille* auf ganz Deutschland oder gar auf die Nachbarländer ausdehnen musste. Weiter wollte Freddy gar nicht denken. Nein, Ulli musste fündig geworden sein! Von längeren Fahrten Ullis, zum Beispiel nach Osteuropa, konnte nicht ausgegangen werden. Nach Karins Aussage dehnte sich sein Radius allenfalls bis nach Holland aus. Für ein wenig gutes Gras nahm Ulli gelegentlich gerne mal eine Fahrt auf sich. Abgesehen davon gab es dort auch interessante Musikläden.

Holland? Freddy überlegte. Hörte sich naheliegend an. Ging man davon aus, dass der Täter die Gitarre zu Geld machen und gleichzeitig sichergehen wollte, dass er bei den deutschen Ermittlungsbehörden nicht auffällig wurde, bot es sich an, die Gitarre in Holland zu verkaufen. Die Frage war nur, ob der Dieb diese über einen Händler oder privat würde verkaufen wollen. Im letzteren Falle hätte Ulli wohl kaum die Möglichkeit gehabt, den neuen Besitzer ausfindig zu machen. Es konnte also möglich sein, dass der Dieb tatsächlich einen Händler aufgesucht hatte, zumindest erschien dies Freddy plausibel. Ein Privatverkauf über Anzeigenschaltung in holländischen Zeitungen konnte natürlich auch möglich sein, aber das wäre vielleicht zu auffällig gewesen. Oder hatte der Täter sich des Internets bedient?

Je länger er darüber nachdachte, umso mehr Möglichkeiten fielen ihm ein. Er durchstöberte etliche Seiten im Internet, um eine Spur zu finden. Ergebnislos. Holländische Anzeigenblätter der letzten Monate zu überprüfen, erwies sich für ihn schlicht als zu aufwändig, wenn nicht sogar unmöglich.

Er entschied sich deshalb für das Naheliegende, nämlich einige der ihm bekannten Musikgeschäfte aufzusuchen. Spontan fielen ihm zwei Läden ein. Das sollte zunächst einmal als Ausgangspunkt genügen.

Natürlich konnte es sein, dass sich die Gitarre noch weiterhin in den Händen des Täters befand. Vielleicht hatte er auch gar keine Ambitionen, diese zu verkaufen oder, wenn er Gitarrist war, damit aufzutreten. Wie aber hatte Ulli dann Wind von der Sache bekommen? Oder war er, Freddy Spieker, vielleicht komplett auf dem Holzweg? Ihm blieben zunächst nur die holländischen Händler. Da auch weiterhin Hinweise aus der Blues-Szene fehlten, sollten hier seine Nachforschungen beginnen.

Womit er schon beim nächsten Problem angelangt war: Wie sollte er dorthin kommen? Seinen Führerschein hatte man ihm entzogen. Seinen Lincoln, der zunächst zur Spurensicherung beschlagnahmt worden war, hatte die Polizei jedoch inzwischen freigegeben. Elke hatte sich auf sein Bitten trotz ihrer Verstimmung über Freddys Verhalten bereit erklärt, den Wagen für ihn abzuholen, allerdings nicht, ohne sich über das „riesige Schlachtschiff" zu beschweren und Freddy zu ermahnen, keine weiteren Dummheiten zu machen.

Da stand der Wagen nun in seiner Garage. Obwohl diese bereits größere Maße hatte als üblich, passte der Lincoln aufgrund seiner immensen Breite so gerade dort hinein.

Nachdenklich stand Freddy dahinter und betrachtete das verbeulte Dach, auf dem sich die Schalke-Anhänger ausgetobt hatten. Motorhaube und Kofferraumklappe sahen nicht viel besser aus. Ansonsten war der Wagen noch uneingeschränkt fahrtüchtig. Was der so alles aushält, dachte Freddy bei sich.

Während er noch darüber nachdachte, was es wohl kosten würde, die Schäden zu beseitigen, öffnete er die Fahrertür und setzte sich hinters Steuer. Wer würde ihn als Fahrer nach Holland begleiten? Er wollte Karin nicht damit belasten. Sie war nicht die beste Autofahrerin und konnte im Übrigen etwas Ruhe und Abstand zu den Ereignissen gut gebrauchen.

Er dachte noch über Elke oder Salih nach, verwarf den Gedanken aber schnell wieder. Also, irgendjemand aus der Musikerszene? Aber wem konnte er vertrauen? Praktisch jeder konnte auch der Täter sein. Die Suche nach einer Begleitung war gar nicht so einfach.

Plötzlich bemerkte er, dass er den Motor angelassen und den Rückwärtsgang eingelegt hatte. Verdammt, was machte er da? Erschrocken drehte er den Zündschlüssel wieder um. Verstohlen sah er nach hinten, ob nicht irgendein Gesetzeshüter auf der Lauer lag, um ihn zu ertappen. Was zum Teufel sollte er tun? Er konnte sich doch jetzt nicht von solchen Lappalien ausbremsen lassen. Er musste Ullis Mörder finden, bevor es zu spät war. In seinem Kopf begann es zu rotieren. Seine ungeliebten Nachbarn hatten in ihrer grenzenlosen Neugier sicherlich längst Wind von seinem verbeulten Auto bekommen. Sie konnten jedoch nicht wissen, dass man ihm den Führerschein abgenommen hatte. Wer sollte ihn daher anzeigen?

Freddy spürte, wie sein rebellisches Temperament von ihm Besitz ergriffen hatte. Er musste es riskieren, auch wenn die Gefahr, dass er wegen seines auffälligen, demolierten Gefährts von der Polizei angehalten wurde, höher war. Es ging hier um mehr als um einen blöden Führerschein. Falls ihn holländische Polizisten anhalten sollten, würden sie sich vielleicht mit der Aussage begnügen, dass er seinen alten Lappen zu Hause vergessen hatte.

Entschlossen ließ er den Motor wieder an und rauschte mit Schwung rückwärts aus der Garage. Dabei hätte er fast den alten, stets grimmig dreinblickenden Wehner, der ein Haus weiter wohnte, umgefahren. Freddy sah ihn noch im Rückspiegel mit der Faust drohen, während er davonfuhr. Tja, Alter, da wäre dir deine Neugier fast zum Verhängnis geworden, dachte Freddy hämisch, während sich sein Gesicht zu einem fiesen Grinsen verzog.

Er machte sich zunächst auf nach Venlo, obwohl er den Rummel dort wegen der vielen deutschen Touristen nicht ausstehen konnte. Der Laden, den er aufsuchte, war gut bestückt und führte überwiegend neue Gitarren. Es gab einige Gibson-Gitarren, darunter zwei ES-335, also das gleiche Modell wie *Lucille*, aber eben kein B.B. King-Sondermodell. Seine Nachfrage, ob eine solche Gitarre dort zum Verkauf angeboten oder in Kommission genommen wurde, wurde mit nein beantwortet.

Er machte sich daher auf den Weg nach Arnheim, um den nächsten ihm bekannten Shop aufzusuchen, doch auch hier kam er nicht weiter.

Er hatte zwar nicht unbedingt erwartet, dass er mit Beginn seiner Ermittlungen sofort einen Volltreffer landen würde, dennoch fuhr er mit einiger Frustration nach Hause. Was, wenn sich auch die letzte Möglichkeit als Sackgasse erweisen würde? Er müsste dann die Adressen sämtlicher Musikgeschäfte in Holland herausfinden und diese nach und nach abklappern? Und das auf eine vage Vermutung hin? Um den Kreis der Shops einzuengen, musste er irgendwie herausfinden, welche Läden Ulli aufgesucht hatte. Freddy wusste, dass er auf der Suche nach einer Gitarre in der Regel alleine unterwegs war, um in Ruhe neue Instrumente ausprobieren zu können. Dennoch konnte es ja sein, dass er bisweilen von einem anderen Musiker begleitet wurde. Freddy entschloss sich daher, die ehemaligen Mitglieder der *Blues Bandits* nach und nach zu befragen. Vielleicht ergab sich dadurch irgendein Hinweis.

Oliver Kampmann blies relativ lustlos in sein Saxophon. Die Band, mit der er heute spielte, hatte sich ganz und gar dem alten Chicago-Blues verschrieben. Oliver war eher dem Swing oder dem Soul zugetan. Trotzdem bekam er hauptsächlich Anfragen von Blues-Bands, die einen traditionellen Stil bevorzugten. Dies war auch der Grund, warum er meistens unbeweglich auf der Bühne stand, was die anderen Musiker fälschlicherweise als „cool" interpretierten. In all den Jahren hatte er noch keine feste Band gefunden und spielte meistens nur für kurze Zeit oder aushilfsweise bei einer Formation mit. Über mangelnde Beschäftigung konnte er sich nicht beklagen. Aufgrund seines umfangreichen Repertoires war er recht gut gebucht. Die Kohle konnte der Dauerstudent gut gebrauchen.

Er beendete den Song mit einem kurzen Solo. Sänger und Gitarrist der Band, dessen Namen ihm entfallen war, war ein gewisser Lothar Buschner, der regelmäßig auch bei den Sessions in der Region auftauchte und berüchtigt war für sein mit starkem Ruhrpott-Akzent durchsetztes Englisch. Seine bescheidenen stimmlichen und instrumentalen Fähigkeiten versuchte er zu überspielen, indem er sündhaft teure Gitarren spielte und eine überzogene Bühnenshow ablieferte. So wie jetzt, als er seinen Mitmusiker dem johlenden Publikum lautstark vorstellte.

„Am Saxophon … Oliver Kampmann!!! Applaus, Applaus!"

Wie peinlich! Konnte der Typ nicht einfach seine Klappe halten? Früher bei den *Blues Bandits* konnte Oliver sich meistens im Hintergrund halten. Mike Bruns war als Selbstdarsteller par excellence meist nur mit sich selbst beschäftigt. Die Bandvorstellung verlief daher immer recht kurz, was ihm schon mal Kritik von Ulli und Freddy einbrachte. Oliver war das eigentlich nur recht. Aber nicht nur deshalb hatte ihm der Job bei den *Blues Bandits* noch am meisten Spaß gemacht. Zu schade, dass alles so tragisch geendet hatte.

Er sah nach rechts zu den Keyboards, wo Chris Wenzel gerade ein schnelles Boogie-Woogie-Intro intonierte. Hoffentlich konnte die Band, deren Fähigkeiten relativ begrenzt waren, mit diesem Tempo überhaupt mithalten. Verdammt, wie hießen die noch gleich? Egal, Hauptsache, er bekam seine Kohle. Chris blinzte ihn durch seine dicken Brillengläser an, gleich würde Olivers Einsatz kommen. Die beiden waren schon wie Zwillinge. Meistens wurden sie zusammen gebucht, zumal sie als alte Kumpel eh fast immer zusammenhingen.

Die Band hetzte durch den letzten Song vor der Pause zwischen den beiden Sets, die üblicherweise gespielt wurden. Der Drummer und der Gitarrist hatten zwar Mühe gehabt, das Tempo zu halten, aber das Publikum war begeistert und entließ die Band nur ungern in die Pause.

Oliver dachte bei sich, als er sein Saxophon abstellte, dass er am liebsten jetzt schon Feierabend gemacht hätte. Aber da musste er jetzt durch. Es war schließlich nur ein Job.

Er verließ die Bühne, während ihm Lothar nochmals anerkennend auf die Schulter klopfte und peinlicherweise für alle hörbar ins Ohr schrie: „Geiles Solo, Alter!" Als er sich einen freien Platz suchte, erblickte er plötzlich Freddy, der sich bisher im Hintergrund gehalten hatte und an der Theke stehend ein Bier schlürfte.

Im Gegensatz zu vielen anderen aus der Szene freute sich Oliver, dass er Freddy sah.

„Hey, Freddy! Schön für dich, mal 'ne Musikkneipe zu besuchen, wo du nicht rausgeschmissen wirst!" Mit einem schmutzigen Grinsen schlug er ihm mit der flachen Hand auf die Schulter.

Freddy verzog das Gesicht.

„Ehrlich gesagt, hattest du schon bessere Scherze drauf", erwiderte Freddy angesäuert.

„Na, komm! Kennst mich doch. Kein Witz zu flach, keine Bemerkung unverschämt genug."

Er zwinkerte Freddy zu.

Trotz seiner dicken Brillengläser konnte Chris Wenzel Freddy erst aus nächster Nähe erkennen. Lässig gab er ihm die Hand, ohne ein Wort zu sagen. Er war ohnehin nicht sehr redselig.

„Und? Wie gefällst dir?“, plapperte Oliver drauf los. „Super Band, was?“

Die Ironie troff nur so aus ihm heraus.

„Geht so“, bemerkte Freddy trocken. „Der Saxophonist und der Keyboarder haben ziemliche Timing-Schwierigkeiten.“ Er schaute die beiden schelmisch an.

„Ganz deiner Meinung!“, lachte Oliver. „Mit dem lahmen Tempo der anderen können wir einfach nicht Schritt halten.“ Er schüttete sich aus vor Lachen. Chris verzog währenddessen keine Miene.

Während Oliver noch immer glucksend vor Lachen ein Bier bestellte, fragte sich Freddy, wie so unterschiedliche Typen wie diese beiden solch eine enge Freundschaft pflegen konnten.

„Irgendwas Neues im Mordfall?“, ließ sich plötzlich Chris vernehmen.

Erstaunt, dass dieser unvermittelt das Wort an ihn gerichtet hatte, antwortete Freddy: „Nein, bisher nicht. Aber die Polizei wird mich auch kaum auf dem Laufenden halten, außer wenn sie mich wieder verdächtigen sollte. Von erwiesener Unschuld scheinen die noch nichts gehört zu haben.“

„Aber es muss doch irgendwelche Hinweise geben!“, ereiferte sich Oliver und nahm einen großen Schluck aus dem Bierglas, das ihm ein schlechtgelaunter Barkeeper gereicht hatte.

„Nichts!“, antwortete Freddy kopfschüttelnd. „Aber ich habe da so eine Theorie!“

„Lass hören!“ Oliver und Chris beugten sich neugierig vor.

„Aber vorher müsst ihr mir versprechen, darüber mit niemandem zu reden!“

Zwei fragende Augenpaare starrten ihn an. Freddy überlegte kurz, wie er anfangen sollte. Er wollte nicht zu viel verraten, schließlich konnten auch diese beiden zum Kreis der Verdächtigen gehören. Sie zählten seinerzeit nicht zur festen Besetzung der *Blues Bandits*, konnten daher eigentlich auch nichts von *Lucille* wissen. Bevor er mit seiner eigentlichen Theorie herauskam, musste er den beiden zunächst auf den Zahn fühlen. Er musste herausbekommen, ob ihnen jemand etwas von *Lucille* geflüstert hatte. Wenn ja, hatte es in der Band eine undichte Stelle gegeben und Freddy konnte bei demjenigen, der trotz seiner Bitte nicht dichtgehalten hatte, seine Nachforschungen fortsetzen. Er hatte den leisen Verdacht, dass, wenn es ein Leck gab, dieses bei dem geschwätzigen Mike Bruns zu finden war. Jedenfalls hatte er den engsten Kontakt zu Oliver und Chris.

„Also Folgendes …“, begann er schleppend, während er den ein paar Meter weiter stehenden Don Berger winkend begrüßte, der neugierig hinüberschaute.

„Wisst ihr, warum die *Blues Bandits* seinerzeit auseinandergegangen sind?“

„Nun ja“, erwiderte Oliver etwas irritiert, „nicht so genau! Aber was hat das mit dem Mord zu tun? Besteht denn deiner Meinung nach dabei ein Zusammenhang?“

„Vielleicht“, antwortete Freddy geheimnisvoll, „also, sagt mal an, was wisst ihr darüber?“

„Soll das ein Verhör werden?“, fragte Oliver lächelnd. „Warum sagst du nicht, wie es war?“

„Wir wissen wohl, dass es seinerzeit diesen Einbruch bei dir gegeben hat“, begann Chris plötzlich, ohne weiter auf Oliver zu achten. „Danach soll es zum Streit zwischen dir und Ulli gekommen sein. Angeblich hast du ihm die Schuld daran gegeben.“

„Ja, genau!“, mischte sich Oliver wieder ein. „Dabei scheint er dir eine Gitarre geklaut zu haben. Merkwürdig, da du doch Bassist bist und gar keine Gitarre spielst.“

Aha, dachte Freddy bei sich, sie wissen also, dass es um eine Gitarre ging.

„Und woher wisst ihr, dass mir eine Gitarre gestohlen wurde?“

Die zwei sahen ihn etwas belustigt an.

„Musst ja wohl reichlich zugedröhnt gewesen sein, als du auf Ulli losgegangen bist“, ergriff erneut Oliver das Wort. „Du hast laut in den Saal geschrien, dass er dir deine Gitarre wiedergeben soll, bevor du ihm eins übergezogen hast.“

Verdammt, daran konnte sich Freddy wirklich nicht mehr erinnern. Wenn er Pech hatte, konnte das seine ganzen Ermittlungsbemühungen zunichtemachen. Aber wussten die beiden auch, dass es sich bei der Gitarre um ein ganz besonderes Exemplar handelte?

Als Freddy überlegte, wie er das Gespräch fortsetzen sollte, fuhr Chris plötzlich fort: „Aber vorher hatte uns Mike schon einiges erzählt.“

Aha, jetzt wurde es interessant. War also doch Mike die undichte Stelle?

„Und was genau hat er euch erzählt?“, wollte Freddy wissen.

„Na das, was alle anderen auch wissen“, erwiderte Oliver leicht genervt. „Dass man bei euch eingebrochen sei und so einiges hat mitgehen lassen, unter anderem aus dem Probenraum. Er sagte, du hättest die fixe Idee gehabt, dass Ulli was mit dem Einbruch zu tun gehabt hätte. Nach Mikes Ansicht sei das alles völliger Blödsinn gewesen, Ulli habe es gar nicht nötig gehabt, deine Bude leerzuräumen. Er meinte noch, du seiest völlig durchgedreht und hättest nur einen Sündenbock gesucht.“

„War das alles oder hat er euch noch mehr Details erzählt?“

Oliver wurde langsam sauer.

„Nee, mehr wissen wir nicht. Aber willst du uns nicht langsam sagen, was für eine Theorie du eigentlich hast?“

Freddy kam zu dem Schluss, dass die zwei offensichtlich nichts von *Lucille* wussten. Er beschloss, ihnen daher reinen Wein einzuschenken.

„Okay, hört zu! Das ist jetzt wichtig und muss unter uns bleiben. Bei dieser Gitarre handelte es sich um eine Gibson ES-335 und zwar um eine seltene Sonderedition von B.B. Kings *Lucille*, die mit seiner Signatur anlässlich seines 85. Geburtstages herausgegeben wurde. Ich hatte das Glück, eines der wenigen Exemplare zu ergattern ...“

„Wow!“, fiel ihm Oliver ins Wort. „Das Ding muss ja ein halbes Vermögen gekostet haben. Verrätst du uns, wie viel?“

„Nein!“, sagte Freddy schnell. „Spielt ja auch keine Rolle. Wichtig hierbei ist ja vor allem der ideelle Wert. Und jetzt kommen wir zum Punkt. Ich bin damals deshalb so außer mir gewesen, weil es sich um ein unersetzbares Unikat handelte. In meiner Wut habe ich mich darin verbissen, dass eigentlich nur Ulli, der als einziger Gitarrist davon wusste, als Dieb in Frage kam. Nach meiner Überzeugung galt der Einbruch einzig und allein dem Zweck, die Gitarre an sich zu reißen.“

Er machte eine Pause und ließ das soeben Erzählte auf seine Musikerkollegen wirken.

„Heute weiß ich, dass das ein Fehler war. Und ich bin sicher, dass Ulli Nachforschungen angestellt hat und die Spur des Täters aufgenommen haben muss. Ja, ich glaube fest, dass dieser ihm, nachdem Ulli ihn enttarnt hatte, das Lebenslicht ausgeblasen hat.“

Oliver und Chris nickten bedächtig. Es hörte sich für sie logisch an.

„Mit anderen Worten, wenn wir den Gitarrendieb und jetzigen Besitzer der Gitarre finden, haben wir auch den Mörder."

„Und der Mörder muss gewusst haben, dass du ihn krankenhausreif geschlagen hast", nahm Oliver den Faden auf.

„Er muss außerdem gewusst haben, in welchem Krankenhaus Ulli liegt und zack! ...", er schlug sich mit der geballten rechten Faust in die linke Hand, „... hat er zugeschlagen."

Chris sah ihn nachdenklich von der Seite an.

„Aber wie sollen wir den Kerl finden?", meinte er plötzlich.

„Genau da versuche ich anzusetzen", fuhr Freddy fort. „Versucht die Augen und Ohren offen zu halten. Gerade ihr beiden seid doch mit vielen Bands unterwegs. Vielleicht schnappt ihr ja mal was Verdächtiges auf. Wenn ihr was erfahrt, gebt es sofort an mich weiter. Abgesehen davon habe ich die Vermutung, dass die Gitarre bei einem Instrumentenladen in Holland in Zahlung gegeben wurde oder zumindest angeboten worden sein könnte. Ich habe aber noch keine Hinweise und leider kenne ich so viele Läden nicht. Könnt ihr mir nicht noch ein paar Adressen geben? Ihr seid da doch auch viel unterwegs."

„Klar!", sagte Oliver. „Habe eine Adressenliste zu Hause auf dem Notebook. Ich schick dir mal eine E-Mail."

Freddy nickte zufrieden.

„Vielleicht fängst du ja mal bei Klaas de Jong in Groningen an. Alter Hippie, ziemlich kauziger Typ und fast immer bekifft." Oliver lachte ausgiebig.

„Stell dir vor, der Fritz Krause hat bei dem doch letztens tatsächlich seine gute Ludwig-Snare wiedergefunden, die er so schmerzlich vermisst hat."

Freddy runzelte die Stirn.

„Wieso vermisst? Hatte er sie irgendwo nach 'nem Gig vergessen?"

„Nein. Wusstest du das denn noch nicht? Auch bei seiner Band wurde letztens der Probenraum aufgebrochen. Die haben fast das ganze Equipment mitgehen lassen."

Freddy traute seinen Ohren nicht.

„Und das sagst du mir erst jetzt?"

Kapitel 7

Klaas de Jong drehte den Lautstärkeregler etwas weiter auf und lehnte sich genüsslich zurück. Ja, er konnte sich erstaunlicherweise noch gut erinnern, obwohl er damals ziemlich zugedröhnt gewesen war. Obendrein war es schlechtes Dope, noch Tage danach war ihm übel. Dennoch überwogen die positiven Erinnerungen, wenn auch das Wetter schlecht und der Sound übel gewesen waren. Stets mischte sich auch ein wenig Wehmut in die Erinnerungen, denn es war Jimi Hendrix' letztes Konzert, damals auf der Ostseeinsel Fehmarn. Kurz darauf starb der Gitarrengott und Klaas fühlte sich damals, als würde für ihn die Welt untergehen. Zu Jimis Ehren zogen sich er und seine Freunde eine extra große Tüte rein und beschlossen, eine Band zu gründen. Natürlich wurde Klaas der Gitarrist, obwohl er das Gitarrenspiel erst noch richtig lernen musste. Der Umstieg von einer alten Wandergitarre auf einen Nachbau der berühmten Fender Stratocaster, wie sie Jimi gespielt hatte, fiel ihm überraschend leicht. Allerdings versuchte er zunächst linkshändig zu spielen, um seinem Idol möglichst nahe zu kommen. Da er jedoch Rechtshänder war, hörte er mit diesem Unsinn bald auf.

Nach Jahren erfolglosen Musizierens eröffnete er mit dem Erbe seiner Eltern, die bei einem tragischen Verkehrsunfall ums Leben gekommen waren, seinen ersten Musikladen. Wegen seiner Kifferei hatte ihn sein Vater enterben wollen, aber makabererweise kam es nicht mehr dazu. Inzwischen hatte sich sein kleiner Laden zu einem Geheimtipp gemausert, wo man alte, seltene und besondere E-Gitarren erwerben konnte. Klaas war immer auf der Suche nach speziellen Schätzchen. Aufgrund seines Verhandlungsgeschickes konnte er diese den jeweiligen Vorbesitzern meist zu einem günstigen Preis abluchsen. Es fiel ihm aber schwer, die guten Stücke weiterzuverkaufen, wenn er sich einmal darin verliebt hatte. Spätestens dann, wenn sein Dope zur Neige ging, musste er sich aber von einem seiner Lieblinge trennen.

Viel leichter fiel ihm der Verkauf anderer Instrumente oder Verstärkeranlagen, die er aber nicht hauptsächlich im Angebot hatte.

Er löschte den Joint-Stummel, den er noch in der Hand hielt, fuhr sich durch seine dünn und grau gewordenen Rasta-Zöpfe und erhob sich schwerfällig, um die Schallplatte von Jimis „Electric Ladyland" umzudrehen. Während Jimis Gitarre über die Lautsprecherboxen der Stereoanlage kreischte, hörte er wie so oft die Klingel nicht, die bedeutete, dass jemand den Verkaufsraum seines Geschäftes betreten hatte. Ab und an passierte es ihm daher, dass ein „Kunde" in der Annahme, dass niemand im Laden war, einen seiner Schätze mitgehen ließ. Seine Versicherung hatte ihm nach wiederholtem Diebstahl schließlich gekündigt. Irgendwann hatte sie mitbekommen, dass es Klaas mit seiner Aufsichtspflicht nicht so genau nahm, vor allem dann, wenn er mal wieder stoned war.

Er wollte sich gerade wieder entspannt niederlassen, als er ein durchdringendes „Hallo?" vernahm. Er hörte sofort, dass es ein Deutscher war, der da seine Dienste in Anspruch nehmen wollte. Gute Kunden, keine Frage, könnten nur ab und an ein bisschen lockerer sein.

Klaas schob den abgewetzten Samtvorhang, der sein „Büro" vom Verkaufsraum trennte, beiseite. Vor ihm stand ein etwas grimmig dreinblickender, dunkelbärtiger Typ, der ihn natürlich sofort auf Deutsch anquatschte.

„Ich suche eine ganz bestimmte Gitarre."

Komisch, wieso gingen eigentlich die Deutschen wie selbstverständlich davon aus, dass alle Holländer der deutschen Sprache mächtig seien? Okay, Klaas konnte fließend Deutsch sprechen, aber noch nie hatte ein Deutscher auch nur ansatzweise versucht, ihn in seiner Landessprache anzusprechen oder ersatzweise in Englisch.

Klaas sah den Typen skeptisch an. Dem Tonfall seiner Frage nach hörte es sich nicht so an, als ob er diese bestimmte Gitarre auch tatsächlich *kaufen* wollte.

„So, so", meinte Klaas und kraulte sich den Bart in der Erwartung, dass der Fremde ihm nun auch offerieren würde, um welches Exemplar es sich handelte. Da ihn sein Gegenüber jedoch nur erwartungsvoll anschaute, beugte er sich schließlich vor und fragte: „Und welche?"

„Eine Gibson ES-335 und zwar …"

„Haben wir da“, unterbrach ihn Klaas und steuerte auf einen der hintersten Winkel seines Ladens zu. Der Fremde, überrascht von der plötzlichen Spontaneität seines Gesprächspartners, folgte ihm auf dem Fuße.

Klaas blieb schließlich vor drei sehr schönen Modellen stehen, die blitzblank geputzt waren. Darauf hatte er immer Wert gelegt, obwohl er ansonsten nicht allzu viel auf Hygiene achtete. Seine Gitarren aber sahen immer super gepflegt aus. Selbst die Modelle, die Gebrauchsspuren mehrerer Jahrzehnte aufwiesen und alte Geschichten über ein langes, bewegtes Tourneeleben zu erzählen schienen, wurden von ihm liebevoll restauriert, ohne dabei ihren Charakter zu verlieren.

„Die da“, sagte er zu seinem Kunden und deutete auf das erste Modell, „ist eine 68er. Habe sie von einem Engländer abgekauft, der behauptete, er wäre in den 70ern um Haaresbreite von Deep Purple engagiert worden. Hat ’nen schönen satten Sound. Habe auch ’nen passenden Marshall-Verstärker da, auf dem du sie mal ausprobieren kannst. Die nächste …“

„Ich suche eine *Lucille*“, unterbrach ihn der Kunde.

Klaas sah ihn erstaunt von der Seite an. Er wusste zwar, was er damit meinte, aber ihm lag der Scherz auf den Lippen, dass der Typ doch mal drüben im Rotlichtviertel nachfragen solle. Da der Bursche ihm aber irgendwie unheimlich und offensichtlich nicht zum Scherzen aufgelegt war, verkniff er sich die Bemerkung und sagte nur: „Aha!“

„Es geht um eine signierte Sonderedition von Gibson, die anlässlich des 85. Geburtstages von B.B. King in limitierter Auflage herausgekommen ist.“

Klaas pfiff leise durch die Zähne. Jetzt wurde es interessant. Wie kam der Typ darauf, dass ausgerechnet solch ein Modell in seinen bescheidenen Laden gelangen würde?

„Soweit ich weiß, konnten diese Modelle nur in den USA und direkt über Gibson bestellt werden. Leider kann ich dir da nichts anbieten. Ich denke, die befinden sich alle in Privathand. Ich wüsste auch nicht, wo ...“

„Ich weiß!“ Der Fremde winkte ab.

„Was ich wissen will, ist, ob dir ein solches Exemplar in letzter Zeit angeboten worden ist oder du vielleicht eins verkauft hast.“

Jetzt wurde es Klaas langsam zu bunt. Was wollte dieser Kerl? Eine Gitarre kaufen oder seine Geschäftspraktiken überprüfen? Er verschränkte die Arme und sah ihn durchdringend an.

„Wozu willst du das überhaupt wissen?“, fragte er misstrauisch.

Sein Gegenüber atmete einmal tief durch und sagte dann: „Hör zu, mir ist genau so eine Gitarre geklaut worden und ich versuche herauszubekommen, ob sie eventuell über einen Musikladen auf Kommission verkauft worden ist.“

Klaas zog die Stirn kraus. Er fühlte sich zunehmend unwohl.

„Ich heiße übrigens Freddy“, sagte der Andere plötzlich und streckte ihm die Hand hin, die Klaas jedoch ignorierte. „Habe mit meiner Band, den *Blues Bandits*, vor Jahren auch mal in Groningen gespielt. Vielleicht sagt dir der Name ja was.“

Nein, das tat er nicht, aber Klaas hatte auch keine Lust, darüber zu reden.

„Du suchst also nach Hehlerware“, konstatierte er. Freddy nickte.

„Also, dass das mal klar ist, ich handle nicht mit Hehlerware, jedenfalls nicht bewusst“, sagte er heftig. „Ich lass mir aber auch nicht jede Quittung zeigen. Ob die Sachen, die mir angeboten werden, geklaut sind, kann ich nicht überprüfen. Ich frage zwar nach, wo die Instrumente herkommen, aber ob man mir auch die Wahrheit sagt, kann ich nicht überprüfen.“

Freddy hob beruhigend die Hände. Offenbar war Klaas ein gebranntes Kind. Er konnte sich lebhaft vorstellen, dass Fritz Krause vor kurzem ein Heidentheater in dem kleinen Laden veranstaltet hatte, als er seine geklaute Snare Drum plötzlich wiederfand.

„Außerdem würde ich eine solch wertvolle Klampfe nur mit Zertifikat und Kaufbeleg in Zahlung nehmen. Gerade bei diesen seltenen Exemplaren lässt sich ja der Besitzer leicht feststellen. Da mache ich keine Experimente.“

„Schon klar“, meinte Freddy. „Ich klappere nur alle möglichen Läden ab, um vielleicht etwas herauszufinden. Ich will mich einfach nicht damit abfinden, dass das schöne Stück so mir nichts, dir nichts von der Bildfläche verschwunden ist.“

„Verstehe“, entgegnete Klaas jetzt verständnisvoll, „aber leider hast du da bei mir kein Glück. Ich kann mir aber eigentlich auch nicht vorstellen, dass ein Gauner solch ein Sahnestückchen über einen Händler wie mich verkauft.“

Freddy kramte in seinen Taschen, zog ein altes Foto der Band hervor und hielt es Klaas unter die Nase.

„War zufällig der Typ hier mal bei dir im Laden?“, fragte er und deutete auf Ulli.

Klaas betrachtete das Foto angestrengt, zog dann eine Nickelbrille hervor und schaute erneut.

„Na klar, der war öfters hier und hat auch immer fast alle Gitarren durchprobiert. Gekauft hat er aber dann aber höchstens einen Satz neue Saiten“, ergänzte er säuerlich.

„Bei der Gibson dort drüben hat er schon ziemlich lange überlegt. Hätte ihm auch einen guten Preis gemacht, aber schließlich meinte er, dass er dafür doch noch ein paar Gagen einspielen müsste. Wenn ich jetzt so drüber nachdenke, hat er mich auch nach dieser Sonderedition gefragt, von der du gesprochen hast.“

Freddy machte innerlich einen Luftsprung. Das, was ihm Klaas gerade erzählt hatte, bestätigte seine Theorie. Er war also auf der richtigen Fährte, aber vielleicht noch nicht in dem Musikgeschäft, wo Ulli die Spur des Diebes aufgenommen hatte. Wie viele Geschäfte konnte er noch anfahren, ohne dass er mit fehlendem Führerschein erwischt wurde? Da er inzwischen das Misstrauen des Holländers zerstreuen konnte, wagte er sich nun, das heikle Thema anzusprechen.

„Hör zu! Ich habe mitbekommen, dass ein guter Bekannter kürzlich einen Teil seines geklauten Schlagzeuges bei dir wiederentdeckt hat.“

Klaas verzog das Gesicht.

„Ich weiß zwar nicht, ob das mit meiner Sache zu tun hat, aber kannst du den Typen irgendwie beschreiben, der dir seinerzeit die Drum untergejubelt hat?“

„Wieso Typ? Das war ’ne Frau.“

Freddy war überrascht. Eine Frau? Daran hatte er noch gar nicht gedacht.

„Sah ziemlich scharf aus“, erinnerte sich Klaas. „Hat mir ganz schön den Kopf verdreht und ich Idiot falle auch noch drauf herein. Hätte nie gedacht, dass die mir Hehlerware andrehen würde. Natürlich habe ich mir keinen Namen oder Adresse geben lassen. Lief alles unter dem Motto „bar auf die Hand“. Dieser Drummer, dein Bekannter, konnte nachweisen, dass das Ding eigentlich ihm gehörte, hat mir die Anzeige bei der Polizei gezeigt und so. Obwohl …, man weiß ja nie, ob so was nicht auch fingiert ist. Allerdings hatte er das Ding auf der Innenseite mit seinen Initialen signiert, was ich zunächst gar nicht bemerkt hatte. Na ja, da er sich vorher bereits mit seiner Versicherung geeinigt hatte, haben wir dann einen speziellen Deal gemacht und die Sache aus der Welt geschafft.“

Freddy wollte gar nicht wissen, um was für einen „Deal“ es sich gehandelt hatte. Ihn beschäftigte etwas ganz anderes.

„Wie sah die Frau eigentlich aus?“

„Wie gesagt, ’n steiler Zahn“, antwortete Klaas. „Eine dralle Blonde, High Heels, eng anliegende Klamotten und ein Augenaufschlag…“.

Klaas geriet kurzzeitig ins Schwärmen.

„Und wie alt etwa? War es eine Deutsche?“

Klaas beendete seine Träumerei und dachte kurz nach.

„Ich schätze, so Anfang bis Mitte dreißig. Nach ihrer Sprache zu urteilen, muss sie so wie du aus dem Ruhrgebiet stammen.“

Freddy staunte. Jetzt konnten diese Holländer sogar schon heraushören, aus welchem Teil Deutschlands man stammte.

„Sie sagte damals, dass sie die Snare im Auftrag eines Freundes verkaufen wolle, der aus Zeitgründen aber nicht selbst kommen könne“, fuhr Klaas fort.

„Konnte mir auch nicht vorstellen, dass sie selbst Schlagzeug spielen würde. Verdacht habe ich jedenfalls nicht geschöpft.“

Freddy war sich nicht sicher, ob diese Sache etwas mit seinem Problem zu tun hatte, aber er behielt es im Hinterkopf. Er machte noch einen weiteren Versuch.

„Überleg’ doch noch mal! Ist dir nicht vielleicht doch so eine Gitarre in letzter Zeit angeboten worden?“

Klaas kratzte sich am Kopf.

„Komm’ mal mit!“, sagte er dann und machte sich auf den Weg in sein Büro. Während er den Samtvorhang beiseite schob, bedeutete er Freddy in einem ausgeleierten alten Sessel Platz zu nehmen. Nachdem Freddy sich gesetzt hatte, fragte er sich, wie er bloß aus diesem Ding wieder herauskommen sollte.

Während Klaas aus einem gelblichen, brummenden und mit etlichen Stickern beklebten Kühlschrank zwei Flaschen Heineken hervorkramte und eine dem verdutzten Freddy zuwarf, schnappte er sich das Telefon und wählte eine Nummer.

Nach geraumer Zeit meldete sich der Angerufene und Klaas sagte ihm kurz etwas auf Niederländisch, was Freddy als Aufforderung verstand, möglichst schnell mal in den Laden zu kommen.

Kurz darauf erschien ein schmächtiger, junger Bursche mit einem verblichenen Metallica-T-Shirt. Er sah Freddy neugierig an. Wahrscheinlich war es nicht üblich, dass Kunden im Büro herumsaßen.

„Das ist Jimmy, mein Sohn", stellte ihn Klaas vor.

Freddy sah auf dem Schreibtisch das Plattencover von „Electric Ladyland" liegen und wusste sofort, nach wem der junge Mann benannt worden war.

Klaas fragte ihn etwas auf Holländisch. Freddy meinte heraus hören zu können, dass es sich um einen Anruf handelte. Jimmy antwortete seinem Vater kurz. Dieser schnippte darauf mit den Fingern, so als ob er den richtigen Tipp abgegeben hatte und deutete wortlos auf Freddy, was wohl bedeutete, dass er seine Informationen nochmals dem deutschen Kunden weitergeben sollte.

Jimmy überlegte kurz und sagte dann in nicht ganz so gutem Deutsch:

„Vor ein paar Tagen hat hier so ein Deutscher angerufen und behauptet, dass er eine Gibson ES-335 hat und gefragt, ob wir ihm diese abkaufen würden. Angeblich war es eine B.B. King-Sonderedition. Ich habe ihm gesagt, dass wir das nur in Kommission machen würden, aber davon wollte er nichts wissen. Als er dann noch einen astronomisch hohen Preis verlangte, habe ich ihm gesagt, dass wir kein Interesse haben und habe aufgelegt."

Freddy lief es heiß und kalt des Rücken herunter. Endlich eine Spur?

„Hat er seinen Namen genannt?" Jimmy kratzte sich am Kopf.

„Ja, kann sein, aber daran kann ich mich nicht erinnern. War nur ein sehr kurzes Telefonat."

Freddy lehnte sich zurück und versank noch tiefer im Sessel. Wie sollte er bloß herauskriegen, von wem der Anruf stammte?

„Würdest du die Stimme wiedererkennen, wenn du sie hörst?", fragte er Jimmy mit einem Anflug von Verzweiflung.

Jimmy schüttelte langsam den Kopf, wobei er ein Gesicht machte, als hätte ihm jemand gerade ein unmoralisches Angebot gemacht.

„Hier rufen viele Leute an, da kann ich unmöglich jemanden heraushören."

Plötzlich schaltete sich Klaas wieder ein. Damit auch Freddy ihn verstand, sagte er auf Deutsch zu Jimmy: „Hör mal! Wir haben doch diese ISDN-Telefonanlage, da kann man sich über ein spezielles Computerprogramm das Anruferverzeichnis anzeigen lassen. Wenn du ungefähr weißt, wann der Typ angerufen hat und er keine Rufnummerunterdrückung geschaltet hatte, kann man das Gespräch doch zurückverfolgen.“

„Stimmt!“, gab ihm Jimmy Recht.

Er überlegte kurz, sagte dann: „Ich guck mal nach!“, und verschwand.

In Freddy keimte Hoffnung auf. Hoffentlich hatte der Kerl die Rufnummer anzeigen lassen.

„Vielleicht hast du ja doch noch Glück“, meinte Klaas und nahm einen langen Schluck aus seiner Bierflasche.

„Ich habe da so eine Idee!“, platzte Freddy plötzlich heraus. Klaas sah ihn an, als wüsste er gleich, worum es ging. Ebenfalls machte er ein Gesicht, als wollte er sagen „Vergiss es!“

Freddy sprach trotzdem weiter.

„Wenn dein Sohn die Telefonnummer herauskriegt, wäre es doch am einfachsten, den Typen von hier aus anzurufen und zum Schein auf sein Angebot einzugehen. Wir könnten ihn dann herlocken und uns zur Brust nehmen.“

Jetzt schüttelte Klaas energisch den Kopf.

„Hör mal zu! Wir versuchen dir schon so gut wie möglich zu helfen. Ich habe aber keinen Bock auf Ärger. Warum schaltest du nicht einfach die Polizei ein?“

„Das kann ich dir im Moment nicht erklären. Die Sache ist etwas komplizierter, als du denkst.“

Klaas runzelte die Stirn. Was meinte er denn jetzt wieder damit?

Während sie noch ihr Bier tranken, erschien Jimmy und gab Freddy eine Liste mit einigen Telefonnummern.

„Ich habe den Anruf Dienstagnachmittag erhalten, aber ich weiß nicht mehr genau, um welche Uhrzeit. Ich habe daher alle Nummern für diesen Zeitraum ausgedruckt. Die meisten sind holländische Nummern, kommen daher wohl nicht in Frage. Aus Deutschland kamen zwei Anrufe, wie du siehst. Vielleicht kannst du was mit anfangen.“

Freddy schaute sich die Nummern an. Eine stammte aus Köln, die andere aus Dortmund. Unterdrückte Nummern wurden keine angezeigt.

„Vielen Dank!“, sagte er zu Jimmy, der dies mit einer lässigen Geste kommentierte.

„Okay, ich werde dann mal mein Glück versuchen!“

Freddy versuchte aufzustehen, was ihm nicht gelang. Er wollte sich schon, wie von ihm befürchtet, auf allen Vieren aus diesem unsäglichen Möbelstück herauswinden, als ihm Jimmy laut lachend eine Hand reichte und ihn mit einem Ruck nach oben zog. Auch Klaas konnte sich ein Grinsen nicht verkneifen.

„Falls ihr noch mal irgendetwas von solch einer Gitarre hören solltet, würdet ihr mich dann bitte anrufen?“, bat Freddy zum Abschluss und reichte Klaas eine seiner Visitenkarten, die er sich kürzlich hatte drucken lassen.

„Viel Glück!“, rief Klaas Freddy noch hinterher, als er den Laden verließ. Nachdem auch Jimmy wieder verschwunden war, hatte er das starke Bedürfnis nach einem Joint, den er sich auch sogleich ansteckte.

„Komischer Kerl, dieser Deutsche“, sagte er zu sich. „Was hat er bloß damit gemeint, er könne die Polizei nicht einschalten? Die Sache sei komplizierter, als ich denken würde …“

Während er noch darüber nachdachte, legte er die Plattennadel erneut auf und drehte den Lautstärkeregler auf. Nach Jimi Hendrix‘ ersten Gitarrenriffen hatte er den Gedanken schon wieder verdrängt.

Kaum hatte Freddy den Laden verlassen, stellte er sein Handy auf Rufnummernunterdrückung ein und wählte die Dortmunder Nummer, die auf der Liste stand.

Mit klopfendem Herzen wartete er darauf, dass sich jemand meldete. Nach mehrfachem Klingeln schaltete sich ein Anrufbeantworter ein. Statt der üblichen weiblichen Computerstimme erklang eine selbst verfasste Ansage. Zunächst erklang Musik der Blues Brothers, „Sweet Home Chicago“, wie Freddy sofort erkannte. Dann eine Stimme:

„Hallo Anrufer! Hast mich mal wieder nicht erwischt …“

Verdammt! Die Stimme kannte er doch.

„Du weißt ja, ich bin immer viel unterwegs und manchmal auch in Situationen, wo ich nicht gestört werden will.“

Aber das ist doch …

„Also sprich auf die Plapperkiste oder versuch’s später noch mal! Ansonsten, du weißt ja, ist er immer für dich da, dein Mike Bruns.“

Ihr neuer Herr beglückte sie fast täglich
und sie auch ihn.
Wenn er das Kabel in ihre Anschlussbuchse steckte
und mit dem Verstärker verband,
vibrierte es bereits in ihr.
Sanft streichelte er ihre Saiten.
Wenn er die ersten Akkorde anschlug,
klang es wie ein erleichtertes Seufzen.
Wie sehr hatte sie sich danach gesehnt.

Kapitel 8

„Schlamperei!“

Bruno Peppelinski tobte. Die Spurensicherung hatte den Tatort untersucht und ihm berichtet, dass außer den Faserspuren am Kopfkissen des Ermordeten kein Beweismaterial mehr gefunden worden war. Dann hatte er erfahren, dass kurz nachdem eine Krankenschwester die Polizei benachrichtigt hatte, eine verspätete Putzkolonne das Krankenzimmer gründlich gereinigt und womöglich wertvolle Spuren vernichtet hatte.

Mittlerweile wurden etliche Vernehmungen durchgeführt. Einige Besucher, die die Überwachungskamera aufgenommen hatte, waren identifiziert und befragt worden. Es konnten jedoch keinerlei Verbindungen zum Mordopfer hergestellt werden. Peppelinski und Bein konzentrierten sich daher auf das Pflegepersonal, dass zu diesem Zeitpunkt auf der Station tätig war. Aufgrund ihrer mitunter ruppigen Befragungen, bei denen sich die Vernommenen bereits wie verurteilte Straftäter vorkamen, hatte es inzwischen bereits eine Dienstaufsichtsbeschwerde gegeben. Die beiden Ermittler mussten sich daraufhin eine gehörige Standpauke ihrer Vorgesetzten anhören.

Peppelinski wurde zusehends nervöser. Wenn er nicht bald Ergebnisse vorweisen konnte, bestand die Gefahr, dass ihm der Fall wieder aus der Hand genommen wurde.

„Das Einzige, was wir haben, sind diese Faserspuren, die lediglich beweisen, dass der Täter eine Jacke trug, die zu zigtausenden bei C & A verkauft wird. Wir haben keine DNA, keine Fingerabdrücke, nichts! Und dieser Alzheimerpatient weiß noch nicht einmal seinen eigenen Namen!“

Er packte die Ermittlungsakte und schleuderte sie in hohem Bogen durch den Raum. Einige Blätter flogen heraus und wirbelten herum. Dann warf er sich in seinen Bürostuhl, welcher durch die Wucht plötzlich davonglitt. So gerade hielt er sich noch am Schreibtisch fest und schlug vor Ärger krachend mit der Faust darauf.

Rico Bein fuhr erschrocken zusammen und bückte sich, um die überall im Büro verteilten Aktenvorgänge wieder zusammenzusuchen.

„Die kriminaltechnische Untersuchung des Kissens, mit dem das Opfer erstickt wurde, läuft doch noch“, versuchte er zu beschwichtigen. „Vielleicht finden die Kollegen doch noch was.“

„Ach Unsinn! Bei unserem Glück werden die höchstens feststellen, dass der Täter Handschuhe getragen hat. An der Leiche haben sie auch nichts entdeckt, was da nicht hingehört.“

Peppelinski machte eine wegwerfende Handbewegung.

„Es bleibt uns nichts anderes übrig. Wir müssen uns auf das Motiv konzentrieren. Irgendjemand muss etwas wissen.“

Er dachte nach, während Bein die Akte wieder sorgfältig zusammenfügte.

„Ich wette, dieser Spieker weiß was. Er ist der Einzige, der ein Motiv hatte. Zumindest ist er uns als Einziger bekannt. Wir sollten ihn befragen, bei wem sich dieser Kanderske noch unbeliebt gemacht haben könnte. Ich habe so eine Ahnung, dass er uns etwas verschweigt.“

„Möchte wetten, dass er seine Nachforschungen trotz unseres Verbots weitergeführt hat“, fügte Bein wichtigtuerisch hinzu.

Peppelinski gab ihm Recht.

„Der Typ ist nicht leicht in die Schranken zu weisen. Aber vielleicht können wir uns das ja zunutze machen. Ich wüsste nur zu gern, was er den ganzen Tag treibt.“

„Vielleicht können wir ihn überwachen lassen.“

Peppelinski lachte herablassend.

„Und wie wollen Sie das machen? Erstens ist er kein Verdächtiger mehr, zweitens haben wir gar nicht das Personal, um ihn rund um die Uhr beschatten zu lassen.“

Rico Bein nickte bedauernd und hob plötzlich den Zeigefinger.

„Ich sage Ihnen, in *der* Beziehung war das damals in der DDR mit der Stasi gar nicht so schlecht.“

Peppelinski sah ihn an, als käme er von einem anderen Stern.

„Bevor Sie weiterreden, machen Sie lieber den Wagen startklar. Wir werden Herrn Spieker mal einen Besuch abstatten.“

Freddy öffnete seine Garage und zückte den Autoschlüssel. Letztens hatte er sich dabei ertappt, dass er gar nicht mehr darüber nachdachte, dass sein Führerschein eingezogen worden war. Er mahnte sich daher selbst zur Vorsicht. Man sollte den Bogen nicht überspannen. Wenn er jetzt noch ohne Führerschein am Steuer eines Wagens erwischt wurde, konnte die zu erwartende Strafe noch empfindlicher ausfallen. Vielleicht würde man ihn im wahrsten Sinne des Wortes auch komplett aus dem Verkehr ziehen, sodass er seine Ermittlungen nicht fortsetzen konnte.

Diese Gedanken wurden jedoch im Moment verdrängt von der diebischen Freude, inzwischen Erkenntnisse gewonnen zu haben, die der Polizei verborgen geblieben waren. Selbst wenn diese auf die Idee gekommen wäre, in Holland zu recherchieren, hätte sie wahrscheinlich ihre niederländischen Kollegen erst um grenzüberschreitende Genehmigung bitten müssen. Dies hätte die Sache noch weiter erschwert und verzögert. Er war sich sicher, dass Peppelinski und Bein weiterhin keine Ahnung hatten, nach welchem Motiv sie suchen sollten.

Während er ins Auto stieg, musste er daran denken, wie ihm ein Schauer über den Rücken gelaufen war, als er Mikes Stimme auf dem Anrufbeantworter erkannte. Hatte Mike wirklich etwas mit dem Mord an Ulli zu tun? Oder war er sogar selbst der Täter? Nach Freddys Theorie musste es eigentlich so sein. Er kannte Mike seit langem. Er war für seine Frauengeschichten und seinen aufwändigen Lebensstil bekannt. Seine Überredungskünste als Versicherungsvertreter waren berüchtigt. Aber war er auch zu einem Mord fähig?

Dafür sprach, dass er als einer der wenigen von *Lucille* wusste und dass er Oliver und Chris entgegen seiner sonstigen Geschwätzigkeit lediglich von dem Einbruch berichtet hatte, nicht aber, welch wertvolles Instrument dabei entwendet wurde.

Letzteres konnte allerdings auch ein Indiz für seine Loyalität gegenüber Freddy sein, der ja seine Bandkollegen um Verschwiegenheit gebeten hatte.

Er musste der Sache auf den Grund gehen. Er wollte Mike aufsuchen, aber dies als spontanen Besuch tarnen. Mike musste irgendwie abgelenkt werden, damit sich Freddy in seiner nicht unbescheidenen Behausung etwas umsehen konnte. Wenn er Glück hatte, würde er das Corpus delicti ausfindig machen und Mike zur

Rede stellen. Und wenn er die Gitarre nicht finden würde? War es klug, Mike dann direkt daraufhin anzusprechen? Womöglich würde er dann alles leugnen und vor Freddys Nachforschungen gewarnt sein.

Während er noch darüber nachdachte und gerade den Zündschlüssel drehen wollte, sah er im Rückspiegel plötzlich Peppelinski und Bein, die an der offenen Garage vorbei auf seine Haustür zusteuerten. Einem spontanen Impuls folgend, duckte er sich hinunter und blieb mit dem Oberkörper auf dem Beifahrersitz liegen.

Verdammt, was wollten die denn schon wieder von ihm? Wenn die jetzt entdeckten, dass er ohne Führerschein losfahren wollte, war er geliefert. Er hörte, wie nebenan an der Haustür geklingelt wurde. Mühsam krabbelte er vom Fahrer- auf den Beifahrersitz und öffnete die Tür. Er hatte sich gerade aus dem Wagen geschält und die Tür leise zugedrückt, als die beiden Polizisten im Garagentor erschienen. Während sie sich einen peinlichen Moment lang wortlos ansahen, versuchte Freddy ein unschuldiges Gesicht zu machen.

„Guten Tag, Herr Spieker“, brach Peppelinski das Schweigen, während Bein ihn wie üblich misstrauisch beäugte.

„Herr Kommissar, was verschafft mir die Ehre?“, erwiderte Freddy den Gruß.

„*Ober*kommissar ...“

Peppelinski unterdrückte eine strenge Zurechtweisung. Offensichtlich wollte ihn dieser Mensch mit seiner Respektlosigkeit provozieren. Dass Freddy Rico Bein bei seiner Begrüßung ausgelassen hatte, schien indes keinen der Beteiligten zu stören.

„Herr Spieker, wir sind immer noch auf der Suche nach dem Mordmotiv“, begann Peppelinski. „Um es gerade heraus zu sagen, wir haben den Eindruck, dass Sie mehr wissen, als Sie uns verraten wollen.“

„Wie soll ich das denn verstehen?“, spielte Freddy den Ahnungslosen, während Bein sich interessiert in der Garage umschaute.

„Nun ja, es gab bei Ihnen diesen Einbruch, in dessen Folge Sie sich mit Herrn Kanderske überworfen haben. Gab es vielleicht noch andere Gründe für Ihren Streit oder hatte Herr Kanderske noch mit anderen Leuten Streit?“

„Nicht, dass ich wüsste. Und selbst, wenn ich davon wüsste, warum sollte ich es Ihnen verschweigen? Ich würde doch alles tun, um der Polizei bei der Suche nach dem Täter behilflich zu sein.“

Freddy spürte, dass er mit der letzten Bemerkung ein wenig zu dick aufgetragen hatte. Jedenfalls verzog Peppelinski das Gesicht. Schnell versuchte er, die Situation zu retten.

„Ulli war allgemein sehr beliebt, hatte einen großen Freundeskreis oder besser gesagt, viele Fans. Ich habe leider nicht die leiseste Ahnung, wen er gegen sich aufgebracht haben könnte. Auch in seiner Familie gab es meines Wissens keine Probleme. Ich kann dazu wirklich nichts sagen."

Beim letzten Satz hätte Freddy statt „kann" fast „will" gesagt und hoffte, dass sein Gegenüber die kleine Pause nicht bemerkt hatte.

Peppelinski sah ihn merkwürdig an, während Bein immer noch in der Garage herumstrich und das demolierte Auto eingehend studierte. Der Typ ging Freddy zunehmend auf die Nerven.

„Und auf Ihre Aufforderung beim Gedenkkonzert hat sich bisher noch niemand gemeldet?", wollte der Oberkommissar wissen. „Keine neuen Hinweise aus der Fangemeinde?"

„Nichts, gar nichts. Sie können mir glauben, dann hätte ich mich schon längst bei Ihnen gemeldet", log Freddy.

„In Ordnung, dann kommen wir im Moment wohl leider nicht weiter."

Peppelinski seufzte.

„Halten Sie weiter Augen und Ohren offen und informieren Sie uns, sobald Sie irgendetwas Verdächtiges feststellen sollten. Aber wie gesagt, nichts auf eigene Faust unternehmen, das könnte gefährlich für Sie werden."

Jetzt klang er fast besorgt. Dann sah er Freddy plötzlich an und sagte: „Sie sehen aus, als seien Sie gerade auf dem Sprung. Können wir Sie irgendwohin mitnehmen?"

Völlig überrascht von der plötzlichen Freundlichkeit des Polizisten, antwortete Freddy wahrheitsgemäß: „Ich müsste eigentlich nach Dortmund …"

Peppelinski machte ein Gesicht nach dem Motto „ganz schön weit weg", sagte dann aber: „Okay, steigen Sie ein!"

Die unerwartete Fahrgelegenheit noch kaum fassend schloss er die Garage.

„Sie wollten doch nicht etwa gerade selber fahren?", fragte ihn Bein inquisitorisch.

Freddy spürte ein Kribbeln in der Faust, als er sagte: „Um Himmels willen, Sie wissen doch, dass ich die Fleppe los bin."

Während Freddy zum Auto des Polizistenduos schlenderte, fügte Bein seinem bescheidenen Ruhrgebietswortschatz ein neues Wort hinzu.

Nass geschwitzt wälzten sie sich in Mikes nagelneuem runden Bett. Seine neueste Eroberung war dem Höhepunkt nahe. In ekstatischen rhythmischen Bewegungen tat er sein Bestes, um dieser scharfen jungen Frau den besten Orgasmus zu bescheren, den sie bisher in ihrem noch recht kurzen Leben erlebt hatte. Das war sein Anspruch, auch wenn er nicht mehr der Jüngste war. Er hatte gerade die vierzig überschritten. Er wollte sicherstellen, dass das heute auch nicht das letzte Mal mit ihr sein würde. Sie sollte süchtig werden nach ihm. Er brauchte dies genauso wie das Gefühl, als Frontmann einer Band auf der Bühne angehimmelt zu werden.

Sie musste unbedingt vor ihm kommen. Wenn er vor ihr zum Höhepunkt gelangte, konnte das seinen Plan gründlich verderben. Er keuchte laut, mehr aus Erschöpfung als aus Leidenschaft. Wann war sie denn endlich so weit? Lange konnte er nicht mehr durchhalten!

Die spitzen kurzen Schreie der Frau wurden immer lauter. Schon hatte er den Eindruck, dass es gleich so weit sein würde, nur noch ein bisschen, gleich kommt sie, jetzt … jetzt … klingelt es an der Tür!!!

Einfach nicht hinhören! Warum kreischt sie nicht mehr? Es klingelt schon wieder. Was ist los mit ihr? Verdammt, hör doch einfach nicht hin! Es klingelt Sturm! Warum bewegt sie sich nicht mehr? „Schatz! Es klingelt an der Tür!“

Mensch, halt die Klappe! Konzentrier dich lieber auf dein Bauchgefühl!

„Hey Schatz! Es klingelt schon wieder! Willst du nicht aufmachen?“

Scheiße, alles für die Katz oder wie der Lateiner sagt: Coitus interruptus!

Wie ein nasser Sack ließ sich Mike ausgepumpt auf die junge Frau fallen, die noch mal laut aufstöhnte, diesmal aus einem anderen Grund als noch eine Minute zuvor.

Warum hatte er die Schelle nicht abgestellt? Welches Arschloch musste ausgerechnet jetzt seine Gesellschaft suchen? Warum ließ sich seine Bettgesellin überhaupt davon irritieren?

Es half nichts. Missmutig wälzte er sich von ihr, blieb luftschnappend einen Moment auf der Bettkante sitzen und griff nach seinem Morgenmantel. Seine Partnerin keines Blickes würdigend, was diese irritiert zur Kenntnis nahm, ging er zur Wohnungstür und drückte auf. Siedend heiß fiel ihm ein, dass er über die Gegensprechanlage gar nicht kontrolliert hatte, wer da überhaupt zu ihm wollte. Vielleicht war es die vollbusige Christa, mit der er letztes Wochenende zusammen war. Hoffentlich nicht, die würde ihm sicher eine Szene machen und mit einem Schlag wäre er gleich zwei seiner jüngsten Eroberungen los.

Er spähte durch den Türspion und hörte seinen ungebetenen Besucher näher kommen, während er noch überlegte, wie er die Situation retten konnte. Da sah er plötzlich Freddy vor seiner Tür stehen.

Was zum Teufel wollte der denn hier?

Er öffnete die Tür einen Spalt und lugte hinaus.

„Hallo Freddy, was für eine Überraschung!“, versuchte er so freundlich wic möglich seinen alten Bandkollegen zu begrüßen. Leicht fiel ihm das ob der verdorbenen Situation allerdings nicht. Freddy nickte ihm wortlos und wenig freundlich zu.

„Du, hör mal, ist gerade ganz schlecht! Könnten wir vielleicht ein andermal …“

„Es ist wichtig, Mike! Es geht um Ulli!“

Das war Mike schon klar, aber Ulli war tot. Konnte das nicht Zeit bis morgen haben?

„Um was genau? Vielleicht können wir es ja kurz machen.“

Er weigerte sich die Hoffnung aufzugeben, dass er sich nicht noch mal seiner attraktiven Besucherin zuwenden konnte. Aber dieser Idiot ließ sich nicht abwimmeln!

„Komm, jetzt mach schon auf! Du willst doch auch, dass die Sache aufgeklärt wird … oder etwa nicht!“

Warum hatte Freddy den letzten Halbsatz mit solch einem komischen Unterton ausgesprochen?

„Natürlich“, brummte Mike resigniert und öffnete die Wohnungstür.

Als Freddy eintrat und Mike barfuß in seinem Bademantel sah, musste er grinsen. Er konnte sich vorstellen, wobei er seinen ehemaligen Bandkollegen gestört hatte. Über Mikes

Frauengeschichten konnte man Bücher schreiben. So verschwitzt wie Mike war, ging er davon aus, dass der Liebesakt schon weiter fortgeschritten sein musste. Freddy entschloss sich, auf spitze Bemerkungen zu verzichten.

Mike wohnte in einem schicken Apartmenthaus in Dortmund-Brackel, seine Dachgeschosswohnung war modern eingerichtet. In der Wohnung lag ein weißer Veloursteppich aus, im Wohnzimmer flankierten zwei extravagante weiße Ledercouchen einen geschwungenen Glastisch. Überhaupt machte Freddy überwiegend Designermöbel aus und stellte sich insgeheim die Frage, wie Mike sich das alles leisten konnte. Seine Versicherungsgeschäfte schienen momentan recht gut zu laufen. Allerdings wäre es nicht das erste Mal, dass er sich finanziell übernommen hatte. Generell neigte er dazu, über seine Verhältnisse zu leben. Schon zu Zeiten der *Blues Bandits* hatte Freddy manchmal den Eindruck, dass Mike in etwas dubiose Geschäfte verwickelt war. Er meckerte des Öfteren über die Höhe der Gagen, die die Band einspielte. Freddy mutmaßte, dass es für seinen ehemaligen Sänger recht lukrativ wäre, *Lucille* zu versetzen.

„Ähm …, macht es dir was aus, die Schuhe auszuziehen?“, fragte Mike, als Freddy bereits einen Fuß in die Wohnung gesetzt hatte. Der kleine Eingangsbereich war noch mit Fliesen ausgestattet, damit sich Besucher die Treter nicht auf dem Flur ausziehen mussten.

Freddy schaute etwas irritiert, streifte sich dann aber doch seine schweren Boots ab, wobei er achselzuckend bemerkte: „Wenn du’s aushältst!“

Er stapfte ins Wohnzimmer und ließ sich breitbeinig auf einem der Sofas nieder.

Er sah sich um, von Damenbesuch war nichts zu sehen und nichts zu hören. Sollte er sich geirrt haben? Vielleicht war Mike doch mit anderen Dingen beschäftigt. Aber eigentlich war das Freddy auch egal. Mike machte sich nicht die Mühe, sich umzuziehen, sondern setzte sich, so wie er war, seinem ungebetenen Besucher gegenüber und sah ihn erwartungsvoll an. Dass er ihm nichts zu trinken anbot, war ein weiteres Indiz dafür, dass er ihn loswerden wollte.

Wie es Mikes Art war, machte er gute Miene zum bösen Spiel und fragte Freddy mit aufgesetztem Lächeln: „Was gibt’s, altes Haus?“

Freddy hatte sich noch gar nicht konkret zurechtgelegt, wie er das Gespräch beginnen sollte. Im Prinzip hatte er geplant, Mike irgendwie abzulenken, um sich dann heimlich in seiner Wohnung umsehen zu können. Als er Mike dann so da sitzen sah, kam ihm dann doch etwas in den Sinn.

„He, du kannst erst mal duschen, geschwitzt wie du bist. Ich warte so lange, kein Problem.“

Mike lächelte noch immer.

„Das hat Zeit, jetzt schieß schon los!“

Verdammt, er stieg nicht drauf ein! Freddy überlegte. Einen Teil seiner Theorie konnte er vielleicht preisgeben, ohne dass Mike Wind davon bekam, dass er ihn verdächtigte.

„Also, leider gibt es für Ullis Ermordung noch keine neuen Hinweise. Niemand hat mich oder Karin angerufen und die Polizei hat bisher auch keine neuen Erkenntnisse.“

Das Gespräch mit Oliver und Chris verschwieg er zunächst.

„Hast du eine Idee, mit wem Ulli Ärger gehabt haben könnte“, fuhr er hilflos fort. „Du hattest doch noch gelegentlich Kontakt mit ihm, ist dir nichts aufgefallen?“

„Dann hätte ich dich schon längst angerufen.“

Mike grinste breit, lehnte sich mit ausgebreiteten Armen zurück und schlug die Beine übereinander, wobei er den Blick auf einen Teil seiner Genitalien freigab, was Freddy mit Desinteresse zur Kenntnis nahm. Es half nichts, er musste konkreter werden.

„Hör zu, ich habe eine Theorie. Ich kann mir vorstellen, dass es irgendwas mit dem Einbruch bei mir zu tun hat.“

Freddy achtete genau auf Mikes Reaktion, aber er konnte keine wie auch immer geartete Veränderung feststellen. Er saß ihm immer noch freundlich lächelnd gegenüber und rührte sich nicht. Diese Versicherungsvertreter sind echt geschulte Betrüger, die lassen sich nichts anmerken, dachte Freddy missmutig. Er überlegte, wie er Mike einerseits aus der Reserve locken und andererseits ablenken konnte.

„Ach was!“, sagte Mike plötzlich und Freddy fühlte sich wie in einem Sketch von Loriot.

„Bei Ulli war familiär und beruflich eigentlich alles in Ordnung, ein Mordmotiv kann daher eigentlich nur in seinem musikalischen Umfeld zu finden sein“, fuhr er fort.

„Du erwähntest es bereits“, erwiderte Mike und spielte damit auf Freddys Auftritt beim Gedächtniskonzert an. Ja, stimmt, dachte Freddy und versuchte dem Gespräch eine andere Wendung zu geben.

„Ich glaube, dass Ulli den Einbrecher von damals ausfindig gemacht hat und deshalb sterben musste.“

Wieder achtete er auf Mikes Reaktion. Keine Veränderung, nur eine lapidare Entgegnung: „Und wie kommst du zu dieser fundamentalen Erkenntnis?“

Hörte er da eine Prise Spott heraus? War das vielleicht ein Indiz dafür, dass sich da jemand ertappt fühlte?

„Weil es das Einzige war, was in Ullis Leben in den letzten Jahren aus dem Ruder gelaufen ist. Der Einbruch und das Ende unserer Band.“

„Na, ich denke, da ist eher was in *deinem* Leben aus dem Ruder gelaufen“, sagte Mike plötzlich. „Schließlich warst du es, der Ulli als Einbrecher verdächtigt hat und zweimal über ihn hergefallen ist. Für Ulli war nur die Band am Ende, sein Musikerleben ging wie gehabt weiter, im Gegensatz zu deinem. Außerdem, wie willst du wissen, ob da nicht noch was anderes war? Du hattest doch in letzter Zeit so gut wie keinen Kontakt mehr zu ihm.“

Freddy fühlte sich ausgebremst. Er wollte Mike gegenüber jedoch nichts von Ullis Wunsch, ihm seine geliebte *Lucille* wiederzubringen, erwähnen, den Karin ihm anvertraut hatte. Jedenfalls zum jetzigen Zeitpunkt wollte er Mike davon noch nichts erzählen.

„Ich weiß, es ist im Moment nur so eine Theorie.“

Er hob wie zur Entschuldigung die Hände.

„Aber was anderes haben wir nicht. Aber sag mal …“

Er sah Mike ganz fest in die Augen, was dieser ungerührt zur Kenntnis nahm.

„Hast du irgendjemandem etwas davon erzählt, was damals bei mir geklaut wurde?“

Es entstand ein Moment atemlose Stille.

„Worauf willst du hinaus?“, sagte Mike immer noch scheinbar völlig entspannt.

„Ich frage mal anders. Ich hatte euch damals das Versprechen abgenommen, außerhalb unseres Probenraumes nichts von *Lucille* zu erzählen. Kann es möglich sein, dass dir, nur so rein zufällig, vor oder nach dem Einbruch doch das eine oder andere herausgerutscht ist?“

„Na, hör mal, du weißt doch, ich bin verschwiegen wie ein Grab.“

Dieser Kerl war undurchdringlich, trotz seiner Geschwätzigkeit. Freddy hatte gehofft, ihn aus der Reserve locken zu können. Zumindest hatte er erwartet, dass er sich wegen des unterstellten Geheimnisverrats empören würde. Nichts von alledem. Führte ihn Mike an der Nase herum? Es würde ihm ähnlich sehen.

„Ich meine ja nicht, dass du bewusst etwas ausgeplaudert hast, sondern dass vielleicht mal in einem Nebensatz jemandem etwas zu Ohren gekommen ist, das denjenigen veranlasst hat, meine Bude auszuräumen."

Mike schien zu überlegen. Wenn er jetzt weiterhin leugnete, konnte Freddy ihn damit konfrontieren, was ihm Oliver und Chris berichtet hatten. Er wartete gespannt auf seine Antwort.

„Kann schon sein", meinte Mike schließlich. „Nach dem Einbruch habe ich mich ehrlich gesagt nicht mehr so streng an unser Schweigegelübde gehalten. Viele Leute haben mich halt gefragt, warum unsere Band auseinandergegangen ist. Na ja, da hab ich denen eben was erzählt. Das ganze Theater damals hat mich ja auch nicht ganz kalt gelassen. Schließlich hatten wir 'ne prima Combo und Peng! ...", er hob plötzlich die Arme, „war mit einem Male alles vorbei."

„Ja, schon klar!", unterbrach ihn Freddy genervt, er wollte eigentlich nicht, dass Mike seine Wehmut nach den guten alten Zeiten weckt. „Was mich interessiert, hast du *vor* dem Einbruch jemandem vor allem von der B.B. King-Gitarre erzählt?"

Mikes Lächeln kam immer weniger überzeugend rüber.

„Wie schon gesagt, Freddy! In solchen Dingen bin ich verschwiegen wie ein Grab. Auch *nach* dem Einbruch habe ich mich mit Einzelheiten über das, was gestohlen wurde, zurückgehalten. In erster Linie haben die Leute von mir zu hören bekommen, dass deine Beschuldigungen gegenüber Ulli völlig absurd waren."

Er beugte sich vor, sein Lächeln war plötzlich verschwunden.

„Aber jetzt sag mal, was diese Befragung eigentlich soll. Vielleicht solltest du die Verhörerei lieber der Polizei überlassen. Die kennen sich schließlich besser damit aus. Meinst du nicht auch?"

Freddy spürte, dass Mike ihn loswerden wollte. Er hatte sich die ganze Zeit krampfhaft ein Ablenkungsmanöver überlegt, aber noch keine Lösung gefunden. Wo könnte Mike die Gitarre in seiner Wohnung aufbewahren? Er hatte sich bereits verstohlen im Wohnzimmer umgesehen, aber nichts entdeckt. Soweit er wusste, hatte Mike nie ernsthaft Gitarre gespielt. Er besaß zwar eine Westerngitarre, mit deren Hilfe er bisweilen einen Song schrieb, aber eine E-Gitarre oder einen dazu gehörigen Verstärker hatte er bei Mike noch nie gesehen. Die Westerngitarre, eine wunderschöne goldbraune Washburn, war dekorativ in einer Ecke des Wohnzimmers platziert. Dies war in dieser Wohnung jedoch das Einzige, was einen Besucher an einen Blues-Musiker denken lassen würde.

Plötzlich hörten sie ein paar leise Trippelschritte und wie die Tür zum Badezimmer geschlossen wurde. Kurz darauf rauschte die Dusche.

„Wie du sicherlich bemerkt hast, habe ich Besuch."

Mike hatte sich erhoben und sah Freddy wieder freundlich lächelnd an.

„Wenn du irgendetwas Neues weißt, gib's besser direkt an die Polizei weiter. Ich glaube nicht, dass du mit deinem Detektivspiel Erfolg haben wirst."

Da war Freddy ganz anderer Meinung.

Widerwillig erhob er sich. Wenn er ihn jetzt auf *Lucille* ansprach, würde er ihren Besitz sicher leugnen und die Gitarre an einen Ort bringen, wo sie niemand mehr finden würde. Es musste doch noch eine Möglichkeit geben, die Wohnung zu durchsuchen.

Als er seine Schuhe wortlos wieder anzog, hatte Mike schon ungeduldig die Tür geöffnet. Sicherlich konnte er es schon gar nicht mehr erwarten, zu seiner süßen Maus unter die Dusche zu springen. Er gab Freddy fest die Hand und versprach ihm, ihn und die Polizei sofort zu informieren, wenn ihm irgendetwas zu Ohren kommen sollte.

In dem Moment, wo er die Eingangstür zuzog, gelang es Freddy noch so gerade, seine Kreditkarte so zwischen das Schloss zu schieben, dass einerseits Mike es nicht bemerkte und andererseits die Tür nicht vollständig ins Schloss fiel. Vor Jahren hatte er bei einem Schlüsseldienst gearbeitet. Etliche ins Schloss gefallene Eingangstüren hatte er so geöffnet. Sein Geschick kam ihm jetzt zugute.

Freddy blieb vor der Tür stehen und lauschte. Wie er erwartet hatte, hörte er Mike ins Bad stürmen und vernahm kurz darauf die spitzen Schreie der jungen Frau. Diese wurde offensichtlich von ihrem Liebhaber ausgekitzelt.

Er wartete noch einen Moment und öffnete dann mühelos und leise die Tür. Zuvor hatte er sich versichert, dass er von niemandem beobachtet wurde.

Lautlos schlüpfte er hinein. Er sah sich um, als ob er erwartete, dass sich noch eine weitere Person in der Wohnung aufhalten würde, während er das Juchzen aus dem Badezimmer hörte. Er überlegte noch kurz, ob er die Schuhe ausziehen sollte. Nicht um den hellen

Teppich zu schützen, sondern damit er keine Spuren hinterließ. Nach einem Blick unter seine Sohlen, denen er bezüglich des Verschmutzungsgrades eine Unbedenklichkeitsbescheinigung erteilte, entschied er sich, die Schuhe anzubehalten.

Das Wohnzimmer, das er vom Eingangsbereich gut überblicken konnte und in dem er kurz zuvor noch gesessen hatte, streifte er nur mit einem kurzen Blick. Er wandte sich nach links und konnte in Mikes Arbeitszimmer sehen. Das Zimmer war ziemlich ungeordnet. Der riesige Schreibtisch voller geöffneter Order und mit einem vollen Postkorb. Der PC-Monitor zeigte die Straßenkarte einer Kleinstadt, deren Namen Freddy noch nie gehört oder gelesen hatte. Rechts und links an den Wänden standen große Regale mit Massen an Broschüren und Aktenordnern. In einer Ecke stand ein kleiner Fender-Gitarrenverstärker, an den ein Shure-Mikrofon der Marke „Green Bullet“ angeschlossen war, welches einer Fahrradlampe ähnelte. Hierüber spielte Mike seine Blues-Mundharmonika. Verwundert stellte Freddy fest, dass der Verstärker noch eingeschaltet war. Vielleicht hatte Mike seiner Liebsten gerade ein kleines Ständchen gebracht. Sein ehemaliger Bandkumpel ließ in der Regel keine Gelegenheit aus, um Frauen zu imponieren.

Nachdem er überzeugt war, dass er in diesem Zimmer nicht das finden würde, wonach er suchte, schlich er sich weiter. Gegenüber stand die Küche offen. Auch hier war jegliches Inventar nur vom Feinsten. Die Einbauküche blitzte nur so vor Chrom und schien nagelneu zu sein. Sie hatten kürzlich italienisch gegessen. Die benutzten, noch nicht geleerten Teller standen auf dem ovalen weißen Tisch. Spaghetti mit roter Pesto-Sauce, konstatierte Freddy. Die geöffnete Chianti-Flasche und die halbvollen Gläser ließen darauf schließen, dass sie ihr Mahl recht plötzlich unterbrochen hatten. Scheinbar hatten sie mittendrin ganz andere Gelüste übermannt. Liebe ging schließlich durch den Magen. Obwohl Freddy hier nicht mit einem Sucherfolg rechnete, schaute er nochmals in alle Ecken, konnte aber keine Hinweise auf eine Gitarre entdecken.

Er verließ die Küche und sah schräg gegenüber eine geöffnete Tür, wie er vermutete, das Schlafzimmer. Leise hielt er darauf zu, wobei er am Badezimmer anlangte, dessen Tür noch einen kleinen Spalt geöffnet war. Das Juchzen und Quieken war inzwischen einem wohligen Stöhnen der beiden Duschenden gewichen. Ein rhythmisch klatschendes Geräusch bedeutete Freddy, dass er jetzt relativ gefahrlos an der Tür vorbeihuschen konnte. Er schlüpfte in das geöffnete Zimmer und sah sich einem durchwühlten, runden französischen Bett gegenüber. Zur Linken große Einbauschränke, die sicherlich Mikes elegantes Bühnenoutfit beherbergten. Zur Rechten neben einem großen Fenster und einem Zugang zum Balkon große seidene Vorhänge, die von der Decke bis zum Fußboden reichten. Was verbarg sich dahinter? Er schob den Vorhang zur Seite und sah sich zunächst einem ziemlich großen Chaos gegenüber. Staubsauger, viele Kartons, Eimer, Schrubber …, hinter dem wunderschönen Vorhang schien sich tatsächlich die Abstellkammer zu verbergen. Er schob ein paar große Kartons zur Seite, konnte aber auf Anhieb nichts entdecken. Er wurde langsam unruhig, allzu lange konnte er sich hier nicht mehr aufhalten. Das lüsterne Pärchen konnte jeden Augenblick aus dem Badezimmer kommen und ihn überraschen.

Er wollte gerade resigniert den Vorhang zu- und sich zurückziehen, als er in der hintersten dunklen Ecke etwas Braunes, Längliches sah, das an der Wand lehnte. Spontan griff er hinein und zog daran. Kurz darauf hatte er einen Gitarrenkoffer in der Hand. Er ertastete den Tragegriff und zog ihn komplett heraus. Der Koffer bestand aus braunem Leder. Freddy legte ihn flach auf den Boden. Auf der Vorderseite war der Schriftzug „Gibson“ eingraviert. Sein Herz schlug bis zum Hals. Das musste es sein. In solchen Koffern waren die Sondermodelle seinerzeit ausgeliefert worden.

Freddy atmete tief durch. Er klappte den Verschluss auf und öffnete den Koffer.

Peppelinski war mal wieder auf hundertachtzig. Sie hatten Freddy verloren, nachdem sie ihn in einer kleinen Seitenstraße im Dortmunder Stadtteil Brackel abgesetzt hatten. Bein hatte ihn auf seine direkte Art gefragt, was er denn in dieser schmucklosen Gegend zu tun habe. Wie Peppelinski erwartet hatte, musste Freddy Lunte gerochen haben. Denn er hatte sich der Observation der beiden Polizisten durch ein geschicktes Ablenkungsmanöver entzogen und war auf einmal spurlos verschwunden. Während sie die angrenzenden Straßen im Schneckentempo durchforsteten, musste sich Bein Vorträge seines Vorgesetzten über moderne Ermittlungsmethoden anhören. Die Stasi-Zeiten seien endgültig vorbei, lernte er hierbei. Erstens sei man bei seinen Ermittlungen an gesetzliche Vorgaben gebunden, zweitens sollte man, wenn man einem Verdächtigen oder Zeugen wertvolle Informationen entlocken wollte, nicht mit der Holzhammermethode vorgehen. Stattdessen sollte geschicktes Ausfragen denjenigen dazu bringen, quasi freiwillig sein Wissen preiszugeben. So wie er, Rico Bein, vorgegangen sei, habe er die Zielperson viel zu direkt angesprochen und damit verschreckt.

Während Peppelinski sich zunehmend über Beins Verhalten echauffierte, fragte sich dieser, warum sein Chef sich nicht immer selbst an diese Vorgaben gehalten hatte. Seine Gehorsamspflicht verbot es ihm allerdings, dies offen auszusprechen.

Nachdem sie weitere 10 Minuten vergeblich alle Nebenstraßen durchfahren hatten, wies Peppelinski an, sich in der nächsten Parklücke einzurichten. Während Bein rangierte, sinnierte sein Chef darüber, dass er „so ein Gefühl" habe, dass sich Freddy in einem dieser Häuser befinde und deutete dabei auf ein wohl erst vor wenigen Jahren errichtetes Mehrfamilienhaus. Er tippte darauf, dass es sich hierbei um recht exklusive Eigentumswohnungen handelte. Zumindest hatte es der jeweiligen Fensterdeko nach den Anschein.

Auf Verdacht schickte er Bein zur Haustür mit dem Auftrag, die Türklingelbeschriftungen zu notieren. Vielleicht ergaben sich Rückschlüsse darauf, wen Freddy Spieker hier aufgesucht hatte. Während der Autofahrt hatte sich dieser äußerst bedeckt gehalten und lediglich geäußert, dass er alte Bekannte besuchen wolle. Angeblich würde es sich um Freunde seiner verstorbenen Eltern handeln, was Peppelinski ihm zu keinem Zeitpunkt geglaubt hatte.

Bein tat wie ihm geheißen. Auf dem Weg zurück fiel ihm ein VW Golf in Blaumetallic auf, dessen Scheiben vollständig getönt waren, sodass man im Innern nicht mal einen Umriss erkennen konnte. Na, da drin könnte man ja schöne Dinge anstellen, ohne dass man gesehen wird, dachte er schmunzelnd. Im Übrigen würde sich so ein Fahrzeug sehr gut für eine Observierung eignen.

Da lag sie vor ihm. Der Korpus glänzte. Die Saiten waren neu aufgespannt und an den Wirbeln des Gitarrenkopfes sauber abgeschnitten worden. Sie machte auf ihn den Eindruck, als sei sie noch nie gespielt worden.

Freddy schlug das Herz bis zum Halse. Seine Gefühle drohten ihn zu übermannen. Gleichzeitig rasten ihm tausend Gedanken durch den Kopf. Also war es doch Mike, der für den Einbruch verantwortlich war. Nie hätte er das von ihm gedacht. Und er musste auch Ulli umgebracht haben. Alles passte zusammen. Mike wusste von der Gitarre. Ulli hatte herausgefunden, dass er *Lucille* gestohlen hatte und hatte ihn unter Druck gesetzt. Mike wusste, in welches Krankenhaus sein ehemaliger Gitarrist eingeliefert worden war. Es war für ihn sicherlich ein Leichtes, ihn aufzufinden und umzubringen. Aber war es das wert? Und wie hatte er es geschafft, unbemerkt von der Überwachungskamera dort hineinzukommen? Wahrscheinlich hatte die Polizei bei ihrer Ermittlungsarbeit geschlampt.

Zärtlich strich er über *Lucilles* Hals und begutachtete ihren Zustand. Sie schien tatsächlich keinen Kratzer abbekommen zu haben.

Der schrille Schrei der jungen Frau schreckte ihn jäh auf. Mit einem Satz war er auf den Beinen und drehte sich um. Er blickte in die weit aufgerissenen Augen einer äußerst attraktiven Blondine, die nur mit einem großen weißen Badetuch bekleidet verängstigt vor ihm stand.

Für einen Moment standen beide regungslos voreinander, unschlüssig, wie sie mit dieser seltsamen Situation umgehen sollten.

„Was ist los, Schatz?“, hörte er im nächsten Moment Mike rufen, der kurz darauf, ebenfalls nur mit einem Handtuch um die Hüften im Türrahmen erschien.

Nach einem kurzen irritierten Blick auf Freddy und den geöffneten Gitarrenkoffer verfinsterte sich seine Miene. Keine Spur mehr von dem eloquenten Versicherungsvertreter, Charmeur oder der fröhlichen Rampensau bei Live-Konzerten.

„Was soll das hier werden, Freddy?“, fragte er ruhig, aber dennoch äußerst gereizt.

Freddy hatte sich inzwischen wieder gefangen.

„Ich denke, das weißt du ganz genau“, erwiderte er und schaute Mike fest in die Augen.

Die junge Frau hatte ihre wild auf dem Boden verteilten Kleidungsstücke hastig eingesammelt und trippelte zur Tür.

„Ich ruf die Polizei an“, raunte sie Mike zu, als sie das Zimmer verließ.

„Nein, lass nur!“, rief Mike ihr hinterher. „Das regeln wir unter uns!“

Er wandte sich erneut Freddy zu.

„Dir ist sicherlich klar, dass dies hier Hausfriedensbruch ist.“

„Ach ja? Ich glaube, es geht hier um weitaus schwerwiegendere Dinge.“

Mike blickte auf die Gibson hinab und lächelte plötzlich verständnisvoll.

„Ich kann mir schon vorstellen, was du denkst“, sagte er plötzlich.

„So? Was denke ich denn? Soll ich dir sagen, was ich denke?“

Freddy spürte, wie das Blut in ihm zu kochen begann. All die Enttäuschung, all die Wut, all die Trauer schienen sich plötzlich Bahn zu brechen. Dennoch, er musste sich beherrschen. Aktionismus brachte ihn jetzt nicht weiter. Schlimm genug, dass Mike ihn ertappt hatte. Den Diebstahl konnte er nun beweisen, aber wie würde er jetzt Mike des Mordes überführen wollen? Spätestens jetzt musste er die Polizei einschalten. Schon hatte er das Handy gezückt.

„Was hast du vor?“, fragte Mike stirnrunzelnd.

„Deine Freundin braucht die Polizei nicht anzurufen. Das mache ich schon selber. Der Herr Oberkommissar wird sich sicher brennend für dich interessieren.“

„Warum sollte er das tun?“

Mike lachte, was Freddy einerseits irritierte und andererseits noch wütender machte.

„Na, ganz einfach! Weil du ein Dieb und vor allem ein hinterhältiger Mörder bist, Mike. Eigentlich hätte ich schon viel früher darauf kommen müssen. Aber besser spät als gar nicht.“

„Jetzt mal ganz langsam, Freddy! Ich glaube, wir müssen da mal was klären.“

„Na, da bin ich aber gespannt. Wie wäre es denn gleich mit einem Geständnis?“

Mike hob beschwörend die Hände.

„Du glaubst also, dass ich den Einbruch bei dir verübt und deine Bude leer geräumt habe? Und wenn ich das richtig verstanden habe, habe ich dann auch noch Ulli auf dem Gewissen.“

„Natürlich, offensichtlich ist er dir auf die Schliche gekommen und hat dich unter Druck gesetzt. Aber musstest du ihn gleich umbringen? Ich gebe zu, dass ich dir das nicht zugetraut hätte.“

„Das kannst du ruhig auch weiter so tun. Ich habe nämlich weder mit dem einen noch dem anderen etwas zu tun.“

„Interessant! Und wie willst du mir *das* erklären?“, rief Freddy sichtlich erregt und deutete auf *Lucille*.

„Dazu müsste ich dir was zeigen“, antwortete Mike gelassen. „Du kannst gern ins Arbeitszimmer mitkommen.“

Freddy folgte ihm gleichermaßen irritiert und angespannt. War das jetzt ein Trick? Wollte er ihn in eine Falle locken? Er nahm sich vor, höllisch aufzupassen. Vielleicht schreckte Mike nicht davor zurück, auch ihn umzubringen.

Im Arbeitszimmer angekommen, griff sich Mike zielsicher einen der vielen Ordner, die die Regale füllten. Nach kurzem Blättern zog er ein Schriftstück heraus und hielt es Freddy hin.

Freddy starrte auf das Papier und nahm es an sich.

Es war ein Zertifikat von Gibson. Es bestätigte, dass das Gitarrenmodell der Marke ES-335, Sondermodell *Lucille*, mit der Seriennummer Soundso eine Sonderanfertigung anlässlich des 85. Geburtstages von B.B. King sei. So konnte nachgewiesen werden, dass es sich um ein Original handelte.

Freddy brach der Schweiß aus. Man hatte ihm seinerzeit die Gibson gestohlen. Das Zertifikat befand sich jedoch noch in seinen Händen. Dies war demnach das Zertifikat für ein weiteres Exemplar der Baureihe.

„Du kannst die Seriennummer vergleichen“, hörte er Mike sagen. „Du wirst feststellen, dass es nicht deine Gitarre ist.“

Wie in Trance ging Freddy zurück ins Schlafzimmer und tat, wie ihm geheißen. Die Nummern stimmten überein. Ein Irrtum war ausgeschlossen.

Wortlos und kreidebleich gab er das Zertifikat an Mike zurück. Er hatte es noch immer nicht ganz begriffen, dass er einer falschen Spur gefolgt war. Dabei war er sich so sicher gewesen.

Schuldbewusst sah er Mike an, unfähig etwas zu sagen.

„Jetzt sag mal, wie bist du überhaupt darauf gekommen, dass ich auch so ein Exemplar besitze?“, brach Mike das Schweigen.

Stockend erzählte ihm Freddy von seiner Theorie, dass er den Gitarrendiebstahl mit dem Mord in Verbindung gebracht hatte und dass er über den Musikladen in Groningen auf Mikes Spur gekommen war. Mike hörte sich alles bedächtig nickend an.

„Wieso hast du eigentlich nie etwas davon erzählt, dass du dir auch so eine Gitarre angeschafft hast?“, wollte Freddy schließlich wissen.

„Ja, weißt du, ich habe eines der letzten Exemplare, die nachproduziert worden sind, ergattert, nachdem sich unsere Band in Wohlgefallen aufgelöst hatte. Danach haben wir ja kaum noch Kontakt miteinander gehabt. Außerdem wollte ich bei dir keine alten Wunden aufreißen."

Er kniete nieder und schloss den Gitarrenkoffer, nachdem er Freddys sehnsüchtigen Blick auf die Gitarre bemerkt hatte und ließ ihn wieder hinter dem Vorhang verschwinden.

„Es ist für mich eine reine Kapitalanlage", fuhr er fort. „Du weißt ja, bei meinem Lebensstil ist es immer ganz gut, wenn man was in der Hinterhand hat. Kürzlich hatte ich einen kleinen finanziellen Engpass. Deshalb habe ich in dem Laden in Groningen angerufen. Aber die ollen Käsköppe haben mir einfach nicht genug geboten. Dann muss ich wohl auf ein besseres Angebot warten."

Er sah Freddy schräg an und kratzte sich am Kopf.

„Weißt du, wenn du dir nicht gerade solch einen Klopfer erlaubt hättest, würde ich dir die Gibson sogar zu einem Sonderpreis verkaufen. Aber ehrlich gesagt, bin ich dafür zu sauer auf dich."

Komisch, dachte Freddy. Irgendwie war davon bei Mike überhaupt nichts zu spüren. Keine laute Stimme, kein stechender Blick, der Mann war wirklich ein Wunder an Selbstbeherrschung. Ein bisschen davon könnte er, Freddy, auch ganz gut gebrauchen. Abgesehen davon hätte er ein Kaufangebot ohnehin abgelehnt. Er wollte *seine Lucille* wiederhaben und sonst keine. Er verkniff es sich jedoch, dies in diesem Moment zu äußern.

„Und jetzt muss ich dich leider rausschmeißen", beendete Mike das Gespräch und wies Freddy den Weg zur Wohnungstür.

Als er diese öffnete, standen zwei uniformierte Polizisten vor der Tür, die gerade im Begriff waren, die Klingel zu betätigen.

Mike schaute sich um. Seine Freundin saß mit immer noch verängstigtem Gesichtsausdruck auf dem Sofa. Offensichtlich hatte sie doch die 110 angerufen.

„Die Haustür stand unten offen", sagte einer der Polizisten. „Sonst hätten wir schon geschellt."

Nach einem prüfenden Blick auf Freddy und den halbnackten Mike fuhr er fort: „Eine junge Frau hat uns angerufen. Hier soll es einen Fall von Hausfriedensbruch oder sogar Einbruch gegeben haben."

„Ich bin der Wohnungsinhaber", stellte sich Mike vor. „Es ist alles in Ordnung, Herr Wachtmeister. Es handelt sich nur um ein Missverständnis."

Nach einem abschätzigen Blick auf Freddys Füße ergänzte er: „Der Herr hier hat lediglich versäumt, sich die Schuhe auszuziehen."

Nachdem auch Mikes Freundin auf dessen beruhigende Worte hin bestätigt hatte, dass alles in Ordnung sei und sich der Sänger für die Umstände entschuldigte, die er den Gesetzeshütern bereitet hatte, wandten sich die Polizisten dem Treppenhaus zu, nicht ohne Freddy einem kritischen Blick zu unterziehen. Letztlich war er froh, dass die Uniformierten nicht seine Personalien aufgenommen hatten. Da schon einige andere Verfahren gegen ihn liefen, konnte er weiteren Ärger nun wirklich nicht gebrauchen.

Er brachte es gerade noch fertig, sich bei Mike zu entschuldigen, bevor dieser die Wohnungstür schloss. Sich zu bedanken, dass er ihn vor den Polizisten in Schutz genommen hatte, schaffte er nicht mehr. Deprimiert stieg er die Treppe hinab.

Er hatte sich nicht nur bis auf die Knochen blamiert, er stand vielmehr wieder ganz am Anfang seiner Nachforschungen. Im Moment hatte er keine Ahnung, wie es weitergehen sollte. Zunächst musste er diese Enttäuschung erst einmal verdauen. Er nahm sich vor, noch mal mit Karin zu reden. Vielleicht hatte sie inzwischen etwas erfahren.

Als er auf die Straße hinaustrat, wurde ihm bewusst, dass er ohne seinen geliebten Lincoln dastand und sich wohl oder übel überlegen musste, wie er mit öffentlichen Verkehrsmitteln nach Hause kommen konnte. Um sich ein Taxi nach Essen zu bestellen, dazu war er nun doch zu geizig. Ein Stück weiter hatte er eine Bushaltestelle gesehen. Ohne weiter auf den nur mäßigen Verkehr in dieser Gegend zu achten, überquerte er die Straßenkreuzung in der Richtung, von der er meinte, dass es die richtige wäre.

Er achtete nicht auf das Motorengeräusch, das hinter ihm ertönte. Erst als der Motor aufgrund der plötzlichen Beschleunigung aufheulte, horchte er auf und sah sich um. Ein Golf mit blauer Metalliclackierung und getönten Scheiben hielt direkt auf ihn zu. Einen winzigen Moment dachte er noch, dass der Fahrer ihn doch sehen müsste und sicherlich gleich bremsen würde. Im Bruchteil einer Sekunde begriff er jedoch zu seinem Entsetzen, dass man es auf ihn abgesehen hatte. Er rannte auf eine Parklücke zwischen zwei Autos zu, die etwa noch 10 Meter von ihm entfernt war. Er hörte den Motor erneut hinter sich aufheulen.

Mit einem Hechtsprung warf sich Freddy in die Parklücke. Der Wagen des Attentäters hatte mit quietschenden Reifen im letzten Moment abgedreht, dabei eines der geparkten Autos geschrammt und raste nun davon.

Freddy war bei seinem Sprung der Länge nach in einer Pfütze gelandet. Nachdem er sich kurz geschüttelt hatte, sprang er auf und sah dem Wagen hinterher. Er konnte sich noch Teile des Kennzeichens merken: HER-UV…

Während er völlig aufgewühlt und pitschnass dastand, brauste zunächst der Polizeiwagen der beiden Polizisten, die kurz zuvor wegen des Notrufes bei Mike erschienen waren, heran. Sie nahmen offensichtlich die Verfolgung auf. Gleich dahinter ein weiteres Fahrzeug, das ebenfalls einen Affenzahn drauf hatte. Letzteres kam Freddy sehr bekannt vor.

Während Peppelinski bereits eingedöst war, behielt Bein die Gegend im Auge. Nichts entging seinen Argusaugen. Wenn Freddy Spieker sich wirklich in dieser Gegend aufhalten sollte, würde er ihn ausfindig machen. Da konnte sich sein Chef ganz auf ihn verlassen.

Erstaunt bemerkte er, dass nach kurzer Zeit ein Polizeifahrzeug erschien und zwei Uniformierte ausstiegen, die sich einem der Häuser näherten, in denen Peppelinski den Verschwundenen vermutet hatte. Als sie in einem Hauseingang verschwanden, überlegte er kurz, ob er seinen Chef wecken sollte, entschied sich aber dagegen. Schließlich war ihm der Grund für das Erscheinen der Dortmunder Kollegen unbekannt. Gespannt behielt er den Hauseingang im Auge, während er neben sich ein leises Schnarchen vernahm. Nach kurzer Zeit verließen die Polizisten das Haus wieder und begaben sich zu ihrem Fahrzeug.

Als Bein eigentlich schon die Hoffnung aufgegeben hatte, dass sie Freddy Spieker noch finden würden, erschien dieser plötzlich im Hauseingang und sah sich zunächst suchend um. Rico Bein war mit einem Male hellwach. Er beobachtete, wie der Oberservierte über die Kreuzung schlenderte und erwog, Peppelinski jetzt zu wecken. Es war aber sicherlich interessanter festzustellen, wo sich Spieker aufgehalten hatte, als herauszufinden, wohin er als Nächstes wollte. Er hatte sich gerade entschieden, seinen Vorgesetzten schlafen zu lassen und die Dortmunder Kollegen, die immer noch am Straßenrand parkten, zu befragen, ob ihr Besuch etwas mit ihrer Zielperson zu tun gehabt hatte, als sich plötzlich der getönte Golf in Bewegung setzte und mit rasanter Geschwindigkeit auf Freddy Spieker zuhielt. Nachdem sich dieser mit einem weiten Sprung in eine Parklücke gerettet hatte, ließ Bein den Motor an und nahm die Verfolgung auf. Da er in der entgegengesetzten Richtung parkte und wenden musste, ließ er das andere Polizeifahrzeug zunächst passieren. Mit quietschenden Reifen fuhr er an dem gerade noch Attackierten vorbei, der wie ein begossener Pudel mit aufgerissenem Mund am Fahrbahnrand stand und den rasenden Autos hinterherglotzte.

Es begann eine wilde Verfolgungsjagd durch mehrere enge Straßen. Beins Sinne waren bis aufs Äußerste geschärft. Neben ihm hatte das Schnarchen aufgehört und hatte einem Schmatzgeräusch Platz gemacht.

„Was is ’n los?“, hörte er Peppelinski murmeln, der noch immer nicht gänzlich aufgewacht war.

„Erkläre ich Ihnen gleich“, erwiderte Bein kurz und starrte auf das Heck des vor ihm fahrenden Polizeifahrzeuges, das zum wiederholten Male dem Golf in eine kleine Seitenstraße gefolgt war und das Martinshorn eingeschaltet hatte. Der Uniformierte auf dem Beifahrersitz hatte sich herausgelehnt und forderte den Golffahrer per Megafon zu sofortigem Anhalten auf, was allerdings ohne Wirkung blieb. Derweil mussten andere Autos scharf bremsen, um die Raser vorbeizulassen. Fußgänger brachten sich hastig in Sicherheit.

Bein entschied sich für eine andere Taktik. Sie war nicht ganz risikolos, aber seiner Ansicht nach vielversprechender als das bisherige Verfolgungsmanöver. Statt beim nächsten Mal rechts abzubiegen und den Polizisten hinterherzufahren, fuhr er geradeaus und bog dann in die nächste kleine Straße ein. Er hoffte, an der nächsten Kreuzung dem Golf den Weg abschneiden zu können.

Von wüsten Beschimpfungen einiger Passanten begleitet drückte er aufs Gas.

„Warum rasen Sie denn so, verdammt noch mal?“, vernahm er die immer noch verschlafene Stimme seines Chefs, antwortete jedoch nicht. In höchster Konzentration nahm er die nächste Straßeneinbuchtung ins Visier.

Da! Da sah er den Golf von rechts aus der Straße kommen. Vielleicht konnte er ihm noch den Weg abschneiden oder notfalls rammen, um ihn zum Stehen zu bringen. Aber nein, der Mistkerl war zu schnell! Obwohl Bein das Gaspedal durchtrat, musste er feststellen, dass er das flüchtige Auto nicht mehr erreichen konnte. Er wollte gerade links beidrehen, als er das Rücklicht des Verfolgten nur um Haaresbreite verfehlte, da sah er im Augenwinkel noch das Blaulicht des Streifenwagens. Den Bruchteil einer Sekunde später spürte er einen heftigen Ruck und vernahm einen lauten Knall. Der Airbag warf ihn jäh zurück.

Freddy stand einen Moment noch verstört am Straßenrand. Einige Passanten sahen ihn verwundert an, bis auf eine ältere Dame wagte sich niemand, ihn anzusprechen. Ihre Frage, ob er Hilfe bräuchte, verneinte er. Auf den Einwand der Frau, er sei doch völlig durchnässt und müsste doch erst mal seine Kleidung trocknen, reagierte er nicht, sondern lief halb benommen in die Richtung, in der die Fahrzeuge verschwunden waren.

Was war das denn gerade? Da hatte doch tatsächlich jemand versucht ihn umzubringen. Gerade hatte er noch geglaubt, bei seinen Ermittlungen in eine Sackgasse geraten zu sein, jetzt schien es so, als sei er dem Täter doch gehörig auf die Füße getreten. Die Polizisten hatten die Verfolgung aufgenommen, jetzt wollte er auch wissen, wer ihm da nach dem Leben getrachtet hatte.

Er lief weiter in die Richtung, in der er die Fahrzeuge vermutete und hörte neben quietschenden Reifen auch ein Martinshorn und unverständliche Lautsprecherdurchsagen, deren Inhalt nur eines bedeuten konnte.

Weit konnten die Autos nicht gekommen sein. Einmal sah er sie sogar hintereinander die Straße kreuzen. Er versuchte dem Geräusch des Martinshorns zu folgen.

Nach einiger Zeit vernahm er ein schepperndes Geräusch, das Martinshorn schien plötzlich an einem Ort stehen geblieben zu sein.

Als er um die nächste Ecke bog, sah er schon von weitem die Bescherung. Der Streifenwagen und das Zivilfahrzeug von Peppelinski und Bein waren halb frontal ineinander geprallt. Die Straße war übersät von Fahrzeugteilen und Splittern. Von dem Golf war weit und breit nichts zu sehen. Soweit er das beurteilen konnte, waren beide Autos schrottreif. Er sah Peppelinski wild gestikulierend mitten auf der Kreuzung stehen und auf Bein einreden. In ihrem Fahrzeug sah er schlaff herunterhängende Airbags. Ein Polizist des Streifenwagens saß auf der Erde und hielt sich mit einem weißen Verbandsknäuel die blutende Stirn. Der andere sprach gerade in sein Funkgerät.

Freddy wollte sich gerade wieder entfernen. Er hatte keine Lust auf eine weitere Konversation mit dem Bochumer Ermittlerpaar. Er hatte sich schon gedacht, dass diese ihn nicht aus reiner Nächstenliebe bis nach Dortmund gefahren hatten. Es war nichts weiter als eine Beschattungsaktion. Das hätte er sich eigentlich denken können. Immerhin hatten sie alles versucht, um seinen Attentäter zu erwischen.

„He, Sie!“, hörte er Peppelinski plötzlich rufen. Verdammt, er hatte ihn entdeckt und kam direkt auf ihn zu!

„Es wird langsam Zeit, dass Sie mir sagen, was Sie wissen.“

Peppelinski war außer sich und schrie seine Aufforderung über die ganze Straße.

„Man hat gerade versucht, Sie umzubringen, begreifen Sie das? Jetzt mal heraus mit der Sprache! Sie müssen doch wissen, wer dahinter steckt!“

Der Oberkommissar stand jetzt direkt vor ihm und sah ihn wütend an.

Freddy hatte eigentlich erwartet, dass dieser sich fürsorglich nach seinem Befinden erkundigen würde. Ob er sich verletzt hätte, hatte er als Frage erwartet. Zumindest ein beruhigendes Wort oder auch nur ein mitleidiges Schweigen. Nichts von alledem. Dieser Mensch bemerkte nicht einmal, dass er noch immer pitschnass war. Dabei ignorierte er allerdings völlig, dass Peppelinski selbst noch unter dem Schock des Unfalls stand.

„Ich habe keine Ahnung, Herr Kommissar“, stammelte Freddy wahrheitsgemäß und mit einem Blick auf die zerstörten Wagen.

„*Ober*kommissar ...“

Peppelinskis Mechanismen funktionierten tatsächlich auch noch in einer solchen Situation, stellte Freddy verwundert fest.

Mit einem schelmischen Seitenblick ergänzte er: „Und … wie kommen *Sie* jetzt nach Hause?“

Kapitel 9

Karin schlief immer noch schlecht. Sie war bis auf weiteres krankgeschrieben. Auch hatte sie Schwierigkeiten, sich abzulenken. All ihre Gedanken kreisten um Ulli und darum, wer ihn umgebracht haben könnte. Es gab niemanden, der einen Groll auf ihn gehabt haben konnte, außer Freddy natürlich. Aber sie vertraute Freddy und wusste nicht genau warum. Er konnte sein, wie er wollte, eines war Freddy in jedem Falle: Ehrlich! Sie kannte ihn schon sehr lange. Er war immer gerade heraus, auch wenn es manchmal unangenehm war. Seine Freundschaft mit Ulli war von dieser Ehrlichkeit geprägt, umso unverständlicher war es seinerzeit für sie gewesen, dass Freddy Ulli des Diebstahles bezichtigte. Vielleicht lag es einfach daran, dass Ulli *Lucille* so gern auch live gespielt hätte und beinahe jedes Mal, wenn er diese bei Proben in Händen halten durfte, Freddy mit Engelszungen davon zu überzeugen versuchte, was für ein Gewinn dies auch für die Band sein würde. Aber Freddy ließ sich nicht erweichen.

Ein weiterer Grund für Freddys plötzliches Misstrauen konnte vielleicht auch die Tatsache sein, dass Ulli bisweilen den Weg des geringsten Widerstandes ging. Sein Harmoniebedürfnis führte bei Meinungsverschiedenheiten innerhalb der Band manchmal dazu, dass er zu den Kritikpunkten dann nichts mehr sagte und lustlos auf seiner Gitarre herumzupfte. Freddy war dieses Verhalten vertraut. Da ihm aber Ullis Meinung wichtig war, zerrte er solange an ihm herum, bis dieser schließlich seine Meinung äußerte. Freddy bezeichnete dies gelegentlich als „Geheimniskrämerei".

Hatte Ulli etwa Geheimnisse? Geheimnisse vor ihr? Ihr war nichts Ungewöhnliches aufgefallen, was ihren Verdacht hätte erregen können.

Freddys Unschuld war erwiesen und Karin war sich sicher, dass er ein größeres Interesse hatte, den Mörder zu entlarven, als seine geliebte Gibson wieder zu finden. Nach seiner Theorie hing sogar beides zusammen. Aber stimmte es auch? Vielleicht war es nur die Tat eines Verrückten. Davon gab es weiß Gott ja genug!

Sie hatte seit einigen Tagen von Freddy nichts mehr gehört. Niemand außer Elke hatte sich in den letzten Tagen bei ihr gemeldet. Ihr schien es, als wüssten viele alte Bekannte nicht, wie sie mit ihr umgehen sollten. Andererseits waren ihr die Mitleidsäußerungen unangenehm. Sie wollte eigentlich nur, dass man sie „normal" behandelte und sie nicht in Watte packte.

Eines Samstagabends las sie in einer Szenezeitschrift, dass Don Bergers „*Blues-Machine*" in einer Musikkneipe am Wattenscheider Bahnhof namens „Chatanooga" auftraten. Sie war seit langem mit den Backgroundsängerinnen Anja und Renate gut befreundet. Diese waren nach dem Ende der *Blues Bandits* bei Don eingestiegen. Es war trotz aller wehmütigen Erinnerungen an die alten Zeiten mit Ulli ein Trost für Karin, wenn sie Live-Auftritte befreundeter Musiker miterleben konnte. Also machte sie sich auf den Weg.

Anja und Renate gehörten zu den wenigen, die weiterhin unbefangen mit ihr umgingen. Nach dem Konzert konnte man sich zu einem lockeren Schwätzchen zusammensetzen. Das würde sie bestimmt aufbauen.

Das Konzert war recht gut besucht. Bevor es losging, wurde Karin aufs herzlichste von ihren Freundinnen begrüßt, während sich Don auffallend zurückhielt. Die anderen Musiker der Band kannte sie nur flüchtig bis gar nicht. Als sie mit „Tumbling Dice" von den Rolling Stones loslegten, musste Karin zugeben, dass Don echte Spitzenleute engagiert hatte. Die Combo groovte und sie ertappte sich dabei, wie sie hemmungslos zu tanzen begann und so richtig ins Schwitzen geriet. Das tat gut!

Don war in Hochform. Seine rauchige Stimme wurde nur noch von seinem virtuosen Gitarrenspiel übertroffen. Allerdings störte Karin seine arrogante Art. Mochte der eine oder andere es so auslegen, dass er zeigte, wer der Chef auf der Bühne war, für sie war es besser, wenn sie bei der Musik die Augen schloss und sich einfach dem Sound und dem Rhythmus hingab. Dass sie bei ihrer wilden Tanzerei den einen oder anderen anstieß und sich dabei unter lautem Protest der Geschädigten gelegentlich ein volles Bierglas auf den Boden ergoss, störte sie spätestens nach drei großen auf Ex heruntergestürzten Gläsern des Gerstensaftes nicht mehr.

Zwischen den Songs kam sie kurzzeitig zu Bewusstsein, nur um angewidert zur Kenntnis nehmen zu müssen, dass Don seine Bandmitglieder wie Angestellte behandelte. Auch vor einigen sexistischen Bemerkungen in Richtung seiner attraktiven Backgroundsängerinnen schreckte er nicht zurück, was diese mit einem spöttischen Gesichtsausdruck nach dem Motto „Leck mich“ zur Kenntnis nahmen. Der männliche Teil des Publikums legte dies amüsiert als Teil der Show aus, der weibliche Teil konnte sich nicht wirklich vorstellen, dass Bezeichnungen wie „stimmgewaltige Tittenmonster“ oder „röhrende Sexmaschinen“ nicht ernst gemeint waren und den beiden Frauen nichts ausmachten.

In der Pause kamen Anja und Renate auf Karin zu. Man kam schnell überein, dass man nach dem Konzert noch das Bochumer Szenekneipenviertel, das so genannte Bermuda-Dreieck, unsicher machen wollte. Karin wurde von ihren Freundinnen ermahnt, während des zweiten Sets des Konzertes weniger zu trinken, damit sie für die „After-Show-Party“ zu dritt noch genügend Kondition hatte. Sie versprach es ihnen augenzwinkernd.

Nachdem sie auch das zweite Set durchgetanzt und fast ihren gesamten Bierkonsum wieder ausgeschwitzt hatte, war sie zu allen Schandtaten bereit. Die Zugabe garnierte Don mit einigen Soulklassikern. Bei „Mustang Sally“ grölte der ganze Laden mit. Mit lang anhaltendem Applaus und Gejohle wurde die Band verabschiedet. Nun hatten die Mädels freie Bahn!

Ihre bescheidene Gage investierten Anja und Renate sogleich in ein Taxi, dass sie ins Bochumer Bermuda-Dreieck bringen sollte. Den Abbau der Verstärkeranlage überließen sie wie üblich den männlichen Mitgliedern der Band, was Don regelmäßig zu bissigen Kommentaren wie „faule Schlampen“ veranlasste. Dies störte die beiden Mädels allerdings recht wenig. Sie betrachteten es als kleine Rache für die Macho-Sprüche, die sie von ihrem Bandleader über sich ergehen lassen mussten.

Fest entschlossen, auch die restliche Gage auf den Kopf zu hauen, kamen sie in der Bochumer City an. Arm in Arm schlenderten sie durch das auch zu dieser späten Stunde noch belebte Viertel auf der Suche nach einem freien Tisch.

Es war ein ungewöhnlich warmer Herbstabend. Überall herrschte eine ausgelassene Stimmung. Wo man draußen keinen Sitzplatz mehr gefunden hatte, stand man mit einer Flasche Bier einfach auf der Straße und amüsierte sich. Wie üblich war viel junges Volk unterwegs.

Zum Teil so jung, dass Karin sich fragte, ob die Jugendlichen nach ihrer Heimkehr nicht noch eine gehörige Standpauke ihrer Eltern zu erwarten hatten. Auch sie hatte es in ihrer Teenagerzeit oftmals krachen lassen. Jetzt, mit Ende dreißig, ließ sie es wesentlich ruhiger angehen. Gelegentlich hatte sie jedoch den Drang, mit Anja und Renate einen draufzumachen. Heute war so ein Tag und sie wusste, es würde spät werden. Ihre beste Freundin Elke war eher der Typ zum Reden. Wenn sie Probleme hatte, war sie immer für sie da. Ausgelassen feiern war jedoch nicht ihre Stärke. Aber dafür gab es ja die beiden Mädels, mit denen sie zum ersten Mal seit Ullis Tod wieder herzhaft lachen konnte.

„Da …, da wird gerade was frei!“, schrie Anja plötzlich und stürzte auf einen Tisch zu, wo sich gerade drei junge Typen erhoben hatten, die sie verdutzt ansahen. Bei ihrer überstürzten Aktion hatte sie einen der überall aufgebauten mit Gas betriebenen Heizpilze touchiert, der nach der Kollision mit der drallen Blondine bedenklich ins Schwanken geriet. Aufgrund des warmen Wetters waren die Geräte jedoch ausgeschaltet, sodass sich die Panik der in unmittelbarer Nähe sitzenden Gäste in Grenzen hielt.

Kaum hatte sie die Burschen vom Tisch verdrängt und den Angriff einer weiteren kleinen Besuchergruppe mit den barschen Worten „Schon besetzt!“ abgewehrt, winkte sie ihre Freundinnen mit wilden Armbewegungen herbei.

Anja war eine echte „Wuchtbrumme“, wie Freddy sie augenzwinkernd nannte. Obwohl sie nicht gerade als schlank zu bezeichnen war, wirkte sie mit ihrem Atombusen immer sehr sexy, vor allem auf der Bühne, wenn sie sich lasziv zur Musik bewegte. Dabei vermied sie es natürlich nicht, den Männern in der ersten Reihe tief in die Augen zu blicken, was seine Wirkung nicht verfehlte. Auch nach einem Auftritt zog sie so manchen Bewunderer magisch an und flirtete mitunter heftig mit ihm. Obwohl sie verheiratet und Mutter eines Sohnes im Teenageralter war, war sie so mancher Affäre nicht abgeneigt. Die Szene wusste das. Ebenso ihr Mann, der sich selten bei Gigs blicken ließ. Dennoch scheute er vor einer Scheidung zurück. Zudem verstand Anja es, resolut zu sein, wenn ihr irgendetwas gegen den Strich ging. Dies hatte sie soeben wieder bewiesen.

„Typisch Anja!“, bemerkte Renate lapidar. „Sie lässt wirklich nichts anbrennen.“

Sie schaute Karin mit einem vieldeutigen Blick an. Im nächsten

Moment lachten beide lauthals, was Anja mit fragendem Blick zur Kenntnis nahm.

Renate war so etwas wie der Gegenentwurf zu Anja. Dunkelhaarig, schlank und auf Männer zwar genauso attraktiv, aber unnahbar wirkend. Im Gegensatz zu ihrer Gesangskollegin hielt sie sich dann auch aus Flirts oder sonstigen amourösen Abenteuern heraus. Schließlich schaute des Öfteren ihr langjähriger Lebensgefährte Dirk mit ihren noch schulpflichtigen Kindern bei Auftritten vorbei.

Musikalisch passten Anjas Sopran und Renates Altstimme hervorragend zusammen. Optisch bereicherten sie jede Band. Karin fühlte sich daneben wie ein unscheinbares Mauerblümchen. Dies tat ihrer Freundschaft zu den beiden Frauen jedoch keinen Abbruch. Nur einmal hatten sie sich heftig gestritten, als Mike Bruns ihnen zu Zeiten der *Blues Bandits* kurzzeitig die hübschen Köpfe verdreht hatte.

Nachdem die erste von Karin spendierte Runde Pils im Eiltempo vernichtet und die zweite sowie einige süße Schnäpschen auf Kosten Anjas bestellt worden waren, ließen sich die beiden Sängerinnen genüsslich über Dons Eigenarten aus. Sie zogen so ziemlich alles durch den Kakao, was mit ihm zusammenhing, abgesehen von seinen musikalischen Fähigkeiten. Schiefe Zähne habe er und ein Aftershave …, zum Würgen! Kein Wunder, dass er schon seit langem geschieden war und ihm die nachfolgenden Frauen auch alle weggelaufen waren. Wie die beiden es überhaupt mit seinen Macho-Sprüchen aushielten, wollte Karin wissen.

„Ach, was soll's?“, winkte Anja ab. „Gehört halt zur Show! So übel ist er eigentlich gar nicht.“

Sie nahm einen gierigen Schluck aus dem Glas, das der junge Kellner gerade vor ihr auf den Tisch gestellt hatte. Dieser schaute sie einen kurzen Moment erstaunt an.

„Na, mein Süßer“, flirtete Anja ihn an. „Was guckste denn so? Noch nie 'ne richtige Powerfrau gesehen?“

Die Ohren des Jungen liefen rot an. Ohne etwas zu sagen, machte er auf dem Absatz kehrt und wandte sich den anderen Gästen zu.

Die Mädels schütteten sich aus vor Lachen. Und so ging es weiter. Karin staunte über den Bierkonsum ihrer Gefährtinnen. Sie schafften es tatsächlich, ihre Gedanken von Ullis Tod abzulenken.

Mittlerweile hatten die Gäste an den angrenzenden Tischen Notiz von den drei Frauen genommen. Da sie immer lauter wurden, bekamen sie mitunter den einen oder anderen Spruch zu hören. Als einer der Anwesenden ironisch in ihre Richtung rief: „Könnt Ihr nicht noch lauter?“, stieß Renate Anja mit vielsagendem Blick an. „Komm, jetzt zeigen wir es ihnen!“

Karin sah beide entschlossen aufstehen. Es war offensichtlich abgesprochen, was zu tun war. Wer jetzt befürchtet hatte, die beiden Frauen würden den vorlauten Typen mit unflätigen Worten beschimpfen oder anderweitig attackieren, sah sich getäuscht.

Stimmgewaltig intonierten sie „Mercedes Benz“ von Janis Joplin. Nach der ersten Strophe war das Gemurmel um sie herum verstummt. Andächtig lauschten die meisten Besucher der Gratis-Vorführung. Als sie fertig waren, rief Anja den Leuten zu: „War das laut genug?“

Tosender Applaus und Gelächter schallte ihnen entgegen. Als dieser abebbte, ließ sich der zuvor protestierende Mann mit Zugabe-Rufen vernehmen.

„Nur gegen Kohle, Schätzchen“, war Anjas Antwort, was die Anwesenden mit einer Lachsalve quittierten. Sie wussten nicht, wie ernst es Anja damit war. Karin erklärte sich bereit, mit einem Hut oder einer Mütze herumzugehen und eine Sammlung zu machen.

Aber die beiden Sängerinnen hatten für heute genug vom Singen und ignorierten die erwartungsvollen Blicke der Umsitzenden.

Mit der Zeit ließ die ausgelassene Stimmung nach. Anja wurde zunehmend betrunkener und hatte Mühe, den Gesprächen von Renate und Karin zu folgen. Schließlich drohte sie an ihrem Platz einzuschlafen, was die beiden anderen Frauen zwang, sich mit der Frage zu beschäftigen, wie sie die „Wuchtbrumme“ in ihr heimisches Bettchen bekommen sollten.

Als sich auch die angrenzenden Tische leerten, kam das Gespräch wieder auf den ungeklärten Mord an Ulli.

Während Anja vor sich hindümpelte, berichtete Karin Renate, die noch in der Lage war zuzuhören, dass sich noch keine signifikanten Hinweise ergeben hatten. Trotz ihrer Aufforderung bei dem Gedächtniskonzert waren noch keine Anrufe eingegangen, mit denen man etwas anfangen konnte.

„Auch die Polizei tappt noch im Dunkeln“, flüsterte Karin frustriert. „Freddy versucht zwar, irgendetwas herauszufinden, aber bisher ohne Erfolg.“

„Was will er denn herausfinden?“, fragte Renate skeptisch. „Der weiß doch gar nicht, wo er anfangen soll.“

Da hatte sie eigentlich Recht. Allerdings wusste sie noch nichts von Freddys Einbruchstheorie. Karin entschloss sich, dieses vorsichtig zu erwähnen, zumal sie sich beim besten Willen nicht vorstellen konnte, dass die Mädels etwas damit zu tun hatten. Insofern lief sie keine Gefahr, einen möglichen Täter zu verschrecken. Allerdings mahnte sie sich, nichts von *Lucille* zu erzählen. Man wusste ja nie.

„Na ja“, begann sie verhalten. „Freddy meint, es könnte vielleicht etwas mit dem Einbruch in seinem Haus zu tun haben.“

Sie achtete genau auf Renates Reaktion. Diese runzelte jedoch nur die Stirn und sah sie fragend an, während Anja ihr Gesicht vor sich auf dem Tisch in ihren gekreuzten fleischigen Armen verbarg.

„Und wie kommt er darauf?“, wollte Renate wissen. „Das eine muss mit dem anderen doch gar nichts zu tun haben.“

Karin überlegte gerade, was sie entgegnen sollte, als Anja plötzlich ihren Kopf hob und sagte: „Hatte Freddy nicht so eine geile B.B. King-Gitarre, die sie ihm geklaut haben?“

Karin war wie vor den Kopf geschlagen. Was hatte Anja da gerade gesagt? Sie konnte es nicht glauben. Mit einem Schlag war sie stocknüchtern.

„Woher zum Teufel …?“

Die Stimme versagte ihr.

Sie stand mit einem Ruck auf und packte Anja bei den Armen. Diese schaute sie nur verwirrt an.

„Woher weißt du das?“

Anja blinzelte sie an. Der Alkohol hatte sein Werk vollbracht. Renate versuchte unterdessen zu verstehen, was hier vor sich ging.

„Keine Ahnung! Weiß nicht mehr ...“, lallte Anja.

„Was soll das heißen, du weißt es nicht!“, herrschte Karin sie an. „Irgendjemand muss es dir doch erzählt haben.“

„Kann mich aber nicht erinnern ...“

„Nicht erinnern? Willst du mich verarschen, du besoffene Kuh? Du sagst mir sofort, von wem du das weißt!“

Karin geriet in Rage. Der ganze aufgestaute Frust brach sich Bahn. Sie schüttelte Anja so heftig, dass dies die entsetzte Renate zum Anlass nahm, einzuschreiten.

„He, Karin! Was ist denn mit dir los?“, rief sie, während sie versuchte, sie von Anja loszureißen.

„Mach den Mund auf!“, schrie Karin und ließ sich auch von Renate nicht davon abbringen, Anja erneut zu schütteln.

„Aber ich weiß es doch wirklich nicht mehr“, jammerte Anja,

neigte ihren Kopf zur Seite und kotzte auf den Boden.

Als Karin sie schließlich losließ, rutschte sie von ihrem Stuhl und breitete ihren imposanten Körper dicht neben ihrem Erbrochenen aus. Aus ihr war in den nächsten Stunden nichts mehr herauszukriegen.

„Sag mal, bist du verrückt geworden?“, blaffte Renate Karin an.

„Ganz und gar nicht“, antwortete Karin und sah auf die vor ihr liegende Sängerin herab. „Diese Frau weiß irgendwas und ich bekomme es noch aus ihr raus. Verlass dich drauf!“

Kapitel 10

Freddy atmete tief durch, als er das Polizeipräsidium verließ. Eine ganze Stunde lang hatten ihn Peppelinski und Bein bearbeitet. Er solle doch jetzt endlich sagen, was er wisse. Warum ihm jemand nach dem Leben trachte. Wo er denn zuvor gewesen sei und so weiter und so weiter …

Sie hatten herausbekommen, dass er zuvor Mike besucht hatte. Die beiden Dortmunder Polizisten hatten es ihnen gesagt, nachdem sich die Aufregung über den Zusammenstoß gelegt hatte. Eine sofort eingeleitete Fahndung nach dem Fahrzeug blieb erfolglos. Der Wagen war wie vom Erdboden verschluckt. Die Nachfrage bei der Zulassungsbehörde und Polizei in Herne ergab, dass das Auto kurz zuvor als gestohlen gemeldet worden war.

Freddy hatte gerade noch gedacht, er sei mit seinen Nachforschungen in eine Sackgasse geraten. Jetzt wurde ihm klar, dass er in ein Wespennest gestochen hatte. Er war dem Täter zu nahe gekommen. Aber bei welcher Gelegenheit? Er hatte fälschlicherweise Mike verdächtigt. Irgendjemand musste davon Wind bekommen haben, dass er den Mord mit dem Diebstahl von *Lucille* in Verbindung gebracht hatte. Wer wusste davon? Mit Oliver und Chris hatte er darüber gesprochen, natürlich auch mit Karin. Alles Leute, denen er vertraute. Vielleicht zu sehr traute?

Er musste zugeben, dass sein Urvertrauen seit diesem Vorfall erschüttert war. Vielleicht war es doch klüger und sicherer, die Polizei in seine Überlegungen einzuweihen. Sein Ehrgeiz, den Mord noch vor der Polizei aufzuklären, war jedoch ungebrochen. Was Freddy Spieker sich einmal in den Kopf gesetzt hatte, musste auch so umgesetzt werden, koste es, was es wolle! Auch das eigene Leben?

Freddy hielt einen ausführlichen inneren Dialog. Auf der einen Seite die Vernunft (im Engelskostüm), die ihn drängte, sich der Polizei anzuvertrauen und aus der Schusslinie zu verschwinden, auf der anderen Seite der brennende, sture Ehrgeiz (der mit den kleinen Hörnern auf dem Kopf und dem Schwanz mit dem Zacken am Ende), der ihm zuflüsterte, dass sich ein Spieker nicht so leicht unterkriegen lässt und es der Welt beweisen wird, welch ein toller Kerl er ist.

Wie so oft behielt der Ehrgeiz die Oberhand. Die Aussicht, am Ende als derjenige dazustehen, der den Mord aufgeklärt und dazu noch seine geliebte *Lucille* nach Hause geholt zu haben, war trotz des Schocks über den Anschlag einfach zu verlockend.

Er hatte den Mörder aus der Reserve gelockt. Wenn er jetzt die Bullen einweihen und sich aus der Sache heraushalten würde, würde sich der Täter wieder in seine Anonymität zurückziehen und womöglich unentdeckt bleiben.

Je länger er darüber nachdachte, umso mehr kam er zu dem Schluss, dass es ohnehin kein Zurück mehr gab. Er musste damit rechnen, dass der Dreckskerl erneut einen Versuch unternehmen würde, ihn aus dem Weg zu räumen. Das Auffinden des gestohlenen Wagens könnte zwar zu seiner Identifizierung beitragen, aber das würde vielleicht noch Monate dauern. Bis dahin war Freddy einerseits noch in Gefahr, andererseits konnte er die Zeit nutzen, um den Täter vorzeitig zu entlarven.

Er sann darüber nach, ob es nicht klüger wäre, sich zu bewaffnen.

In jedem Falle mussten die nächsten Schritte schnell erfolgen. Womit er wieder bei der Ausgangsfrage war: Wer wusste von *Lucille*?

Um zu verhindern, dass Peppelinski und Bein von seiner Theorie Wind bekamen, musste er zunächst einmal Mike impfen. Sicherlich würde der nicht sonderlich erfreut sein, dass er so bald wieder Freddys Stimme hören würde, aber darauf konnte er jetzt keine Rücksicht nehmen.

Als er ihn am Handy erreichte und ihm berichtet hatte, was gerade passiert war, wurde er von Mike belehrt, dass es wohl besser sei, der Polizei die Sache zu überlassen. Dennoch erklärte sich der Sänger bereit, den Gesetzeshütern, die sich bereits bei ihm angekündigt hatten, keine konkreten Angaben zu dem zu machen, was kurz zuvor passiert war. Man habe lediglich allgemein über das Verbrechen gesprochen und darüber, dass es kein erkennbares Motiv gebe. Freddy brauche sich keine Gedanken darüber machen, dass Mikes Freundin über das gerade Geschehene zu viel Worte verlieren würde. Diese würde von ihm zum Schweigen verdonnert werden. Mike beendete das Gespräch mit der Mahnung, dass Freddy gut auf sich aufpassen solle. Freddy bedankte und entschuldigte sich nochmals und versprach ihn auf dem Laufenden zu halten.

Gott sei Dank war Mike nicht nachtragend. Der Vorfall von vorhin hätte auch zu einem totalen Zerwürfnis führen können. Freddy war sich so sicher gewesen, dass er auf der richtigen Spur war. Sonst hätte er sich zu einer solchen Durchsuchungsaktion nicht hinreißen lassen.

Wer aber wusste noch von *Lucille*?

Bogdan.

Bogdan war das verbliebene Bandmitglied, das er noch nicht näher unter die Lupe genommen hatte. Freddy würde ihm nicht zutrauen, dass er etwas mit dem Diebstahl zu tun hatte, schon gar nicht mit Ullis Tod. Aber auch er konnte sich verplappert haben. Bogdan war nicht der Typ, der irgendetwas minuziös plante. Bei ihm geschah das meiste spontan und emotional. Dieses wirkte sich positiv auf sein Schlagzeugspiel aus. Er gehörte gleichsam zu den gefühlvollsten, aber auch explosivsten Drummern der Szene. Allein der Umgang mit ihm war schwierig, vor allem wenn er mal wieder Eheprobleme hatte.

Freddy sann darüber nach, wann er am besten Kontakt mit ihm aufnehmen sollte. Er entschloss sich, dies sofort zu tun. So konnte er auch überprüfen, ob Bogdan etwas mit dem Anschlag auf ihn zu tun hatte. Hatte er kein Alibi für das kurz zuvor Geschehene, würde er ihm weiter auf den Zahn fühlen.

Sein Anruf zerstreute seine Bedenken allerdings. Er erwischte Bogdan noch bei seiner Arbeit auf einer Autobahnbaustelle irgendwo im Rheinland, wo er den ganzen Tag zugebracht hatte. Er konnte somit in der Zwischenzeit nicht in Dortmund gewesen sein. Schnell verabredeten sie sich für denselben Abend in Bogdans Stammkneipe im Gelsenkirchener Zentrum.

Als sie sich trafen, wirkte sein früherer Schlagzeuger ausnahmsweise recht aufgeräumt. Dies war selten der Fall, da seine Ehe mit Magdalena bekanntermaßen unter Dauerstress litt. Er begrüßte Freddy sogar mit einer kurzen Umarmung, was diesen in Erstaunen versetzte.

„Weißt du, ich bin seit kurzem Polier“, erklärte Bogdan dem verdutzten alten Freund und machte mit Daumen und Zeigefinger eine reibende Geste, was unzweifelhaft bedeutete, dass sich die Beförderung in seinem Portemonnaie bemerkbar gemacht hatte.

„Komm, ich geb einen aus“, rief er gönnerhaft. Auch das passierte selten.

Das Gespräch begann belanglos. Bogdan berichtete, dass er seit kurzem mit einer neuen Band probte, die einen Blues-Rock im Stile von Stevie Ray Vaughan spielte. Eine Drei-Mann-Besetzung, die es liebte, sich langen Instrumentalsoli hinzugeben. Da könne er sich am Schlagzeug richtig austoben, berichtete er mit leuchtenden Augen.

In der Tat, im Moment schien es für Bogdan gut zu laufen. Er geriet in einen Redefluss, der kaum zu bremsen war. Freddy hatte mehrfach versucht, das heikle Thema anzusprechen, aber er kam einfach nicht dazwischen. Obwohl Bogdan einen harten Arbeitstag hinter sich hatte, war er wie aufgedreht, sodass sich Freddy fragte, ob sein ununterbrochen quasselndes Gegenüber seine Gehaltserhöhung in irgendwelche Speed-Pillen investiert hatte.

Als Bogdan sein verbales Feuerwerk für einen Schluck aus dem Bierglas unterbrach, nutzte Freddy die Gelegenheit.

„Sag mal, du weißt doch noch, dass man mir damals bei dem Einbruch auch meine Gitarre geklaut hat."

Bogdan sah ihn aufgrund des plötzlichen Themenwechsels etwas verwirrt an.

„Ja, klar", antwortete er dann. „Das war doch so 'ne B.B. King-Sonderedition von Gibson."

„Genau. Sag mal ..."

„Ach ja! Das Ding hast du gehütet wie deinen Augapfel."

Bogdan lachte. Hatte er *Lucille* wirklich als „Ding" bezeichnet?

„Mensch, dass Ulli überhaupt darauf spielen durfte", fuhr er prustend fort. „Und ja ..., genau! Keiner von uns durfte außerhalb des Probenraumes ein Sterbenswörtchen darüber verlieren, dass du solch einen Schatz gebunkert hast."

Bogdan schüttelte lachend den Kopf, als ob er sagen wollte, dass Freddy manchmal ganz schön schräg sein konnte.

„Manchmal kannst du ganz schön schräg sein, Freddy."

Hatte er das jetzt wirklich gesagt oder träumte Freddy nur? Er konnte beim besten Willen nicht erkennen, was an der ganzen Sache jetzt so witzig war. Je länger sich Bogdan darüber lustig machte, umso mehr schwoll ihm der Kamm.

„Genau darum geht's!", bemerkte er kühl. „Hast du irgendjemandem davon erzählt?"

Bogdan zog die Augenbrauen hoch.

„Ach, du lieber Gott! Da muss ich nachdenken. Keine Ahnung, ist ja auch schon 'ne Zeitlang her."

„Hör zu, das könnte jetzt wichtig sein …“

„Hallo, mein Schatz! Schön, dass du doch noch gekommen bist“, rief Bogdan plötzlich und schaute in Richtung Eingang.

Magdalena hatte just die Kneipe betreten und steuerte auf die beiden zu. Im Gegensatz zu ihrem Ehemann wirkte sie geradezu depressiv. Weder als Bogdan ihr überschwänglich einen Kuss auf die Wange gab, noch als sie Freddy mit einem kurzen Händedruck begrüßte, entwich ihr ein Lächeln.

„Hab heute ’nen langen Tag gehabt“, sagte sie in Freddys Richtung, als sie sich setzte. Es klang allerdings kaum wie eine Entschuldigung. „Deshalb wollte ich eigentlich gar nicht kommen.“

Ohne Bogdan eines weiteren Blickes zu würdigen, sah sie Freddy mit einem merkwürdigen Blick an. Es war der anklagende Blick, der Freddy schon zu hunderten beim Gedächtniskonzert für Ulli getroffen hatte. Plötzlich fühlte er sich unwohl in seiner Haut. Magdalenas hageres, blasses Gesicht und die strähnigen, schulterlangen dunklen Haare verstärkten sein Unbehagen noch. Bei ihrem Anblick kam ihm der Begriff „Racheengel“ in den Sinn. Glaubte sie etwa immer noch an seine Schuld?

„Schon was Neues von der Polizei?“, fragte sie bissig.

Ihr harter polnischer Akzent verschlimmerte alles noch. Ebenso hätte sie fragen können, warum man ihn, Freddy, noch nicht am nächsten Baum aufgeknüpft hatte. Zumindest schien sie es ihm immer noch übel zu nehmen, dass er Ulli bei der Session verdroschen hatte und sie Erste Hilfe hatte leisten müssen.

„Äääh …, nein. Nicht wirklich“, stotterte er.

Einen Moment lang überlegte er, ob er den Attentatsversuch auf ihn erwähnen sollte, entschied sich aber dagegen. Stattdessen versuchte er sich vorzustellen, ob nicht vielleicht Magdalena am Steuer des Wagens gesessen haben könnte. So wie sie ihn ansah …

„Was heißt das? Nicht wirklich?“

War das jetzt ein Verhör? Freddys Unbehagen drohte in Verärgerung umzuschlagen.

„Die Polizei ermittelt noch. Sie ist immer noch dabei, die Videoaufzeichnungen aus dem Eingangsbereich auszuwerten. Sie hat aber noch nicht alle Befragungen durchführen können, weil zunächst alle in Frage kommenden Personen identifiziert werden müssen. Das dauert. Außerdem fehlt das Motiv.“

Magdalena lehnte sich mit verschränkten Armen zurück und sah ihn unverwandt an. Bogdans gute Laune war inzwischen vollständig verflogen. Er war mucksmäuschenstill. Sein Blick wanderte von einem zu anderem, gespannt auf den weiteren Verlauf der Konversation.

„Warum bist du eigentlich so überstürzt vom Tatort geflohen? Hast dabei fast noch eine Krankenschwester verletzt und schwere Unfälle verursacht."

Jetzt reichte es.

„Weil ich Panik bekommen habe!", antwortete Freddy etwas zu heftig.

Magdalena zog die Augenbrauen hoch.

„Ich musste doch damit rechnen, dass man mir die Schuld in die Schuhe schieben würde, nach dem, was am Abend zuvor passiert war."

Freddy atmete tief durch. Warum fühlte er sich mit einem Male schuldig?

„Hör zu, Magdalena", fuhr er nach einem Moment gespannten Anschweigens fort. „Meine Unschuld ist zweifelsfrei bewiesen. Es gibt Aufzeichnungen einer Tankstellenkamera, die beweisen, dass ich zur Tatzeit nicht im Krankenhaus gewesen sein konnte. Sonst würde ich hier nicht sitzen. Ich gehöre nicht mehr zum Kreis der Verdächtigten."

Sie zeigte keine Reaktion, starrte ihn nur weiter an. Diese Frau war eine wandelnde Anklage.

Plötzlich stand sie auf.

„Ich glaub, ich muss kotzen!", sagte sie und wandte sich in Richtung Toiletten.

Eigentlich kannte Freddy Magdalena bisher nur flüchtig. Zu Auftritten der *Blues Bandits* erschien sie selten. Nach diesem Gespräch fragte sich Freddy, wie Bogdan es nur mit dieser Frau aushielt. Er musste sie tatsächlich lieben.

Als sie gegangen war, blickte Freddy in Bogdans zerknirschtes Gesicht. Er schaute seiner Frau mit einem eigenartigen Gesichtsausdruck hinterher. Falls Magdalena oft in solch einer Verfassung war, konnte er sich lebhaft vorstellen, welche Spannungen diese Ehe auszuhalten hatte.

„Glaubst du etwa auch, dass ich was mit der Sache zu tun habe?", fragte Freddy den Polen.

Ohne den Blick von der Toilettentür zu wenden, schüttelte dieser langsam den Kopf.

Sein Redeschwall war versiegt.

Freddy beugte sich vor.

„Sag ehrlich!“ Er blickte über die Schulter in Richtung Toilette. „Wusste sie davon?“

Bogdan sah ihn mit einem Male völlig irritiert an.

„Wie? Was meinst du? Was soll sie gewusst haben?“

„Na, von der Gitarre! Hat sie von meiner B.B. King-Gitarre gewusst?“

Bogdan schien überhaupt nicht zu wissen, wovon Freddy sprach. Dann entspannten sich seine Gesichtszüge etwas.

„Wieso sollte sie?“, lautete Bogdans Gegenfrage.

„Na, es kann doch sein, dass du dich mal verquatscht hast. Kein Vorwurf. Kann ja mal vorkommen. Dennoch …, ist das möglich?“

Freddy beobachtete, dass Bogdan kurz nachdachte, obwohl seine Gedanken ganz woanders zu sein schienen.

„Magdalena interessiert sich nicht für Musik“, sagte er schließlich. „Wenn ich von der Probe oder einem Gig komme, bei dem sie nicht dabei war, reden wir so gut wie nie über Musik. Nein, ich bin mir sicher, dass ich ihr nichts von der Gitarre erzählt habe. Von dem Einbruch wusste sie natürlich, aber keine Einzelheiten. Aber wieso ist das so wichtig für dich?“

Freddy überlegte kurz. Sollte er Bogdan in seine Überlegungen einweihen?

Er entschied sich, ausweichend zu antworten.

„Na ja, weißt du, irgendwie habe ich die Hoffnung noch nicht ganz aufgegeben, meinen Schatz wiederzufinden.“

Bogdan nickte nur, als ob er sagen wollte, dass sich Freddy die Mühe eigentlich sparen könne. Überhaupt schien er an dem Thema nicht sonderlich interessiert zu sein. Er starrte wieder in Richtung der Toilettentür. Was erwartete er eigentlich? Dass seine Magdalena plötzlich mit einem strahlenden Lächeln zurückkommen und ihm sagen würde, wie sehr sie ihn liebte?

Sie erschien kurz darauf in der Tür und hatte tatsächlich ein Lächeln auf den Lippen. Unwillkürlich dachte Freddy belustigt, dass es bei ihr wesentlich zur Stimmungsaufhellung beitrug, wenn sie sich zuvor übergeben hatte. Bei näherer Betrachtung wirkte ihr Lächeln jedoch aufgesetzt. Dies schien Bogdan nicht zu bemerken oder aber, er wollte dieses Schauspiel einfach nicht wahrhaben. Jedenfalls wirkte er mit einem Male merkwürdig erleichtert, als Magdalena ihn mit nach oben gezogenen Mundwinkeln ansah.

Sie blieb vor Bogdan stehen, der sie unterwürfig ansah und sagte zu ihm irgendetwas auf Polnisch, ohne dabei Freddy eines weiteren Blickes zu würdigen.

Es entspann sich eine kurze lebhafte Diskussion in der Muttersprache der beiden Eheleute. Freddy kam sich ziemlich blöd dabei vor. Offensichtlich wollte ihn Magdalena mit Absicht außen vor lassen. Er wollte gerade seinen Unmut äußern, als sie plötzlich in Richtung Ausgang strebte und Bogdan sich mit einem entschuldigenden Blick in Freddys Richtung erhob.

„Tut mir leid, ihr geht es heute nicht besonders gut. Vielleicht können wir uns ein andermal wieder treffen. Mach's gut, alter Kumpel!"

Ohne eine Erwiderung Freddys abzuwarten, war er auf dem Weg nach draußen.

Was war das denn?, schoss es Freddy durch den Kopf.

Am liebsten wäre er den beiden nachgerannt und hätte sie angeschrien, dass sie so nicht mit ihm umgehen könnten. Stattdessen blieb er konsterniert sitzen. Er hatte ohnehin nur wissen wollen, ob Bogdan sein Wissen über *Lucille* gewollt oder ungewollt weitergegeben hatte. Auch wenn man dies nicht völlig ausschließen konnte, war Freddy doch zu der Überzeugung gelangt, dass hier die undichte Stelle nicht zu finden war.

Man hätte Magdalena vielleicht noch mal auf den Zahn fühlen können, was sie über den Einbruch wusste. So wie es aussah, hatte sie jedoch nicht die geringste Lust, Freddy irgendwelche Auskünfte zu geben. Ihre rigorose Ablehnung und vorwurfsvolle Haltung konnte er sich nicht erklären.

Somit stand er wieder am Anfang. Krampfhaft überlegte er, wie es weitergehen sollte. Wo konnte er als Nächstes ansetzen?

Er trank sein Bier aus. Dabei fiel sein Blick auf Bogdans halbvolles Glas. Es wurde ihm bewusst, dass der Schlagzeuger gegangen war, ohne vorher zu bezahlen. Na toll! Super Einladung! Jetzt konnte er auch noch die Zeche für beide bezahlen. Offensichtlich ging bei Bogdan kaum noch was, wenn seine Frau Zicken machte. Wie ein Hündchen war er ihr hinterher gehechelt. Mit Schrecken erinnerte er sich an alte *Blues Bandits*-Zeiten, als sie Bogdans wechselhafte Launen aushalten mussten. Er stand mehrfach vor dem

Rausschmiss, weil er die anderen nervte. Wenn er nicht so ein verdammt guter Drummer gewesen wäre …

Ratlos saß Freddy da und kippte auch noch Bogdans Rest Bier in sich hinein. Er ertappte sich dabei, wie er gerade ein neues bestellen wollte, als er sich zur Raison rief. Er musste jetzt einen klaren Kopf bewahren. Da nützte es nichts, sich zu besaufen. Jemand hatte es auf ihn abgesehen, da hieß es, auf der Hut zu sein. Vielleicht würde es der Mörder noch einmal versuchen. Das konnte vielleicht auch die Chance sein, seiner habhaft zu werden. Also, immer schön nüchtern bleiben, sagte er sich.

Er kramte sein Kleingeld zusammen, um die Biere zu bezahlen. Es war schon reichlich spät geworden, aber wenn er sich beeilte, erwischte er noch die U-Bahn. Seinen Lincoln hatte er vorsichtshalber zu Hause stehen lassen. Er wollte sein Glück, bisher ohne Polizeikontrolle davon gekommen zu sein, nicht überstrapazieren.

Als er sich erhob, klingelte sein Handy.

Kapitel 11

Anja drehte den Wasserhahn auf und stellte den Regler bis weit in den roten Bereich ein. Das Wasser rauschte in die Badewanne. Es würde nur wenige Minuten dauern, dann war ihr Wellnessbad fertig. Nach dem gestrigen Abend konnte ihr das nur gut tun. Sie schraubte die Flasche mit dem wunderbar duftenden Badezusatz auf und goss reichlich davon ins Wasser.

Ihr Schädel brummte immer noch. Sie konnte sich nicht mehr daran erinnern, wie sie nach Hause gekommen war. Der anklagende Blick ihres Mannes am Frühstückstisch und das respektlose Verhalten ihres Sohnes, der sich für seine Mutter schämte, waren ihr dagegen sehr deutlich im Gedächtnis. Karin und Renate hatten sie mit dem Taxi nach Hause gebracht. Unter tatkräftiger Mithilfe des Taxifahrers hatte man sie in den zweiten Stock geschleppt und auf ihr Bett geworfen. Ihr Mann war so sauer, dass er ihr nicht einmal die Schuhe ausgezogen und sie in der verschmutzten Kleidung auf dem Bett liegen gelassen hatte. Vor ihrem Schnarchen war er auf die Wohnzimmercouch geflüchtet.

Dass sie manchmal über die Stränge schlug, daran hatten sich ihre Männer schon leidlich gewöhnt. Aber diese Aktion war besonders peinlich gewesen. Ihr Mann wusste auch von ihren gelegentlichen Seitensprüngen, was im Gegensatz zum heutigen Morgen regelmäßig zu heftigen Auseinandersetzungen führte. Ihr Sohn hatte dann für seine Eltern nur noch Verachtung übrig und tauchte tagelang bei den Großeltern unter.

Sie war halt eine Lebefrau. Manchmal konnte sie einfach nicht anders. Jetzt waren die beiden in Richtung Arbeitsplatz und Schule aufgebrochen, sodass sie sich in aller Ruhe ihrer Körperpflege widmen konnte.

Seufzend warf sie eine weitere Aspirin-Tablette in ein Wasserglas und beobachtete, wie diese sich langsam sprudelnd auflöste. Zum

Glück hatte sie heute ihren freien Tag. Es war Montag und der Teilzeitjob in einem Supermarkt würde sie heute nicht in Anspruch nehmen.

Sie trug immer noch die Kleidung vom gestrigen Abend und wunderte sich, bei welcher Gelegenheit sie sich diese versaut hatte. Außerdem schmerzte ihre Hüfte, sie musste also gestürzt sein. Während sie sich langsam auszog, dachte sie angestrengt nach, konnte sich aber nicht erinnern. Sie nahm sich vor, nach dem Bad Karin oder Renate anzurufen. Wahrscheinlich war dann auch eine Entschuldigung fällig für die Umstände, die sie ihren Freundinnen bereitet hatte.

Als sie ins Wasser stieg, musste sie tief einatmen. Ganz schön heiß! Aber das musste jetzt sein! Die Adern pochten in ihren Schläfen. Anschließend noch ein kleines Nickerchen, dann würde sie schon wieder auf dem Damm sein.

Als sie so da lag, hörte sie plötzlich, wie sich ein Schlüssel in der Wohnungstür drehte.

Nanu, hatte einer ihrer Männer etwas vergessen?

„Hallo?", rief sie, als sie bemerkte, dass jemand die Wohnung betreten hatte.

Langsam öffnete sich die Badezimmertür und ein unrasiertes, männliches Gesicht lugte dahinter hervor.

„Du?", fragte Anja überrascht. „Ich dachte, ich hätte dir den Wohnungsschlüssel abgenommen!"

„Hast du ja auch. Vorher war ich aber beim Schlüsseldienst", grinste ihr Gegenüber.

„Du hast sie wohl nicht mehr alle!", rief Anja empört. „Lass den mal schön hier. Zwischen uns läuft nichts mehr, weder geschäftlich, noch sonst wie. Das solltest du doch inzwischen wissen."

„Ich komme ja auch nur, um dir den Zweitschlüssel zu geben und zu fragen, wie es dir geht."

„Gut! Siehst du ja. Außerdem hättest du mir ihn ja auch bei anderer Gelegenheit geben können."

„Keine Lust auf ein Schäferstündchen?"

Der Mann setzte sich auf den Wannenrand und tauchte seine Hand ins Wasser.

„Puh, ganz schön heiß!"

Er zog seine Hand kurz heraus, um sie danach wieder einzutauchen. Dabei sah er Anja lächelnd tief in die Augen.

„Heiß werden höchstens gleich deine Ohren, wenn ich dir einen kräftigen Satz verpasst habe“, giftete Anja und trat nach seiner Hand, wobei sie ihn mit Schaum bespritzte.

„Heute läuft sowieso nichts bei mir und mit dir in Zukunft schon gar nichts mehr. Und jetzt leg den Schlüssel dahin, wo ich ihn sehen kann und verpiss dich!“

„Das ist mein kleines Raubtier“, lachte der Mann. „Du weißt genau, wie du mich richtig scharf machen kannst.“

„Ich meine es ernst“, rief Anja und packte die langstielige Bürste, mit der sie sich gerade noch den Rücken geschrubbt hatte. „Ich schreie das ganze Haus zusammen, wenn du nicht sofort verschwindest!“

Der Mann stand auf. Sein Lächeln war verschwunden. Offensichtlich war heute mit Anja nicht zu spaßen.

„Okay, okay! Ich gehe ja schon! Schade, du lässt dir was entgehen. Bin heute gut in Form.“

Anja rümpfte die Nase.

„Wäre ja mal was Neues“, spottete sie und legte die Bürste wieder zur Seite.

Der Mann machte Anstalten, den Schlüssel auf dem Fenstersims abzulegen und wandte sich zum Gehen.

„Ach, fast hätte ich's vergessen“, sagte er im Hinausgehen und zückte eine CD von B.B. King und Eric Clapton.

„Hör dir mal ‚Riding with the King‘ an. Kommt gut!“

Plötzlich fiel Anja etwas ein. Da war doch gestern was.

„Sag mal, hast *du* mir das erzählt, dass man Freddy so eine B.B. King-Gitarre geklaut hat?“

Der Mann drehte sich langsam um.

Karin hatte am anderen Ende der Leitung ziemlich aufgeregt geklungen. So hatte Freddy sie schon lange nicht mehr erlebt. Klar, sie war nicht mehr ganz nüchtern, aber das, was sie zu erzählen hatte, schien wirklich auf eine heiße Spur hinzudeuten.

Sie berichtete, dass sie Anja gerade nach Hause gebracht hätten und dass diese wahrscheinlich während der kommenden zwölf Stunden nicht vernehmungsfähig sein würde. Es blieb also nur die Hoffnung, dass sie sich in nüchternem Zustand an denjenigen erinnern konnte, der ihr von *Lucille* erzählt hatte.

Sie verabredeten sich am nächsten Morgen zum Frühstück, um nochmals Einzelheiten zu besprechen. Zum Glück hatte Freddy Spätschicht und somit Zeit, der Sache auf den Grund zu gehen. Karin war ohnehin noch krankgeschrieben und lud ihn zu sich ein. Sie wusste noch nichts von dem Anschlag auf Freddy. Er nahm sich vor, ihr später davon zu berichten und sie vor weiteren Nachforschungen zu warnen. Es reichte, wenn nur er dabei in Gefahr geriet. Karin hatte schon genug mitgemacht in letzter Zeit.

Karin ließ sich jedoch nicht davon abbringen, Freddy zumindest dorthin zu fahren. Sie verbot ihm geradezu, selbst zu fahren. Schließlich brauche sie ihn jetzt, da könne er sich nicht noch weitere Scherereien mit der Polizei erlauben. Nach einem Telefonat mit ihrer Mutter, die sich, wie Karin Freddy erklärte, jeden Morgen um die gleiche Uhrzeit nach Karins Wohlbefinden erkundigte, machten sie sich auf den Weg.

Anja lebte mit ihrer Familie in einer ruhigen Wohngegend in Bochum-Stiepel. Auf dem Weg dorthin fiel Freddy das Gespräch mit Klaas ein.

„Der holländische Musikhändler hat mit mir etwas von einer drallen Blonden erzählt, die ihm einen Hehler-Deal mit der geklauten Snare von Fritz Krause untergeschoben hat.“

„Da siehst du's! Das war mit Sicherheit Anja. Ich habe ihr eine Menge zugetraut, aber nicht, dass sie in solch krumme Geschäfte verwickelt ist.“

„Und diese Geschäfte hat sie offensichtlich mit dem Typen gemacht, der sowohl meine Bude als auch Fritz' Probenraum ausgeräumt hat.“

Sie sahen sich an. Sie spürten, dass sie jetzt einer ganz heißen Spur folgten. Fragte sich nur, wie kooperativ Anja sein würde.

Als Karin den Wagen vor dem gepflegten Mehrfamilienhaus parkte, meinte Freddy zu ihr, dass es wohl besser wäre, wenn er allein mit ihr spräche.

„Wieso das denn?“, protestierte sie. „Ich hab genauso ein Interesse daran, den Mörder zu finden. Wenn nicht sogar noch mehr.“

Freddy kratzte sich am Kinn.

„Das ist richtig“, sagte er zu ihr, nachdem er einen Moment nachgedacht hatte. „Aber sieh' mal …“

Er legte den Arm um sie und schaute ihr in die Augen. Einen Moment hatte Karin den Eindruck, es handle sich um einen

Anmachversuch. Tatsächlich spürte sie ehrliche Sorge und eine Verbundenheit, nach der sie sich lange gesehnt hatte.

„Es könnte sein, dass dieser Kerl versucht, mich kaltzumachen, wenn er erfährt, dass ich ihm auf den Fersen bin", fuhr Freddy fort. Karin sah ihn merkwürdig an. Ahnte sie etwa, dass das schon längst passiert war? „Wenn er jetzt spitz kriegt, dass du bei der ganzen Sache mitmischst, könnte es auch für dich gefährlich werden. Außerdem habe ich ständig Ärger mit den Bullen, weil ich ihnen ins Handwerk pfusche."

„Das ist mir egal", erwiderte Karin trotzig. „Das ist es mir wert. Und überhaupt, wie sollte jemand wissen, dass wir Anja aufsuchen, um mehr über die Sache zu erfahren?"

Freddy biss sich auf die Lippen. Eigentlich hatte es ihm schon nicht behagt, dass Karin ihn chauffiert hatte, aber ihm fiel kein plausibles Argument ein, mit welchem er sie daran hätte hindern können. Er musste versuchen, über die emotionale Schiene zum Ziel zu kommen.

„Ich möchte einfach nicht, dass dir auch noch was passiert", sagte er fürsorglich. „Es ist einfach eine reine Vorsichtsmaßnahme. Ich könnte es mir nie verzeihen, wenn ich dich in Gefahr bringen würde. Sei bitte vernünftig und lass mich das hier alleine machen."

Er erntete einen äußerst skeptischen Blick. Sie versuchte in seinen Augen irgendetwas zu ergründen.

„Verheimlichst du mir irgendwas?", platzte sie schließlich heraus.

Scheiße, wie hatte sie das bloß erraten? Verdammte weibliche Intuition!

Aber Freddy konnte ihr jetzt noch nicht alles sagen.

„Vertrau mir einfach!", hörte er sich sagen, in der verzweifelten Hoffnung, dass sie endlich Ruhe geben würde. Gleichzeitig rückte er etwas von ihr ab, damit sie nicht zufällig auch noch sein zweites gefährliches Geheimnis entdeckte, dass sich in Form eines harten metallischen Gegenstandes in seiner Jackentasche befand.

Freddy hatte sich die handliche Beretta M9 bereits nach dem Einbruch in sein Haus auf dem Schwarzmarkt besorgt. Es war nur für die Übergangszeit gedacht und zwar so lange, bis die Fenster seines

Hauses mit Metallgittern abgesichert worden waren. In dieser Zeit waren Elke und er so verunsichert, dass sie mit weiteren Eindringlingen rechneten. Die Pistole hatte daher eine beruhigende Wirkung, auch wenn Freddy sich nicht wirklich vorstellen konnte, damit auf Menschen zu schießen.

Nach dem Anschlag hatte er die Pistole wieder hervorgekramt und sie ab jetzt zu seinem ständigen Begleiter erklärt. Klar, es würde ihm noch zusätzlichen Ärger mit der Polizei einbringen, wenn diese feststellen würde, dass er im Besitz einer nicht registrierten Waffe war und keinen Waffenschein besaß.

Er redete sich ein, dass die Waffe nur für den äußersten Notfall gedacht war, der, so hoffte er, nicht eintreten würde. Unerlaubter Waffenbesitz würde deshalb sicher nicht zu seinen Gesetzesverstößen addiert werden. Und wenn ..., Notwehr war ja wohl noch erlaubt!

Freddy hatte sich weitere Worte an Karin gespart und war einfach ausgestiegen. Er marschierte strammen Schrittes auf die Eingangstür zu und spürte ihren stechenden Blick im Nacken. Insgeheim rechnete er damit, dass sie ebenfalls aussteigen und ihm auf dem Fuße folgen würde, vielleicht noch irgendwelche Missfallenskundgebungen äußernd, die die ganze Straße würde mithören können. Als er den Klingelknopf drückte, nahm er erleichtert zur Kenntnis, dass sich seine Befürchtungen nicht bestätigt hatten. Vor seinem geistigen Auge sah er Karin mit herabgezogenen Mundwinkeln ans Lenkrad geklammert ungeduldig in ihrem Auto sitzen.

Auf das Klingeln öffnete niemand. Vielleicht hätten sie doch vorher anrufen sollen. Freddy schellte Sturm. Anja hatte ihren Rausch vielleicht noch nicht ganz ausgeschlafen, da musste man noch etwas nachhelfen.

Nach einer Weile bemerkte er durch die Milchglasscheibe der Hauseingangstür Bewegung. Ein Knirps im VfL-Trikot mit einem Ball unter dem Arm riss die Tür auf und stürmte ins Freie. Freddy nutzte die Gelegenheit und trat ein.

Er stieg die Treppen hinauf bis in den zweiten Stock. Vor Anjas Wohnungstür waren fein säuberlich die Hausschuhe der Familienmitglieder aufgereiht und vermittelten den Eindruck spießigen Kleinbürgertums, der so gar nicht zu der wilden Anja passen wollte.

Freddy wollte gerade schellen, als er bemerkte, dass die Tür einen Spalt weit offen stand. Vielleicht war Anja kurzfristig in den Keller oder auf den Dachboden gegangen und hatte die Tür nur für einen Moment geöffnet gelassen. Er horchte, ob er von oben oder von unten Geräusche vernehmen konnte. Es war totenstill.

Hatten sie oder eines ihrer Familienmitglieder vergessen, die Tür zuzuziehen? Auf sein Schellen hatte man nicht reagiert, also konnte eigentlich auch niemand in der Wohnung sein. Falls Anja geschlafen hatte, musste sie spätestens bei seinem Sturmschellen wach geworden sein. Eine Zeitlang stand er unschlüssig da, überlegte, was er tun sollte.

Schließlich schellte er noch mal. Die Klingel hallte im ganzen Hausflur wider. Keine Reaktion. In der Wohnung war es vollkommen still. Er klopfte leise.

„Anja?“, rief er gedämpft in die Wohnung hinein. Keine Antwort.

„Hallo?“

Nichts.

Ihn überkam ein merkwürdiges Gefühl. Irgendetwas stimmte hier nicht.

Er sah sich verstohlen um, betrachtete den Türspion der gegenüberliegenden Wohnungstür. Dahinter war keine Bewegung zu erkennen.

Er atmete tief durch. Eine Sekunde später stand er in der Wohnung und lehnte die Tür so an, wie es zuvor der Fall gewesen war. Instinktiv hatte er nicht den Knauf angefasst, sondern mit seiner ärmelumwickelten Hand berührt. Besser, er hinterließ keine Spuren. Man weiß ja nie! Freddy sah sich um. Was wollte er eigentlich hier? Anja war offenbar nicht zu Hause. Er konnte sie also auch nicht über *Lucille* ausfragen.

Auch gab es hier nichts, was er hätte durchsuchen können. Außer Anjas Erinnerung konnte ihm hier nichts weiterhelfen. Vielleicht lag sie ja noch immer schlafend im Bett.

Scheiße, Herr Spieker!, schoss es ihm durch den Kopf. Was machst du hier? Das ist Hausfriedensbruch. Wenn dich hier einer erwischt, bist du dran. Und dann erklär mal den Bullen, warum du bewaffnet bist. Also nichts wie raus hier!

Sein Herz klopfte so wild, dass er befürchtete, man könnte es im gesamten Hausflur hören. Er wollte gerade wieder auf den Hausflur hinaustreten, als er bemerkte, dass die Badezimmertür, die sich direkt neben der Wohnungstür befand, halb offen stand. Der Fußboden war nass. Vom Korridor aus konnte er das Waschbecken und den

Spiegelschrank sehen, der noch leicht beschlagen war. Im Spiegel erkannte er den Rand der Badewanne, offensichtlich befand sich diese direkt gegenüber. Er schaute genauer hin, ohne sich weiter zu bewegen. Die Wanne war, wie er erkennen konnte, voll. Hatte jemand vergessen, dass Wasser abzulassen?

Es überkam ihn eine dunkle Ahnung. Mit angehaltenem Atem schritt er auf die Tür zu und schlüpfte hindurch, ohne diese zu berühren. Den großen Pfützen wich er aus. Keine Spuren hinterlassen!

Das hell geflieste Badezimmer war recht groß, sodass er von der Tür aus nicht genau erkennen konnte, was sich in der Wanne befand. Aber *dass* sich etwas darin befand, war unzweifelhaft.

Obwohl er genau wusste, was er vorfinden würde, hoffte er dennoch, dass es sich nur um ein paar eingeweichte Kleidungsstücke handelte. Die Hoffnung erstarb, als er sich vorsichtig näherte.

Anjas Kopf war untergetaucht. Die Leiche starrte Freddy mit weit aufgerissenen Augen an. Ihr massiger nackter Körper war bis auf die Kniescheiben komplett in der riesigen Wanne eingetaucht und wirkte merkwürdig verdreht. Fast obszön quoll die blau gefärbte Zunge aus ihrem Mund als wollte sie sich über ihn lustig machen. Eine große Platzwunde zierte ihre Stirn, darunter eine große Schwellung. Eine langstielige Bürste schwamm im rotgefärbten Badewasser.

Freddy erstarrte. Gleichzeitig wurde ihm übel. Nur dadurch, dass er sich wegdrehte und einige Male tief durchatmete, konnte er verhindern, dass er auf der Stelle loskotzte. Im ersten Moment konnte er keinen klaren Gedanken fassen. Schon wieder hatte er eine Leiche entdeckt. Was war Anja zugestoßen?

Ohne in das Gesicht der Toten blicken zu müssen, sah er sich um. Es war ansonsten kein Blut zu sehen. War sie womöglich eines natürlichen Todes gestorben? In der Wanne ausgerutscht, mit dem Kopf auf den Wannenrand geschlagen und bewusstlos ertrunken?

Das konnte er sich nicht vorstellen. Beim genauen Hinsehen erkannte er, dass die Bürste angebrochen war. Also Mord durch einen harten Schlag auf den Kopf und anschließendes Ertränken? Der Mörder musste ihm zuvorgekommen sein, bevor Anja jemandem etwas erzählen konnte. Aber woher wusste er so plötzlich, dass Anja belastende Informationen hatte?

Als er den ersten Schock überwunden hatte und die Übelkeit nachließ, erwachte der Fluchtinstinkt in ihm. Er musste hier so schnell wie möglich weg. Wenn ihn jetzt jemand bei der Leiche entdecken würde …

Nichts wie raus hier, sagte er sich. Und bloß keine Spuren hinterlassen!

Da schellte es.

Karin war gleichzeitig stinksauer und gerührt über Freddys Fürsorge. Einerseits hatte sie den Verdacht, dass er es darauf anlegte, am Ende als derjenige da zu stehen, der den Fall ganz allein gelöst hatte, um sich von einer Mitschuld an Ullis Tod reinzuwaschen. Andererseits wusste sie, dass seine Besorgnis ehrlich gemeint war. Dennoch ahnte sie, dass Freddy ihr etwas verschwieg. War er bedroht worden oder hatte es bereits einen Angriff auf ihn gegeben?

Als er aus dem Auto ausgestiegen war, hatte sie den Impuls gehabt, ihm nachzulaufen und zur Rede zu stellen. Stattdessen krallte sie sich am Lenkrad fest und starrte ihm unschlüssig hinterher. Auf sein Schellen öffnete niemand, sodass sie sich zunächst etwas entspannte und darüber sinnierte, ob Anja trotz ihres unvermeidlichen Katers doch zur Arbeit gegangen war. Notfalls konnte man sie auch dort befragen. Noch einmal würde sie sich nicht abwimmeln lassen.

Ihre Überlegungen fanden jedoch jäh ein Ende, als sie sah, dass Freddy in den Hausflur schlüpfte. Ein kleiner Junge mit einem Fußball, der ihm den Eintritt ermöglicht hatte, rannte ohne nach links oder rechts zu sehen, über die Straße. Sie erschrak, als ein Auto scharf bremsen musste und das Kind anhupte, was dieses mit einem winzigen Stinkefinger quittierte.

So abgelenkt, versäumte sie es, sich durch die sich langsam schließende Hauseingangstür zu zwängen. Also hieß es warten!

Nach einigen Minuten, die ihr wie eine Ewigkeit vorkamen, fasste sie den Entschluss, Freddy nachzugehen. Warum dauerte das denn so lange? Zu warten war wirklich nicht ihre Stärke.

Sie wollte gerade aussteigen, als ein paar Meter weiter ein niegelnagelneuer Opel Astra parkte und Oberkommissar Peppelinski auf den Bürgersteig entließ. Warum trug der eine Halskrause? Sein Assistent, dessen Name sie nicht kannte, folgte ihm auf dem Fuße. Die beiden schritten schnurstracks auf Anjas Haus zu.

Mist, dachte sie, wenn ihnen jetzt Freddy über den Weg läuft, bekommt er wieder Ärger. Was zum Teufel wollten die hier? Sie hatten doch überhaupt keinen Hinweis darauf, dass Anja ihnen bei den Ermittlungen helfen konnte.

Hastig suchte sie nach ihrem Handy, um Freddy zu warnen. Aber die beiden schellten schon. Was nützte es jetzt, ihn anzurufen? Wenn er im Gespräch mit Anja war, konnte er einfach behaupten, er habe nur eine alte Bekannte besuchen wollen. Die Frage war nur, ob die Polizisten dem Mordmotiv näher kommen würden. Hoffentlich hatte er Anja schon so weit, dass die die wichtige Information nicht ausplauderte.

Und wenn schon … vielleicht war es ja auch besser so! Dann konnten sie den Verdächtigen auch gleich verhaften.

Entspannt legte sie das Handy zur Seite, als sie sah, dass der VfL-Knirps wieder auftauchte und mit einem offensichtlich luftleeren Ball unterm Arm bei seinen Eltern Sturm schellte.

Die Frau am Telefon hatte ihren Namen nicht genannt. Die Rufnummer erschien nicht auf dem Display, war wohl absichtlich unterdrückt worden.

Warum die Vorsicht, dachte sich Rico Bein, was hatte sie zu verbergen? Sie wolle nur einen Hinweis darauf geben, dass eine gewisse Anja Schulte, wohnhaft in Bochum-Stiepel, eventuell bei den Ermittlungen im Mordfall Kanderske helfen könne. Wie sie denn zu dieser Annahme komme, wollte Bein wissen. Das könne sie nicht genau sagen, aber es müsste etwas mit einer Gitarre zu tun haben. Als Bein auf weitere Details bestand, legte sie plötzlich auf. Er kochte innerlich. Wenn sie ihm leibhaftig gegenübergesessen hätte, hätte er sie schon zum Reden gebracht.

Als er Peppelinski über den Anruf informierte, hatte er bereits die genaue Adresse übers Internet in Erfahrung gebracht und hielt den Autoschlüssel für den neuen Dienstwagen in der Hand.

Er sah den Hoffnungsschimmer in den Augen seines Chefs, als dieser seine Jacke nahm und mit einem energischen „Dann wollen wir mal!“ aus dem Büro stürmte.

Als sie losfuhren, bemerkte er, dass dieser sich am Beifahrersitz festkrallte und ihn schon bei Tempo 30 eindringlich aufforderte, nicht zu schnell zu fahren. Schließlich sei das ja keine Verfolgungsjagd. Außerdem leide er noch unter dem Schleudertrauma.

Die Folgen des Crashs mit den Dortmunder Kollegen waren nicht auf das Körperliche beschränkt geblieben, dachte sich Bein. Damit man so etwas psychisch verarbeiten konnte, war es wichtig, sich so schnell wie möglich wieder hinter das Steuer eines Wagens zu setzen und nicht mehr über das Geschehene nachzudenken. Ihm war es hervorragend gelungen. Noch am Abend des Unfalltages hatte er mit seinem Golf GTI eine ausgedehnte Spritztour unternommen. Danach war Rico Bein geheilt.

Er fragte sich allerdings, ob sein Chef jemals wieder das Zeug zum Beifahrer haben würde, geschweige denn selbst fahren konnte. Nervig, diese ständigen Aufforderungen, langsamer zu fahren. Das war ja schlimmer als mit seiner langjährigen Freundin. Übrigens auch einer der Gründe, warum die Beziehung in die Brüche gegangen war.

Als sie ihr Ziel erreichten, atmete sein schweißgebadeter Vorgesetzter hörbar auf und beeilte sich auszusteigen.

„Kommen Sie, Bein."

Auf einmal hatte er es eilig. Ihr Schellen an der Haustür blieb allerdings unbeachtet.

Glücklicherweise erschien ein kleiner Nachwuchskicker des VfL und läutete Sturm in seiner elterlichen Wohnung. Als er die Stimme seiner Mutter über die Gegensprachanlage vernahm, schrie er lauthals, dass sie aufmachen solle. Er brauche *sofort* einen neuen Ball.

Peppelinski und Bein betraten den Hausflur und schritten, die Namensschilder absuchend, die Treppe hinauf.

Freddy stand wieder auf dem Hausflur. Die Wohnungstür hatte er zugezogen. So konnte ihm keiner nachsagen, dass er in die Wohnung eingedrungen war und einen Mord begangen hatte. Er entschloss sich einen Moment abzuwarten. Wenn niemand öffnete, würde sich der Besucher vielleicht wieder verziehen und er könnte sich unerkannt aus dem Staub machen.

Er zitterte am ganzen Körper. Auch Anja hatte es jetzt erwischt. So wie sie dagelegen hatte, so verkrampft, musste sie eines schrecklichen Todes gestorben sein, halb erschlagen und halb ertrunken. Die Polizei würde ihn doch wieder des Mordes verdächtigen, wenn sich herausstellte, dass er vor Ort gewesen war. Allerdings konnte ihm Karin ein Alibi verschaffen. Der Gerichtsmediziner konnte sicherlich feststellen, dass Anja schon vor ihrem Eintreffen tot war. Außerdem hätte er sie in der kurzen Zeit, in der er oben war, so schnell gar nicht umbringen können. Aber in seiner Situation war es sicher besser, unentdeckt zu bleiben. Außer dem kleinen Fußballer hatte ihn niemand gesehen. Und ob der Bengel sich noch an sein Aussehen erinnern konnte, bezweifelte er. Der hatte sich nur auf seinen Ball konzentriert.

Die Schelle in Anjas Wohnung erklang erneut. Herrgott, keiner zu Hause!, schrie Freddy den unbekannten Besucher innerlich an. Jetzt verzieh dich endlich! Am liebsten wäre Freddy davongelaufen. Aber er war schon mal in Panik geflüchtet, mit katastrophalem Ausgang. Er atmete tief durch. Gleich würde der Besucher sicher verschwinden.

Mit einem Male hörte er das Geräusch von Stollenschuhen und im nächsten Moment die Sprechanlage und die aufgeregte Stimme eines Kindes. Dem Geräusch des Türsummers folgte eine heftig aufgestoßene Haustür. Verdammt, wieso konnte das Blag nicht auf dem Fußballplatz bleiben?

Die Stollenschuhe hallten laut im Hausflur wieder. Kurz darauf die mahnende Stimme der Mutter, nicht solch einen Lärm zu machen, die Schuhe auszuziehen und sofort ins Badezimmer zu gehen. Nachdem die Wohnungstür, offenbar im Erdgeschoss, krachend ins Schloss fiel, horchte Freddy. War der unerwünschte Gast vielleicht mit eingetreten?

Zu seiner Verzweiflung hörte er Schritte. Es schien sich um mehr als eine Person zu handeln. Er schaute die Treppe hinauf nach oben. Dort konnte sich nur noch der Dachboden befinden. Dem Impuls folgend, sich dort zu verstecken, setzte er einen Fuß auf die Treppe, als ihm plötzlich einfiel, dass sich dort eventuell bereits der Mörder versteckte. Vielleicht war der Mord kurz zuvor geschehen und Freddy hatte den Täter verschreckt, sodass er sich oben verschanzen musste.

Ihm brach der Schweiß aus. Was sollte er nur tun?

Als er zwischen den Treppenaufgängen nach unten schaute, konnte er erkennen, dass sich zwei Männer den Weg nach oben bahnten. Dieser Mantel kam ihm bekannt vor. Es waren die beiden Superbullen. Was hatten die denn jetzt hier zu suchen?

Am besten war es jetzt, den Ahnungslosen zu spielen.

Den überraschten Gesichtsausdruck Peppelinskis hätte er am

liebsten mit seiner Handykamera fotografiert. Jetzt waren seine schauspielerischen Fähigkeiten gefragt.

„Na, so was, Herr Kommissar …“

„*Ober*kommissar“, verbesserte ihn Peppelinski mechanisch.

„Na klar. Sorry, werde ich mir wohl nie merken.“

Fast wäre ihm eine komische Bemerkung über die Halskrause herausgerutscht.

„Was hat Sie denn hierhin verschlagen?“, versuchte er es stattdessen auf die lockere Art.

„Dasselbe wollten wir Sie gerade fragen“, mischte sich Rico Bein ein.

„Och, nur ’ne alte Bekannte besuchen. Haben früher mal zusammen Musik gemacht. Scheint aber nicht zu Hause zu sein. Wollte gerade gehen.“

Freddy kam in den Sinn, dass die Leiche auch von der Polizei unentdeckt bleiben musste. Schließlich bestand kein Grund, die Wohnung aufzubrechen. Dennoch war er sich nicht sicher, ob sich bezüglich des Todeszeitpunktes später nicht doch Verdachtsmomente gegen ihn ergeben würden. Von solchen Gedanken und Zweifeln geplagt, wurde er vom skeptischen Blick Peppelinskis unter die Lupe genommen.

„Schon merkwürdig, dass wir uns so häufig über den Weg laufen“, fuhr er mit unsicherem Lächeln fort.

„Das finde ich allerdings auch“, antwortete der Oberkommissar. „Sagen Sie mal, ist alles in Ordnung mit Ihnen? Sie sehen mitgenommen aus.“

Bei den meisten Menschen hätte solch eine Frage fürsorglich geklungen. Nicht so bei Bruno Peppelinski. Das Misstrauen troff nur so aus jeder Silbe seiner Worte.

„Alles klar, Herr Kommissar …“

„*Ober*kommissar“.

„Ich hab’s manchmal ein bisschen mit dem Kreislauf. Aber es geht schon wieder. Danke der Nachfrage. Ach übrigens …, was wollten Sie überhaupt von Frau Schulte?“

Er versuchte die Frage so beiläufig wie möglich klingen zu lassen.

„Das geht Sie gar nichts an“, wurde er von Rico Bein angeblafft, der ihn wie üblich mit Wolfsblick fixierte.

„Na, warum so unfreundlich, Herr Kollege?“, hörte Freddy Peppelinski plötzlich sagen. „Vielleicht kann uns ja Herr Spieker weiterhelfen."

Was meint er denn jetzt damit?, schoss es Freddy durch den Kopf.

„Wir haben einen anonymen Anruf erhalten", fuhr Peppelinski fort. „Eine Frau behauptete, Frau Schulte könnte uns vielleicht bei den Ermittlungen im Mordfall Kanderske helfen."

Er machte eine Pause.

„Sie meinte, es könnte etwas mit einer Gitarre zu tun haben, Genaueres könne sie allerdings nicht sagen. Sie wissen doch sicherlich mehr darüber!"

Der letzte Satz war eine provokante Unterstellung. Er wollte Freddys Reaktion testen. Währenddessen arbeitete es heftig in dessen Kopf. Wer zum Teufel hatte die Polizei auf diese Spur gebracht? Anja selbst konnte es nicht gewesen sein, dann hätte sie gleich sagen können, was sie wusste. Karin? Unsinn! Weitere Gedanken konnte er sich darüber jedoch nicht machen, da Peppelinski ihn erwartungsvoll anstarrte.

„Ich?" Er bemühte sich, unschuldig zu klingen. „Keine Ahnung, was die Frau damit gemeint hat."

Peppelinski glaubte ihm kein Wort. Währenddessen horchte Bein an der Tür.

„Warum fällt es mir nur so schwer, Ihnen das zu glauben", hörte Freddy den Oberkommissar sagen, der versuchte, in seinem Gesicht zu lesen.

„Schätze, wir müssen es noch ein anderes Mal versuchen, Chef", ließ sich Rico Bein vernehmen. Insgeheim wunderte sich Freddy, dass er nicht die Tür eingetreten hatte. Dem war schließlich alles zuzutrauen.

„Was genau wollten Sie noch mal von Frau Schulte?"

Peppelinski ließ nicht locker.

„Nicht Besonderes. Wie gesagt, wir haben früher mal zusammen Musik gemacht. Ich trage mich mit dem Gedanken, eine neue Band zu gründen und wollte Anja fragen, ob sie nicht Lust hätte, mitzumachen."

Während er dies sagte, kam ihm der Gedanke, dass diese Ausrede vielleicht wirklich die Idee zu einer Neugründung sein könnte. Pervers, dachte er, ausgerechnet in solch einer Situation an einen Neuanfang zu denken.

Für Peppelinski schien Freddys Antwort plausibel zu sein.

„Haben Sie eine Ahnung, wo wir Frau Schulte jetzt antreffen

können? Wissen Sie, wo Sie arbeitet?“

Freddy wollte gerade antworten, als einen Treppenaufgang tiefer eine Frauenstimme erklang.

„Was ist denn hier für ein Auflauf? Stehen die Typen jetzt schon Schlange bei ihr?“

Sie erblickten eine weißhaarige Frau um die Siebzig, die sie mit zusammengezogenen Augenbrauen betrachtete. Sie war mit einer Kittelschürze bekleidet, hielt einen Putzeimer in der einen und einen Schrubber in der anderen Hand. Über der Schulter trug sie eine Tasche, die offensichtlich mehrere Reinigungsartikel enthielt.

„Entschuldigung, Oberkommissar Peppelinski, Kripo Bochum“, stellte sich der Hauptermittler vor und streckte der Frau seinen Dienstausweis entgegen. Da sie ihn von so weit unten nicht lesen konnte, war die grimmige Alte gezwungen, die restlichen Stufen hinaufzusteigen. Skeptisch musterte sie zuerst den Ausweis und dann seinen Inhaber.

„Darf ich fragen, wer Sie sind?“, fragte Peppelinski, indem er den Ausweis wieder einsteckte.

„Fragen dürfen Sie, ob Sie ’ne Antwort kriegen, ist ’ne andere Sache.“

Eine solch patzige Antwort gehörte sich für Rico Bein gar nicht.

„Hören Sie mal …“, hob er an.

„Mein Name ist Schulte“, unterbrach ihn die Alte, ohne ihn eines Blickes zu würdigen. Ihr Blick war fest auf Peppelinski gerichtet. „Lieselotte Schulte. Ich bin die Mutter des Wohnungsinhabers und komme, um hier mal wieder klar Schiff zu machen. Dazu ist meine Schwiegertochter leider nicht in der Lage.“

„Sie ist nicht zu Hause“, sagte Peppelinski. „Auf unser Schellen hat keiner geantwortet. Wissen Sie vielleicht, wo wir sie jetzt antreffen können?“

Die Alte lachte höhnisch. Man hätte es auch diabolisch nennen können. Freddy schoss durch den Kopf, dass sie sehr gut für das Klischee der bösen Schwiegermutter herhalten würde.

„Ich wette, die liegt noch halb besoffen im Bett, nachdem sie wahrscheinlich die ganze Nacht wieder mit irgendwelchen fremden Typen herumgevögelt hat. Sie schafft’s immer wieder, den Kerlen den Kopf zu verdrehen. Ich hab meinem Sohn schon hundert Mal gesagt, er soll die Schlampe rausschmeißen und sich scheiden lassen. Aber er will nicht, wegen meines Enkels.“

Oma Schulte hatte sich in Rage geredet. Plötzlich schien ihr aufzugehen, dass Anjas ausschweifendes Privatleben allein keinen Straftatbestand darstellte, auch wenn sie es wahrscheinlich gerne so gesehen hätte.

„Warum sind Sie überhaupt hier? Hat einer meiner Lieben was ausgefressen?"

„Wir wollten Frau Schulte lediglich in einer Mordsache befra…"

„Mord?", kreischte die Alte plötzlich und sah Peppelinski entsetzt an.

„Kein Grund zur Panik", beeilte sich der Polizist zu sagen. Währenddessen konnte man, wenn man gut hörte, vernehmen, wie sich die Türen in den unteren Geschossen leicht öffneten. Auch hinter dem Spion der gegenüberliegenden Tür war mit einem Male Bewegung zu erkennen. Endlich mal was los im Treppenhaus!

„Ein Musiker ist getötet worden und möglicherweise …", er betonte das letzte Wort, um die Brisanz aus der Situation zu nehmen, „hat Frau Schulte Informationen, die uns weiterhelfen können."

Die Alte starrte Peppelinski wortlos an.

„Hat sie mit dem auch herumgehurt?"

Unter normalen Umständen hätte Freddy laut losgelacht. Skurrile Alte! Jetzt hoffte er nur, dass sich die kleine Versammlung möglichst bald in Wohlgefallen auflösen würde. Dabei kam ihm in den Sinn, dass so, wie die Schwiegermutter auf Anja eingestimmt war, diese durchaus auch ein Mordmotiv haben könnte. Aber vermutlich würde sie Anja eher mit dem Schrubber erschlagen, als in der Badewanne ertränken.

„Wir ermitteln nicht gegen Ihre Schwiegertochter", antwortete Peppelinski leicht amüsiert. „Sie ist lediglich eine mögliche Zeugin zur Klärung des Mordmotivs. Also …, möchten Sie mir jetzt sagen, wo wir sie finden können?"

„Ich wette hundert zu eins, dass Sie sie in ihrem Bett finden werden. Aber ich schätze, wir müssen ihren Kopf unter die kalte Dusche halten, bevor Sie Ihnen Fragen beantworten kann. Aber dahin müssen Sie die fette Kuh schon selbst schleppen. Kommen Sie mal mit!"

Zu Freddys Entsetzen kramte die Alte plötzlich einen Schlüssel hervor und ging an den drei Männern vorbei zur Wohnungstür.

Verdammt, jetzt würden sie die Leiche entdecken! Und er war mal wieder vor Ort! Wahrscheinlich würde ihn Peppelinski wieder als

Tatverdächtigen verhaften. Was tun? Wenn er jetzt wieder Reißaus nahm, machte er sich erst recht verdächtig. Am besten war es, den Ahnungslosen zu spielen, vielleicht auch noch die Leiche als Erster zu entdecken.

Während Oma Schulte die Tür aufschloss, sagte er zu ihr: „Entschuldigung, ich müsste mal! Kann ich mal die Toilette benutzen?"

Die Alte sah ihn zum ersten Mal an. Ihrem Gesichtsausdruck nach schien sie sich zu fragen, ob es die Polizei schon so nötig hatte, derartige Typen mit ungepflegtem Vollbart und angedeuteter Vokuhila-Frisur zu beschäftigen. Er ließ sie in dem Glauben.

Als Antwort erhielt er lediglich eine Handbewegung, die in Richtung des halboffenen Badezimmers deutete. Es waren nur wenige Schritte zur Wohnungstür. Während die Alte gefolgt von den Polizisten den Korridor betrat und sich anscheinend in Richtung Schlafzimmer bewegte, schlüpfte Freddy ins Bad.

Der erneute Anblick von Anjas Leiche nahm ihm zunächst den Atem. Aber er riss sich zusammen und versuchte seiner Stimme einen möglichst dramatischen Tonfall zu verleihen.

„Ach du Scheiße!", schrie er laut. „Ach du Scheiße!"

Peppelinski und Bein, die sofort herbeigestürmt kamen, konnten nicht mehr verhindern, dass auch die alte Dame hinter ihnen ins Badezimmer kam und mit den Worten „Was habe ich immer gesagt! Irgendwann musste es ja so weit kommen!" einen Schwächeanfall erlitt und unsanft auf dem Fliesenboden landete. Während Bein sich auf Anordnung seines Chefs um die Frau kümmerte und sich bemühte, diese so schnell wie möglich vom Tatort zu entfernen, nutzte Freddy die Gelegenheit, sich jetzt, nachdem er sich gesammelt hatte, im Badezimmer umzusehen. Peppelinski nahm unterdessen die Leiche in Augenschein, ohne etwas zu berühren.

Freddy konnte nichts Ungewöhnliches erkennen. Es waren keine Möbel verrückt worden oder sonst etwas zu Bruch gegangen. Der Täter hatte Anja offenbar mit der Bürste geschlagen, als sie bereits in der Badewanne lag. Ein kräftiger Mann war sicherlich in der Lage, eine benommene, wenn nicht sogar bewusstlose Frau solange unter

Wasser zu halten, bis sie erstickte oder vielmehr ertrank.

Als er sich so umsah, fiel ihm eine CD von B.B. King und Eric Clapton ins Auge, „Riding with the King“. Sie lag, so schien es, völlig deplatziert am Rande des Waschbeckens. Ohne nachzudenken, steckte er sie ein. Dies war ein automatisierter Vorgang. Wenn er eine gute Blues-CD sah, musste er sie berühren. Abgesehen davon hatte er das Album irgendwo als MP3 auf seinem Rechner. Er wollte immer mal eine CD davon brennen, die er in seinem CD-Player abspielen konnte. Im nächsten Moment erschrak er über sich selbst. Wie konnte er es nur fertigbringen, die tote Anja zu bestehlen?

Plötzlich sah sich Peppelinski abrupt zu ihm um.

„Rühren Sie hier nichts an!“

„Jawohl!“ Fast wäre ihm ein „Zu spät!“ über die Lippen gerutscht.

„Bleiben Sie stehen, wo Sie sind!“, lautete der nächste Befehl.

Peppelinski hatte sein Handy gezückt und wartete ungeduldig darauf, dass sich jemand meldete. Schließlich gab er kurze knappe Anweisungen, dass sich umgehend die Spurensicherung auf den Weg machen solle. Nein, das habe keine Zeit und ihn interessiere es auch nicht, wie viele der Kollegen krank oder in Urlaub seien. Er werde den Tatort vorläufig sichern. Die uniformierten Beamten solle man sofort in Bewegung setzen, damit diese Aufgabe von ihnen übernommen werden könne.

Als er sein Telefon einsteckte, fiel ihm offenbar wieder Freddy ein. Er schaute ihn an, als habe er ihn gerade erst entdeckt. Rico Bein hatte zwischenzeitlich die alte Dame in einen bequemeren Teil der Wohnung verfrachtet und blockierte die Badezimmertür.

Peppelinskis Augen verengten sich zu Schlitzen, als er langsam und auf jeden seiner Schritte achtend auf Freddy zukam.

„Wie oft wollen Sie mir eigentlich noch erzählen, dass Ihnen nicht klar ist, warum Sie immer in der Nähe sind, wenn ein Mord geschieht oder verübt werden soll?“

Freddy schluckte. Er wollte gerade erwähnen, dass sein Alibi unten im Auto saß, als Peppelinski sagte: „Sie sind vorläufig festgenommen.“

Karins Geduld wurde auf eine harte Probe gestellt. Warum dauerte das denn nur so lange? Sie spürte den Drang, auszusteigen und selbst noch mal bei Anja zu schellen, verwarf die Idee aber schnell. Sie hätte Peppelinski dann wieder irgendwelche Erklärungen geben müssen. Das wollte sie sich möglichst ersparen. Es war seltsam ruhig. Außer einer alten Dame mit Putzutensilien, die aus dem Haus gegenüber kam, hatte niemand mehr Anjas Haus betreten.

Na endlich, die Tür öffnete sich. Sie sah Freddy mit seltsam nach hinten verschränkten Armen auf sich zu kommen. Direkt dahinter Peppelinski.

Sie hatten ihn festgenommen! Aber warum? Was hatte das jetzt wieder zu bedeuten? Sie stieg aus.

Noch bevor sie irgendetwas fragen konnte, richtete Peppelinski das Wort an sie.

„Guten Morgen, Frau Langholz! Bevor ich Ihnen erkläre, was hier los ist, sagen Sie mir doch bitte, warum sie hier unten im Auto auf Herrn Spieker gewartet haben?“

Was sollte das denn jetzt? Verwirrt schaute sie Freddy an, der mit zusammengekniffenen Lippen vor ihr stand. Sie konnte seinem Gesichtsausdruck allerdings nichts entnehmen. Sie entschloss sich daher, sich möglichst vage auszudrücken und die Sache mit *Lucille* zunächst auszuklammern.

„Ich habe Herrn Spieker hierher gefahren, nachdem wir heute zusammen gefrühstückt haben. Er wollte Anja, ich meine Frau Schulte, besuchen. Da er ja zurzeit keinen Führerschein hat, habe ich mich bereit erklärt, ihn zu chauffieren.“

„Und was war der Grund seines Besuches?“

Peppelinskis Frage hörte sich an wie eine Anklage. Er hatte sich vor Freddy gestellt und sah Karin durchdringend an. Karin sah Freddy mit seinen Lippen das Wort „Band“ formen. Mit einem kaum merklichen Zucken einer Augenbraue bedeutete sie Freddy, dass sie verstanden hatte.

„Es ging wohl um eine Band!“

„Aha, und welche?“

Freddy formte das Wort „neu“.

„Um eine neue Band. Herr Spieker hat da wohl irgendwelche Ambitionen.“

Freddy deutete ein zufriedenes Nicken an.

Peppelinski machte eine Pause. Er überlegte angestrengt, ob er die Geschichte wirklich glauben sollte.

„Und warum haben Sie dann hier unten im Auto gewartet? Sie hätten doch mit hoch gehen können."

Karin fiel eine gute Ausrede ein.

„Ich hatte gestern eine Auseinandersetzung mit Frau Schulte. Ich hielt es daher für besser, unten auf Herrn Spieker zu warten, um einer unangenehmen Situation aus dem Weg zu gehen."

Sie konnte sehen, wie es in Peppelinskis Hirn arbeitete.

„Wie lange stehen Sie schon hier?", wollte er wissen.

Karin nahm Blickkontakt zu Freddy auf, der allerdings keine Miene verzog. Sie deutete dies so, dass sie bei der Wahrheit bleiben konnte.

„Seit etwa zwanzig Minuten. Vor einer Stunde waren wir noch bei mir zu Hause. Sie können das überprüfen, ich habe kurz vorher noch mit meiner Mutter telefoniert. Herr Spieker hat noch in den Hörer gegrüßt."

Jetzt erwiderte sie Peppelinskis Wolfsblick.

„Wollen Sie mir nicht endlich sagen, was hier eigentlich los ist?"

„Frau Schulte ist tot. Ist vermutlich ermordet worden. Ich muss Sie auffordern, bis auf weiteres hier zu bleiben und anschließend mit aufs Präsidium zu kommen. Es sind noch einige Fragen zu klären."

Kurz darauf trafen Arzt, weitere Polizisten und die Spurensicherung ein. Sogleich stellte Peppelinski zwei Uniformierte ab, um Freddy und Karin zu bewachen. Man forderte sie auf, in Karins Auto Platz zu nehmen und nahm ihr den Autoschlüssel ab. Peppelinski erbarmte sich, Freddy von den Handschellen zu befreien. Als er auf der Beifahrerseite einstieg, sah Karin aus den Augenwinkeln, dass er etwas unter dem Fahrersitz verstaute.

Geschockt und schweigend saßen sie nebeneinander. Kurz darauf wurden sie von Rico Bein getrennt, der geheime Absprachen bezüglich des Alibis befürchtete. Freddy musste daraufhin in einem Streifenwagen Platz nehmen, nicht ohne von Bein erneut Handschellen angelegt zu bekommen.

Karin war wie vor den Kopf gestoßen. Der Mörder hatte erneut zugeschlagen. Sie hatte keine Erklärung dafür. Wurde Anja vom Gitarrendieb ermordet? War ihr der Name womöglich wieder eingefallen? Hatte sie ihn damit konfrontiert oder gar erpresst? Vielleicht war es aber auch ihr Ehemann, der ihre ständigen Affären satt hatte und durchgedreht war.

Da sie weder von Freddy noch von der Polizei über die Umstände des Todes aufgeklärt worden war, kam ihr der schreckliche Gedanke, dass Freddy der Täter gewesen sein konnte. Hatte er sie erwürgt oder erschlagen?

Nein, sie konnte sich das beim besten Willen nicht vorstellen. Warum sollte er so etwas tun? Er wollte doch Informationen von Anja. Hatte sie ihm diese etwa verweigert? War er daraufhin ausgerastet?

Sie spürte, wie sich Kopfschmerzen anbahnten und öffnete das Handschuhfach, um nach Tabletten zu suchen. Nichts zu finden! War vielleicht etwas unter die Sitze gefallen?

Die Befragungen durch die Polizei dauerten fast den ganzen Tag. Nachdem Anjas lebloser Körper durch den Polizeiarzt in Augenschein genommen worden war, konnte der Todeszeitpunkt auf mindestens eine Stunde vor Auffinden der Leiche bestimmt werden. Aufgrund der Telefondaten, die umgehend geprüft wurden, konnte zweifelsfrei festgestellt werden, dass sich Freddy und Karin zu diesem Zeitpunkt zum gemeinsamen Frühstück getroffen hatten. Dennoch wurde es etwas heikel, als Peppelinski Karin nach dem am Abend zuvor erwähnten Streit mit Anja fragte. Nach gegenwärtigem Stand hatten sie zwar ein Alibi, aber dennoch witterte der Herr Oberkommissar ein Motiv. Und wo es ein Motiv gab, gab es vielleicht Mittel und Wege, jemanden aus dem Weg zu schaffen, auch wenn man zum Tatzeitpunkt nicht vor Ort war. In dem Moment, als Peppelinski Karin vernahm, stand ihm das Wort *Auftragsmord* förmlich auf die Stirn geschrieben.

Sie hatte allerdings damit gerechnet, dass dieses Thema noch einmal zur Sprache kommen würde und sich bereits eine Antwort zurechtgelegt. Sie gab an, dass sie an dem bewussten Abend auch nicht mehr nüchtern gewesen sei und wohl den Eindruck gehabt habe, dass sich Anja über den Einbruch in Freddys Haus lustig gemacht habe. Möglicherweise habe sie dabei etwas in den falschen Hals bekommen. Der Vorfall tue ihr jetzt leid. Immerhin habe sie Frau Schulte nach Hause gebracht, nachdem diese kurz danach betrunken zusammengesunken sei. Als Peppelinski nach weiteren Personen fragte, die bei dem Vorfall anwesend waren, verneinte Karin dies und versuchte hierbei ein möglichst unschuldiges Gesicht zu machen. Gleichzeitig wurde ihr bewusst, wer der Polizei den Tipp mit der Gitarre gegeben hatte. Sie dachte darüber nach, ob es klug sein würde, Renate darauf noch einmal anzusprechen. Letztlich schien Peppelinski zu dem Schluss gekommen zu sein, dass der harmlose Streit der beiden Frauen am Abend zuvor kein ausreichendes Tatmotiv sein konnte. Davon würde er die Staatsanwaltschaft und den Haftrichter niemals überzeugen können.

Auch Freddy wurde wie schon einige Male zuvor von Peppelinski und Bein in die Mangel genommen. Seine Kleidung war auf Rückstände des Badezusatzes, den Anja benutzt hatte, überprüft worden. Die Jacke war knochentrocken, was Freddy zu der Bemerkung veranlasste, er hätte klatschnass gewesen sein müssen, wenn er die Ermordete unter Wasser gedrückt hätte. Peppelinski belehrte ihn jedoch, dass die Jacke in der Zeit vom Zeitpunkt des Mordes bis zur Entdeckung der Leiche schon längst getrocknet sein konnte. Nachdem Bein die Taschen durchwühlt hatte, händigte er ihm seine Papiere und die B.B. King-CD aus. Sein Handy wurde routinemäßig überprüft. Freddy gab bereitwillig Auskunft, wen er wann und warum angerufen hatte. Er hatte nichts zu verbergen. Seine Kooperationsbereitschaft überzeugte die Polizisten, dass er mit Anjas Tod nichts zu tun hatte. Es war ihnen jedoch weiterhin ein Rätsel, warum Freddy immer in Situationen anzutreffen war, in denen es um Leben oder Tod ging. Vor allem Bein schien nicht wahrhaben zu wollen, dass es sich um Zufälle handelte.

Es konnte in recht kurzer Zeit festgestellt werden, dass Freddys Jacke „clean" war. Über die eigentliche Todesursache ließ man ihn und Karin im Unklaren, als man sie am Abend nach Hause schickte. Glücklicherweise konnte Freddy frühzeitig telefonisch eine Schicht mit einem Kollegen tauschen. So brauchte er seinem Chef nicht schon wieder zu erklären, warum er nicht zur Arbeit erscheinen konnte.

Die Heimfahrt verbrachten sie schweigend. Die Ereignisse des Tages schienen sie sprachlos gemacht zu haben. Tausend Gedanken jagten ihnen durch die Köpfe, aber vor allem die Frage: Warum musste Anja sterben? Erschreckend war vor allem die Tatsache, dass sie es offenbar mit einem Serientäter zu tun hatten, der anscheinend vor nichts zurückschreckte. Dabei hatte Freddy Karin noch nicht einmal etwas von dem Mordversuch an ihm erzählt. Er war sich nicht sicher, ob sie davon vielleicht bei der Vernehmung von Peppelinski etwas erfahren hatte. Er entschloss sich aber, ihr jetzt reinen Wein einzuschenken und einen Vorschlag zu machen.

„Das ist ja unfassbar!“, war Karins Reaktion, als Freddy geendet hatte. Er hatte sie noch auf ein Glas Beruhigungswein ins Haus gebeten, als sie ihn absetzen wollte.

Sie starrte ungläubig vor sich hin, nachdem sie das Glas in einem Zug geleert hatte.

„Wir haben es mit einem Monster zu tun, Freddy.“

„Genau! Und gerade deshalb müssen wir dich jetzt aus der Schusslinie nehmen.“

„Wie meinst du das?“

„Du solltest vielleicht eine Zeitlang verreisen. Oder vielleicht auswärtige Verwandte besuchen. Auf jeden Fall erst mal weg von hier.“

Sie schaute auf das leere Glas in ihren Händen. Freddy schenkte ihr nach.

„Vielleicht hast du recht“, sagte sie dann. „Aber was ist mir dir? Du bist auch in Gefahr. Der Typ ist zu allem fähig. Eigentlich müsstest du auch für eine Zeitlang verschwinden. Die Sache wird immer unberechenbarer.“

Freddy schüttelte energisch den Kopf.

„Nein! Das kann ich nicht. Ich habe das Gefühl, dass ich dem Kerl ganz dicht auf den Fersen bin. Wie du siehst, tappen die Bullen nach wie vor im Dunkeln. Der Weg zum Täter führt über mich. Wenn ich mich jetzt aus dem Staub mache, kann er vielleicht nie enttarnt werden.“

„Die Polizei hat doch noch gar nicht alle Spuren ausgewertet. Vielleicht entdecken sie noch etwas Entscheidendes.“

Karin leerte das nächste Glas. Als Freddy, sich um ihren Führerschein sorgend, zögerte, ihr nachzuschenken, forderte sie ihn nachdrücklich dazu auf.

„Okay, sie ist also tatsächlich umgebracht worden“, nahm sie den Faden wieder auf. „Was, wenn das gar nichts mit unserer Sache zu tun hat? War es vielleicht ein Eifersuchtsmord? Hat ihr Ehemann wegen ihrer vielen Affären die Nerven verloren? Auch das kann man ja nicht ausschließen.“

Freddy überlegte kurz, dann schüttelte er erneut den Kopf.

„Das glaube ich nicht, auch wenn ich ihren Ehemann verstehen könnte."

Karin musste kurz auflachen. Freddy lachte mit. Es war manchmal seltsam, wie Menschen in Stresssituationen reagierten. Eigentlich gab es hier nichts zu lachen. Aber es erleichterte die schier unerträgliche Situation.

„Überleg doch mal!", fuhr Freddy schließlich fort. „Am Abend zuvor entdeckst du eine heiße Spur zu *Lucille,* die uns zum Täter führen kann. Und nur wenige Stunden später ist Anja tot, ermordet. Wer glaubst du, kann dafür in Frage kommen?"

Karin rieb sich die Stirn. Ein erneuter Kopfschmerz kündigte sich an.

„Es stimmt schon, dass es einen zeitlichen Zusammenhang gibt. Aber was ich mir nicht erklären kann ist, wie der Täter überhaupt Wind von der Sache bekommen haben soll."

Ihr Kopf wollte eigentlich nicht mehr darüber nachdenken, zwang sich aber dazu. Freddys Hirn dagegen arbeitete auf Hochtouren.

„Ist euer Gespräch am Abend zuvor von irgendjemand belauscht worden? Ich meine von jemandem außer Renate."

„Nicht, dass ich wüsste."

„Aber zumindest hat es doch für einigermaßen Aufsehen gesorgt, als du Anja angeschrien hast und diese dann zusammengesackt ist."

„Das schon, aber ..."

„Wir müssen noch mal mit Renate reden. Vielleicht ist ihr irgendetwas aufgefallen."

Jetzt waren die Kopfschmerzen da. Ihre Gedanken quälten sich durch einen Vorhang voller Schmerz.

„Dir ist wohl auch klar, dass *sie* der Polizei den Tipp mit der Gitarre und Anja gegeben hat."

„Na klar! Deshalb müssen wir uns auch überlegen, wie wir das Gespräch aufziehen, ohne dass sie den Bullen gleich das Mordmotiv zuflüstert. Was genau hast du Renate denn erzählt?"

Karin rieb sich die Schläfen. Dann kramte sie aus ihrer Jeans noch eine Kautablette hervor und warf sie ein.

„Herrgott! Das habe ich dir doch schon erzählt. Ich glaube nicht, dass sie tatsächlich den Zusammenhang zwischen dem Einbruch und dem Mord herstellen kann. Deshalb hat sie der Polizei auch nur vage Andeutungen gemacht. Ich denke, sie will aus der Sache herausgehalten werden. Warum wäre sie sonst anonym geblieben? Es wird nichts bringen, darüber noch mal mit ihr zu reden."

Freddy musste ihr Recht geben. Aber wie sollte es weitergehen? Auf die Ermittlungsergebnisse der Polizei hatte er keinen Zugriff. Er befürchtete inzwischen, dass sie ihm bei der Enttarnung des Täters zuvorkommen würden. Eigentlich gab es nur eine Chance.

„Du musst eine Zeitlang verschwinden!", sagte er noch mal zu Karin, die sich wieder Wein eingoss. „Hast du denn außerhalb Verwandte oder Bekannte?"

Karin sah ihn etwas verwirrt an.

„Na ja, meine Schwester wohnt in Haltern."

„Ist ja nicht gerade 'ne Weltreise bis dahin, aber fürs Erste reicht's."

„Was soll das überhaupt?", protestierte Karin. „Ich kann dich doch jetzt nicht allein damit lassen."

„Du musst. Die einzige Möglichkeit, den Täter zu fassen ist, dass ich auch weiterhin den Köder spiele. Er hat schon einmal versucht, mich kaltzumachen. Er wird es wieder versuchen, aber diesmal bin ich gewarnt. Beim nächsten Mal werde ich *ihn* erwischen."

„Bist du lebensmüde?"

Karin war aufgesprungen.

„Ich glaube, *du* solltest dich eine Zeitlang aus dem Staub machen. Wer weiß, welche Methode sich der Mörder als Nächstes ausdenkt."

„Das hat mir Peppelinski auch schon gesagt."

„Und er hat Recht. Keinem ist damit gedient, wenn der Kerl dir das Lebenslicht ausbläst."

„Das hast du aber schön gesagt", grinste Freddy.

„Das ist jetzt nicht lustig!", beschwerte sich Karin lautstark.

Kaum hatte sie das gesagt, ließ sie sich erschöpft auf das Sofa fallen. So viel Aufregung war jetzt nicht gut für ihren Kopf. Sie tastete nach einer weiteren Tablette.

„Keine Angst! Ich habe Vorkehrungen getroffen", sagte Freddy. „Aber ich will dich aus der Schusslinie haben. Es reicht, wenn er es nur auf mich abgesehen hat. Wenn du eine andere Möglichkeit siehst, ihn zu erwischen, dann sag es mir."

Sie blieben eine Zeitlang schweigend sitzen.

„Ich fürchte, wir haben uns verrannt", sagte sie resigniert. „Wir sollten offen mit der Polizei reden. Wir sind im Gegensatz zu denen Amateure. Die haben doch ganz andere Möglichkeiten. Ich hoffe, sie finden am Tatort genug Spuren, um den Täter zu überführen."

Freddy saß in Gedanken versunken da. Wenn er ehrlich zu sich war, hatte er zum ersten Mal Zweifel an der Richtigkeit dessen, was er tat. Durch den zweiten Mord war eine neue, noch brisantere Situation entstanden. Der Plan, auch weiterhin als Zielscheibe durch die Gegend zu laufen, war wahnwitzig. Auch wenn er jetzt bewaffnet war, konnte er im entscheidenden Moment vielleicht nicht rechtzeitig reagieren. Der Mörder hatte versucht ihn zu überfahren, das nächste Mal würde er vielleicht eine andere Methode wählen.

Was ihn nachdenklich machte, war, dass der Täter offenbar befürchtete, von ihm enttarnt zu werden. Er schien der Meinung zu sein, dass Freddy ihm dichter an den Fersen hing, als es tatsächlich der Fall war. In Wirklichkeit war Freddy völlig ahnungslos. Oder hatte er etwas Wichtiges übersehen? Er konnte sich keinen Reim darauf machen. Und wieder drängte sich ihm die Frage auf, aus welcher Quelle Anja etwas von *Lucille* erfahren hatte. Konnte sonst noch jemand davon wissen? Hatten Chris und Oliver etwa nicht dichtgehalten? Er würde auch diese mögliche undichte Stelle überprüfen müssen. Dabei blieb ihm wieder einmal nur die Hoffnung, dass man ihm auch die Wahrheit sagte. Und wenn ihn auch das nicht weiterbrachte?

Die Polizei versuchte in solchen Fällen ein Täterprofil zu erstellen. Was für ein Mensch war der Täter? In jedem Falle skrupellos. Nicht jeder Dieb, der Gefahr lief, entdeckt zu werden, war auch ein Killer. Dieser hier schon. War vielleicht auch eine gehörige Portion Wahnsinn dabei? Wer war bereit, nur für eine Gitarre zum Mörder zu werden? Wem aus der Blues-Szene traute er so etwas zu?

Freddy war inzwischen zu müde, alle Personen durchzugehen, die dafür in Frage kamen. Er war sich aber sicher, dass er denjenigen kannte.

Er sah zu Karin hinüber, die erneut ein Glas Wein geleert hatte. Sie saß zusammengesunken auf dem Sofa und schien eingeschlafen zu sein. Fahren konnte sie jetzt nicht mehr. Er entschied sich kurz entschlossen dazu, die Nacht auf der Couch zu verbringen und Karin in Elkes ehemaliges Bett zu tragen. Freddy hatte es kürzlich frisch bezogen, so als ob er hoffte, dass Elke bald zu ihm zurückkehren würde. Sein Handeln hatte ihn selbst überrascht, zumal er in der Regel auf Hausarbeit nicht viel Wert legte.

Er setzte sich neben Karin, nahm ihr das leere Glas aus der Hand und stellte es auf den Tisch.

Er wollte sie gerade ins Schlafzimmer tragen, als sie sich plötzlich an ihn schmiegte und murmelte: „Dir darf nichts passieren. Was soll ich denn sonst so alleine machen?“

Sie klammerte sich zu Freddys Überraschung fest an ihn. Mit so viel Zuneigung hatte er jetzt nicht gerechnet. Zunächst hatte er den Impuls, sich aus ihrer Umklammerung zu lösen. Doch dann überkam ihn ein wohliges Gefühl.

„Kannst du nicht ein bisschen Musik auflegen?“, flüsterte sie ihm ins Ohr.

Er hatte die CD von B.B. King und Eric Clapton, die in Anjas Badezimmer gelegen hatte, bereits in die Stereoanlage eingelegt. Mit seiner noch freien Hand nahm er die Fernbedienung auf und schaltete auf eine angenehme Lautstärke.

Ihre Hand glitt unter sein Hemd und wanderte zu seinem Reißverschluss. Als sie ihre Hand darauf legte, regte sich bei ihm etwas.

Er atmete tief durch und versuchte die in Aktion getretenen Hormone zu ignorieren. Er konnte doch jetzt nicht mit der Freundin seines ermordeten Freundes schlafen! Das fühlte sich für ihn nicht richtig an.

Plötzlich sah sie auf und ihm direkt in die Augen.

Sein Verstand in Form eines erhobenen, moralischen Zeigefingers hielt seinem plötzlichen Gefühlsausbruch noch ungefähr für zwei Sekunden stand.

Dann brach über beide eine Kaskade von Gefühlen herein, die sämtliche Hemmungen über Bord spülte.

Noch während sich beider Zungen im Mund des anderen ein wildes Spiel lieferten, rissen sie sich die Kleider herunter, wobei Hemdknöpfe abgesprengt wurden und weit durch den Raum flogen.

Es dauerte noch weitere fünf Sekunden, bis sie völlig nackt waren und weitere zwei Sekunden, als sie ineinander glitten.

Sie stöhnten auf, wie von einer großen Last befreit, erlöst, ungehemmt und frei.

In ihrer Heftigkeit schafften sie es tatsächlich den Tisch umzustoßen, wobei sämtlicher Rotwein sich auf den hellen, teuren Teppich ergoss. Die Glaser fielen weich und hinterließen keine Scherben.

Das war auch gut so, denn kurz darauf fielen die Liebenden von der Couch und bewegten sich langsam, aber zielsicher im griechischrömischen Stil auf eine große auf dem Boden stehende Vase zu.

Als sie sie umstießen, fiel diese auf die Fernbedienung, die eineinhalb Meter vom umgestürzten Tisch zurückgelegt hatte.

Sie kamen fast gleichzeitig in dem Moment, als die Vase die Stereoanlage auf Maximallautstärke stellte und Eric und B.B. „Riding with the King“ sangen.

Erschöpft, verschwitzt und erleichtert sahen sie sich an, während der Song ausklang.

Im nächsten Moment brach Karin in schallendes Gelächter aus.

„Bin ich jetzt wirklich mit dem King geritten?“

„Na klar!“, grinste Freddy und schaffte es tatsächlich noch, mit dem Fuß die Fernbedienung heranzuziehen und leiser zu stellen.

Sie blieben noch eine Weile schweigend aneinander geschmiegt auf dem Boden liegen, während der Blues sie umschmeichelte.

„Ziemlich verwirrend, findest du nicht?“, fragte sie leise.

„Kann man wohl sagen.“

Er sah sie an.

„Ich schätze, wir waren ziemlich gedopt. Die Energie musste jetzt einfach raus.“

Blöde Bemerkung, schoss es ihm durch den Kopf und er entschloss sich zu schweigen. Sie waren in letzter Zeit eng zusammengewachsen. Selten hatte er erlebt, dass ihm jemand solch uneingeschränktes Vertrauen entgegenbrachte. Und das bei der Vorgeschichte! Sie musste ihn anfangs doch auch für Ullis Mörder gehalten haben. Hatte sie ihn schon früher mehr gemocht, als es ihm aufgefallen war?

Er spürte, wie ihre warmen kleinen Hände seinen Rücken streichelten und sogleich eine Gänsehaut verursachten.

„Ich mach so was nicht einfach so, Freddy“, sagte sie ernst.

„Ich glaube, ich auch nicht. Wie schon gesagt: Energieentladung.“

Er biss sich auf die Lippen und ertappte sich dabei, dass sie zu verärgern das Letzte war, was er jetzt wollte.

Sie seufzte enttäuscht.

„Kannst du in einem solchen Moment nicht einfach die Klappe halten oder zumindest etwas Vernünftiges sagen, Freddy Spieker?“

Er schluckte. Hatte er wirklich diesen romantischen Moment versaut?

„Mit Vernunft hat das wohl nichts zu tun“, versuchte er sich zu retten. „Ich befinde mich im Zustand eines völligen Gefühlschaos.“

Jetzt sah sie ihn an und lächelte leicht.

Noch nie war sie ihm so hübsch erschienen.

„Ein gutes Zeichen“, sagte sie verschmitzt. „Wenn ich es schaffe, dich ins Gefühlschaos zu stürzen, ist vielleicht noch mehr drin.“

Im nächsten Moment stand sie auf, raffte ihre Sachen zusammen und schlug den Weg ins Badezimmer ein.

„Was meinst du denn damit?“, rief er ihr hinterher.

„Frag dein Gefühlschaos!“, antwortete sie, während sie die Dusche anstellte.

Er schüttelte den Kopf.

„Frauen!“, sagte er zu sich. „Ein ewiges Rätsel.“

Er sah sich um.

Der Rotwein auf dem Teppich sah aus wie Blut.

Plötzlich war der Gedanke an die Gefahr, in der er sich befand, wieder da.

Er schüttelte sich, als ihm ein kalter Schauer über den Rücken lief, und versuchte sich auf die Musik zu konzentrieren.

Eine super Scheibe, die er da geangelt hatte.

Im nächsten Moment erschien vor seinem geistigen Auge wieder der moralische Zeigefinger.

Lieber Freund! Du hast eine Tote, noch dazu eine frisch Ermordete bestohlen!

Aber wieso bewahrte man eine CD am Rande eines Waschbeckens auf? Einen CD-Player hatte er in Anjas Badezimmer jedenfalls nicht entdecken können.

Er stand auf, nahm das Cover der CD und schaute es sich mit wachsendem Interesse an.

Kapitel 12

Thomas Schulte schaute durch die Gitterstäbe nach draußen. Er konnte immer noch nicht fassen, was ihm in der letzten Zeit alles passiert war. Jeden Morgen, wenn er nach einer Nacht voller Albträume aufwachte, hoffte er, dass sich die Realität als wesentlich freundlicher erweisen würde. Wie ein Kind hatte er dann die Hoffnung, dass im nächsten Moment seine Mutter oder eine gute Fee erscheinen, ihm über die heiße Stirn streicheln und ihm mit einem gütigen Lächeln zuflüstern würde, dass alles nur ein böser Traum gewesen sei und dass ab jetzt alles wieder gut wäre.

Regelmäßig wurde er enttäuscht. Die grauen Wände seiner Zelle, die quietschende Pritsche, auf der er lag und der barsche Ton der Wärter, der trotz der noch geschlossenen schweren Metalltür zu ihm hinein drang, machte ihm auf brutale Weise bewusst, dass er sich auch im wirklichen Leben in einem Albtraum befand.

Alles hatte damit begonnen, dass sein Chef, Zweigstellenleiter der Versicherungsgesellschaft, bei der er beschäftigt war, ihn angerufen und gebeten hatte, in sein Büro zu kommen. Zwei Herren müssten ihn dringend sprechen. In einem Raum, der für besondere Kundengespräche vorgesehen war, hatte ihn sein Chef dann mit den Männern allein gelassen. Als diese sich als Kriminalpolizisten vorgestellt hatten, hatte er noch immer nichts Schlimmes befürchtet. Seine Frau sei tot aufgefunden und wahrscheinlich ermordet worden.

Auch in dieser Situation hatte er sich wie in einem schlechten Traum gefühlt. Anja ermordet? Das konnte doch nicht sein. Die beiden Polizisten machten auf ihn einen kuriosen Eindruck. Die konnten doch unmöglich echt sein. Er hatte insgeheim erwartet, dass sie ihm im nächsten Moment lachend auf die Schulter klopfen und ihm mitteilen würden, dass alles nur ein schlechter Scherz war. Aber die Männer waren ernst geblieben. Zu seinem Entsetzen hatte er realisieren müssen, dass es sich nicht um die „Versteckte Kamera“ handelte. Als sie ihn dann nach seinem Alibi gefragt hatten, hatte er zugeben müssen, dass er heute zu spät zur Arbeit erschienen war. Er hatte seinem Chef vorgegaukelt, dass er noch dringend zur Blutabnahme zum Arzt müsse. Routineuntersuchung. Kein Grund zur Besorgnis. Bei dieser Version war er auch gegenüber den Polizisten geblieben. In Wirklichkeit war er jedoch ziellos durch die Gegend gefahren. Wieder hatten ihn Gedanken beschäftigt, ob er sich von Anja scheiden lassen sollte, so wie es ihm seine Mutter immer vorgebetet hatte. Und wieder hatte er sich nicht dazu durchringen können.

Als die Polizisten ihn einen Tag später der Falschaussage bezichtigt hatten, hatte er dies zunächst heftig abgestritten, obwohl er sich darüber im Klaren hätte sein müssen, dass seine Angaben überprüft würden. Und natürlich hatte sein Hausarzt seinen Besuch nicht bestätigen können. Er hatte somit kein Alibi. Dies warf alles kein gutes Licht auf ihn.

Ihre gemeinsame Wohnung war versiegelt und der Familie die Schlüssel abgenommen worden. Er und sein Sohn hatten Aufnahme bei seiner Mutter gefunden. Diese hatte sich erstaunlich schnell vom ersten Schock erholt. Thomas Schulte hatte jedenfalls den Eindruck, dass sie ein wenig erleichtert war. Wirklich überrascht hatte ihn ihre Reaktion nicht.

Erschüttert war er jedoch gewesen, dass seinem 15-jährigen Sohn Philipp wenig anzumerken war. Ja, tatsächlich hatte er ihm noch mehr Verachtung entgegengebracht, als dies ohnehin schon der Fall gewesen war. Er hatte sich immer damit herausgeredet, aus Rücksicht auf ihn hätte er sich nicht scheiden lassen wollen. Wenn Philipp immer betont hatte, dass dies wohl für alle Beteiligten das Beste wäre, hatte er es nicht gelten lassen wollen. Jetzt wusste er, dass das ein Fehler war.

Er war sich sicher, dass Anja von einem ihrer Liebhaber umgebracht worden war. Denn dass es Mord war, war inzwischen nach eingehender Obduktion der Leiche bestätigt worden.

Aber es war noch schlimmer gekommen. Sein eigener Sohn, dem übrigens ein einwandfreies Alibi von seinen Klassenkameraden und Lehrern bescheinigt worden war, hatte ihn schwer belastetet. Er hatte die schweren Ehekonflikte zu Protokoll gegeben, die häufigen lautstarken Auseinandersetzungen, die auch die Nachbarn bestätigen konnten. Ja sogar, dass sein Vater gedroht habe, seine Mutter umzubringen, wenn sie mit ihren ständigen Affären nicht aufhörte, hatte der Junge nicht verschwiegen. Mit dieser Aussage konfrontiert, hatte der geschockte Thomas Schulte zugegeben, dass ihm dies einmal in höchster Erregung herausgerutscht war. Er hätte es auch leugnen können.

Überraschenderweise war ihm von einem anonymen Anrufer ein Anwalt, ein Türke namens Salih Aksoy, wärmstens empfohlen worden. Es gab wohl tatsächlich jemanden, der ihm helfen wollte. Dieser Anwalt hatte ihn gedrängt, seine Aussage zurückzunehmen. Aber dazu hatte er nicht die Kraft. Er konnte immer nur betonen, dass er seine Frau nicht ermordet hatte. Natürlich hatte er auch eine hohe Lebensversicherung auf Anjas Namen abgeschlossen, für den Mitarbeiter einer Versicherungsgesellschaft etwas ganz Selbstverständliches. Da er der Begünstigte war und nicht sein Sohn und die Versicherung erst vor ein paar Monaten abgeschlossen worden war, hatte ihn jedoch noch zusätzlich belastet. Somit gab es gleich zwei Mordmotive: Eifersucht und Habgier. Staatsanwalt und Haftrichter hatten jedenfalls die zusammengetragenen Fakten gereicht, um ihn in Untersuchungshaft zu schicken.

Der Unbekannte, der ihm Salih Aksoy empfohlen hatte, hatte übrigens bei seiner Mutter angerufen. Diese hatte dann die Information an ihren Sohn weitergeleitet, nicht ohne ihre Bedenken gegen einen türkischstämmigen Anwalt zu äußern. Der könne sich doch unmöglich im deutschen Recht auskennen. Während Thomas Schulte noch darüber nachgedacht hatte, hatte er unerwarteten Besuch eben von diesem Anwalt bekommen. Im darauffolgenden Gespräch hatte dieser sein Vertrauen gewonnen, ohne allerdings den Namen seines Werbers preiszugeben. Da Schulte keine anderen Strafverteidiger kannte, hatte er schließlich eingewilligt, sich von Aksoy vertreten zu lassen.

Plötzlich wurde die Zellentür aufgeschlossen. Ein mürrischer Wärter ließ ihn wissen, dass die Herren von der Polizei noch einige Fragen an ihn hätten.

Schon wieder?, schoss es ihm durch den Kopf. Was sollte er ihnen denn noch sagen? Dass er unschuldig war, hatte er nun doch schon oft genug betont. Und dass die Polizei sich doch besser im Umfeld von Anjas zahlreichen Affären umsehen sollte, statt ihn zu verdächtigen. Aber dieses schien nicht Gegenstand der Ermittlungen zu sein.

Man führte ihn in den Verhörraum der Haftanstalt, den er in der letzten Zeit schon zur Genüge kennengelernt hatte. Er sah Peppelinski und Bein auf der einen und Aksoy auf der anderen Seite eines Tisches sitzen, auf dem ein paar dampfende Tassen Kaffee und ein Teller mit einem Stück Kuchen stand.

„Ich hoffe, Sie mögen Donauwelle", wurde er von Peppelinski fröhlich begrüßt. Thomas Schulte wusste nicht, dass dieser bei einem seiner letzten Seminare gelernt hatte, dass man den Verdächtigen bei Verhören möglichst zuvorkommend begegnen sollte, wenn man etwas in Erfahrung bringen wollte.

Verwundert über die Aufmerksamkeit setzte sich Schulte an den Tisch, rührte aber weder den Kaffee noch das verführerische Sahneteilchen an. Was hatte das zu bedeuten? Warum hatten die Polizisten so gute Laune? Bisher waren sie immer sehr unfreundlich mit ihm umgegangen.

„Alles okay mit dir?"

Salih Aksoy legte seine Hand auf Thomas Schultes Arm und sah ihn besorgt an. Er hatte ihn von Anfang an geduzt. Schulte war dies anfangs eigentlich nicht recht gewesen, aber er merkte bald, dass dies Salihs Art war und duzte ihn zurück.

Salihs Besorgnis war berechtigt. In den zwei Wochen seiner Untersuchungshaft hatte Schulte einige Kilo abgenommen. Außerdem hatte er sich nicht mehr rasiert und sah ungepflegt aus.

„Alles in Ordnung", log er Salih an, der ihm kein Wort glaubte.

Dann sah er in Peppelinskis grinsendes Gesicht.

„Ja, Herr Schulte, da sind wir mal wieder. Haben Sie uns vielleicht etwas mitzuteilen? Vielleicht sogar ..."

Er lehnte sich vor und sah dem Gefangenen tief in die Augen.

„... ein Geständnis?"

Schulte konnte es immer noch nicht fassen. Sie waren weiterhin von seiner Schuld überzeugt.

„Mein Mandant hat Ihnen nichts dergleichen mitzuteilen", hörte er Salih sagen. „Herr Schulte ist unschuldig. Es gibt keine Beweise. Alles, was Sie zu bieten haben, sind Mutmaßungen. Damit werden Sie nicht durchkommen."

Peppelinski lehnte sich wieder zurück.

„Ich gebe Ihnen Recht, wir wissen wahrscheinlich noch längst nicht alles."

Er machte eine Pause, während er die verständnislosen Blicke seiner Kontrahenten genoss.

„Andererseits gibt es aber vielleicht noch ganz andere

Erkenntnisse."

Wieder machte er eine bedeutungsschwangere Pause.

„Wo waren Sie zum Beispiel am 3. September, sagen wir in der Zeit zwischen 11 Uhr 30 bis 12 Uhr 30?"

Salih griff ein.

„Was spielt das hier für eine Rolle? Worauf wollen Sie hinaus?"

„Lassen Sie Ihren Mandanten doch meine Frage beantworten. Dann erkläre ich Ihnen den Grund."

Salih sah Thomas Schulte an, der zuckte die Schultern.

„Ich müsste in meinen Terminkalender schauen. So aus dem Kopf kann ich Ihnen das auch nicht sagen."

Peppelinski nickte scheinbar verständnisvoll.

„Wissen Sie was? Wir haben Ihnen die Arbeit abgenommen. Nach den Angaben Ihres Chefs hatten Sie an diesem Tag, einem Samstag, außer der Reihe einen Außentermin bei einem sehr wichtigen Kunden."

„Oh ja, natürlich", fiel es Schulte wieder ein. „Herr Mertens, jetzt weiß ich es wieder. Stimmt, zu dieser Zeit war ich bei ihm."

Er lehnte sich erleichtert zurück, immer noch nicht ahnend, worauf dies alles abzielte. Salih blieb indes misstrauisch. Peppelinski grinste immer noch. Rico Bein hatte wie üblich die ganze Zeit über den Gefangenen mit starrem Blick fixiert, so als ob er das Geständnis aus ihm heraussaugen wollte.

„Sehen Sie", fuhr der Oberkommissar fort, „das Problem ist nur, dass Ihr Kunde uns auf Nachfrage mitgeteilt hat, dass Sie den Termin recht kurzfristig um etwa zwei Stunden verschoben haben. Abgesehen davon, dass er ziemlich verärgert war, dass Sie seinen Zeitplan durcheinander gebracht haben, teilte er uns mit, dass Sie sehr fahrig gewesen seien, sodass es an diesem Tag letztlich zu keinem neuen Vertragsabschluss gekommen ist."

„Was soll das denn jetzt", warf Salih bissig ein. „Es ist ja wohl nicht strafbar, wenn man einen schlechten Arbeitstag hat. Außerdem dürfte das höchstens Herrn Schultes Chef interessieren."

Er wandte sich an seinen Mandanten.

„Ich kenn mich übrigens auch im Arbeitsrecht aus", sagte er verschwörerisch und zwinkerte ihm zu.

Thomas Schulte war verwirrt. War er jetzt auch noch seinen Job los? Er hatte das Gefühl, als würde man ihn wie einen Tennisball von der einen Seite des Feldes zur anderen hin und her schlagen.

„Wo also waren Sie in der betreffenden Zeit?“, ließ Peppelinski nicht locker.

„Sie brauchen nicht zu antworten“, warf Salih ein. „Das hat nichts mit Ihrer Sache hier zu tun.“

Schulte überlegte kurz. Er hatte nichts Unrechtes getan. Also konnte er auch reinen Gewissens die Wahrheit sagen. Da ihn seine Flunkerei schon einmal in Schwierigkeiten gebracht hatte, schilderte er den Ermittlern die Geschehnisse wahrheitsgemäß.

„Es war wieder so ein Morgen gewesen, an dem ich mich mit meiner Frau heftig gestritten hatte. Mittlerweile ging das fast jeden Tag so. Um mich abzulenken, habe ich eine Spielhalle in der Innenstadt besucht, nachdem ich den Kundentermin bei Herrn Mertens verschoben hatte.“ Peppelinski nahm seine Aussage mit zufriedener Miene zur Kenntnis.

„Haben Sie vielleicht noch irgendwelche Nachweise?“, wollte er wissen.

„Ich bitte Sie, was denn für Nachweise.“

„Wie sah denn die Aufsichtskraft aus, die an diesem Tag Dienst hatte?“

Um Himmels willen! Das hatte er verdrängt. Er hatte sich sowieso nicht darauf konzentrieren können, so aufgewühlt, wie er gewesen war. Er geriet ins Schwitzen.

„Ich weiß es nicht mehr genau. Warum ist das jetzt so wichtig?“

„Das würde ich auch gerne wissen“, mischte sich Salih ein.

Peppelinski nahm in aller Ruhe einen Schluck Kaffee. Fast bedauernd sagte er dann plötzlich in seine Tasse: „Wenn das Spielhallenpersonal Ihren Besuch nicht bestätigen kann und es auch keine Videoaufzeichnung geben sollte, haben Sie also wieder kein Alibi.“

Schulte war fassungslos. Alibi?

„Was für ein Alibi?“, schoss es aus ihm heraus. „Wieso brauche ich für diese Zeit ein Alibi?“

„Für den Mord an Ulli Kanderske.“

Peppelinski sah auf und musste sich ein Lachen wegen der offenen Münder seiner Kontrahenten verkneifen.

„Das ist lächerlich“, polterte Salih. „Welchen Grund sollte mein Mandant haben, Ulli Kanderske zu töten?“

„Denselben, aus dem er vermutlich seine Frau ermordet hat“, antwortete Peppelinski ungerührt. „Eifersucht!“

„Eifersucht?"

Thomas Schulte war aufgesprungen.

„Was wollen Sie mir den jetzt *noch* anhängen? Ich kannte den Typen kaum. Vor allem weiß ich überhaupt nicht, ob meine Frau überhaupt mit ihm rumgemacht hat."

„So? Das hat sich in der Version Ihres Sohnes aber ganz anders angehört."

Schulte ließ sich fassungslos wieder auf seinen Stuhl fallen. Was hatte der Bengel denn jetzt schon wieder zum Besten gegeben? Wollte er etwa seinen eigenen Vater fertigmachen? War das seine Rache dafür, dass er jahrelang die Streitigkeiten seiner Eltern ertragen musste? Machte er ihn tatsächlich für den Tod seiner Mutter verantwortlich?

Salih schritt erneut ein.

„Herr Schulte wird sich zu dieser Angelegenheit jetzt nicht weiter äußern. Es wäre nur nett ...", er erwiderte Peppelinskis feistes Grinsen, „wenn Sie uns darüber aufklären würden, was der Sohn von Herrn Schulte diesbezüglich ausgesagt hat."

„Aber gern", flötete Peppelinski.

Thomas Schulte zitterte am ganzen Körper. Es half wenig, dass Salih ihm die Hand auf den Arm legte und ihm beruhigend zunickte.

„Phillip Schulte hat ausgesagt", begann Rico Bein aus der Ermittlungsakte vorzulesen, „dass Frau Anja Schulte Ihnen, Herrn Thomas Schulte, am Morgen des 3. September bei Einnahme des gemeinsamen Frühstückes von den Ereignissen des vorangegangenen Abends bei dem Blues-Konzert im *Kultur-Café* in der Bochumer Ruhr-Universität berichtet und mitgeteilt hat, dass sie den verletzten Ulrich Kanderske im Krankenhaus besuchen wolle."

Peppelinski hob die Hand. Bein unterbrach seinen Vortrag.

„Wollen Sie uns die Geschichte nicht weiter erzählen?", fragte er den inzwischen völlig erbleichten Schulte.

„Mein Mandant sagt jetzt gar nichts mehr", insistierte Salih.

Peppelinski gab Bein ein Zeichen, fortzufahren.

„Im Verlauf des Gespräches fragten Sie Frau Anja Schulte, warum sie es denn so eilig habe, Herrn Kanderske im Krankenhaus zu besuchen. Sie fragten sie sogar sinngemäß, ob sie mit ihm auch eine Affäre gehabt habe."

Bein sah auf und fixierte den Gefangenen.

„Diese Frage wurde von Frau Schulte bejaht."

Salih biss sich auf die Lippen. Was passierte hier eigentlich? Es sah so aus, als müsste er noch einmal eingehend unter vier Augen mit seinem Mandanten sprechen, der mittlerweile kurz vor dem Zusammenbruch war.

„Aber ...“, stotterte dieser mit einem Male, „das hat sie doch nur gesagt, um mich zu ärgern, weil sie meine Vorwürfe, sie würde es mit jedem treiben, satt hatte.“

Ungerührt fuhr Bein fort: „Im weiteren Verlauf kam es zu einem heftigen Streit. Schließlich verließen Sie, Herr Schulte, gegen 11 Uhr die gemeinsame Wohnung, um zu einem Kunden zu fahren. Herr Philipp Schulte hat außerdem ausgesagt, dass bei dem Gespräch auch erwähnt worden ist, in welchem Krankenhaus Herr Kanderske aufgenommen wurde.“

Hilflos sah Thomas Schulte Salih an.

„Warum tut er das? Mein eigener Sohn will mich an den Galgen liefern.“

„Ich kann Sie beruhigen“, wandte Peppelinski spöttisch ein. „Die Todesstrafe ist seit langem abgeschafft.“

Salih blitzte ihn kämpferisch an.

„Es sind wieder nur haltlose Verdächtigungen. Sie haben keinerlei Beweise. Wir werden keine Fragen mehr beantworten.“

„Das ist aber schade“, entgegnete Peppelinski. „Dabei haben wir noch so einige ungeklärte Dinge. Wir hätten zum Beispiel zu gerne auch gewusst, wo Sie sich am 23. September um 15 Uhr 20 aufgehalten haben?“

„Was soll denn das nun wieder?“, ereiferte sich Salih lautstark.

„Ist da eventuell wieder irgendjemand aus dem erweiterten Bekanntenkreis meines Mandanten aus ungeklärten Umständen verstorben?“

Er machte eine spöttische Geste.

„Nein“, antwortete Peppelinski jetzt mit ernstem Gesicht und beugte sich vor.

„Aber jemand hat versucht, Ihren Freund Freddy Spieker mittels eines gestohlenen PS-starken Gefährtes ins Jenseits zu befördern.“

Salih war völlig baff. Davon hatte ihm Freddy noch gar nichts erzählt. Das wurde ja immer verrückter. Er hatte das Gefühl, das ihm die Sache aus den Händen glitt.

„Und?“, wandte sich Peppelinski erneut an Schulte. „Haben Sie für diese Zeit ein Alibi? Im Büro waren Sie jedenfalls nicht. Ihr Chef hat ausgesagt, dass Sie sich an diesem Tag krank gemeldet haben. Ihr Sohn hat jedoch angegeben ..."

Thomas Schulte zuckte bei diesen Worten unwillkürlich zusammen.

„..., dass Sie wie gewohnt morgens aus dem Haus gegangen und erst gegen Abend zurückgekommen sind. Also, wo waren Sie?"

Er hatte sich in letzter Zeit zum Ärger seines Vorgesetzten öfters krank gemeldet und dabei einen nervösen Magen simuliert. In Wahrheit hatte er vor seinen Eheproblemen Reißaus genommen. So genau wusste er nicht mehr, was er an diesem Tag unternommen hatte. Möglicherweise war es der Tag, an dem er einem Puff in Belgien einen Besuch abgestattet hatte. Ein Kollege hatte ihm diesen empfohlen. Da es auch dieses Mal nicht zu einem handfesten Alibi reichte, antwortete er nur tonlos: „Kein Kommentar!"

„Ich protestiere gegen diese Art der Befragung!", schritt Salih, der sich von seiner Verwunderung langsam erholt hatte, ein.

„Eins ist mir jedoch noch nicht klar", fuhr Peppelinski unbeirrt fort.

„Wo kommt in diesem ganzen Spektakel die Gitarre ins Spiel?"

Er und Bein beobachteten intensiv Schultes Mienenspiel. Wie würde er auf diese Frage reagieren?

Zu ihrer Enttäuschung sah sie dieser nur verständnislos an. Kein Anflug von Unruhe oder ertappt sein.

„Was für eine Gitarre? Wovon reden Sie?"

Entweder der Kerl war ein guter Schauspieler oder der Tipp mit der Gitarre war nur ein dummer Scherz von jemandem, der sich wichtig tun wollte. Für Rico Bein gab es nur diese beiden Möglichkeiten. Für ihn stand mittlerweile fest, dass sie den richtigen Täter gefasst hatten. Dabei war er sich zunächst so sicher gewesen, dass Freddy Spieker der Gesuchte war.

Während er und Peppelinski noch in Schultes verdutztes Gesicht blickten, klingelte sein Handy. Ein Polizist der Hauptwache hatte eine wichtige Mitteilung zu machen. Peppelinski redete unterdessen weiter auf den Inhaftierten ein, versuchte ihn davon zu überzeugen, dass sich eine rechtzeitig gemachte Aussage günstig auf das Strafmaß auswirken würde.

Mit dem Gefühl, seine Arbeit für den heutigen Tag gut erledigt zu haben, führte er den noch warmen Kaffee an seine Lippen. Bein beendete sein Gespräch.

Da er nicht sofort redete, sondern verwirrt zu Boden blickte, fragte ihn sein Chef: „Was gibt's?“

Bein räusperte sich, so als ob er nicht mit der Wahrheit heraus wollte.

„Jemand ist in die Wohnung der Schultes eingebrochen und hat wohl am Tatort irgendetwas gesucht.“

Peppelinski erstarrte.

„Aber das ist noch nicht alles. Das Siegel ist natürlich beschädigt, aber es sind keine Aufbruchspuren festgestellt worden. Der Eindringling muss also einen Schlüssel besessen haben.“

Der Oberkommissar war wie vor den Kopf geschlagen. Bei dem Versuch, seinen Kaffeebecher abzustellen, setzte er diesen so ungeschickt auf der Tischkante ab, dass er kippte und sich sein ganzer Inhalt in seinen Schoß ergoss. Dabei stellte er verwundert fest, dass sein Mund wesentlich hitzeunempfindlicher war als sein Genital.

Laut fluchend sprang er auf und versuchte, den nassen Teil seiner Hose von seiner Haut fernzuhalten. Rico Bein saß nur dumm dreinschauend da, während sich die Tür öffnete und sich ein uniformierter Beamter nach dem Grund des lautstarken Wutausbruchs erkundigte.

Thomas Schulte schien noch nicht recht begriffen zu haben, was das alles für ihn zu bedeuten hatte. Salih Aksoy klopfte ihm währenddessen lächelnd auf die Schulter.

„Ich glaube, du solltest jetzt deine Donauwelle essen, damit du mal wieder zu Kräften kommst.“

Das Plektrum wirbelte über ihre Saiten.
Die Röhren des Verstärkers glühten hellrot.
Es war die perfekte Verbindung,
der perfekte Sound.
Ihr Herr glitt mit der linken Hand elegant über ihren Hals
bis zu ihren hohen Bünden,
mit der rechten schlug er sie hart an.
Mit aller Kraft dehnte er die Saiten bis
zum äußersten und ließ sie aufschreien,
um im nächsten Moment leise und zärtlich
in den ersten Bund zurück zu gleiten.
Es war der Blues,
der sie in höchste Verzückung versetzte.

Kapitel 13

„So, Ihr Lieben! Da ist das Prachtstück!"

Aus dem Publikum war ein anerkennendes Raunen zu vernehmen.

„Wie Ihr sehen könnt, ist neben diesem wundervollen Foto noch ausreichend Platz, um zu unterschreiben und noch ein paar Abschiedsworte darauf zu verewigen."

Oliver Kampmann und Chris Wenzel präsentierten der staunenden Menge das riesige Poster, welches auf stabilem Karton fixiert worden war. In der Mitte prangte eine Schwarz-Weiß-Fotografie von Ulli in Lebensgröße, natürlich in voller Action seine geliebte Stratocaster spielend. Den Mund hatte er wie in höchster Ekstase aufgerissen. Man erkannte, dass hierbei eine Zigarette an seiner Unterlippe klebte. Der Gitarrenhals war bis über seinen Kopf hochgezogen, während die linke Griffhand einem der hohen Bünde die Saiten bis zum Äußersten dehnte. Seine Spielhand war angespannt, während sie die Saiten heftig malträtierte. Vermutlich war eine davon kurz nach dieser Aufnahme gerissen, das dazugehörige Plektrum konnte sicher gleich mit entsorgt werden. Gleichzeitig hatte er ein Bein hochgezogen, das andere leicht gebeugt.

So hatten ihn alle noch in Erinnerung. Einige im Publikum gewannen sogar den Eindruck, als ob der verstorbene Gitarrist gleich aus dem Bild heraustreten und einen heißen Blues-Rock intonieren würde. Zur Linken neben dem Foto stand in geschwungenen Lettern sein Name, zur Rechten die Worte „Master of the Blues-Guitar."

„Wir haben genug Filzstifte da", rief Oliver ins bereitgestellte Mikro und hielt die Schreibgeräte hoch.

„Wenn ihr Euch alle verewigt habt, wird das Poster auf der ganzen Fläche laminiert, damit es für die Ewigkeit konserviert ist. Mit freundlicher Genehmigung unseres Wirtes Wolfhard ...", er nickte dem Chef des *Kultur-Cafés* zu, der wie immer grimmig dreinblickend neben der Bühne stand und die Erwähnung seines Namens ohne

Regung zur Kenntnis nahm, „... können wir uns dann einen schönen Platz für dieses wundervolle Erinnerungsstück aussuchen. So wird Ulli immer bei unseren Sessions anwesend sein und uns womöglich ...“, er richtete seinen Blick an die Decke, „... von oben zusehen und zuhören.“

Die Zuschauer applaudierten.

„Wer will, der komme nach vorne und schreibe ein paar nette Worte. Vergesst Eure Namen nicht! Diejenigen, die noch nach Beginn der Session unterschreiben wollen, können das gerne tun, wir werden das Poster dann neben der Eingangstür platzieren. Für Anja werden wir demnächst eine ähnliche Aktion starten.“

Während die Ersten nach vorne strömten und sich von Oliver und Chris die Stifte reichen ließen, schaute Freddy verstohlen durch die Glastür ins Innere. Er hatte immer noch Hausverbot und keine Lust, sich mit Wolfhard anzulegen.

Die Idee mit dem Poster stammte von ihm. Begeistert hatten der Saxophonist und der Keyboarder in seinen Vorschlag eingewilligt. Chris wusste noch, dass bei den Sessions oftmals ein Fotograf anwesend war, der natürlich auch Fotos von Ulli besaß. Eines der Fotos war besonders ausdrucksstark und fand sofort die Zustimmung der drei Initiatoren. Es war nicht ganz billig, das Foto auf einen festen Karton dieser Größe drucken zu lassen. Freddy erklärte sich bereit, dafür aufzukommen, was Oliver und Chris dazu veranlasste, zu protestieren und zumindest einen Teil der Kosten zu übernehmen.

Die Session war heute erfreulicherweise gut besucht. Er war sich sicher, dass alle etwas aufs Poster schreiben würden. Er sah, wie Ella und Horst Dörmann es sich nicht nehmen ließen, als Erste etwas aufs Papier zu bringen, direkt neben Ullis Kopf. Wenn niemand große Romane schrieb, würde der Platz reichen.

Zunächst hatte Freddy seine ehemaligen Mitmusiker aufgesucht, um sie zu fragen, ob sie seine Theorie von *Lucille* für sich behalten oder, entgegen seiner Warnung, noch jemand anderem gegenüber erwähnt hatten. Die beiden schworen Stein und Bein, dass sie geschwiegen hätten wie ein Grab und Freddy glaubte ihnen. Und wenn sie gequatscht hätten ..., vielleicht hätte Freddy ja dann direkt seinem Attentäter begegnen können, allerdings mit äußerst ungewissem Ausgang.

Aber nach Anjas Tod war noch mehr passiert. Die Blues-Szene war nach der Nachricht von ihrer Ermordung erneut in helle Aufregung versetzt worden. Deshalb war heute fast jeder erschienen, um die neuesten Nachrichten zu hören. Trotz aller Möglichkeiten, die soziale Netzwerke im Internet so boten, waren die Sessions noch die besten Kontaktbörsen. Es war inzwischen bekannt, dass sich Anjas Ehemann in Untersuchungshaft befand. Allerdings mehrten sich die Gerüchte, dass er demnächst freigelassen werden müsse. Es liefe wohl auf einen Indizienprozess hinaus. Die Polizei habe am Tatort keine Beweismittel sicherstellen können, die auf einen anderen Täter hinwiesen. Dann war da noch die Rede von einem seltsamen Wohnungseinbruch, der während der Haft des Ehemannes passiert sein sollte. Aber hierüber wusste keiner in der Szene etwas Genaues. Es gab genug Raum für Spekulationen.

Freddy hatte es in der Zwischenzeit geschafft, Karin davon zu überzeugen, dass sie sich eine Zeitlang unsichtbar machen sollte. Sie lag ihm jetzt mehr denn je am Herzen. Vergeblich hatte sie ihn davon zu überzeugen versucht, dass auch er sich in Sicherheit bringen sollte. Jetzt, wo sie sich gefunden hätten, wolle sie ihn nicht sofort wieder verlieren. Gegen Freddys Sturheit kam sie jedoch nicht an. Die junge Beziehung hatte gleich ihre erste Belastungsprobe zu bestehen.

Direkt am Morgen nach dem Mord an Anja war sie, nachdem sie zu Hause ein paar Sachen eingepackt hatte, zu ihrer Schwester nach Haltern gefahren. Bei der Verabschiedung hatte sie Freddy ängstlich und zugleich wütend angesehen, ihn über die Wange gestreichelt und war dann ohne ein weiteres Wort davongefahren. Freddy hatte sich in diesem Moment wieder einsam gefühlt. Er hatte ihr noch nicht sagen können, wie es weitergehen sollte. Als er in der Haustür gestanden hatte, fühlte er sich plötzlich wie auf einem Präsentierteller. Man hätte ihn jetzt leicht abknallen können. Hastig hatte er die Eingangstür geschlossen und anschließend festgestellt, dass er schweißgebadet war. Verdammt, wo hatte er denn seine Knarre hingelegt?

Einige Tage später hatten plötzlich Peppelinski und Bein vor seiner Tür gestanden und ihm einen Durchsuchungsbeschluss präsentiert. Der Oberkommissar hatte ihm gesagt, dass er ihm die Arbeit jedoch erleichtern könnte, wenn er ihm sämtliche Schlüssel, die sich im Haus befanden, zeigen würde. Die Frage nach dem Warum ließen die Polizisten unbeantwortet. Als sie alle von Freddy vorgelegten Schlüssel mit einem Musterschlüssel verglichen, jedoch nicht den gewünschten Erfolg hatten, ließ Peppelinski einige Uniformierte einmarschieren, die sein Haus auf den Kopf stellten. Freddys Proteste wurden missachtet, weitere Erklärungen verweigerte man ihm. Er hatte daraufhin Salih angerufen, der zwar überrascht war, aber ihm den offensichtlichen Grund für die Hausdurchsuchung nennen konnte. Die Polizei verdächtigte ihn wohl, einen Schlüssel für Anjas Wohnung zu besitzen. Die Tatsache, dass man ihn vor verschlossener Tür angetroffen hatte, wäre dann kein Beweis mehr gewesen, dass er die Wohnung nicht zuvor betreten hatte. Freddy behielt die Tatsache, dass der Täter die Tür in der Eile offenbar hatte offen stehen lassen, für sich, auch gegenüber Salih. Niemand durfte wissen, dass er die Wohnung zuvor betreten hatte. Das Geräusch vom Klicken der Handschellen hatte er schnell hassen gelernt.

Nachdem man sein Haus in ein Chaos verwandelt und auch seinen geliebten Lincoln verwüstet hatte, war Peppelinski zu ihm gekommen und hatte ihn gefragt, wo man denn Karin antreffen könnte. Offenbar war bei ihr ebenfalls eine Hausdurchsuchung geplant für den Fall, dass man bei Freddy nicht fündig werden sollte. Da sie sich ebenfalls in unmittelbarer Tatortnähe befunden hatte, war auch sie ins Visier der Ermittler geraten.

Freddy verspürte nicht die geringste Lust, den Polizisten in irgendeiner Weise behilflich zu sein und hatte ihnen vorgemacht, darüber nichts zu wissen. Über die abschließende Frage Peppelinskis, ob er denn auch zu einer von Anjas zahlreichen Affären gehört habe, hatte er dann herzhaft gelacht. Wie üblich hatte ihn Bein dann mit starrem Blick fixiert. Es war klar, dass der ihn inzwischen wieder zu den Hauptverdächtigen zählte. Freddy hatte sich die Bemerkung nicht verkneifen können, dass man auf Dauer einen grünen Star bekomme, wenn man jemanden ständig so anstarrte. Bein hatte daraufhin seine Augen zusammengekniffen und eine unverständliche Drohung gemurmelt.

Als sich die Polizisten zum Ende wieder zu ihren Autos begeben hatten, hatte Freddy ihnen noch nachgerufen, dass sie zurückkommen sollten. Sie hätten vergessen wieder aufzuräumen. Ansonsten müsse er einen Haushaltsdienst bestellen. Die Rechnung würde er ihnen dann zukommen lassen. Ohne ihn weiter zu beachten, waren sie davongefahren und Freddy hatte ihnen zum Abschied den Stinkefinger gezeigt. Bein schien dies jedoch nicht gesehen zu haben. Eine Anzeige wegen Beamtenbeleidigung war ausgeblieben.

Karin hatte auf Freddys Nachricht mit Empörung reagiert. Eine Hausdurchsuchung wollte sie nicht zulassen. Da sie jedoch die

Befürchtung hatte, dass es Peppelinski fertig bringen würde, ihre Wohnung in ihrer Abwesenheit aufbrechen zu lassen, hatte sie sich bei der Polizei gemeldet und das Prozedere widerwillig über sich ergehen lassen. Ergebnislos und zerknirscht waren die Ermittler schließlich abgezogen.

Freddy hatte inzwischen von Salih erfahren, dass man Thomas Schulte, den armen Teufel, immer noch in Untersuchungshaft behielt. Weder er noch eines der Familienmitglieder konnten etwas dazu sagen, wer noch einen weiteren Schlüssel zu der Wohnung besaß. Ob dieser Jemand auch tatsächlich der Täter war, konnte zwar nur gemutmaßt werden, aber es erschien plausibel, dass er aus der Wohnung belastendes Material verschwinden lassen wollte. Der Unbekannte hatte auch dabei keine Spuren hinterlassen. Man hatte lediglich feststellen können, dass er sowohl das Badezimmer als auch das CD-Regal, warum auch immer, durchwühlt hatte.

Warum er dem unglücklichen Schulte Salih als Anwalt empfohlen hatte, wusste er selbst nicht so genau. Vielleicht hatte es damit zu tun, dass kaum jemand von der Unschuld des Ehemannes so überzeugt war wie er. Er hatte zwar noch keine eindeutige Erklärung dafür, aber für ihn waren Ullis und Anjas Mörder ein und dieselbe Person. Es musste ein Zusammenhang zwischen den Taten bestehen. Zwei Morde im Umfeld der Blues-Szene, das konnte kein Zufall sein.

Thomas Schulte gehörte nicht der Szene an und schied allein schon deshalb für Freddy als Täter aus. Er traute dem schlitzohrigen Salih zu, dass er sehr bald Schultes Unschuld beweisen würde, welches seine Ein-Täter-Theorie stützen würde.

Selbst Schultes eigener Sohn schien ihn für den Täter zu halten. Salih bemühte sich unermüdlich, seinen Schützling zumindest auf Kaution frei zu bekommen. Die neueste Idee der Ermittler war jedoch, dass Schulte womöglich den Mord in Auftrag gegeben und für den Täter einen Schlüssel hatte nachmachen lassen. Salih torpedierte diese Theorie gegenüber dem Staatsanwalt und dem Haftrichter als reine Spekulation und tatsächlich schien man seiner Theorie zu folgen. Schließlich gab es keinerlei Beweise.

Freddy fühlte sich jedenfalls mehr denn je in der Pflicht, den Täter zu enttarnen. Er musste sich jedoch eingestehen, dass das Attentat auf ihn Spuren hinterlassen hatte. Bevor er aus dem Haus ging, sah er sich ängstlich um. Während seiner Arbeit im Baumarkt schrak er regelmäßig zusammen, wenn er von Kunden angesprochen wurde. Als er eine ältere Dame, die ihn von hinten auf die Schulter getippt hatte, angeherrscht hatte, dass sie sich gefälligst nicht wie ein Dieb an ihn heranschleichen solle und diese sich daraufhin bei seinem Chef beschwerte, hatte dieser ihn für ein paar Tage nach Hause geschickt mit der Auflage, ein wenig auszuspannen.

Diese Zeit hatte er genutzt, um Renate aufzusuchen. Vielleicht hatte sie einen Verdacht. Er hatte dabei nicht erwähnt, dass er und Karin sie für die anonyme Informantin der Polizei hielten. Es erschien ihm auch nicht mehr wichtig. Auch Renate selbst, offenbar noch reichlich mitgenommen von der Mordtat an ihrer langjährigen Freundin, hatte Freddy nicht mehr nach seiner Mordtheorie gefragt, die Karin ihr gegenüber erwähnt hatte.

Leider hatte sich Renate als Sackgasse erwiesen. Obwohl Anja ihre beste Freundin war, hatte diese sich mit Informationen über ihre Affären zurückgehalten. Renate hatte Freddy erzählt, dass sie es auch gar nicht so genau wissen wollte, zumindest keine Namen. Vor allem hatte sie gegenüber Anjas Ehemann, den sie schon seit Schulzeiten kannte, kein schlechtes Gewissen haben wollen, indem sie sich zur Mitwisserin machte.

Das Einzige, was Freddy als Information hatte mitnehmen können, war, dass Renate sich sicher war, dass auch Musiker zu ihren Liebschaften zählten. Es kursierten in der Szene allerlei Gerüchte. Fast jedem, dem Anja mal einen schmachtenden Blick zugeworfen hatte, wurde eine Affäre mit ihr angedichtet. Selbst Freddy war einmal in „Verdacht“ geraten.

Er ließ seinen Blick über die Menge der Besucher im Kulturcafé streifen. Er ertappte sich dabei, wie er jeden, dem nicht gerade seine Sympathien galten, zum Kreis der Verdächtigen zählte. Er rügte sich deshalb. Spekulationen brachten ihn nicht weiter. Er brauchte konkrete Hinweise und Beweise.

Als sich der Ansturm nach einer Weile gelegt hatte, schleppten Chris und Oliver das Poster durch die Glastür in den Vorraum, wo Freddy stand. Dieser gehörte noch zum Unigebäude, sodass Wolfram ihn hier nicht vertreiben konnte.

„Drinnen ist kein Platz mehr“, erklärte ihm Oliver. „Wir müssen das Ding jetzt hier draußen aufstellen. Pass gut darauf auf! Wenn noch jemand kommt, hier sind die Stifte.“

Mit diesen Worten drückte er ihm die Filzstifte in die Hand. Auch

Chris gab ihm noch einmal eine größere Menge davon.

„Wir müssen jetzt auf die Bühne", ergänzte er knapp. Im nächsten Moment waren sie im Pulk der Besucher verschwunden, um nach einer halben Ewigkeit auf der gegenüberliegenden Bühne wieder aufzutauchen und die Session zusammen mit einer Allstars-Band einzuläuten. So ziemlich jeder, der Ulli und Anja nahegestanden hatte, wollte zu dieser spontan zusammengewürfelten Formation gehören, um seiner Betroffenheit Ausdruck zu verleihen. Mit dem Ergebnis, dass eindeutig zu viele Musiker auf der Bühne standen. Freddy zählte allein vier Gitarristen.

Sie begannen mit einem traurigen Slow-Blues. Mike Bruns sang als erster. Der Mann am Mischpult produzierte wie üblich einen fürchterlichen Gesangssound. Freddy konnte daher nicht genau verstehen, was gesungen wurde, aber Mike hatte wohl einen neuen Text auf die beiden Ermordeten geschrieben.

„Ihr werdet den Blues im Himmel weiter hören", hörte ihn Freddy singen. Renate hatte gerade die zweite Strophe begonnen, als er bemerkte, dass jemand hinter ihm stand.

Als er sich umdrehte, sah er in die skeptischen Gesichter von Bodo und Hasso.

„Schönen guten Abend", begrüßte ihn Bodo locker.

Freddy fühlte sich unwohl. Wer hatte die beiden denn gerufen? Es war doch gar nichts passiert.

„Na, Herr Spieker", sagte Hasso. „Heute mal schön nüchtern?"

Freddy fing sich wieder.

„Stocknüchtern. Oder ist das auch verboten?"

Eine spitze Bemerkung konnte er sich einfach nicht verkneifen, grinste dabei aber schelmisch.

„Aber so was von ...", stieg Bodo drauf ein. „Deshalb sind wir ja gerufen worden. Der Anrufer teilte uns mit, dass ein nüchterner Freddy Spieker noch weitaus gefährlicher sei als ein betrunkener. Deshalb mussten wir sofort kommen."

Einen Moment war Freddy sprachlos. Dann musste er lachen. Die Polizisten schienen tatsächlich Humor zu haben.

„Keine Panik", ergänzte Hasso. „Wir haben heute Streifendienst und haben uns gedacht, wir schauen einfach mal vorbei. Wenn's wieder Ärger gibt, können wir dann auch sofort dazwischen gehen."

„Darfst da wohl nicht mehr rein", duzte ihn Bodo plötzlich und deutete mit dem Kopf in Richtung Eingang. Es klang fast bedauernd, so als ob er Mitleid mit dem Ausgestoßenen habe.

„Nee“, antwortete Freddy und zuckte die Schultern. Ob Wolfhard das Lokalverbot jemals aufheben würde?

„Na ja, wundert mich auch nicht“, fuhr Bodo fort.

„Ist ja so einiges passiert seit dem letzten Abend. Laut Kripo sind deine Alibis für die Morde in Ordnung. Dann brauchst du dich ja nur noch wegen der paar belanglosen Verkehrsdelikte verantworten. Wenn du alles zugibst, kommst du vielleicht noch mit einer Bewährungs- und Geldstrafe davon.“

Es klang teils fürsorglich, teils sarkastisch. Dennoch fragte sich Freddy, was die beiden eigentlich wirklich wollten.

Hasso sah sich suchend um.

„Eigentlich hatte ich die Kollegen von der Kripo hier erwartet. Aber die scheinen immer noch zu glauben, dass der Ehemann der Sängerin der Täter ist. An ihrer Stelle hätte ich aber mal ein paar Leute hier befragt.“

„Wir glauben nämlich nicht, dass der Ehemann schuldig ist“, ergänzte Bodo verschwörerisch zu Freddy. „Um ehrlich zu sein, wir glauben, die Kripo ist auf dem Holzweg.“

Er deutete auf die Menge, die weiterhin andächtig dem Blues lauschte.

„Der wahre Mörder ist vielleicht auch gerade da drin. Aber wir sind ja nicht die Kripo, wir dürfen da nicht ermitteln.“

Er zuckte die Schultern.

„Und du sollst dich ja auch aus allem raushalten, habe ich gehört. Sonst erwischt dich der Kerl womöglich auch noch. Andererseits ..., Angriff ist die beste Verteidigung. Du kennst die Szene da drinnen doch sicher besser als alle anderen.“

Freddy wunderte sich immer mehr. War das eine Aufforderung, jetzt doch weiter auf eigene Faust zu ermitteln? Trauten ihm die beiden Streifenpolizisten die Aufklärung der Verbrechen eher zu als ihren eigenen Kollegen?

„Wenn dir irgendwas komisch vorkommt, zum Beispiel, dass dir jemand nachstellt, dann ruf uns auf der Wache an.“

Hasso steckte ihm einen kleinen Zettel zu.

„Hier ist die direkte Durchwahl und noch ’ne Handynummer. Aber sei vorsichtig!“

Mit diesen Worten machten sie auf dem Absatz kehrt und strebten dem Ausgang zu, den verdutzten Freddy zurücklassend.

„Ach ja ...“, Bodo wandte sich noch einmal um. „Fast hätte ich’s vergessen. In drei Tagen hast du deinen Fernsehauftritt. Die Sendung fängt abends um viertel nach elf an. Ist auch besser so. Ist schließlich nix für kleine Kinder.“

Die Session dauerte bis weit nach Mitternacht. Freddy hatte einigen Nachzüglern die noch fehlenden Widmungen abgenommen, nachdem diese von Bodo und Hasso ebenfalls den Sendetermin mitgeteilt bekommen hatten. Die Neuigkeit sprach sich natürlich herum wie ein Lauffeuer. In drei Tagen würden sie alle vor dem Fernseher sitzen. Diese Peinlichkeit musste Freddy noch über sich ergehen lassen. Aber seine große Stunde würde noch kommen, sie würden schon sehen.

Zu guter Letzt hatte er selbst ein paar warme Worte geschrieben, kurz nachdem sich Wolfhard eingetragen hatte. Wortlos, aber mit drohendem Blick, dass er es bloß nicht wagen sollte, einen Fuß über die Schwelle zu setzen, hatte er lediglich seine Unterschrift auf das Riesenposter geschrieben.

Insgesamt waren Oliver, Chris und er sehr zufrieden mit der Aktion. Ihnen fiel noch kaum jemand ein, von dem eine Widmung fehlte. Der Platz hatte gerade so gereicht.

„So, dann wollen wir das Kunstwerk mal einpacken“, sagte Oliver zufrieden und reckte sich. Der Abend war anstrengend gewesen, aber es hatte sich gelohnt. Er hatte sich sogar einen Lieferwagen geliehen, um das Riesenposter zu transportieren.

„Nur noch zum Laminieren bringen, hier aufhängen und fertig!“

„Nicht so schnell!“, wandte Freddy ein. „Schauen wir uns doch erst mal an, was die Leute so alles geschrieben haben.“

Während Oliver und Chris sich dafür entschieden, das aufs nächste Mal zu verschieben, beäugten sie ungeduldig Freddy, wie er wirklich jeden einzelnen Eintrag gründlich zu entziffern versuchte.

Ein paar Tage später stand Freddy an einer Straßenecke in Wattenscheid und beobachtete das Haus gegenüber. Nicht einen

Augenblick ließ er den Hauseingang aus den Augen. Seine Augen lugten hinter den gespiegelten Sonnenbrillengläsern und den struppigen Fransen seiner Blondhaarperücke hervor. Seinen Körper hatte er in einen alten türkisfarbenen Trainingsanzug aus Ballonseide gesteckt, den er noch in der hintersten Ecke seines Kleiderschrankes gefunden hatte. Die Turnschuhe hatten ebenso wie die anderen Bekleidungsstücke ihre besten Zeiten in den späten achtziger Jahren gehabt. Den Bart hatte er sich auf die übliche 3-Tages-Länge gestutzt.

Kurz gesagt, der Proll-Faktor seines Outfits erreichte die höchste Stufe. Eigentlich konnte er sich diese Bekleidung für Karneval aufheben. Aber sobald wie möglich musste er die Klamotten entsorgen. Niemand durfte ihn mit dieser Aktion in Verbindung bringen, sonst konnte er in Teufels Küche kommen.

Er musste länger warten, als er erwartet hatte. Da es unangenehm kühl war und die Ballonseide nicht wirklich wärmte, begab er sich schließlich zu der Trinkhalle ein paar Schritte weiter.

Eine wohlgenährte Dame mittleren Alters begrüßte ihn freundlich und schien über seinen Aufzug nicht im Mindesten irritiert zu sein. Obwohl sie ihn noch nie gesehen hatte, sah sie ihn als einen der ihren an und duzte ihn bei seiner Bestellung sofort. Er platzierte sich an einem der Stehtische, von welchem er den Hauseingang gut sehen konnte. Als er seine soeben erstandene Flasche Bier öffnete und an seine Lippen führte, wurde er jäh gestoppt.

„Nich hier drin, junger Mann. Dat kostet mich sons' meine Konzession“, belehrte ihn die Besitzerin in breitestem Ruhrdeutsch.

„Dat müsstest du doch wissen. Gipp ma her, ich weiß wat.“

Mit diesen Worten nahm sie ihm die Flasche aus der Hand und verschwand in einem hinteren Raum. Als sie wiederkam, hatte sie eine Flasche Limonade in der Hand und reichte sie Freddy.

„So, dann fällt dat nich so auf“, sagte sie zu ihm mit einem Augenzwinkern.

Irgendwie widerstrebte es Freddy, Bier aus einer Limoflasche zu trinken. Er schloss daher die Augen, als er einen kräftigen Schluck nahm.

Als er sie wieder öffnete, sah er denjenigen, auf den er die ganze Zeit gewartet hatte, aus der Tür kommen. Er war so überrascht, dass er sich heftig verschluckte.

„Wat denn?“, hörte er die Kiosk-Besitzerin sagen. „Dat Glas war ganz sauber. Dürfte eigentlich nicht mehr nach Limo schmecken.“

„Schon gut. Ich war nur zu gierig“, sagte Freddy hustend, während er sein Observierungsobjekt davonfahren sah.

„Ja, bei som lecker Pilsken bleibt einem schon ma die Luft wech!“, lachte die Dame.

Freddy trank zügig aus, während er sich die nächsten Schritte überlegte. Er war sich absolut sicher, dass er auf der richtigen Fährte war. Jetzt hieß es Ruhe bewahren, um keine Fehler zu machen.

Mit einem „Tschüsskes“ verabschiedete er sich aus der Trinkhalle und bewegte sich auf die Rückseite des Hauses zu.

Die Wohnung befand sich im Erdgeschoss, sodass er relativ mühelos den Balkon entern konnte. Es war dämmerig geworden. Auf der Wiese hinter dem Haus war niemand zu sehen. Der Spielplatz in unmittelbarer Nähe lag einsam und verlassen da. Freddy versteckte sich hinter einem Baum und sah sich um, ob nicht irgendjemand in den umliegenden Häusern im Fenster hing.

Aber es war niemand zu sehen. Er atmete noch einmal tief durch, nahm Anlauf und raste auf den Balkon zu. Als er näher kam, erschien ihm dieser mit einem Male wie eine unüberwindbare Mauer. Er hatte die Höhe unterschätzt. Bei seinem Sprung bekam er den Rand zu fassen und wollte den Rest seines massigen Körpers in der Art eines Straddle-Stils längst vergessener Hochsprung-Olympiasieger hinüber schwingen. Stattdessen schaffte er es lediglich, den rechten Arm und das rechte Bein über den Rand zu bugsieren, der Rest seines Körpers blieb wie ein nasser Sack am Balkon hängen.

Wenn ihn jetzt jemand sehen würde, noch dazu in diesem Aufzug, hätte er wohl eher an einen Scherz als einen Einbruchversuch gedacht. Jedenfalls kam sich Freddy ziemlich dämlich vor. Mit äußerster Kraftanstrengung und nicht zu überhörenden Stöhnlauten schaffte er es, den Rand zu überwinden. Auf der Innenseite fiel er fast ungebremst herunter, wobei er sich das Knie stieß. Nur mit Mühe konnte er einen Schmerzensschrei unterdrücken.

Er blieb eine Zeitlang liegen, einerseits um zu horchen, ob seine Enteraktion unbemerkt geblieben war, andererseits in Erwartung dessen, dass der Schmerz in seinem Knie nachlassen würde. Dann richtete er sich langsam auf. Als er aufstand, spürte er erneut einen stechenden Schmerz. Auch das noch! Schnelle Fluchtaktionen waren jetzt nicht mehr so ohne weiteres möglich.

Er humpelte die wenigen Schritte bis zur Balkontür und kramte ein Brecheisen im Kleinformat hervor. Einen Moment stockte er. Er konnte es kaum glauben. Das war jetzt schon das dritte Mal innerhalb kürzester Zeit, dass er unbefugt in eine Wohnung eindrang. Zweimal war er bereits davongekommen, aber jetzt?

Trotzdem, er musste es riskieren! Er war sich ganz sicher, dass er hier finden würde, wonach er suchte.

Er schaute durch die Scheibe ins Wohnzimmer der Wohnung. Es war alles dunkel. Kein Laut war zu hören. Als er das Brecheisen an die Balkontür ansetzte und drückte, sprang sie auf. Zunächst verdutzt, entfuhr ihm fast ein Jubelschrei. So eine Nachlässigkeit! Aber umso besser für ihn. Wenn er keine Aufbruchspuren hinterlassen würde, konnte ein Einbruch nicht nachgewiesen werden.

Er schlüpfte hinein. Das Brecheisen hielt er vorsichtshalber in der Hand. Er sah sich um, konnte aber im Halbdunkel nicht viel erkennen. Er nestelte sein Handy aus der Tasche und aktivierte die Leuchte.

Das Wohnzimmer bestand aus wahllos zusammengewürfeltem Mobiliar. Die braune Ledercouchgarnitur war ziemlich abgewetzt. Auf dem Kacheltisch in der Mitte standen jede Menge leere Bierflaschen und volle Aschenbecher. Die dunkelbraune Schrankwand aus Pressspan wäre auf dem Sperrmüll vielleicht besser aufgehoben gewesen. An den Wänden hingen Poster alter Rockgrößen wie Led Zeppelin und Eric Clapton. In den Ecken machte er neben einem ausladenden Röhrenfernseher einige alte Verstärker aus, die teilweise auseinander gebaut waren. Im Übrigen schien der Bewohner auf einigen ungenutzten Flächen der Wohnung den Hausstaub regelrecht zu züchten. Zum Glück bin ich dagegen nicht allergisch, dachte Freddy, sonst würde mein Niesen mir noch zum Verhängnis werden.

Während er darüber nachsann, dass es in seinem Haushalt dagegen noch geradezu klinisch rein aussah, wagte er sich weiter vor. Im Korridor ein ähnliches Bild. Verstärker, Kabel, Plektren und weiteres Equipment lagen überall herum. Auch hier Bierflaschen und Aschenbecher. Das Ganze sah eher wie eine unaufgeräumte Werkstatt als wie eine Wohnung aus. Ähnliches galt für die Küche, in der überall benutztes Geschirr herumstand, und für das Schlafzimmer. Bei Letzterem wunderte es ihn, dass das Bett recht frisch bezogen aussah. Darauf schien der Bewohner immerhin Wert zu legen. Auch das Badezimmer machte im Gegensatz zu den anderen Zimmern einen einigermaßen sauberen Eindruck.

Als er eine weitere Tür, die vom Korridor abging, öffnen wollte, musste er feststellen, dass diese verschlossen war. Er fluchte leise.

Musste er jetzt doch noch das Brecheisen benutzen?

Er sah sich weiter um und entdeckte neben der Wohnungstür ein Schlüsselbord, dass er sich näher ansah. Obwohl es ihm unlogisch erschien, dass einer der Schlüssel passen würde, entschied er sich dafür, diese nach und nach auszuprobieren. Sofort der erste passte. Die anderen hängte er wieder zurück in der Gewissheit, dass einer davon das Interesse der Polizei wecken würde.

Dann öffnete er die Tür. Der Raum war stockdunkel. Im Schein der Handyleuchte erkannte er einen dicken Teppichboden. Die Wände, die Decke und die Innenseite der Tür waren über die gesamte Fläche mit Eierkartons beklebt. Auch die Stelle, wo üblicherweise ein Fenster sein musste. Lediglich der Heizkörper unter dem verdeckten Fenster war frei. Die Kartons waren mit roter Farbe übermalt. An Mobiliar fand sich in diesem schalldichten Raum außer einem Hocker in der Mitte nichts, dafür mehrere Fender-Verstärker, ein Marshallturm, ein Powermixer mit zwei Boxen, an den ein Laptop angeschlossen war und mehrere Gitarren. Ein modriger Geruch schlug ihm entgegen, während er nach und nach die Gitarren absuchte.

Als er in die rechte Ecke leuchtete, blieb ihm fast das Herz stehen, um dann im nächsten Moment wie wild zu pochen. Er schaltete das Licht ein.

War er jetzt am Ziel? Er hatte sich schon einmal getäuscht.

Hastig suchte er aus seinen Innentaschen den Zettel mit der Seriennummer heraus und verglich sie mit der auf dem Kopf der Gitarre.

Er las es dreimal hintereinander, weil er ganz sicher gehen wollte. Aber es gab keinen Zweifel.

Es war *Lucille! Seine Lucille!*

Überwältigt von einem unsäglichen Glücksgefühl vergaß er für einen Moment alles um sich herum. Er zog einen Handschuh aus und streichelte den Korpus des Instruments.

„Ich hole dich jetzt nach Hause, Baby!“, flüsterte er mit Tränen in den Augen, so als ob er erwarten würde, dass ihm sein lang vermisster Schatz augenblicklich um den Hals fallen würde.

Er riss sich wieder zusammen, nahm sein Handy zur Hand und wählte eine Nummer.

Den heftigen Schlag, der seinen Hinterkopf traf, nahm er nur im Ansatz wahr.

Kapitel 14

Er kam langsam zu sich, wusste aber weder, wo er sich befand noch was geschehen war. Es dauerte eine Ewigkeit, bis sich das Chaos in seinem Kopf zu lichten begann. Sein Hirn bemühte sich verzweifelt, das Puzzle vor seinen Augen zusammenzusetzen. War das die Decke eines Raumes, auf die er da starrte? Was für ein seltsames Gebilde!

Er versuchte etwas zu sagen, aber es ging nicht. Irgendetwas verhinderte, dass er den Mund öffnen konnte. Er spürte ein seltsames Ziehen von einer Wange zur anderen. Das gleiche galt für seine Hände, die hinter dem Rücken verschränkt waren und seine Füße. Er konnte sich kaum bewegen.

Was ging hier vor? Ganz langsam lichtete sich der Nebel vor seinen Augen, gefolgt von einem brummenden Kopfschmerz, den er jetzt zu spüren begann. Sein Blick wanderte von der seltsamen Deckenverkleidung zur Seite.

Ein Gesicht!

Es grinste ihn unverschämt an.

War das ein freundliches Grinsen?

Mit einem Male begriff er, was geschehen war. Er war in eine Wohnung eingebrochen. Und er hatte *Lucille* gefunden. Hatte er das wirklich? Er drehte den Kopf zur anderen Seite. Tatsächlich, da stand sie. Es war kein Traum gewesen. Aber was war dann passiert?

„Herzlich willkommen, Freddy!“, sagte das grinsende Gesicht.

Jetzt war Freddy wieder voll im Bilde. Er hatte also recht gehabt. Allerdings war *das* hier so nicht geplant. Er wollte der Polizei den Mörder frei Haus liefern, ohne dass dieser vorher die Gelegenheit erhalten würde, ihn umzubringen. Sein Brummschädel, seine mit Gaffa-Tape verklebten Extremitäten und sein verschlossener Mund machten ihm unmissverständlich klar, dass er in Lebensgefahr schwebte.

„Ich habe schon auf dich gewartet“, sagte das Gesicht. „Ich habe absichtlich die Balkontür nur angelehnt, damit du keinen Schaden anrichten musstest. Ich hatte nur befürchtet, dass du die Scheibe einschlagen würdest, aber so dumm scheinst du ja doch nicht zu sein."

Freddy starrte ihn an. Wüste Beschimpfungen wollten sich auf seinen Lippen bilden, das Gaffa-Tape hinderte ihn jedoch daran, sie auszusprechen.

„Ach so! Du möchtest mir etwas mitteilen", sagte der Mann gespielt verständnisvoll.

„Warte, ich schließ nur mal eben die Tür. Muss ja nicht jeder gleich mitbekommen, was wir zu bereden haben."

Er stand auf und verschloss den Raum. Hilfeschreie waren somit nutzlos.

Er bückte sich zu Freddy hinunter und riss ihm mit einem Ruck das Klebeband vom Mund.

Freddy stöhnte vor Schmerz. Etliche Bartstoppeln seines Dreitagebarts blieben im Tape hängen.

„Oh, tut mir leid!", sagte sein Gegenüber sarkastisch. „Vielleicht hätte ich es ein wenig vorsichtiger machen sollen."

Einen Moment lang starrten sich die beiden Kontrahenten wortlos an. Freddys vernichtende Blicke schienen seinen Peiniger zu amüsieren.

„Hm, ich dachte du wolltest mir irgendwas sagen, Freddy. Aber egal, es wird ohnehin nicht so wichtig sein, jetzt, wo du Bescheid weißt. Obwohl …"

Er machte eine Pause und kratzte sich nachdenklich am Kinn. In Freddy stieg blanker Hass empor. Wenn er jetzt die Hände frei hätte …

„... *alles* kannst du natürlich nicht wissen. Aber ich bin gerne bereit, dir vor deinem Abgang noch einige Fragen zu beantworten."

Er sagte es im Tonfall eines Bankangestellten, der einem ahnungslosen Kunden soeben ein lukratives Geschäft untergeschoben hatte und grinste Freddy auffordernd an.

„Ich wusste schon immer, dass du ein Arschloch bist, Don. Aber das hätte ich dir dann doch nicht unbedingt zugetraut", presste Freddy hervor.

Don Berger lachte.

„Ja, siehst du, Freddy, ich bin nun mal jemand, der ein größeres Risiko eingeht, um seine Ziele zu erreichen. Man kann nicht immer auf alles Rücksicht nehmen. Manchmal muss man sich einfach das nehmen, was einem zusteht."

Freddy deutete mit einer Kopfbewegung auf *Lucille*.

„Zum Beispiel auch eine Gitarre, die einem nicht gehört?"

„Du hast es erfasst."

Dons Gesichtsausdruck änderte sich. Mit verächtlich heruntergezogenen Mundwinkeln näherte er sich Freddys Gesicht.

„Ich konnte doch so einen Schatz wie *Lucille* nicht so einem Pisser wie dir überlassen, einem neureichen Versager, der noch nicht mal darauf spielen kann. Einfach lächerlich, so ein wertvolles Instrument in einem Probenraum im Keller verrotten zu lassen. So etwas gehört in die Hände eines Profis, nein, eines Gitarristen mit begnadeten Händen, ja, eines Gottes! Hörst du? Sie gehört mir und wird mir für den Rest meines Lebens gehören!"

Es hatten sich Schweißperlen auf der Stirn seines verzerrten Gesichtes gebildet. Im nächsten Moment wandte er sich von Freddy ab, nahm *Lucille* und streichelte selig lächelnd über die Saiten der Gitarre. Freddy konnte es kaum glauben. Der Kerl war ein Psychopath und kein Mensch hatte es bisher bemerkt.

„Du hast sie ja nicht mehr alle, Don. Ich glaube, die stecken dich eher in die Geschlossene als in den Knast. Fragt sich nur, ob du in der Klapse Gitarre spielen darfst. Jedenfalls nicht auf *Lucille*."

Don sah ihn gespielt mitleidig an.

„Du scheinst immer noch zu glauben, dass du das hier überlebst. Armer Freddy, deine Stunden sind gezählt. Schade, dass ich dich nicht schon in Dortmund erwischt habe. Na, immerhin konnte ich die Bullen abhängen. War schon ziemlich riskant, dich platt fahren zu wollen, nachdem dummerweise diese Uniformierten auftauchten. Ich wollte meinen Plan schon aufgeben, aber du bist so schön vor mir hergelaufen, da konnte ich mich einfach nicht beherrschen. Ich war mir sicher, dass ich dich *er*wischen und den Bullen *ent*wischen würde. Na ja, der erste Teil des Plans hat leider nicht geklappt. So viel Sprungkraft hatte ich dir gar nicht zugetraut. Hättest besser Leichtathlet werden sollen. Der zweite Teil war dagegen umso erfolgreicher."

Er lachte laut auf.

„Ich konnte vor Lachen kaum das Lenkrad halten, als ich im Rückspiegel gesehen habe, wie die Bullen zusammengekracht sind. Und du glaubst im Ernst, dass diese Trottel mich dingfest machen können? Keine Chance!"

Prüfend sah er Freddy an.

„Es geht hier nur noch um die Art deines Todes. Allerdings bin ich immer noch bereit, dir einige Fragen zu beantworten."

„Okay", sagte Freddy. „Dann erzähl doch mal, wie du *Lucille* überhaupt entdeckt hast. Schließlich wusste kaum jemand davon."

„Du bist so ein Idiot, Freddy. Wie kann man etwas geheim halten, was man schon von draußen erkennen kann?"

Freddy starrte ihn verständnislos an.

„Hör zu, ich erklär's dir. Anja erzählte mir, dass ihr seit einiger Zeit im Keller deines ach so schönen neuen Hauses proben würdet. Allerdings nur die Rumpfband, sie selber sei noch nicht da gewesen. Na ja, dachte ich mir, dann machst du mal einen Überraschungsbesuch. Ich wusste ja von ihr, wann ihr üblicherweise probt. Auf mein Schellen hat keiner geöffnet. Also bin ich ums Haus herumgegangen, als ich euch dort unten proben hörte. Weißt du, so ganz schalldicht sind deine Fenster nämlich leider nicht. Würdest du morgen noch leben, würde ich dir raten, da ein wenig nachzubessern, sonst beschweren sich noch deine Nachbarn …"

Er schüttete sich vor Lachen aus. Freddy verzog keine Miene. Plötzlich wurde ihm klar, was geschehen war.

„Tja, und als ich dann die kleine Treppe hinunterging …, du weißt schon, die vom Garten zur Kellertür hinunterführt …, da konnte ich durch eines der kleinen Fenster Ulli mit dieser wunderschönen Gitarre sehen. Ich habe sofort erkannt, dass das nicht irgendeine Gitarre war, sondern eine *Lucille* und zwar dazu noch eine ganz besondere."

Wieder streichelte er das Instrument mit entrückter Miene.

„Aber das war ja noch nicht alles. Ihr hattet gerade eine Spielpause eingelegt und einer von euch, ich glaube Mike, hatte gerade das Fenster auf Kipp gestellt. Ich wollte eben an der Kellertür klopfen, als ich hörte, dass sich zwischen Ulli und dir ein kleiner Disput entwickelte. Er wollte dich unbedingt davon überzeugen, mit *Lucille* aufzutreten. Aber du warst vehement dagegen. Ich hatte erst gedacht, es sei Ullis Gitarre, umso größer war mein Entsetzen, als ich begriff, dass sie einem talentlosen Basstölpel wie dir gehörte."

Beim Wort „Basstölpel" grinste Don wieder. Freddy schien diese Beleidigung nicht zu hören. Eigentlich hatte er das Bedürfnis, sich selbst in den Hintern zu beißen. Er hätte seinerzeit alles von außen besser absichern müssen. Aber wer konnte schon ahnen, dass sich irgendwelche Bluesgitarre spielenden Psychos in seinem Garten herumtreiben würden?

„Ja, und dann sagtest du etwas, was mich aufhorchen ließ“, fuhr Don fort. „Und zwar hast du die anderen darauf eingeschworen, darüber außerhalb des Probenraumes kein Wörtchen zu verlieren. Wenn ich mich recht erinnere, wolltest du demjenigen, der doch darüber quatschen sollte, die Eier abreißen und in einer heißen Pfanne zum Frühstück servieren.“

Er nickte scheinbar anerkennend.

„Ich muss zugeben, eine amüsante Vorstellung. Das brachte mich auf eine Idee. Du kannst dir vorstellen, dass ich auch mal von solch einer Gitarre geträumt habe, aber unglücklicherweise bin ich nicht so ein Glückspilz wie du. Leider habe ich keine reichen Verwandten, die mir etwas hinterlassen könnten. So was wie *Lucille* kann ich mir von meinem bescheidenen Lohn und dem, was die Band einbringt, nicht leisten.“

Er machte eine scheinbar entschuldigende Geste.

„Außerdem war es ja nur eine begrenzte Auflage, die bald vergriffen war. Dann muss man sich halt mal das nehmen, was einem zusteht!“

„Was einem zusteht? Dir steht was ganz anderes zu“, zischte ihn Freddy an. „Eine kleine schmutzige Zelle, am besten noch mit einem sadistischen Mitinsassen, der dir jeden Tag die Fresse poliert.“

Don machte einen gespielt erstaunten Gesichtsausdruck.

„Oh, oh! Da wird unser kleiner Freddy böse. Er sollte aber bedenken, dass noch weitere solche Äußerungen sich unter Umständen negativ auf die Art seines Todes auswirken könnten.“

Er sah ihn belustigt an.

„Möchtest du noch weitere Verwünschungen aussprechen oder soll ich mit meiner Geschichte fortfahren?“

Freddy biss sich auf die Lippen. Er sagte sich, dass er sich eher Gedanken darüber machen sollte, wie er hier lebend wieder heraus kam.

„Nun ja, ich hatte also die Idee, *Lucille* ihrer eigentlichen Bestimmung zuzuführen. Da ich ja kein Krimineller bin …“

Freddy war fassungslos. Dieser Dreckskerl schien wirklich zu glauben, was er sagte.

„“… habe ich mich mal ein bisschen in der Unterwelt umgehört. Du weißt ja, ich komme viel herum und siehe da, ich habe dann auch einen netten Herrn aus Osteuropa kennengelernt, dem ich ein nettes, recht ungesichertes Objekt anbieten konnte. Zuvor hatte ich mit ihm unter anderem auch schon den Fritz um sein Schlagzeug erleichtert und die gute Anja war uns dabei behilflich, es zu verkaufen. Es gibt in Holland den einen oder anderen Laden, der gut zahlt. Wir machten also den Deal, dass ich lediglich die Gitarre erhalten würde, den Rest der versnobten Einrichtung und das, was sonst noch an Wertsachen zu finden war, habe ich ihm überlassen. Ich habe dann noch ein bisschen ausgekundschaftet, wann du und Elke üblicherweise das Haus verlasst und schon lief das Geschäft."

Beim letzten Wort klatschte er vergnügt in die Hände, als sei er ein erfolgreicher Immobilienmakler, der soeben eine Villa verkauft hatte.

„Ich war zwar ein wenig verärgert, dass meine Geschäftspartner nicht das Zertifikat mitgebracht hatten, obwohl ich sie zuvor eindringlich darauf hingewiesen hatte, aber letztendlich dachte ich mir, nach einiger Zeit wird die ganze Sache wieder vergessen sein und irgendwann wird *Lucille* im Scheinwerferlicht erstrahlen und mit mir als ihrem Meister das Publikum beglücken."

Er sah die Gitarre verliebt an. Total durchgeknallt, dachte Freddy.

„Ich hätte nicht gedacht, dass du danach so durchknallen würdest, Freddy", sagte Don plötzlich, als wolle er Freddys Gedankengang retournieren. Offenbar schienen sich die beiden Männer gegenseitig für verrückt zu halten.

„Wie du auf den armen Ulli losgegangen bist. Also wirklich …"

Don schüttelte den Kopf.

„Das hat mich dazu veranlasst, doch noch etwas länger mit *Lucilles* Bühnenpremiere zu warten. Zumindest solange, bis du dich wieder beruhigt hattest. Nachdem sich eure Band aufgelöst hatte und du dich seit längerem nicht in der Szene hattest blicken lassen, konnte ich es kaum noch erwarten. Das Witzige ist …"

Er beugte sich vor, als wolle er sich keine Regung in Freddys Gesicht entgehen lassen.

„… am Abend der Blues-Session, als du Ulli verprügelt hast, hatte ich *Lucille* bei mir, dort in dem Gitarrenkoffer."

Er deutete auf den stabilen braunen Instrumentenkoffer mit dem Aufdruck *Gibson*, der in einer Ecke stand.

„Ich hatte mit der *Blues-Machine* die Session eröffnet. Da Bogdan mitgespielt hat und ich nicht sicher war, ob er die Gitarre wiedererkennen würde, hab ich zunächst auf einer anderen gespielt. Als du dann angedackelt kamst, dachte ich mir: Scheiße! Dann musst du entweder noch länger warten oder dir noch was anderes ausdenken."

Freddy bemühte sich, es Don nicht merken zu lassen, was in ihm vorging. Dass er diesen Abend damit verdorben hatte, Ulli zu verprügeln, erschien ihm jetzt noch tragischer. Hätte er sich unter das Session-Publikum gemischt, ohne dass Don ihn bemerkt hätte, wäre er ihm nach kurzer Zeit auf die Spur gekommen und das Drama wäre allen Beteiligten erspart geblieben.

„Ich wurde also durch dein Wiederauftauchen ausgebremst", erklärte Don und wirkte bei diesen Worten immer noch verärgert.

„Zunächst hatte ich gedacht, dass du, nachdem dich die Bullen verhaftet hatten, wieder von der Bildfläche verschwinden würdest. Umso unverständlicher, dass du auf einmal auf freiem Fuß warst. Ich musste also was unternehmen und da kam mir der Zufall zu Hilfe …"

Er machte eine Pause und schaute vergnügt in Freddys Gesicht, dem anzumerken war, dass er sich den Kopf dabei zerbrach, herauszufinden, was Don damit meinte. Dieser griff mit einem Male in die Innentasche seiner Jeansjacke und holte ein silbrig glänzendes Gerät hervor, nicht viel größer als eine Zigarettenschachtel.

„Weißt du, was das hier ist?", fragte Don.

„Schon mal gesehen", brummte Freddy.

„Das ist ein digitales Aufnahmegerät, ein *Zoom,* mit dem ich regelmäßig unsere Gigs aufzeichne. Ist total simpel zu bedienen, man braucht nur zweimal diesen Knopf zu drücken und schon wird über diese beiden kleinen integrierten Mikros alles auf einer kleinen SD-Speicherkarte aufgezeichnet. Siehst du?"

Bei diesen Worten hielt er Freddy das Gerät unter die Nase und zeigte ihm die einzelnen Schritte.

„Die Band, die an dem Abend gespielt hat, als du mit Chris und Oliver geredet hast, hatte auch so ein schickes Teilchen, mit dem sie den ganzen Gig aufzeichnen wollten. Es war an der Treppe befestigt, an der ihr euch getroffen habt. Ihr habt so geheimnisvoll getan, als ich euch beobachtete, das machte mich neugierig. Die Aufnahme lief während der ganzen Spielpause weiter. Um zu erfahren, was ihr beredet habt, brauchte ich nur die Speicherkarte an mich zu bringen, als das zweite Set anfing und schon konnte ich mir in aller Ruhe zu Hause anhören, was ihr da besprochen habt."

Er legte das Gerät auf den Boden, nachdem er sich vor Freddy hingehockt hatte und ergötzte sich an dem verblüfften Gesicht seines

Gefangenen.

„Da du offenbar wild entschlossen warst, *Lucille* wiederzufinden und mir damit meine Auftrittspläne endgültig zunichtemachen würdest, wurde mir klar, dass ich was unternehmen musste. Ich muss schon sagen, du bist mir gehörig auf den Sack gegangen."

„Du Arschloch! Du hast mit deinem Einbruch doch den ganzen Mist erst verursacht."

Freddy riss vergeblich an seinen zusammengeklebten Gliedmaßen. Seine Wut suchte ein Ventil, aber das Tape gab nicht nach.

„Aber Freddy!"

Dons gespielt bedauernder Tonfall putschte ihn noch mehr auf.

„Wenn du nicht so ein Geheimnis daraus gemacht hättest und das edle Teil richtig abgesichert hättest, wäre es gar nicht so weit gekommen. Aber jetzt wird ja alles gut! *Lucille* gehört jetzt mir und du wirst bald nicht mehr stören. Du hättest dich mit dem, was dir deine Versicherung nach dem Einbruch gezahlt hat, zufrieden geben sollen. Es ist doch albern, einem Instrument nachzujagen, das du sowieso nicht spielen kannst. Ah, da fällt mir was ein ..."

Er nahm die Gitarre und verband sie per Kabel mit dem Fender Blues-Deville-Verstärker, der bereits eingeschaltet auf der gegenüberliegenden Seite stand.

„Ich bin ja kein Unmensch. Zu deinem Abschied spiele ich dir noch ein kleines Ständchen."

Nicht zu fassen! Dieser Geisteskranke kostete es bis zum letzten Moment aus, ihn zu quälen. Freddy hatte ihn noch nie gemocht, aber solch eine sadistische Ader hatte er ihm dann doch nicht zugetraut. Während Don den „Mississippi-Blues" spielte, versuchte sich Freddy in eine günstigere Position zu bringen.

Als er geendet hatte, fragte Don lachend: „Möchtest du vielleicht noch ‚Buried alive in the Blues' hören?" Und nach einer Pause: „Na, ist vielleicht doch ein bisschen zu makaber."

Mit diesen Worten stellte er *Lucille* wieder behutsam zur Seite.

„Weißt du, Freddy, wieso ich dich heute hier erwartet habe? Nein? Ich habe dich für gewitzter gehalten. Nun ja, wie du dir sicher denken kannst, hatten Anja und ich auch unsere geheime Affäre. Wir wollten nicht, dass die Szene davon erfährt. Das hätte nur dummes Gequatsche gegeben. Aber ich muss schon sagen, sie war ein wahres Raubtier im Bett. Aber leider nicht nur da ..."

Er machte eine bedeutungsschwangere Pause.

„Ich weiß nicht mehr wann, aber in einem unbedachten Moment muss ich ihr wohl etwas von *Lucille* erzählt haben. Wahrscheinlich aus der Empörung heraus, dass sie solch einem Vollpfosten wie dir gehörte. Als ich dann kürzlich bei ihr war, sprach sie mich plötzlich darauf an, wohl weil Karin ziemlich merkwürdig reagiert hatte, als sie am Abend zuvor zufällig die Gitarre erwähnt hatte. Sie kam jedenfalls dahinter, dass sich dieser Traum von einem Instrument bei mir befindet."

Er lachte verbittert.

„Dieses Miststück wollte mich erpressen. Sie wollte erst zu dir und dann zur Polizei gehen, wenn ich nicht ein paar Piepen locker machen würde. Du wirst sicherlich verstehen, dass ich das nicht zulassen konnte. Es war ein hartes Stück Arbeit, sie zu erledigen. Beim unserem Sex hatte sie *mich* fast immer umgebracht."

Ein schmutziges Grinsen verzerrte sein Gesicht.

„Danach war ich wohl so geschafft, dass ich vergessen habe, die Wohnungstür zuzuziehen. Hinterher fiel mir noch ein, dass ich auch die B.B. King-CD mit der Widmung im Badezimmer liegen gelassen hatte. *Für meine Wildkatze* hatte ich aufs Booklet geschrieben, aber das weißt du ja, Freddy."

„Natürlich weiß ich das. Als ich die CD an mich genommen und den Spruch gelesen hatte, war ich mir sicher, dass ihn der Mörder geschrieben hatte und dass es nur eine ihrer Affären gewesen sein konnte, dazu noch wahrscheinlich ein Blues-Musiker."

„Und deshalb hast du auch die Unterschriftenaktion für Ullis Poster gestartet, um die Schriften zu vergleichen. So weit, so clever, Freddy, aber eines hattest du nicht bedacht."

„Da bin ich aber mal gespannt."

„Ich bin, nachdem ich Anja erledigt hatte, zurückgekehrt, nachdem mir einfiel, dass ich die Tür nicht zugezogen hatte und die CD im Bad mich möglicherweise belasten würde. Aus der Ferne habe ich dann gesehen, dass die Bullen schon vor Ort waren und natürlich habe ich auch dich aus dem Haus kommen sehen. Da ich noch einen nachgemachten Schlüssel zu Anjas Wohnung hatte, bin ich kurz darauf in die Wohnung eingestiegen und habe die CD weder an ihrem letzten Platz auf dem Waschbecken noch sonst wo vorgefunden. Ich habe dann noch ein paar Tage abgewartet, weil ich nicht genau wusste, was ich tun sollte. Ich befürchtete zunächst, dass die Bullen mich zu einem Schriftvergleich heranziehen würden. Es tat sich aber nichts. Dann kam deine Unterschriftenaktion. Als verkündet wurde, dass wir auch noch ein paar warme Worte schreiben sollten, war mir alles klar. *Du* hattest dir die CD unter den Nagel gerissen und spieltest jetzt Detektiv. Natürlich würdest du bald herausgefunden haben, von wem die Schrift stammte. Die Frage war nur ..., was würdest du als Nächstes unternehmen?“

Er sah Freddy triumphierend an.

„Nachdem, was schon passiert war, konnte ich mir nicht vorstellen, dass du damit zur Polizei rennen würdest. Du wolltest ja selbst als der große Ermittler dastehen. Und da du selbst keine Hausdurchsuchung veranlassen konntest, blieb ja nur eine Möglichkeit, ein Einbruch. Ich warte schon seit einigen Tagen, hättest ruhig ein wenig eher kommen können.“

Nachdenklich betrachtete er Freddy von oben bis unten. Plötzlich fing er laut an zu lachen.

„Als ich dich dann in dieser bescheuerten Verkleidung sah, konnte ich mich kaum beherrschen. Mein Gott, du siehst echt verboten aus.“

Freddy hatte vergeblich versucht, seine Fesseln zu lockern. Er musste Zeit gewinnen, aber wie?

„Warum spielst du mir nicht noch ein bisschen vor?“, versuchte er Don bei seiner Eitelkeit zu packen.

„Das würde ich gerne tun, Freddy. Aber ich glaube, deine Zeit ist abgelaufen. Ich habe mir auch schon ganz was Besonderes für dich ausgedacht ...“

Freddy hatte gesehen, dass Don eine Türklingel in den schalldichten Raum verlegt hatte. Diese schrillte in diesem Moment.

Na endlich, dachte Freddy.

Hasso schellte Sturm. Er und Bodo hatten sich zunächst Zugang zum Treppenhaus verschafft, indem sie bei Dons Nachbarn schellten und sich dort erkundigten, ob man wüsste, ob der Betreffende denn zu Hause sei. Die Tochter des Hauses meinte ihn noch vor kurzem gesehen zu haben, als er die Wohnungstür aufschloss. Er habe dabei gewirkt, als täte er es heimlich.

Es konnte also Eile geboten sein. Freddy hatte sich den beiden Polizisten kürzlich anvertraut. Er habe einen konkreten Verdacht, müsste aber vielleicht mal in der Wohnung des Verdächtigen nachsehen. Nachdem man der übereinstimmenden Meinung war, dass ein Durchsuchungsbefehl ohne konkrete Verdachtsmomente keine Aussicht auf Erfolg haben würde, nannte ihnen Freddy Namen und Adresse der Person und gab ihnen seine Handynummer. Einige Tage später hatte das Diensttelefon von Bodo geläutet, allerdings meldete sich am anderen Ende niemand. Offensichtlich war das Gespräch unterbrochen worden. Bodo konnte Freddys Nummer auf dem Display entziffern.

Sie hatten überlegt, ob sie Freddy sofort zurückrufen sollten, aber Hasso sagte sich, dass das Gespräch wohl nicht zufällig abgebrochen worden war und sie sofort die Wohnung aufsuchen sollten, die Freddy ihnen genannt hatte. Irgendwas stimmte da nicht.

Jetzt warteten sie ungeduldig darauf, dass jemand die Wohnungstür öffnete. Gerade hatte Hasso den Impuls, mit der geballten Faust an die Tür zu schlagen und „Aufmachen! Polizei!“ zu rufen, als ein irritiert dreinschauender Don Berger schließlich die Tür aufmachte.

Als es schellte, war Don einen Moment fassungslos. Dann starrte er ärgerlich die Klingel an der Wand an.

„Sieht so aus, als ob unsere Party unterbrochen würde“, sagte er zu Freddy.

Dann griff er zum starken Gaffa-Tape und verklebte Freddy erneut den Mund. Dieser versuchte sich zu wehren, war aber letztlich gegen seinen kräftigen Peiniger chancenlos.

„Schön ruhig bleiben“, ermahnte er Freddy. „Ich bin gleich wieder da.“

Mit diesen Worten zog er die Tür zu.

Freddy sah sich um und überlegte, was er tun konnte. Es mussten Bodo und Hasso sein, die da geschellt hatten. Sie hatten sicherlich erkannt, dass er versucht hatte, sie zu erreichen. Um sich bemerkbar zu machen, musste er schon einen Höllenlärm veranstalten, damit zumindest etwas durch den nahezu schalldichten Raum drang und die beiden Polizisten darauf aufmerksam machen würde.

Er erblickte den eingeschalteten Verstärker und *Lucille*, die noch per Kabel mit diesem verbunden war. Es tat ihm in der Seele weh, aber es gab keine andere Möglichkeit.

Er streckte seine Beine so weit aus, wie er konnte und berührte mit der Fußspitze noch die obere Kante des Verstärkers. Die Regler befanden sich auf der Oberseite. Um diese erreichen zu können, musste er den Amp kippen und zwar am besten auf die Rückseite, um den Lautsprecherschall nach oben zu richten. Zunächst schaffte er es lediglich, das schwere Teil ins Wanken zu bringen. Fast wäre es ihm nach vorne gekippt. Mit Schrecken sah er, wie es unkontrolliert hin und her wippte.

Er versuchte sich noch länger zu machen. Viel Zeit hatte er nicht. Bodo und Hasso konnten Don nicht ewig in die Mangel nehmen. Außerdem wussten sie nicht mit Sicherheit, ob sich Freddy noch in der Wohnung befand.

Er schaffte es schließlich, den Verstärker erneut zu bewegen. Mit freudigem Blick sah er, wie er schließlich zur richtigen Seite kippte und mit einem wuchtigen Geräusch aufschlug. Leider nicht laut genug, um außerhalb des Raumes gehört zu werden.

Sofort machte er sich daran, sämtliche Regler auf Maximum zu stellen. Auch dieses Unterfangen stellte sich als schwierig heraus. Normalerweise benötigte man hierzu feinmotorische Fähigkeiten, mit zusammengebundenen Füßen war das etwas ganz anderes. Mit äußerster Anstrengung schaffte er es, zumindest den Vorstufen-, Endstufen- und Verzerrer-Regler auf Höchststufe einzustellen, was bereits eine deutlich zu vernehmende hochfrequente Rückkopplung verursachte. Schweißgebadet wandte er sich jetzt *Lucille* zu.

Er versuchte nicht über einen möglichen Schaden nachzudenken, als er sie mit einem kräftigen Tritt von dem Gitarrenständer stieß, sodass sie direkt vor ihm zu liegen kam. Er hoffte, dass der weiche Teppichboden Kratzer an der Gitarre verhindert hatte, als er erneut mit den Füßen auch die Regler der Gitarre bis zum Anschlag drehte, um anschließend über die Saiten, die man Gott sei Dank ersetzen konnte, zu schrammeln.

Wie er erhofft hatte, entwickelte sich ein ohrenbetäubender Lärm, begleitet von schier unerträglichen Rückkopplungen.

Während er inständig hoffte, dass sich die Tür öffnen und Bodo und Hasso zu seiner Rettung herbeieilen würden, dachte er, dass es wohl besser gewesen wäre, wenn ihm Don auch die Ohren zugeklebt hätte.

Als Hasso Dons entgeisterten Gesichtsausdruck in der Türöffnung sah, hatte er das Gefühl, dass sie auf der richtigen Spur waren.

Don sagte nichts, fragte nicht einmal, was die beiden Polizisten denn überhaupt von ihm wollten. Auf der Fahrt hatten sich Bodo und Hasso überlegt, unter welchem Vorwand sie Don ansprechen sollten. Ohne es zu ahnen, hatten sie dann auch die passende Idee.

„Tachchen, Polizei Bochum! Schleicher, mein Name“, begrüßte Bodo den verdutzten Wohnungsinhaber, der ihn ansah, als müsste er überlegen, ob er gerade eine TV-Reportage mit den beiden bekannten Gesetzeshütern sah oder ob diese leibhaftig vor seiner Tür standen.

„Wir haben da eine Beschwerde wegen ruhestörenden Lärms erhalten“, log Bodo, wobei ihm nicht ganz wohl in seiner Haut war. Schließlich hatten ihm schon seine Eltern beigebracht, dass man niemals die Unwahrheit sagen durfte, schon gar nicht, wenn man bereits als kleiner Junge den Berufswunsch Polizist hatte.

Don sagte immer noch nichts.

„Hat’s Ihnen die Sprache verschlagen?“, fragte Hasso.

Fast hätte Don die Frage mit ja beantwortet, aber schließlich brachte er doch ein paar Worte zustande.

„Äh, das kann nicht sein.“

Wortlos standen sich die drei gegenüber. Tatsächlich war es in der Wohnung still. Da Don keine weiteren Erläuterungen folgen ließ, versuchte es Bodo erneut.

„Wie können Sie es sich dann erklären, dass wir vor wenigen Minuten einen entsprechenden Anruf erhalten haben?“

„Gar nicht“, antwortete Don knapp. Die Tür hatte er immer noch nur einen Spalt geöffnet.

Die beiden Polizisten sahen sich einen Moment lang an. Ganz klar, hier war etwas faul. Sie waren schon lange genug zusammen auf Streife gegangen, um dies zu spüren. Um sich miteinander abzustimmen, brauchten sie nur ein paar Blicke zu wechseln.

„Haben Sie vielleicht bis gerade die Stereoanlage etwas lauter aufgedreht?“, fragte Hasso.

„Nein.“

Jetzt wurde es Bodo zu bunt.

„Könnten Sie die Tür vielleicht etwas weiter öffnen, damit wir uns besser unterhalten können?"

Wortlos tat Don, worum er gebeten worden war. Bodo nahm sich vor, ein wenig Druck zu machen.

„Hören Sie, in der Regel ruft bei uns niemand an, ohne dass es einen triftigen Grund dafür gibt."

Don fand plötzlich seine Sprache wieder.

„Ach, das waren doch bestimmt wieder die Nachbarn von oben. Mit denen habe ich oft Streit. Die wollten mir bestimmt nur eins auswischen. He, was machen Sie da überhaupt? Sie haben doch gar keinen Durchsuchungsbeschluss."

Hasso hatte sich hinter Bodos Rücken in die Wohnung geschlichen und sah sich ein wenig um.

„Sagen Sie, sind Sie nicht auch einer dieser Blues-Musiker, die neulich bei dieser Session an der Uni waren?", fragte Hasso, ohne auf Dons Beschwerde einzugehen.

„Äh, ja, schon! Und ...?"

„Ach, ich dachte nur, so als Musiker muss man ja mal ein wenig üben. Vielleicht haben Sie das eine oder andere Mal den Verstärker zu weit aufgedreht."

Hasso bemühte sich, einen verständnisvollen Gesichtsausdruck zu simulieren.

„Das ist schon länger her", antwortete Don. „Seitdem ich diesen fast schalldichten Raum habe ..."

Er hatte den Satz abrupt unterbrochen. Zu abrupt.

Bodo und Hasso konnten sehen, wie er sich förmlich auf die Lippen biss.

„So, so, ein schalldichter Raum. Wie interessant."

Bodo beobachtete jede Regung in Dons Gesicht.

„Könnten wir den mal sehen? Vielleicht ist er ja nicht so schalldicht, wie Sie denken."

Dons Nervosität war unverkennbar.

„Ähm, leider habe ich den Schlüssel verlegt. Wenn ich ihn wiedergefunden habe, kann ich mich ja noch mal bei Ihnen melden, dann können Sie den Raum überprüfen."

Eine Lüge, ganz klar! Die beiden Polizisten hatten nicht den geringsten Zweifel. Sie sahen sich wieder wortlos an. In diesem Moment wurde ihnen klar, dass sich Freddy in diesem Raum befinden musste. Während sie überlegten, wie sie das Gespräch weiterführen sollten, hörten sie plötzlich ein merkwürdig durchdringendes

Geräusch, das aus einer Ecke der Wohnung zu kommen schien. Es klang nach Lärm, der sich seinen Weg durch Unmengen von Watte bahnen musste.

Don war kalkweiß geworden. Während Hasso die Wohnungstür blockierte, richtete Bodo seinen Blick nach links, in die Richtung, aus der das Geräusch kam, und erblickte eine Tür, die auch von außen mit Schaumstoff verkleidet war.

„Ist das der Raum?“, rief Bodo, hechtete mit einem Satz zur Tür und riss sie auf.

Eine ohrenbetäubende Kakophonie schlug ihnen entgegen. Bodo musste ob des seltsamen Schauspiels, das sich ihm bot und der Tatsache, dass sie Freddy noch lebend vorgefunden hatten, beinahe lachen. Da lag der Kerl zusammengebunden wie ein Paketstück auf dem Boden und traktierte eine Elektrogitarre mit seinen Füßen. Als er Hasso erblickte, leuchteten seine Augen auf wie bei einem kleinen Kind.

Da Don die Situation noch nicht erfasst hatte, drehte ihm Hasso den Arm auf den Rücken und drückte ihn in den Probenraum.

Bodo versuchte des heillosen Lärms Herr zu werden.

„Wie geht die Scheiße hier aus!“, schien er zu sagen, soweit Freddy es von seinen Lippen ablesen konnte. Schließlich wusste er sich nicht mehr anders zu helfen und zog den Stecker.

Dann machte er sich daran, Freddy zu befreien.

„Das ist gerade noch mal gutgegangen“, sagte Hasso zu Freddy, der sich streckte und die schmerzenden Glieder rieb, und mit einem Blick auf die Gitarre: „Ist sie das?“

Freddy nickte, nahm *Lucille* behutsam auf und betrachtete sie von allen Seiten. Sie schien zum Glück keinen Schaden davongetragen zu haben. Lediglich zwei Saiten hatten Freddys Traktat nicht standgehalten.

Er blickte Don an, der immer noch mit blassem Gesicht da stand. Bei jeder Bewegung drehte ihm Hasso den Arm noch etwas weiter nach hinten, was der Gitarrist mit einem leichten Stöhnen quittierte.

„Tja, Herr Berger“, wandte sich Bodo an ihn. „Ich verhafte sie wegen des Verdachts auf Einbruchsdiebstahl und Freiheitsberaubung.“ Er sah Freddy an. „Darf ich Mordverdacht auch noch hinzufügen?“ Freddy nickte.

„So ein Quatsch!“, ließ sich Don vernehmen. „Mit den Morden habe ich nichts zu tun. Sie haben keine Beweise. Wahrscheinlich wird das dieser Schwachkopf da behaupten, fragt sich nur, wer so einem Schläger Glauben schenken sollte."

Freddy trat nah an ihn heran. Einerseits war er erleichtert, dass man ihn befreit hatte, andererseits schäumte er vor Wut.

„Weißt du, Don ..."

Jetzt verspürte er das süße Gefühl der Rache, das berauschende Gefühl, wenn man nach einer gerade erlebten Demütigung den Spieß umdrehen kann.

„Erst vor zwanzig Minuten hast du mir beigebracht, wie kinderleicht dein digitales Aufnahmegerät zu bedienen ist. Freundlicherweise hast du es vorhin, als du mir ein kleines Ständchen gebracht hast, neben mich gelegt. Da du so vertieft warst in dein Gitarrenspiel, konnte ich es unbemerkt sogar mit meinen auf dem Rücken zusammengebundenen Händen bedienen."

Er hielt das *Zoom* hoch, sah Bodo an und überreichte es ihm.

„Bitte schön! Das Geständnis für den Mord an Anja Schulte. Den Rest kriegen wir sicherlich auch noch aus ihm raus!"

Gerade als Bodo das Gerät in die Hand nahm, schaffte es Don, sich loszureißen. Er schnappte nach dem *Zoom*, verfehlte es aber und schlug der Länge nach auf den Boden hin.

Blitzschnell rappelte er sich wieder auf, ergriff *Lucille* und stellte sich neben den Fender-Verstärker, die Gitarre am Hals hoch über seinen Kopf haltend.

„Keinen Schritt weiter!", brüllte er. „Sonst war's das mit der Gitarre. Aber vorher zieh ich euch allen noch eins über."

Freddy und die Polizisten verharrten gespannt.

„Er ist verrückt!", erklärte Freddy Bodo nervös. „Ein Psychopath. Total durchgeknallt."

„Jetzt seien Sie doch vernünftig!", versuchte Hasso ihn zu beruhigen. „Das bringt doch nichts. Sie machen alles nur noch schlimmer!"

Dons Gesicht war zu einer grimmigen Fratze entstellt. Hektisch blickte er von einem zum anderen. Langsam schien er seine aussichtslose Lage zu begreifen.

„Habt ihr schon mal Pete Townshend von *The Who* live gesehen?", kreischte er plötzlich.

Freddy stockte der Atem. Er hatte doch nicht etwa vor ...?

„Wenn ich sie nicht haben kann, dann keiner!"

Don visierte den Amp an und holte mit der Gitarre zum Schlag aus.

Geistesgegenwärtig nahm Freddy in diesem Moment Bodo das *Zoom* aus der Hand und warf es Don mit den Worten „Hier, fang!“ zu.

Die Verwirrung, die bei Don entstand, als das Gerät seine Brust traf und ihm darauf die Gitarre fast aus den Händen fiel, nutzte Freddy, um sich mit einem Hechtsprung auf ihn zu stürzen.

Lucille landete erneut auf dem Boden, aber glücklicherweise so, dass die beiden kämpfenden Männer nicht auf ihr zu liegen kamen.

Bodo und Hasso mussten ihre ganze Kraft aufwenden, um Freddy von Don herunterzuziehen. Immerhin hatten dessen Schläge den Festzunehmenden so benommen gemacht, dass er von den beiden Polizisten mühelos abgeführt werden konnte.

Bruno Peppelinski hatte sich die Aufnahme vom digitalen Aufnahmegerät mehrfach angehört. Es bestanden keine Zweifel mehr an der Schuld von Don Berger. Der Staatsanwalt und der Haftrichter mussten nicht lange überzeugt werden. Don hatte zwar bisher geschwiegen, aber das würde ihm auch nichts mehr nützen.

Er schloss die Audiodatei auf seinem PC (Bein hatte ihm, dem Technikfeind, geduldig erklärt, wie man damit umgeht), als die Aufnahme nur noch den entsetzlichen Lärm wiedergab, den Freddy Spieker verursacht hatte und lehnte sich nachdenklich zurück.

Thomas Schulte war am Tag nach Dons Verhaftung entlassen worden. Zu dessen Verbitterung hatte es keiner der Verantwortlichen für nötig befunden, sich bei ihm zu entschuldigen.

Peppelinski war nicht der Typ, der sich entschuldigte. Er hatte seine Arbeit pflichtgemäß getan. Wenn im Zuge der Ermittlungen ein falscher Verdächtiger inhaftiert wurde, dann war das halt so. Schließlich hatte Thomas Schulte mit seinem Verhalten nicht gerade dazu beigetragen, als unschuldig zu erscheinen. Nein, er musste sich bei niemandem entschuldigen. Im Gegenteil, er musste sich diesen Freddy Spieker noch einmal vorknöpfen, der sich wiederholt in seine Ermittlungsarbeit eingemischt hatte. Normalerweise hätte man ihm noch eine Anzeige wegen Hausfriedensbruch anhängen sollen, schließlich war er unerlaubt in Don Bergers Wohnung eingedrungen. Peppelinskis Vorgesetzter hatte jedoch davon abgesehen, nach dem Motto: der Zweck heiligt die Mittel. Außerdem hatte man kein gewaltsames Eindringen in die Wohnung feststellen können.

Noch mehr gewurmt hatte es ihn und Bein jedoch, dass diese beiden Fernsehpolizisten mit Freddy Spieker unter einer Decke zu stecken schienen. Diese hatten dagegen jegliche Absprachen mit dem Musiker bestritten.

Während er noch darüber nachdachte, ob man den beiden Streifenpolizisten nicht mit Androhung von Disziplinarstrafen beikommen konnte, klopfte es an der Tür.

„Herein!“

Freddy betrat wortlos den Raum und setzte sich unaufgefordert auf den Stuhl, der Peppelinskis Schreibtisch gegenüberstand.

„Sie wollten mich sprechen!“, stellte er lakonisch fest, jegliche Grußformeln ignorierend.

Der triumphierende Ausdruck auf seinem Gesicht brachte Peppelinski innerlich zur Weißglut, aber er ließ sich nichts anmerken.

„So ist es!“, bemerkte er knapp.

„Es sind da noch einige Fragen zu klären, den Mord an Herrn Kanderske betreffend. Vielleicht gibt es noch einige Punkte, die bei der Aufklärung des Geschehens helfen können. Ich muss Sie daher bitten, auf Ihre üblichen Heimlichtuereien zu verzichten. Sagen Sie mir alles, was in Zusammenhang mit der Ermordung stehen könnte, damit wir in der Sache endlich weiterkommen.“

Freddy runzelte sie Stirn. War die Polizei immer noch nicht in der Lage, alle Details der Sache zu klären? Er hatte dafür gesorgt, dass der Täter gefasst werden konnte. Ab jetzt war er nicht mehr zuständig. Den Kleinkram wollte er den Beamten überlassen. Seine Arbeit war getan.

„Ich wüsste nicht, wie ich Ihnen da weiterhelfen könnte. Wenn Don Berger nicht zu einem weiteren Geständnis bereit ist, bliebe nur noch die Möglichkeit, es aus ihm rauszuprügeln. Aber ich glaube kaum, dass Sie mir das erlauben würden.“

Peppelinski hatte, während Freddy sprach, in der Ermittlungsakte gelesen. Jetzt sah er auf. Warum schaute er ihn so merkwürdig an?

„Ich glaube, Sie haben da was falsch verstanden, Herr Spieker. Wir brauchen kein neues Geständnis. Es ist zweifelsfrei erwiesen, dass Herr Berger für den Mord an Ulli Kanderske ein wasserdichtes Alibi hat.“

Kapitel 15

Karin hatte nach Dons Verhaftung zum ersten Male seit Ullis Ermordung wieder ohne die Hilfe von Schlaftabletten die Nacht überstanden. Gleich am Tag danach hatte sie ihr Asyl bei ihrer Schwester beendet und war nach Hause gefahren. Sie musste Freddy so schnell wie möglich sehen, da sie darauf brannte, die Einzelheiten der dramatischen Ereignisse zu erfahren. Freddy hatte am Telefon geradezu euphorisch geklungen. So ganz konnte sie seine Begeisterung nicht teilen, jedoch war sie erleichtert, dass man zum einen den Täter gefasst hatte und zum anderen, dass sie beide keine Anschläge auf ihr Leben mehr zu befürchten hatten.

Sie hatte Don nie ausstehen können. Insgeheim war sie froh, dass ein Unsympath wie er der Täter war. Nicht auszudenken, wie sie sich gefühlt hätte, wenn es jemand gewesen wäre, zu dem sie gute oder gar freundschaftliche Kontakte unterhielt.

Merkwürdigerweise hatte sie Freddy am Tag ihrer Rückkehr telefonisch nicht erreichen können. Er meldete sich auch nicht zurück, was er sonst immer tat.

Sie entschloss sich daher, am Nachmittag des nächsten Tages zu ihm zu fahren. Irgendetwas stimmte da nicht.

Als er ihr die Tür öffnete, sah sie sofort, dass die Euphorie, die er noch vorgestern versprüht hatte, verflogen war. Mit kargen Worten bat er sie herein. Als sie das Wohnzimmer betrat, sah sie *Lucille* in der Mitte des Raumes auf einem Gitarrenständer stehen, genau gegenüber einem Sessel, auf dem es sich Freddy offenbar gerade bequem gemacht hatte. Irgendwie wirkte die Gitarre jedoch deplatziert. Sie konnte sich nicht genau erklären, warum.

Als Freddy sie mit schwermütigem Gesicht bat, sich zu setzen, ahnte sie, dass sie erneut schlechte Nachrichten erwarteten. Ihr Magen krampfte sich zusammen, als er ihr das erzählte, was Peppelinski ihm berichtet hatte. Don Berger hatte sich zum Zeitpunkt des Mordes an

Ulli in einem Tonstudio in Duisburg befunden, wo seine Band gerade an einer neuen CD arbeitete. Seine Angaben konnten durch den Inhaber des Studios und weitere Mitmusiker bestätigt werden. Außerdem waren digitale Gesangsaufnahmetakes von ihm gemacht worden, mit deren Signatur Datum und Uhrzeit eindeutig nachzuweisen waren.

Freddy hatte nach der Verhaftung dem erzürnten Peppelinski schließlich seine Theorie, wonach Ulli Don bezüglich des Raubes der Gitarre auf die Schliche gekommen sein musste, offenbart. In den Vernehmungen hatte Don jedoch bestritten, jemals mit Ulli über den Gitarrendiebstahl gesprochen zu haben. Ulli habe nicht die geringste Ahnung gehabt, dass sich *Lucille* bei ihm befand. Vermutlich hatte er auch nie Nachforschungen über den Verbleib des Instrumentes angestellt. Somit gab es auch kein Mordmotiv.

Die Neuigkeiten waren für Karin niederschmetternd. Freddy gab zu, dass er auf dem Display seines Handys gesehen hatte, dass sie ihn hatte erreichen wollen, aber davor zurückgeschreckt sei, sie mit der Wahrheit zu konfrontieren.

Als er geendet hatte, sah er *Lucille* mit einem merkwürdigen Blick an. Mit einem Male hatte sich die Bedeutung, die der Besitz dieser Gitarre für ihn gehabt hatte, in Luft aufgelöst. Sie schwiegen sich eine Zeitlang an, als hätten sie jegliche Orientierung verloren.

„Und wie soll's jetzt weitergehen?", fragte Karin irgendwann.

Freddy zuckte mit den Schultern.

„Ich weiß es nicht. Wir stehen wieder ganz am Anfang. Auch die Polizei hat keinen Schimmer. Ich habe mir wirklich das Gehirn verrenkt. Aber ich konnte Peppelinski nicht den leisesten Hinweis geben, wer mit dem Mord in Verbindung stehen könnte. Er wird im Übrigen nochmals mit dir Kontakt aufnehmen. Mach dir schon mal Gedanken, was du ihm sagen willst."

„Ich werde ihm nicht mehr sagen können als bisher. Die Sache ist für mich rätselhafter als je zuvor."

Freddy war in Gedanken versunken. Karin spürte, dass er erneut den Ehrgeiz entwickelte, die Angelegenheit auf eigene Faust weiterzuverfolgen. Er schien den Schock darüber, dass sich seine Mordtheorie nicht bewahrheitet hatte, bereits langsam zu verdauen.

Inzwischen waren auch die Medien zunehmend auf die Mordserie in der Blues-Szene aufmerksam geworden. Bei Pressekonferenzen waren Peppelinski und seine Leute ständig mit Fragen bestürmt worden. Immer wieder musste er darauf hinweisen, dass er aus ermittlungstaktischen Gründen nicht viel offenbaren konnte. Dies bedeutete für Freddy, dass auch seine Identität vor der Pressemeute weitgehend geheim gehalten wurde. Einige übereifrige Reporter hatten auf eigene Faust versucht, bei verschiedenen Sessions und Konzerten etwas über die Beteiligten herauszufinden. Glücklicherweise hatte es nicht dazu geführt, dass Leute mit Mikrofonen, Kameras oder Notizblöcken vor Freddys Haus herumlungerten.

Am Abend zuvor war die Sendung mit Bodo und Hasso und seinem unrühmlichen Auftritt bei der Session ausgestrahlt worden. Er hatte die Folge auf Video aufgezeichnet, aber noch nicht angesehen. Karin erzählte ihm, dass sein Gesicht unkenntlich gemacht worden war. Zudem wurde in der Sendung kein Hinweis auf das darauffolgende Mordgeschehen gegeben. Das bedeutete für ihn, dass er weiterhin ungestört von ungebetenen Pressefritzen seine Nachforschungen betreiben konnte. Was Peppelinski und Bein davon hielten, war ihm sowieso egal.

Freddy war zwar enttäuscht, dass es ein Irrtum gewesen war, anzunehmen, sein alter Freund Ulli wollte die gestohlene Gitarre wiederbeschaffen, aber als er in Karins traurige Augen sah, wusste er, dass er die Sache zu Ende führen musste. Er nahm sie in den Arm.

Als sie sich in die Augen sahen, spürten sie, dass sie diese Sache noch zu Ende bringen mussten. Es war eine unausgesprochene Verpflichtung. Erst Ullis Ermordung hatte sie als Paar zusammengebracht. Der Kreis musste geschlossen werden, sonst würde das Verbrechen wie ein Schatten auf ihrer Beziehung liegen.

Das Mordmotiv lag wieder völlig im Dunkeln. Welche Wege konnten sie einschlagen, um hinter das Rätsel zu kommen?

Es musste in Ullis Leben irgendetwas gegeben haben, von dem bisher kein Mensch etwas geahnt hatte. Als Freddy diese Erkenntnis kam, sprudelte der nächste Satz spontan aus ihm heraus.

„Unser lieber Ulli muss ein Geheimnis gehabt gaben.“

„Wie meinst du das denn jetzt?“

„Na, überleg doch mal. Die Theorie mit der Gitarre hat sich erledigt, ein Raubmord scheidet ebenfalls aus. Entweder wollte ihn jemand zum Schweigen bringen oder sich an ihm rächen. Fällt dir vielleicht sonst noch was ein?“

„Nein. Aber Rache? Wofür?“

„Ich habe keine Ahnung."
Er überlegte schweigend. Karin beobachtete ihn. Sie konnte kaum glauben, dass es sich bei dem besoffenen Wüterich, den sie am Abend zuvor in einer Fernsehsendung gesehen hatte und dem ernsten und nachdenklichen Mann, der ihr jetzt gegenübersaß, um ein und dieselbe Person handelte. Er würde nicht eher ruhen, bis er Ullis Mörder gefunden hatte.
Sie fühlte sich ihm inzwischen sehr nahe. Nach dem Abend, als sie miteinander geschlafen hatten, hatte sie jedoch trotz ihrer Verliebtheit schwere Gedanken gehabt. Was würden Freunde und Verwandte denken, wenn sich herausstellte, dass sie nur kurze Zeit nach Ullis Tod mit dem Mann zusammengekommen war, der ihren Lebensgefährten zuvor krankenhausreif geprügelt hatte? Sie hatte darüber mit ihrer Schwester gesprochen und von ihr Zuspruch erhalten. Sie solle auf ihr Herz hören und nicht auf das, was andere ihr sagen wollten. Seitdem hatte sie sich leichter gefühlt, was ihre Entscheidung für Freddy betraf. Empfand er genauso?
„Hast du alle seine persönlichen Dinge durchgesehen?"
Freddy hatte plötzlich aufgesehen. In seinen Augen war wieder das Feuer zu sehen, dass sie bemerkt hatte, als er seine erste Mordtheorie aufgestellt hatte.
„Zum Teil! Ich hatte noch nicht die Kraft, mir alles anzusehen. Die Polizei hat zwar seine Sachen durchsucht, aber scheinbar nichts gefunden, was von Bedeutung sein könnte."
„Dann sollten wir beide uns noch mal daran begeben."
Freddy bemerkte, dass es Karin sehr schwerfallen würde, in Ullis Sachen herumzustöbern. Sie hatte den Kopf bei seinen Worten gesenkt und kämpfte mit den Tränen. Vielleicht hatte sie auch Angst davor, etwas zu entdecken, dass ihr nicht gefallen würde. Er streichelte ihren Arm.
„Wenn du willst, dann kann ich auch erst mal alleine …!
„Nein, nein!", beeilte sie sich zu sagen. „Es geht schon! Wenn's mir zu viel wird, mach ich einfach eine Pause."
Freddy nickte. Am liebsten hätte er jetzt sofort losgelegt, aber er wollte sie nicht überfordern.
„Du hast dir die Sendung von gestern wirklich noch nicht angesehen?", fragte sie plötzlich.
Jetzt hatte sie bei *ihm* einen wunden Punkt getroffen.
„Nee, kein Bedarf! Ich hatte mir meinen ersten Fernsehauftritt

etwas anders vorgestellt. Wenn ich an die dummen Kommentare denke, die mir der eine oder andere bei der nächsten Session an den Kopf werfen wird, wird mir schon übel. Am liebsten wäre es mir gewesen, wenn ich die Ausstrahlung hätte verbieten können. Vielleicht wäre das ja auch möglich gewesen, aber Salih hat schon genug mit dem anderen Mist zu tun, den ich verzapft habe. Wenn ich ihn jetzt noch auf einen privaten Fernsehsender gehetzt hätte …, na, da hätte er sich aber herzlich bei mir bedankt."

„Nun ja, die Einschaltquoten waren bestimmt nicht schlecht."

Mit einem Anflug von Ärger sah er Karin an, welcher aber angesichts ihres spöttischen Gesichtsausdrucks schnell verflog.

„Na danke. Jetzt fängst du auch noch an", schmollte er.

„Tut mir leid. Ist mir so rausgerutscht. Irgendwann werden die Leute vergessen, was damals passiert ist. Erst recht dann, wenn Ullis Mörder gefasst wird."

„Aber man wird mir immer eine moralische Schuld geben, weil ich ihn ins Krankenhaus geprügelt und damit seinem Mörder ausgeliefert habe. Eigentlich wundert es mich, dass du da nicht ins selbe Horn bläst."

Karin überlegte kurz.

„Ich weiß nicht warum, aber ich habe den Verdacht, dass Ulli auch ohne die Prügelei in Gefahr gewesen wäre. Wenn ihn jemand unbedingt umbringen wollte, hätte er auf die nächste günstige Gelegenheit gewartet. Es gibt tausend Möglichkeiten, jemanden zu ermorden."

Freddy fühlte sich erleichtert. Für einen Moment waren seine Schuldgefühle wie weggewischt.

Karin nahm seinen Arm. Mit der anderen Hand deutete sie ein Kreuzzeichen vor Freddys Gesicht an.

„Ich erteile dir hiermit Absolution."

Sie mussten beide leise lachen. Ihre Blicke trafen sich, wobei ihnen ein wohliger Schauer über den Rücken lief.

Einen Moment lang schmachteten sie sich an, bis Freddy sich räusperte.

„Meinst du, wir können jetzt loslegen?", fragte er leise.

„Womit, Freddy Spieker?"

Frisch Verliebte sind ihren überschäumenden Gefühlen oft hoffnungslos aufgeliefert. So auch Freddy und Karin. Diesmal bevorzugten sie allerdings die bequemere Variante. Freddys Bett war natürlich frisch bezogen. Nachdem sie sich einander hingegeben und die Schlafstätte zerwühlt und schweißgetränkt verlassen hatten, machten sie sich nach einer ausgiebigen Dusche auf den Weg zu Karins Wohnung.

Als sie in Ullis Zimmer standen, fragten sie sich, wo sie anfangen sollten. Die Polizei hatte bereits den Kleiderschrank durchsucht, ohne auf Hinweise gestoßen zu sein. Auch seinen PC hatten sie gecheckt und sein E-Mail-Postfach auf mögliche Drohungen hin untersucht. Gleiches galt für die Post, die noch für ihn eingegangen war. Alles ohne Ergebnis. Sicher würden sich Peppelinski und Bein in Kürze bei Karin nach weiterer eventuell verdächtiger Post erkundigen. Dies war jedoch nicht der Fall.

Freddy sah sich um. Auf dem Schreibtisch sah er Ullis Handy.

„Das hatten sie auch mitgenommen“, sagte Karin, als sie Freddys Blick nachverfolgte. „Ich habe mit ihnen über jede SMS und jeden Anruf, der darauf verzeichnet war, gesprochen. Es war aber nichts Außergewöhnliches dabei.“

Freddy sah sich weiter um. Neben dem Schreibtisch standen einige von Ullis Gitarren. Seine alte Fender Stratocaster, *La Belle*, erkannte Freddy sofort. Neben den Gitarren stapelten sich einige Gitarrenkoffer. Daneben wiederum stand ein Regal, auf welchem wild durcheinander etliche CDs, Effektgeräte, Gitarrensaiten, Songbooks und allerlei Krimskrams lagerten. Mitten im Raum stand ein Marshall-Verstärker, der per Kabel immer noch mit „La Belle“ verbunden war. Es hatte den Anschein, als ob Ulli nur kurz den Raum verlassen hatte und gleich wiederkommen würde, um weiterzuspielen.

„Er hat am Tag der Session hier noch ein wenig geübt“, sagte Karin, als sie sah, wie Freddys Blick nachdenklich auf dem Amp verweilte. „Ich weiß noch, wie er überlegte, ob er die Stratocaster und den Marshall-Verstärker mitnehmen sollte. Wie du siehst, hat er sich anders entschieden.“

Freddy musste schlucken. Der gewaltsame Tod seines alten Freundes wurde ihm wieder schmerzlich bewusst.

„Die andere Gitarre hat leider einen Knacks bekommen, als du auf ihn eingedroschen hast“, fuhr Karin ohne den Anschein eines

Vorwurfes fort. Dennoch überkam Freddy bei diesen Worten ein heftiges Schuldgefühl. Warum hatte Karin ihm nie wirklich Vorwürfe wegen seines Angriffes auf Ulli gemacht?

„Sie liegt im Keller. Der Hals müsste erneuert werden, was sich aber wohl kaum noch lohnen wird. Sein Verstärker, über den er gespielt hatte, hat zwar ein Paar Macken, scheint aber noch zu funktionieren."

„Alles klar", sagte Freddy, was so viel bedeuten sollte, dass Karin diesen unseligen Abend möglichst nicht mehr erwähnen sollte.

Neben dem Bürostuhl erblickte er einen einfachen Holzstuhl, auf welchem Ulli wohl zuletzt gesessen hatte, als er für die Session probte. Von da wanderte sein Blick zum Kleiderschrank, der überwiegend Ullis Bühnenoutfits enthielt.

Er hatte keine rechte Vorstellung, wo sie anfangen sollten zu suchen, zumal vieles von der Polizei schon überprüft worden war.

„Hast du in letzter Zeit noch mal seine E-Mails gecheckt?", fragte er dann.

„Nein. Seit die Polizei sich alles angeschaut hatte, habe ich den PC nicht wieder eingeschaltet."

„Dann tu das jetzt. Ich durchstöbere mal das Regal. Vielleicht fällt mir irgendetwas auf."

Gesagt, getan. Während Freddy jedes Einzelteil untersuchte und Songbooks Seite für Seite auf irgendeinen Eintrag durchsuchte, plagte sich Karin mit einer neuen Flut von Spam-Mails herum. Als er sah, wie Karin eine lästige Mail nach der anderen löschte, ermahnte er sie, sich diese vorher genauer anzusehen. Man wisse ja nie. Als sie nach einiger Zeit geendet hatten, sahen sie sich ratlos an.

„Nichts Wichtiges gefunden!", konstatierte Karin und Freddy fragte sich, ob sie darüber eher erleichtert als enttäuscht war. Es war ihm klar, dass sie Angst davor hatte, ein unangenehmes Geheimnis aufzudecken.

„Ich mach uns erst mal einen Kaffee", sagte sie und stand auf.

Als sie aus dem Raum ging, warf Freddy einen Blick auf den PC-Bildschirm. Das E-Mail-Programm war noch geöffnet. Karins Löschaktion war ihm doch etwas zu schnell gegangen. Er nahm die Maus und schaute sich nach und nach nochmals alle Posteingänge an, auch diejenigen, die sich bereits im Papierkorb befanden.

Überwiegend waren es Spams, die Casino-Gewinne und Potenzsteigerungen versprachen. Ansonsten einige Gig-Anfragen, unverfängliche Mails von anderen Musikern oder Familienangehörigen, die noch zum Teil am Tag seines Todes eingegangen waren. Daneben noch Angebote des Internet-Providers und des Mobilfunk-Anbieters.

Bei einer dieser Mails wurde Freddy stutzig. Offenbar hatte Ulli keine Handyflatrate, sondern ein Prepaid-Handy. In einer Mail, die wenige Tage nach seinem Tod einging, teilte ihm sein Anbieter mit, dass sein Gesprächsguthaben wie vereinbart um zwanzig Euro aufgefüllt wurde. Der Betrag werde von seinem Konto abgebucht.

Karin kehrte mit zwei dampfenden Kaffeetassen zurück.

„Hör mal! Ich habe hier 'ne Nachricht entdeckt, die mir komisch vorkommt“, sagte Freddy, während er Karin eine Tasse abnahm. Ihrem Blick entnahm er, dass sie etwas pikiert darüber war, dass er nochmals die E-Mails gecheckt hatte. Traute er ihr etwa nicht zu, alles gründlich überprüft zu haben?

„Nur ein paar Tage nach Ullis Tod ist sein Prepaid-Handykonto mit zwanzig Euro aufgefüllt worden. Wie kann das sein?“

„Ach, dafür gibt es sicherlich eine Erklärung. Er hat mir mal erzählt, dass er mit seinem Anbieter eine Option abgeschlossen hatte, dass, wenn sein Gesprächsguthaben unter einen bestimmten Betrag rutscht, das Guthaben dann automatisch wieder per Lastschrift von seinem Konto aufgefüllt wird. Das fand er praktischer, als sich immer eine Guthabenkarte kaufen zu müssen. Eine Flatrate wollte er auch nicht. Manchmal dauerte es ein paar Tage, bis das Guthaben abgebucht wurde, vor allem, wenn ein Wochenende dazwischen lag. Ich weiß noch, wie er sich einmal darüber aufgeregt hat, weil er plötzlich nicht mehr telefonieren konnte.“

„Aha! Dann muss wohl sein Guthaben an dem Wochenende unter den Mindestbetrag gerutscht sein. Dann ist die Verzögerung natürlich zu erklären.“

„Genau! Da fällt mir ein, dass ich dem Anbieter vielleicht noch Ullis Tod mitteilen sollte, vielleicht können sie das Guthaben dann noch erstatten. Ist zwar nicht viel Geld, aber immerhin. Die paar Mäuse, die er mir hinterlassen hat ...“

„Er hat dich als Erbin eingesetzt?“

Freddys Frage kam etwas zu spontan und überraschte sowohl Karin als auch ihn selbst. Einen Moment lang sahen sie sich gleichermaßen verwirrt und erschrocken an. Dann lächelte Karin.

„Es ist wirklich nicht der Rede wert, Freddy. Nur ein paar hundert

Euro, keine Grundstücke, Villen oder Lebensversicherungen. Die Polizei hat auch das alles überprüft."

„Entschuldige bitte! Ist mir so rausgerutscht. Ich wollte dich wirklich nicht ..."

Freddy schaute beschämt zu Boden.

„Schon okay!", sagte Karin. „Du hast nur laut gedacht. Aber glaub mir, Geld kann nicht das Mordmotiv gewesen sein."

Freddy nickte langsam. Das war immerhin auch eine Erkenntnis. Viel weiter brachte ihn dies wiederum nicht.

Er schaute auf den Bildschirm und verschob die E-Mail wieder in den Papierkorb. Als er die anderen Mails durchklickte, stieß er plötzlich auf eine ähnliche Nachricht. Wieder der gleiche Text, wieder hieß es, dass diesmal sein Guthaben um zwanzig Euro aufgefüllt wurde. Die Nachricht war nur einen Tag später eingegangen.

„Merkwürdig! Verschicken die ihre Aufladenachrichten immer zweimal?", fragte Freddy.

„Keine Ahnung! Einmal würde reichen, würde ich sagen."

Freddy rief nochmals die andere Mail auf. Da fiel es ihm auf.

„Zwei verschiedene Nummern", stellte er fest.

Er sah Karin an und blickte in ein verständnisloses Gesicht.

„Bist du sicher?"

„Na klar! Sieh doch ..."

Er klickte zwischen den beiden Nachrichten hin und her. Auf den ersten Blick sahen sie beide gleich aus. Erst bei genauerem Hinsehen war erkennbar, dass es sich um zwei verschiedene Handynummern handelte.

„Ich weiß nur von *einer* Nummer", sagte Karin. „Ulli hat nie etwas von einer zweiten erzählt. Von einem zweiten Handy ist mir auch nichts bekannt. Seine alten hat er immer weggeworfen oder mir geschenkt."

„Lass uns das mal überprüfen", sagte Freddy. Sie zückten ihre Mobiltelefone und überprüften den Eintrag in ihren jeweiligen Adressbüchern. Die Nummern stimmten mit der ersten Mail überein, die zweite war ihnen neu.

„Ich schätze, da haben wir schon ein kleines Geheimnis", sagte Freddy und sah Karin an. Ihr war mulmig zumute.

„Vielleicht hat es nichts zu bedeuten", wiegelte Freddy ab. „Hat er vielleicht ein Firmenhandy gehabt."

„Nein. Die Kundenkontakte liefen meist nur über seine

Familienmitglieder."

„Dann hilft nur eins", meinte Freddy trocken, nahm sein Handy und wählte die zweite Nummer. Er stellte das Telefon laut, sodass Karin mithören konnte.

Ein paar Mal tutete es. Sie erwarteten schon, dass sich bald die Mailbox einschalten würde, als es mit einem Male in der Leitung raschelte.

Gebannt warteten sie. Drei endlose Sekunden hörten sie nur ein schwaches Atmen.

„Hallo?", fragte Freddy schließlich.

Wieder vergingen drei Sekunden.

„Wer ist da?", meldete sich eine helle, klare Knabenstimme.

Als Freddy seinen Namen sagte und das Kind fragte, wie es an das Handy gekommen sei, wurde das Gespräch abrupt beendet. Er sah Karin an und hatte den Impuls, die Nummer gleich noch mal zu wählen.

„Warte!", sagte Karin. „Wenn du jetzt noch mal anrufst, legt der Kleine bestimmt sofort wieder auf."

Freddy nickte und legte sein Mobiltelefon erst mal zur Seite.

„Was hat das zu bedeuten? Wer ist dieses Kind? Hat er vielleicht einen Neffen oder einen anderen Verwandten in dem Alter?"

„Wir wissen ja nicht, wie alt der Junge genau ist", sagte Karin, „aber ich würde mal schätzen, so zwischen sechs und acht. Ulli hat zwei Neffen, der eine ist drei, der andere vierzehn Jahre alt."

„Die können es also nicht gewesen sein", stellte Freddy fest.

„Genau. Aber wie kommt ein fremdes Kind an Ullis Handy? Und wieso hatte er überhaupt ein zweites und hat mir nichts davon gesagt?"

„Ich schätze mal, das kriegen wir nur raus, wenn wir an das Ding herankommen und in die Adressliste hineinschauen können."

„Fragt sich nur, wie wir es anstellen sollen, wenn der Bengel bei einem Anruf gleich wieder auflegt."

Schweigend schlürften sie ihren Kaffee und suchten angestrengt nach einer Strategie.

„Die Polizei hat die technischen Möglichkeiten, das Handy zu orten“, sagte Karin leise.

Freddy sah sie mit einem missbilligenden Blick an.

„Erst wenn absolut nichts mehr geht ...“, sagte er schärfer, als er es ursprünglich beabsichtigt hatte.

Karin hatte verstanden. Er hatte also immer noch den Ehrgeiz, den Mörder allein ausfindig zu machen. Nachdem Don verhaftet worden war, sich aber herausstellte, dass er nicht Ullis Mörder war, hatte sie zunächst gedacht, Freddy könnte sich damit zufrieden geben, dass er *Lucille* wiedergefunden hatte. Aber weit gefehlt, offenbar war es ihm doch wichtiger gewesen, den Täter zu finden, als seine Gitarre wiederzubekommen.

„Wenn ich jetzt noch mal anrufe, haben wie keine Chance“, sagte Freddy. „Wenn er meine tiefe knurrige Stimme hört, bekommt er es mit der Angst und drückt sofort den roten Knopf.“

Er machte eine Pause und sah dann auf.

„Du musst ihn anrufen und ihn mit deinen weiblichen Überredungskünsten dazu bringen, uns zu ihm zu führen.“

„Und wie soll ich das machen? Ich hab wenig Erfahrung in der Rolle der netten Tante von nebenan.“

„Lass dir was einfallen! Wenn du ihn nicht rumkriegst, kommen wir nicht weiter.“

Der kleine Marcel hatte ganz schnell aufgelegt, als er die dunkle Männerstimme hörte. Noch nie war er von einem Erwachsenen angerufen worden. Er war noch nicht lange in der Schule, konnte aber schon seine Mitschüler anrufen und sie ihn.

Mama und Papa hatten zum Glück noch nichts von dem Handy bemerkt, dass ihm sein Opa geschenkt hatte. Sie hatten gemeint, er sei noch zu klein dafür. Umso ärgerlicher war es, dass die meisten seiner Klassenkameraden schon ein solch kleines praktisches Ding besaßen und mächtig damit angaben. Er hatte seine Eltern angefleht, ihm doch auch eins zu kaufen, hatte, nachdem sie nein gesagt hatten, geschrien und getobt und tagelang kaum ein Wort mit ihnen gesprochen. Aber sie waren hart geblieben und Marcel musste den Spott seiner Mitschüler weiter über sich ergehen lassen.

Das änderte sich, als ihm sein Opa unvermittelt so ein Ding in die

Hand drückte. Dabei hatte er noch nicht einmal Geburtstag. Opa war wirklich manchmal etwas komisch und erzählte oft auch ziemlichen Quatsch, aber dieses Geschenk würde er ihm niemals vergessen.

Fortan war er in seiner Klasse anerkannt. Auch die Mädchen, die er bisher doof fand und die nichts von ihm wissen wollten, interessierten sich plötzlich für ihn. Er war zwar gerade erst dabei, lesen zu lernen, aber die wichtigsten Funktionen hatte er bald drauf. Vor allem die, wie man das Handy stumm stellen konnte, damit es ihn in ungünstigen Situationen, wie z. B. im Unterricht, nicht verriet. In den Pausen wurde dann kräftig drauflos telefoniert, obwohl der Gesprächspartner oft nur wenige Meter entfernt stand. Das SMS schreiben klappte noch nicht so richtig, aber bald würde er auch die Schrift beherrschen. Er wunderte sich nur, dass in seinem Adressbuch so komische Namen standen. Am liebsten hätte er sie gelöscht. Die hatten schließlich nichts auf seinem Telefon zu suchen. Er wusste nur noch nicht, wie das ging. Vor kurzem hatte er auch so eine komische Nachricht erhalten. Da stand irgendwas von Konto oder so drin. Seine Freunde konnten auch nicht genau entziffern, was das zu bedeuten hatte. Da er ganz normal weiter telefonieren konnte, kümmerte es ihn aber nicht.

Der fremde Mann, der ihn angerufen hatte, hatte sich bestimmt verwählt. Das konnte ja schon mal passieren. Am nächsten Tag hatte er das schon vergessen und telefonierte wieder eifrig mit seinen Mitschülern.

Als er auf dem Weg von der Schule nach Hause noch einen freien Sitzplatz im Bus gefunden hatte, hörte er das Handy plötzlich in seinem Tornister klingeln. Es war ein ganz komischer Klingelton. Da sang irgendjemand auf Englisch „Hutschi Kutschi Män“ oder so. Eigentlich hätte er gerne „You got to move it, move it“ aus dem Trickfilm „Madagaskar“ gehabt, aber er hatte noch nicht herausbekommen, wie das funktioniert.

Die Leute im Bus sahen ihn ärgerlich an, als er den Tornister nach dem quäkenden Handy absuchte. Als er es endlich gefunden hatte, erschien auf dem Display eine unbekannte Nummer. Er musste wieder an den unbekannten Mann von gestern denken.

Einen kurzen Moment überlegte er, ob er drangehen sollte. Dann wurde er doch zu neugierig und drückte den grünen Knopf.

„Hallo! Hier Marcel!“

Er bemühte sich um einen männlich-coolen Tonfall, den er sich im Fernsehen von einigen heldenhaften Jet-Piloten abgehört hatte und den er auch im Gespräch mit seinen Schulhofkumpels pflegte.

„Hallo, bist du es?“

Es war eine freundliche klare Frauenstimme. Einen kurzen Moment durchfuhr ihn ein Schreck. Seine Mutter? Hatte sie das Handy etwa entdeckt? Aber nein, seine Mutter hatte eine tiefere Stimme.

„Wer ist denn da?“, fragte er vorsichtig.

„Ich bin’s, deine Tante Karin“, sagte die Frauenstimme.

Er dachte angestrengt nach, eine Tante Karin sagte ihm gar nichts.

„Kenn ich nicht“, sagte er knapp.

Die Frau am anderen Ende lachte herzlich.

„Ja, das kann ich mir denken, dass du dich nicht mehr an mich erinnern kannst. Du warst damals noch zu klein, als wir uns das letzte Mal gesehen haben. Ist ja auch schon eine Weile her und ich dachte mir, ich muss mich unbedingt noch mal bei dir melden. Ich hab doch immer noch dein Geburtstagsgeschenk bei mir liegen.“

Aha, das war interessant. Ein Geschenk. Marcel war mit einem Male hellwach.

„Was ist das denn für ein Geschenk?“

Die nette Frau am anderen Ende lachte erneut.

„Ja, das möchtest du wohl gerne wissen. Aber wo bleibt denn da die Überraschung? Wie wär’s denn, wenn ich es dir heute noch vorbeibringe? Aber du musst mir noch mal deine Adresse sagen. Da es schon eine Zeitlang her ist, dass ich bei euch war, kann ich mich nicht genau erinnern.“

Er überlegte nur kurz, er war doch sehr neugierig, was ihn da erwartete. Also nannte er Straße und Hausnummer.

„Alles klar“, sagte seine unbekannte Tante. „Kannst du mir vielleicht auch noch mal die Postleitzahl nennen, dann find ich das mit meinem Navi schneller.“

Ach ja, das waren ja diese Dinger in den Autos, die einem immer sagten, wo man hinfahren muss. Woher sollte man das auch sonst wissen? Seine Postleitzahl hatte er zuletzt auswendig gelernt. Voller Stolz sagte er diese jetzt auf.

„Ja, das müsste Bochum-Weitmar sein.“

„Nein, Wiemelhausen“, verbesserte sie der Kleine.

„Genau, jetzt fällt’s mir wieder ein. Passt es dir, wenn ich in etwa einer Stunde vorbeikomme?“

„Klar! Ich warte auf dich.“

„Bis gleich!"

Als er den roten Knopf gedrückt hatte, konnte er es kaum erwarten, dass seine nette Tante bei ihm anschellen und das Geschenk übergeben würde. Er würde seiner Mutter erst mal nichts sagen. Die würde bestimmt auch überrascht sein von dem Besuch. Die Frage, wie seine Tante überhaupt an seine Handynummer gekommen war, kam ihm gar nicht in den Sinn.

Frau Strebinger traf heute zeitgleich mit ihrem kleinen Sohn an der Haustür ihres Reihenhauses ein. Sie hatte ihren Halbtagsjob in der Apotheke beendet und würde sich jetzt daran machen, das Mittagessen zuzubereiten. Immer wenn sie ihren Erstklässler sah, wie er seinen schweren Tornister auf dem Rücken trug, überkam sie ein schlechtes Gewissen. Sie hätte ja auch auf den Job verzichten und ihren Sohn regelmäßig von der Schule abholen können, wie es andere Mütter auch taten. Aber die Raten für das Haus mussten abbezahlt werden und das Gehalt Ihres Mannes, der bei der Stadtverwaltung arbeitete, reichte einfach nicht aus.

Eigentlich hatten sie und ihr Mann beschlossen, dass Marcel noch kein Handy bekommen sollte. Sie hielten das noch für verfrüht. In letzter Zeit kamen ihr aber Zweifel. Was, wenn der Kleine den Bus verpasst oder sich verlaufen hatte? Auf dem Schulweg nach Hause konnte so allerlei passieren. Dann könnte er sie sofort anrufen und sie würde zu Hilfe eilen. Auch jetzt, als sie den kleinen Mann heranstürmen sah und ihn nach einem kleinen Küsschen ins Haus ließ, kamen ihr wieder diese Gedanken.

Während er die Treppe zu seinem Zimmer hinaufstürmte, fiel ihr auf, dass er heute noch aufgedrehter war als sonst. Na, immerhin schien ihm die Schule Spaß zu machen.

Sie begab sich in die Küche und setzte heißes Wasser auf. Heute gab es mal wieder Spaghetti mit Tomatensoße, Marcels Leibgericht. Eigentlich phantasielos, aber sie musste zu ihrer Schande eingestehen, dass sie nach der Arbeit zu größeren Kochaktionen meist keine Lust hatte. Viel lieber hätte sie jetzt die Beine hochgelegt.

Als sie nach einer Weile die servierfertigen Nudeln auf den Tisch stellte und ihren Sohn gerade zum Essen rufen wollte, klingelte es an der Tür.

Erstaunt bemerkte sie, dass der kleine Mann die Treppen hinuntergestürzt kam und schnurstracks auf die gläserne Haustür zustrebte, hinter der sich schemenhaft die Konturen zweier Personen abzeichneten. Merkwürdig, sonst hatte sich Marcel nie dafür interessiert, wer vor ihrer Tür stand, es sei denn, er hatte Geburtstag.

Schon hatte er die Tür aufgerissen und stand vor einer zierlichen Frau und einem bärtigen Mann, beide hatte Frau Strebinger noch nie gesehen.

„Hallo, Tante Karin!“, rief Marcel.

Tante Karin? Wer zum Teufel ist Tante Karin?, schoss es seiner Mutter durch den Kopf. Sofort schrillten bei ihr sämtliche Alarmglocken. Wer waren diese Leute?

„Hallo!“, sagte die Frau etwas schüchtern, während Marcel sie erwartungsfroh anstarrte.

„Hast du mein Geschenk dabei?“

„Ja, sicher!“

„Mooooment mal!“

Mit dem wild entschlossenen Gesicht einer Tigerin, die bereit war, ihr Junges und ihr Revier gegen Eindringlinge von außen notfalls mit ihrem Leben zu verteidigen, schritt Frau Strebinger ein.

„Wer sind Sie und was wollen Sie?“

„Wir müssten dringend mal mit Ihnen reden, Frau …“, sagte der Mann, der mit einem Seitenblick auf das Türschild schließlich „… Strebinger“ ergänzte.

Marcel blickte verständnislos von einem zum anderen hoch. Warum begrüßte ihre Mutter die Tante und ihren Mann so komisch?

„Wo ist mein Geschenk?“, protestierte er laut.

Die Frau reichte ihm ein Päckchen, das in lustiges Geschenkpapier mit der Maus und dem Elefanten verpackt war.

Während seine Mutter noch mit skeptischem Blick die Situation beobachtete und einzuschätzen versuchte, hatte Marcel das Paket schon aufgerissen und quittierte den Anblick des Geschenkes mit einem lauten „WOW!“.

Es war ein nagelneues Handy.

Es dauerte eine Weile, bis Frau Strebinger Karin und Freddy ins Haus ließ. Karin hatte sich bereits unwohl gefühlt, als sie den kleinen Marcel angerufen und sich als falsche Tante ausgegeben hatte. Aber der Trick mit dem Geschenk hatte funktioniert und sie waren sich sicher, dass sie das Handy und die Umstände, wie Marcel in dessen Besitz gekommen war, auf der Suche nach Ullis Mörder weiterbringen würde.

Marcels Mutter war zunächst sehr skeptisch, da sie die beiden scheinbar für Trickbetrüger oder aufdringliche Vertreter hielt. Als Karin ihr von dem Mord erzählte, und sie hörte, dass Karin die Lebensgefährtin des Opfers gewesen und auf der Suche nach Hinweisen auf den Mörder war, entspannten sich ihre Gesichtszüge. Auch wenn sie nicht die geringste Ahnung hatte, wie sie den beiden in der Sache weiterhelfen konnte, erklärte sie sich zu einem Gespräch bereit.

Marcel war wieder in seinem Zimmer verschwunden und probierte sein neues Handy aus. Zu seiner Verwunderung hatte seine Mutter gar keine Einwände gegen das Geschenk gehabt. Letzte Woche hatte sie noch strikt abgelehnt, ihm eins zu kaufen.

Während sich die unerwarteten Gäste in der Küche niederließen, deckte Frau Strebinger die Nudeln ab. Hoffentlich dauerte es nicht zu lange, sonst musste sie alles wieder aufwärmen.

Freddy erklärte, dass sie bei ihren Nachforschungen auf eine zweite unbekannte Handynummer Ullis gestoßen seien und dass sich Marcel auf ihren Anruf gemeldet hatte.

„Das verstehe ich nicht“, sagte Frau Strebinger. „Marcel hat gar kein Handy …, beziehungsweise ...“ Sie sah Karin mit einem halb vorwurfsvollen Blick an: „… er *hatte* keins.“

„Sind Sie sicher?“, fragte Freddy.

Frau Strebinger überlegte kurz.

„Marcel!“

Der Tonfall deutete schon an, dass Unheil drohte. Marcel kannte ihn zu genau. Als er die Stimme seiner Mutter hörte, hätte er sie am liebsten ignoriert. Gleichzeitig überkam ihn eine wilde Entschlossenheit, sein frisch erworbenes Handy mit aller Macht zu verteidigen.

„Marcel!“

Die Stimme klang jetzt deutlich ärgerlicher. Er raffte sich auf. Fast hätte er vor Wut losgeheult.

Als er in die Küche kam, sahen ihn die drei Erwachsenen so komisch an.

„Wo ist das zweite Handy?“, fragte ihn seine Mutter.

Marcel verschlug es die Sprache. Woher wusste sie davon?

„Na, komm! Wir wissen, dass du eins hast. Hol es schnell, Schatz. Es ist wichtig!“

Marcel stand immer noch mit offenem Mund da. Die Stimme seiner Mutter war jetzt wieder weicher.

„Ich schimpfe auch nicht!“, ergänzte sie schließlich.

Marcel überlegte noch kurz. Leugnen hatte eh keinen Sinn, außerdem hatte er jetzt zwei Handys. Eines konnte sie ihm ruhig wegnehmen. Das ältere brauchte er jetzt sowieso nicht mehr. In der Schule würden sie über sein neues Telefon ganz schön staunen.

Als er es seiner Mutter brachte, wunderte er sich, dass sie es sofort an seine Tante weiterreichte. Sie und der Mann begannen es sich genauer anzusehen. Komisch. War denn irgendetwas damit nicht in Ordnung? Warum guckten die so ernst? Er hatte nichts Schlimmes damit angestellt. Er war völlig unschuldig.

„Schatz, woher hast du das Handy?“

Seine Mutter sah ihn jetzt gar nicht mehr so streng an. Dennoch zögerte Marcel. Was, wenn sein Großvater auf einmal sauer auf ihn war, dass er es verraten hatte.

„Du kannst es mir ruhig sagen.“

Mama lächelte ihn jetzt sogar an.

„Das neue Handy kannst du auch behalten.“

Damit war das Eis gebrochen.

„Opa hat es mir geschenkt.“

Die drei Erwachsenen schauten sich fragend an.

„Und woher hat es Opa?“, wollte seine Mutter wissen.

Marcel zuckte die Schultern.

„Keine Ahnung. Er hat es bestimmt irgendwo gekauft.“

Seine Mutter machte ein skeptisches Gesicht.

„Wann und wo hat er es dir denn gegeben?“, mischte sich „Tante“ Karin ein.

Marcel hatte ein komisches Gefühl. Irgendwas stimmte doch mit seiner Tante nicht. Vielleicht war sie gar nicht seine richtige Tante. Mama hatte sie so komisch begrüßt. So als ob sie sie gar nicht kennen würde. Er schwieg daher und betrachtete Karin nur mit gerunzelter Stirn.

„Nun, sag schon, Marcel“, mischte sich seine Mutter wieder ein.

„Er hat es mir gegeben, als er einmal im Krankenhaus war.“

„Im Krankenhaus?“

„Ja, ihr wart gerade in der Cafeteria. Ich hatte doch keine Lust mitzukommen und bin lieber bei Opa geblieben.“

„Und da hat er dir das Handy gegeben?“

„Ja, er hatte es in seinem Nachttisch liegen. Ich habe es gefunden, als ich die Pralinen, die wir ihm mitgebracht haben, da reinlegen wollte.“

„Und weiter ...“

„Ich habe ihn dann gefragt, was das denn für ein Handy ist. Er hat doch ein ganz anderes. Dann hat er gesagt, ich könnte das ruhig behalten, er schenkt es mir.“

Jetzt dämmerte es Freddy und Karin. Es musste sich um den alten demenzkranken Mann handeln, mit dem sich Ulli das Zimmer geteilt hatte. Jetzt wurde ihnen auch klar, warum Marcels Mutter sie schließlich auch so bereitwillig ins Haus gelassen hatte. Sie hatte natürlich als Tochter des Zimmergesellen des Ermordeten ebenfalls von der Tat erfahren. Dass sie jetzt der Lebensgefährtin des Toten gegenüberstand, hatte sie offensichtlich milde gestimmt.

„Ihr Freund hat mit meinem Vater in einem Krankenhauszimmer gelegen“, sagte sie dann auch an Karin gewandt. „Leider ist seine Demenz so weit fortgeschritten, dass er der Polizei bei der Suche nach dem Mörder nicht weiterhelfen konnte. Er muss das Handy Ihres Freundes wohl in seinem verwirrten Zustand eingesteckt haben, weil er es für seines hielt. Wahrscheinlich hat Ihr Freund da gerade geschlafen. Sie glauben nicht, was mein Vater seit Beginn der Krankheit so alles hat mitgehen lassen. Ins Kaufhaus kann man jedenfalls nicht mehr mit ihm gehen.“

Sie seufzte.

Freddy überlegte angestrengt. Er bemerkte, dass Karin sich schon verabschieden wollte, aber er hatte das Gefühl, dass der kleine Marcel ihnen vielleicht noch weiterhelfen konnte.

„Hör mal, Marcel“, wandte er sich an den Jungen. „Was ist passiert, nachdem dir dein Opa das Handy geschenkt hat?“

„Ich hab mich natürlich ganz doll gefreut. Als ich dann damit herumgespielt habe, habe ich gesehen, dass sich die Tür geöffnet hat. Ich habe gedacht, das sind Mama und Papa. Die werden dir das Handy bestimmt gleich wieder wegnehmen.“

Er blickte seine Mutter mit einem beleidigten Gesichtsausdruck an.

„Und was ist dann passiert?“

„Weil ich das Handy nicht so schnell verschwinden lassen konnte, habe ich mich schnell unter Opas Bett versteckt. Aber das waren gar nicht Mama und Papa, sondern irgend so ein Mann, der den anderen Kranken besucht hat.“

Die Erwachsenen waren mit einem Schlag hellwach.

„Erzähl weiter ...“ forderte ihn Freddy auf.

„Das war ganz komisch. Der Mann in dem anderen Bett hat gerade geschlafen. Der Mann, der hereingekommen ist, hat dann versucht ihn zu wecken, aber so ganz komisch.“

Offensichtlich hatte der Junge das Ersticken mit einem Kissen fälschlicherweise für einen Weckversuch gehalten. Freddy und Karin konnten es kaum glauben, sie hatten einen Zeugen des Mordes. Und niemand hatte bisher etwas davon geahnt.

„Hast du den Mann gesehen?“, fragte Freddy hoch erregt.

„Nur die Beine“, antwortete Marcel. „Der war irgendwie unheimlich. Opa hat ihn immer nach der Zeitung gefragt, aber der hat immer was gesagt, was ich nicht verstanden habe. Ich bin dann unter dem Bett liegen geblieben und habe mit meinem Handy gespielt.“

„Meinst du, du kannst dich daran erinnern, welche Hose und Schuhe der Mann getragen hat?“, fragte „Tante“ Karin.

Was für eine komische Frage. Marcel zuckte mit den Schultern.

„Weiß nicht. Vielleicht.“

„Und die Stimme? Würdest du auch die Stimme wiedererkennen?“

Marcel rümpfte die Nase und verzog den Mund, was offenbar bedeutete, dass er sich nicht sicher war. Da er nicht verstand, worauf die Besucher hinaus wollten, kamen Freddy und Karin nach einem Blickkontakt mit seiner Mutter zu dem Schluss, dass seine Eltern ihm offenbar nichts von dem Mord gesagt hatten. Vermutlich hatten sie ihm nur erzählt, dass der andere Mann ganz normal gestorben sei.

„Du malst doch sicher gerne“, sagte Freddy plötzlich. „Dann versuch doch mal das, was du gesehen hast, mit Buntstiften zu zeichnen. Meinst du, du bekommst das hin?“

Marcels Ehrgeiz war geweckt. Die würden staunen, wie gut er malen konnte.

„Na klar“, rief er selbstbewusst.

„Prima!“, ermunterte ihn seine Mutter. „Dann versuch es mal jetzt. Hausaufgaben kannst du dann später machen. Aber sag mal, wie hast du es geschafft, dass Handy immer wieder aufzuladen?“

„In der Küche lag so ein Kabel rum. Das habe ich genommen, weil es zum Handy gepasst hat.“

Dieser Schlingel, dachte Frau Strebinger halb ärgerlich, halb belustigt. Natürlich hatte er mitbekommen, dass sie tagelang vergeblich nach dem Ladekabel für ihr Handy gesucht hatte. Im Nachhinein war sie erstaunt, mit welcher Unschuldsmiene er die Frage, ob er das Kabel irgendwo gesehen habe, verneint hatte.

Sie verkniff sich weitere Vorwürfe. Sonst würde sich Marcel aus Trotz noch weigern, das Bild zu malen. Bis jetzt hatte sie nichts davon geahnt, dass ihr Sohn den Mord miterlebt hatte. Nach der Tat war er fröhlich in die Cafeteria des Krankenhauses gelaufen und hatte seine Eltern wie so oft aufgefordert, ihm ein dickes Eis zu spendieren, was diese dann auch getan hatten.

Als sie ihn in sein Zimmer entließ, wurde ihr plötzlich klar, welches Glück der Kleine hatte, dass der Mörder ihn nicht bemerkt hatte. Möglicherweise hätte das für ihr Kind tödlich enden können.

Kapitel 16

Die Automatiktüren der U-Bahn öffneten sich. Freddy Spieker stieg aus. Seine Bassgitarre, die er in einem Gigbag um seine Schulter trug, rutschte hinab und schlug um Haaresbreite auf dem Boden auf. Freddy konnte sich noch gerade rechtzeitig fangen.

Er fühlte sich an den Abend erinnert, an dem er Ulli zusammengeschlagen hatte, mit dem großen Unterschied, dass er heute stocknüchtern und sich dessen, was er tun würde, absolut sicher war. Er war etwas nervös, aber gleichzeitig freute er sich auf das, was ihn und viele andere erwarten würde.

Er stieg die Treppen zum Vorplatz des Gelsenkirchener Musiktheaters hinauf. Das Open Air-Konzert hatte bereits mit der ersten Band begonnen. Der Sound war schlecht. Offensichtlich war der Mann am Mischpult mit seiner Aufgabe restlos überfordert. Erst bei genauerem Hinhören konnte man den Stil der Band bestimmen. Es war eine Mischung aus Punk und Reggae mit deutschen und englischen Texten. Freddy hätte es in seiner ihm eigenen Art von Definition als Schrott bezeichnet.

Wenn er und seine Mitmusiker der eigens für dieses Open Air zusammengestellten neuen *Blues Bandits* die Bühne entern würden, würde das recht zahlreich versammelte Publikum schnell in Begeisterungsstürme ausbrechen und alles, was zuvor dargeboten worden war, schnell vergessen. Davon war er überzeugt. Und das Finale würde erst recht alle aus den Socken hauen.

Und das Ganze war auch noch gratis!

Als er über seine ehemalige Agentur erfuhr, dass für dieses Event noch kurzfristig eine lokale, renommierte Blues Band gesucht wurde, hatte er kurzerhand die ehemaligen Mitglieder der *Blues Bandits* zusammengetrommelt. Mike Bruns und Bogdan Kobusinski mussten nicht lange überredet werden, Chris Wenzel und Oliver Kampmann schon gar nicht. Auch Renate Thomann hatte den Verlust von Anja einigermaßen überwunden. Sie sah sich jedenfalls in der Lage, mit einer jungen, unerfahrenen, aber sehr talentierten Sängerin namens Carina, die Mike woher auch immer angeschleppt hatte, erneut auf die Bühne zu gehen. Als Gitarristen hatte er Titus Wollek, einen der besten Blues-Gitarristen in Nordrhein-Westfalen, aus Münster stammend, gewinnen können. Der beanspruchte zwar die Hälfte der Gesamtgage, aber egal. Die anderen waren damit einverstanden, auch wenn er Ulli nicht wirklich ersetzen konnte.

Die Songliste aus alten Blues- und Soulklassikern hatte Freddy schnell zusammengestellt. Eine gemeinsame Probe hatte gereicht. Es war nicht mehr dieselbe Magie, die er immer gespürt hatte, als Ulli und Anja noch dabei waren. Dennoch freute er sich auf das Konzert, zumal er sich selber nach längerer Bass-Abstinenz wieder gut in Form gebracht hatte.

Nachdem er die Treppen erklommen und den Vorplatz betreten hatte, blieb er einen Moment lang stehen und sog die frische, klare Frühlingsluft ein.

Das war sein Tag heute! Alle Schmähungen und Verdächtigungen würden bald der Vergangenheit angehören. Er war sich sicher, dass alle maßgeblichen Leute heute da sein würden. Er streckte sich nochmals. Die Show konnte beginnen!

Karin war schon recht früh vor Ort gewesen. Auch sie konnte kaum erwarten, dass heute alles zu einem Ende kommen würde. Sie und Freddy hatten in den letzten Wochen ihre Strategie mehrfach überdacht. Sie erinnerte sich daran, wie sie von Marcels Mutter gefragt worden waren, ob sie ihre Informationen nicht an die Polizei weitergeben wollten. Freddy hatte ihr gesagt, dass dies zu gegebener Zeit geschehen werde, aus taktischen Gründen werde er diese aber noch zurückhalten. Er hatte Frau Strebinger gebeten, ihnen die Entscheidung über den richtigen Zeitpunkt zu überlassen und nicht von sich aus die Gesetzeshüter einzuschalten.

Angesichts Frau Strebingers skeptischen Gesichtsausdrucks waren sie sich nicht sicher, ob diese sich an ihre Bitte halten würde, aber sie hatte es getan.

Freddy hatte ihr auch einen Flyer über das heutige Open-Air-

Konzert zugeschickt. Da ihr Gig am frühen Abend stattfand, konnte auch der kleine Marcel dabei sein. Schließlich musste ja auch dem Nachwuchs der Blues schmackhaft gemacht werden.

Karin hatte die Familie bereits in der Ferne entdeckt. Sie wollte sich auf den Weg machen, diese zu begrüßen, als ihr Freddy über den Weg lief.

Sie lächelten sich schweigend an, fühlten sich wie geheime Verschwörer und freuten sich diebisch darüber. Sie umarmten sich innig, spuckten sich symbolisch über die Schultern. Glück konnte man schließlich immer gebrauchen.

Als Freddy sich zur Bühne trollte, sah er aus den Augenwinkeln eine große Handtasche über Karins Schulter baumeln. Komisch, sie hatte doch sonst nie eine dabei.

Als Peppelinski und Bein den Flyer für das Open-Air-Konzert mit der Dienstpost erhielten, wussten sie sofort, von wem es kam. Sie fühlten sich von Freddy auf den Arm genommen. Wegen der vielen Überstunden waren sie etwas überreizt. Obwohl ihre Sonderkommission personell aufgestockt worden war und viele Hinweise bearbeitet hatte, konnten sie noch immer kein brauchbares Ergebnis vorzeigen. Die ständigen Anfragen der Presse und des Polizeipräsidenten nervten zusätzlich. Der Druck auf die Ermittler wurde langsam unerträglich.

Von Freddy Spieker hatten sie seit einiger Zeit nichts mehr gehört. Scheinbar war dieser damit zufrieden, seine Gitarre wiedergefunden zu haben. Das Interesse am Mörder seines Freundes schienen sowohl er als auch Ulli Kanderskes Lebensgefährtin verloren zu haben. Man munkelte in der Blues-Szene sogar, dass die beiden mittlerweile ein Verhältnis miteinander hatten. Bein sah darin sofort ein Mordmotiv und versuchte seinen Chef davon zu überzeugen, die beiden doch noch mal ein wenig in die Mangel zu nehmen. Peppelinski musste seinen übereifrigen Mitarbeiter daran erinnern, dass beide für den Zeitpunkt des Mordes ein wasserfestes Alibi hatten.

Nach wie vor rätselten sie über das Mordmotiv.

Also begaben sie sich auf den Weg zum Konzert. Vielleicht hatten sie Glück und konnten einige neue Hinweise aufschnappen.

Als sie sich auf dem Theatervorplatz einfanden, sahen sie aus der Ferne Bodo und Hasso in Zivil, die ihnen fröhlich mit einem Becher Bier zuprosteten. Peppelinski und Bein ließen sich nur ein leichtes Kopfnicken entlocken. Zu frisch war noch der Ärger über die beiden Streifenpolizisten, die hinter ihrem Rücken einen Deal mit diesem unberechenbaren Freddy Spieker gemacht und dann auch noch mit der Festnahme eines Täters Erfolg gehabt hatten.

Auf Freddys Tipp hin, dass bei dem Auftritt der Band Spektakuläres geboten würde, hatten Bodo und Hasso zudem das Fernsehteam im Schlepptau, das sie zum ersten Mal auch in ihrer Freizeit begleitete.

Nach einer mehr oder weniger erzwungenen Zugabe wurde die Vorband, dessen Namen sich Freddy nicht merken wollte, mit mäßigem Applaus verabschiedet. Einer der Organisatoren versprach dem Publikum eine kurze Umbaupause, während Freddy hinter ihm als Erster die Bühne betrat.

Bevor er sich um seinen Bassverstärker kümmerte, den Roadies gerade auf die Plattform wuchteten, gönnte er sich einen Blick ins Publikum. Die Dämmerung hatte noch nicht eingesetzt und er konnte alle Anwesenden erkennen, zumal auch die Scheinwerfer zwischenzeitlich heruntergeregelt worden waren und ihn nicht blendeten.

Die Dörmanns waren natürlich in der ersten Reihe. Irgendjemand hatte sogar Plastikstühle besorgt, auf denen sie es sich bequem gemacht hatten.

Daneben erblickte er Bogdans Magdalena, die ihn aus funkelnden Augen ansah.

Er erkannte mehrere Mitglieder von Don Bergers ehemaliger Band und hatte den Eindruck, dass diese etwas sehnsüchtig auf die Bühne blickten. Es würde wohl noch einige Jährchen dauern, bis sie erneut wieder mit Don zusammen auftreten konnten. Allerdings war ihm zu Ohren gekommen, dass demnächst ein Knastkonzert der *Blues-Machine* stattfinden würde. Ein volles Haus war in jedem Falle garantiert.

Freddy konnte sogar Wolfhard ausmachen, der immer noch nicht das Hausverbot gegen ihn aufgehoben hatte. Er hoffte, dass er es sich bald anders überlegen würde.

„Hey, Freddy“, hörte er jemand vor der Bühne seinen Namen rufen. „Na, spielste gleich wieder deine Katzenjammermusik? Ehrlich gesagt, so langsam solltest du auf türkische Folklore umschwenken.“

Es war Salih, der ihn vom Bühnenrand mit einem herzhaften Lachen begrüßte.

„Du verwechselst da was“, antwortete Freddy grinsend. „Euer orientalisches Gejaule ist doch direkt den Lauten der kleinen Pelzträger nachempfunden. Was wir machen, ist echt geile, schwarze Mucke.“

„Na, na, na“, machte Salih mit erhobenem Zeigefinger. „Keine rassistischen Äußerungen hier, sonst kommt vielleicht noch ’ne Anzeige wegen Volksverhetzung hinzu. Ach ja, denk dran, nächste Woche ist endlich deine Verhandlung. Keine Ahnung, warum das beim Gericht so lange gedauert hat. Warte mal, krieg ich das nach so langer Zeit noch alles zusammen? Körperverletzung, Widerstand gegen die Staatsgewalt, Fahrerflucht, überhöhte Geschwindigkeit, gefährlicher Eingriff in den Straßenverkehr ... Hab ich noch was vergessen?“

Salih lachte mal wieder an der falschen Stelle. Fast hätte er es geschafft, Freddy die Laune zu verderben. Er deutete einen Tritt an, der Salih zurückweichen ließ.

„Verpiss dich und mach dir lieber Gedanken, wie du mich da rausboxt.“

Salih schüttete sich aus vor Lachen.

„Also, das mit dem Boxen ist ja wohl eher deine Spezialität. Aber ich kenne die Richterin ...“

Er setzte eine Gigolo-Miene auf.

„Die ist schon mal meinem Charme erlegen.“

„Was du nicht sagst. Wenn du dir Mühe gibst, spendiere ich auch ’ne Packung Kondome.“

„Nur *eine* ...?“

Der Sound einer Gitarre unterbrach jäh ihre Konversation. Titus Wollek machte seinen Soundcheck. Der schwere, harte Sound seiner Gibson Les Paul hallte über den ganzen Platz, obwohl der Verstärker noch gar nicht über die Beschallungsanlage, kurz P. A. genannt, abgenommen wurde.

Um den Rest der Band scherte sich der „Stargast“ nicht. Freddy beobachtete ihn abschätzig. Er hielt sich wirklich für was Besonderes in seinem Glitzerhemdchen, der Ray-Ban-Sonnenbrille und dem komischen Schlapphut. Nein, er würde kein neues Mitglied der *Blues Bandits* werden. An seinem Spiel war nichts auszusetzen, für diesen besonderen Abend waren seine Qualitäten gerade gut genug. Aber mit Arschlöchern würde Freddy in Zukunft keine Musik mehr zusammen machen. Das hatte er sich ganz fest vorgenommen.

Der Veranstalter kündigte sie euphorisch an. Allerdings hätte er sich den süffisanten Hinweis auf Freddys unfreiwilligen Fernsehauftritt verkneifen können. Aber vielleicht war der Theatervorplatz auch gerade deshalb so gut gefüllt. Freddy war es nicht entgangen, dass die Lokalpresse im Vorfeld des Konzertes einige Hinweise auf die Bochumer Vorkommnisse publik gemacht hatte. Freddy hatte nicht vorgehabt, auf diese Weise prominent zu werden. Letztlich war's ihm egal. Schließlich konnte auch negative Werbung den Bekanntheitsgrad erheblich steigern.

„Von mir aus kann's losgehen!", quatschte ihn Titus schnoddrig von der Seite an, während er sein Kaugummi mit offenem Mund schmatzte.

„Von mir aus nicht", antwortete Freddy kühl. „Ich muss mir das Ganze noch von draußen anhören." Er stellte den Sender an seinem Bass und den Empfänger an seinem Verstärker ein und verließ die Bühne in Richtung Mischpult, welches in der Mitte des Platzes aufgebaut war. Leider hatten sie vor dem Konzert keine Gelegenheit gehabt, einen ordentlichen Soundcheck zu machen. So mussten sie diesen jetzt vor anwesendem Publikum nachholen.

Da ein genialer Erfinder die Funktechnologie hervorgebracht hatte, konnte er ohne lästiges Kabel den unfähigen Mann am Mischpult immerhin von dessen Standort korrigieren. Der Sound sollte an diesem denkwürdigen Abend schon stimmen. Außerdem hatte er noch ein paar wichtige Instruktionen für den Typen, der das Lichtmischpult bediente.

Nach dem Soundcheck versammelte Freddy nochmals alle Bandmitglieder hinter der Bühne und schwor sie auf ein geiles Konzert ein. Nachdem man sich abgeklatscht hatte, bat er alle am Ende des Gigs noch auf der Bühne zu bleiben, er wolle noch ein paar wichtige Worte an das Publikum richten. Auf Mikes Nachfrage, worum es denn dabei ginge, lächelte Freddy nur geheimnisvoll, schnallte sich seinen Bass um und sagte: „Lasst uns anfangen!“

Trockeneisnebel hüllte die Bühne ein, während Chris Wenzels Keyboard einen tiefen Orgelsound intonierte. Am anschwellenden Jubel des Publikums merkte man, dass es die *Blues Bandits* schon seit langem vermisst hatte. Nach einer halben Ewigkeit, die die Spannung der Fans fast überstrapazierte, zählte Bogdan an, indem er die Drumsticks gegeneinanderschlug und rief: „Eins ... zwei ... eins, zwei, drei, vier ...“

Das komplette Scheinwerferlicht erstrahlte, als die ganze Band einsetzte. Sie begannen mit „White Room“ von *Cream,* nach Freddys Meinung mit der Hinzunahme von Backgroundsängerinnen, Keyboard und Saxophon die beste Version aller Zeiten, ja sogar besser als das Original.

Wie sehr hatte er dieses Gefühl vermisst! Dieser Sound, dieser Groove, diese Energie! Er versank völlig in seiner Musik. Kein Gedanke mehr an all das, was er zuletzt durchgemacht hatte. Hin und wieder irritierte es ihn, wenn er einen Seitenblick auf Titus und die junge Sängerin Carina warf. Instinktiv hatte er wohl damit gerechnet, Ulli oder Anja zu erblicken. Für einen kurzen Moment überkam ihn dann eine Trauer, die er aber sofort in besonders gefühlvolles Spiel umsetzte. Später sollten ihm die Dörmanns sagen, dass er noch nie so gut gegroovt hatte wie an diesem Abend.

Die Band setzte ihre Reise fort mit Songs von *B.B. King, John Mayall, Eric Clapton, Jimi Hendrix, den Stones, ZZ Top* und nicht zuletzt von den *Blues Brothers*. Auch die eigenen Songs, die fast schon in Vergessenheit geraten waren, kamen gut an. Mike sang sich die Seele aus dem Leib, sein Mundharmonikaspiel war brillant wie nie zuvor. Bogdan leistete Schwerstarbeit an den Drums. Selbst Oliver und Chris legten mehr und mehr ihre sonst so offensichtliche Coolness ab und spielten sich in Ekstase. Auch Renate sang mit voller Inbrunst. Es schien gerade so, als würde sie mit jedem Ton den Verlust ihrer Freundin beklagen. Carina ließ sich mitreißen und sang so, wie sie noch nie in ihrem noch jungen Leben gesungen hatte.

Titus ließ sich von der allgemeinen Euphorie anstecken und legte sich voll ins Zeug. Dieser Dreckskerl spielte wirklich gut, wenn auch nicht so originell wie einstmals Ulli. Es erfüllte Freddy mit Genugtuung, wenn sich dieser aufgeblasene Heini von Zeit zu Zeit ein anerkennendes Nicken entlocken ließ. Ja, Freddy war sich sicher, dass sein „Stargast" spürte, dass er noch nie mit solch einer geilen Band zusammen gespielt hatte, was dieser Popanz jedoch nie zugegeben würde.

Als der letzte Song gespielt war, erklangen bereits die Zugabe-Rufe des Publikums, das völlig hingerissen war. Sie endeten mit „It's all over now" und ließen die Leute mitsingen. Ganz zum Schluss wurde es noch einmal sehr emotional, als Mike, nur begleitet von Chris am Piano, nochmals den „Blues für Ulli" sang. Er hatte eine neue Strophe eingefügt, bei der er den Verlust von Anja beklagte. Es war der einzige Song auf Deutsch und gerade deshalb so authentisch. Fast hätte ihm dabei die Stimme versagt. Der Rest der Band hatte sich schweigend auf der Bühne versammelt.

Freddy konnte es wegen der eingetretenen Dunkelheit zwar nicht erkennen, aber er war sich sicher, dass vielen der anwesenden alten Fans Tränen in den Augen standen. Am Bühnenrand konnte er Karin erkennen. In ihren Augen schimmerte nichts. Ihr Blick war die ganze Zeit über auf eine bestimmte Person gerichtet.

Nachdem Mike geendet hatte, brandete nach einer nachdenklichen Pause ein letztes Mal Applaus auf. Nicht so euphorisch wie zuvor, dafür lang anhaltend und rhythmisch, während sich die Bandmitglieder immer und immer wieder Arm in Arm vor dem Publikum verneigten.

Als der Applaus langsam abebbte, bat Freddy Bogdan sich doch noch einmal ans Schlagzeug zu setzen und auf sein Zeichen einen Trommelwirbel zu spielen. Bogdan sah etwas verwirrt drein, tat aber, worum Freddy ihn gebeten hatte.

Schließlich trat er ans Mikrofon, breitete die Arme aus und rief: „Meine Damen und Herren! Darf ich um Ihre geschätzte Aufmerksamkeit bitten!"

Der noch verbliebene Applaus erstarb und machte einem erstaunten

Murmeln Platz.

Freddy versuchte in der Menge Peppelinski und Bein auszumachen, aber die Scheinwerfer blendeten ihn derart, dass er nur die erste Reihe erkennen konnte.

„Falls noch jemand von der Kripo Bochum anwesend sein sollte, ich habe eine wichtige Aussage zu machen."

Mit einem Male war es mucksmäuschenstill. Allenfalls ein leises Getuschel war ab und an zu hören. Die anderen Bandmitglieder sahen sich ratlos an. Was hatte Freddy vor?

„Bevor ich meine Aussage mache, muss ich aber ganz kurz einen Anruf tätigen", fuhr Freddy fort.

Er stellte seinen Bass ab, kramte ein Handy hervor und wählte eine Nummer.

Aus dem Publikum war jetzt kein Laut mehr zu hören, lediglich der Autoverkehr der angrenzenden Straßen war zu vernehmen.

Plötzlich erklang leise, aber gut vernehmbar „Wonderful tonight" von Eric Clapton in unmittelbarer Nähe der Bühne.

„Oh, was für ein hübscher Klingelton!", sagte Freddy, während er das Handy ans Ohr hielt. Die Musik lief inzwischen weiter.

„Willst du nicht drangehen, Magdalena?"

Ein Spotlight, das oberhalb des Mischpultes installiert war, wurde urplötzlich auf die junge Frau gerichtet. Sie stand unweit der Bühne und blickte fassungslos auf ihr Handy.

„Wahrscheinlich fragen sich jetzt viele von Ihnen, was das hier zu bedeuten hat."

Freddy genoss die fragenden Blicke und konnte sich gut vorstellen, wie Peppelinski und Bein jetzt dreinschauten.

„Nun, dazu müsste ich ein wenig ausholen, aber ich denke, diese Zeit haben wir noch."

Währenddessen sprang Magdalenas Mailbox an. Zum Nachweis, dass es sich bei der gewählten Nummer um die ihre handelte, hielt Freddy das Handy vors Mikrofon. Über die Lautsprecher war Magdalenas laszive Stimme zu hören, die dem Anrufer mitteilte, dass er doch nicht auflegen solle, sondern doch bitte eine hoffentlich gute Nachricht hinterlassen solle.

Freddy drückte den roten Knopf.

„Tja, Magdalena. Ich bezweifle, dass ich wirklich gute Nachrichten für dich haben werde. Aber auf jeden Fall wird die Öffentlichkeit so einige Geheimnisse erfahren. Ach, Herr Lichtmeister, könnte ich vielleicht um eine etwas gedämpfte Atmosphäre bitten, das Spotlight können sie wieder ausschalten.“

Die Bühnenscheinwerfer wurden heruntergeregelt. Das Licht, das auf die noch immer wie angewurzelt dastehende Magdalena gerichtet war, erlosch.

Freddy hielt das Handy in die Höhe.

„Das hier ...“, fuhr er fort, „ist das Handy meines ermordeten Freundes Ulli. Er hatte sich eigens für dich eins angeschafft, Magdalena. Möglicherweise wusstest du nichts davon, aber das ist jetzt auch egal. In jedem Falle hatte er es vor seiner Freundin Karin und allen andern geheim gehalten. Der Grund dafür ist klar. Ihr hattet ein Verhältnis miteinander. Oder sollte ich mich etwa irren?“

Freddy konnte sie jetzt besser erkennen, nachdem ihn die großen Scheinwerfer weniger blendeten. Sie stand weiterhin regungslos mit versteinerter Miene da.

Er wagte einen Blick zurück auf Bogdan, der wie vom Donner gerührt hinter dem Schlagzeug saß.

„Karin und ich hatten herausgefunden, dass es dieses zweite Handy und auch eine zweite Nummer gab. Das Telefon war jedoch nirgends zu finden. Auf Umwegen, auf die ich jetzt nicht weiter eingehen will, haben wir es bei einem kleinen Jungen gefunden, der es von seinem Großvater geschenkt bekommen hatte. Jetzt fragen Sie sich sicher, wie der ältere Herr daran gekommen ist. Ganz einfach, es handelte sich dabei um den an Alzheimer erkrankten Krankenhauszimmergenossen meines Freundes Ulli, der sich das Handy wohl in verwirrtem Zustand angeeignet hatte, während Ulli mit seiner Gehirnerschütterung noch ziemlich benebelt daniederlag.“

Er machte eine Pause und senkte seine Stimme.

„Leider hatte er diesen Zustand mir zu verdanken und das nur, weil ich ihn zu Unrecht verdächtigt hatte, für den Einbruch in meinem Haus verantwortlich zu sein. Und leider habe ich dadurch dem Mörder die Gelegenheit gegeben, ihn kaltblütig umzubringen. Lange Zeit habe ich danach gedacht, dass derjenige, der mein Haus ausgeräumt und vor allem meine Gitarre gestohlen hatte, auch für Ullis Tod verantwortlich war. Ich hatte geglaubt, dass Ulli dem Einbrecher auf die Schliche gekommen war und dafür aus dem Weg geräumt werden musste. Wie inzwischen jedoch jeder weiß, ist Don Berger zwar des Diebstahls und des Mordes an Anja überführt, mit dem Mord an Ulli hat er aber nichts zu tun.

Als Karin und ich Ullis zweites Handy in den Händen hielten, haben wir überprüft, wen er hiermit angerufen hatte. Zum Glück hatte der kleine Junge noch nicht gewusst, wie man die Einträge im Adressverzeichnis löscht und so fanden wir heraus, dass der einzige Name, der abgespeichert worden war, *Mako* lautete. Die Nummer, die sich dahinter verbarg, haben wir mit den Einträgen unserer Handys verglichen und Karin fand heraus, dass es sich bei *Mako* um Magdalena Kobusinski handelte. Auf Ullis Mailbox haben wir dann auch noch zwei Nachrichten mit Liebesgeflüster gefunden."

Er blickte zu Magdalena hinüber. Nichts war mehr von ihrer hochnäsigen Art ihm gegenüber übrig geblieben. Wie ein Häufchen Elend stand sie da.

„Du kannst dir Karins Enttäuschung vorstellen, Magdalena. Während Ulli vorgab, nach neuen Gitarren Ausschau zu halten, hat er sich wohl mit dir getroffen. Ich muss schon sagen, ihr habt es perfekt verstanden, eure Affäre geheim zu halten. Niemand ahnte etwas. Auch der Polizei hast du es verschwiegen.

Im Nachhinein wurde mir auch klar, warum du bei meinem Treffen mit Bogdan so aggressiv auf mich reagiert hast. Na klar, du warst der Meinung, dass ich deinen Geliebten umgebracht hätte. Auch wenn ihr keine Affäre gehabt hättet, wärst du in einer solchen Situation sicher nicht freundlich zu mir gewesen, aber von der Heftigkeit deiner Reaktion war ich dann doch überrascht. Dass du Ulli so nah standest, war mir in diesem Moment noch nicht klar.

Und noch etwas ist mir in dem Zusammenhang aufgefallen, du wusstest sehr genau, dass ich vom Tatort geflohen war. Es war zwar bekannt, dass ich dort war und dass ich anschließend verhaftet wurde. Woher aber wusstest du, dass ich dabei eine Krankenschwester über den Haufen gerannt habe? Ich hätte schon viel eher darauf kommen können. Auch du bist Krankenschwester und zufällig auch am Bergmannsheil in Bochum beschäftigt. Wie ich hinterher im Fernsehen gesehen habe, hast du dich ja bei der Session in Bochum rührend um Ulli gekümmert, nachdem ich ihn vermöbelt hatte. Offensichtlich war es mehr als Fürsorge. Aber warum erzähle ich das alles ...?"

Hunderte von fragenden Blicken waren auf Freddy gerichtet.

„Will ich damit sagen, dass du Ulli ermordet hast? Welches Motiv solltest du haben? Wollte er vielleicht Schluss mit dir machen? Ich glaube nicht, jedenfalls haben wir keinen Hinweis darauf gefunden.

Schließlich hattet ihr kurz nachdem er ins Krankenhaus eingeliefert worden war, noch miteinander telefoniert. Wie Karin und ich herausgefunden haben, hattest du just zu diesem Zeitpunkt Dienst. Und ich gehe davon aus, dass du ihn auf seinem Zimmer besucht hast. Stimmt's?"

Magdalena nickte kaum merklich.

„Hab ich's doch geahnt. Ich kann mir nicht vorstellen, dass Ulli in seinem Zustand der Sinn danach stand, Schluss mit dir zu machen. Du hättest dann sicherlich ein Motiv gehabt, ihm das Kissen ins Gesicht zu drücken, aber ich weiß, dass es nicht so war. Hiermit erkläre ich öffentlich, dass du, Magdalena Kobusinski, zwar schuldig des Ehebruchs bist, aber unschuldig des Mordes an Ulli Kanderske."

Freddy stand jetzt da wie ein Priester mit ausgebreiteten Armen und ließ die Worte wirken. Das Publikum fragte sich inzwischen, was hier eigentlich vor sich ging. Das Ganze hatte den Charakter eines grotesken Theaterstücks. Einige wandten sich schon zum Gehen, da sie das Gefühl hatten, dass sich da jemand wichtigmachen wollte. Bei Freddys nächsten Worten hielten sie jedoch nochmals inne.

„Und damit kommen wir zur eigentlichen Frage: Wer ist der Mörder und was ist sein Motiv?"

Freddy drehte sich zu Bogdan um und bedeutete ihm, einen Trommelwirbel zu spielen. Während er dies mit leichenblassem Gesicht tat, gab Freddy dem Lichtmeister ein Zeichen und hob den Arm.

„Meine Damen und Herren ..."

Viele der Anwesenden wähnten sich nun in einer Varieté-Vorstellung.

„Hiermit präsentiere ich Ihnen ..."

Der Trommelwirbel hielt an.

Mit einem Ruck senkte Freddy den Arm.

Just in dem Moment, als Bogdan den Wirbel mit einem Schlag aufs Becken und die Bass Drum beendete, wurde er vom Spotlight und einigen der großen Bühnenscheinwerfer direkt angeleuchtet.

„... den Mörder von Ulli Kanderske! Herrn Bogdan Kobusinski!"

Ein lautes, erstauntes Raunen ging durchs Publikum.

Bogdan saß mit völlig konsterniertem Gesichtsausdruck hinter seinem Schlagzeug, während Freddy mit ausgestrecktem Arm auf ihn zeigte.

Im nächsten Moment herrschte wieder atemlose Stille. Was würde als Nächstes geschehen?

Nach einer Pause redete Freddy weiter.

„Und damit ist auch das Motiv klar: Eifersucht. Rasende Eifersucht.“

Bogdan machte ein Gesicht wie ein gehetztes Tier. Seine Blicke wanderten von links nach rechts, so als ob er befürchtete, dass seine Häscher ihn umzingeln würden. Sein Gesichtsausdruck war ein einziges Schuldeingeständnis.

„Was soll das ganze Theater hier?“, schrie er plötzlich und erhob sich hinter seinem Schlagzeug. Über die Overhead-Mikrofone, die über seinen Drums aufgehängt waren, war seine schrille Stimme gut zu hören.

„Red doch nicht solch einen Scheiß! Du kannst nichts von all dem beweisen!“

Er schickte noch eine Salve polnischer Schimpftiraden hinterher. Er verlor mehr und mehr die Fassung.

„Könntest du mir einen Gefallen tun, Bogdan?“, fragte Freddy ihn, nachdem seine Beschimpfungen nachließen.

Der Schlagzeuger sah ihn zugleich verwirrt und hasserfüllt an.

„Könntest du uns vielleicht deine Schuhe zeigen?“

Bogdan reagierte nicht.

„Hab ich mir schon gedacht, dass du nicht kooperieren willst. Na gut, dann sag ich es dem Publikum auch ohne deine Hilfe. Bogdan Kobusinski pflegt seit Jahren bei Live-Auftritten und gelegentlich auch in der Freizeit rote Cowboystiefel mit den Initialen BK zu tragen.“

Freddy kramte in seiner Jacke, zog eine Zeichnung hervor und hielt diese hoch.

„Erkennen Sie die Schuhe auf dieser Zeichnung? Zugegeben, das B und das K sehen etwas verunglückt aus. Das liegt aber daran, dass derjenige, der dieses Bild gemalt hat, gerade erst in die Schule gekommen ist und des Schreibens noch nicht ganz mächtig ist. Aber dazu gleich noch Näheres.“

Er wandte sich Bogdan zu.

„Die Polizei hat dich bei Sichtung der Videobänder der Überwachungskamera nicht identifizieren können. Kein Wunder, du bist ins Krankenhaus durch den Personaleingang gekommen. Dort wurde keine Kamera installiert. Karin und ich haben herausgefunden, dass du Magdalena des Öfteren an ihrem Arbeitsplatz besucht hast, wenn du Zeit hattest. Ihre Kolleginnen haben uns bestätigt, dass du dabei immer durch den Personaleingang geschlüpft bist. Möglicherweise hattest du schon einen Verdacht, als du am Abend zuvor bemerkt hast, wie liebevoll sich Magdalena um Ulli gekümmert hat. Ich nehme an, du bist ihr dann unauffällig gefolgt, als sie Ulli auf seinem Zimmer besucht hat. Dabei hast du sicherlich darauf geachtet, dass dich auch sonst niemand bemerkt. Schließlich hattest du den Beweis für Magdalenas Untreue, womöglich hast du die beiden belauscht. Als sie Ulli, ohne dich zu bemerken, verließ, war die Gelegenheit günstig, sich deines Nebenbuhlers zu entledigen. Ullis Zimmergenosse war ein dementer alter Mann, auf dessen Aussage man sich nicht verlassen konnte. Es war auch kein Problem, den geschwächten Ulli, ohne irgendwelchen Lärm zu verursachen, mit dem Kissen zu ersticken. Du warst dir sicher, dass dich niemand damit in Verbindung bringen würde, weil es praktisch keine Zeugen gab und du auch keine Spuren hinterlassen hast, abgesehen von Faserspuren einer Jacke, die du inzwischen sicherlich entsorgt hast."

Freddy machte eine Pause und genoss noch einmal die atemlose Spannung, die er hervorgerufen hatte. Zu gerne hätte er jetzt Peppelinskis und Beins Gesichter gesehen.

„Aber du hast etwas übersehen oder besser gesagt, du hast *jemanden* übersehen."

Er hielt das Bild erneut hoch.

„Dieses Bild hat der kleine Junge gemalt, der Ullis Handy bekommen hat. Er hatte sich unter dem Bett seines Großvaters versteckt. Warum er das tat, ist jetzt egal. Er konnte zwar dein Gesicht nicht sehen, aber deine Schuhe beschreiben und hat diese für Karin und mich gemalt."

Bogdan lachte heiser und schrill.

„Das beweist gar nichts und schon gar nicht, dass ich Ulli ermordet habe."

„Das ist noch nicht alles", ließ sich Freddy nicht beirren.

„Der Junge hörte, dass jemand etwas zu seinem Großvater sagte, verstand es aber nicht. Kein Wunder, es war Polnisch. Aber wie es halt Kinder so tun, hat er währenddessen mit dem Handy herumgespielt und wie auch immer die Videofunktion aktiviert. Er hat zwar nur den Fußboden gefilmt, aber inzwischen gibt es ja den Tonfilm."

Er nahm erneut das Handy zur Hand, drückte einige Tasten und hielt es vor das Mikrofon. Nach anfänglichem Geraschel war die

Stimme des kranken Großvaters zu hören, der jemanden nach der Zeitung fragte. Dieser Jemand antwortete in polnischer Sprache.

„Würdest du so nett sein, uns dies zu übersetzen?“, wandte sich Freddy an den Beschuldigten.

Bogdan hatte die Gesichtsfarbe verloren und zitterte am ganzen Körper.

„Ich seh schon, du magst nicht. Kein Problem. Wir haben bereits eine polnische Kollegin von mir um Übersetzung gebeten. Demnach sagtest du: *Lass mich in Ruhe, alter Mann! Ich muss jetzt diesem Bastard Kanderske das Lebenslicht ausblasen. Keiner vögelt ungestraft mit meiner Frau ...*“

Im selben Moment hörte er unmittelbar vor der Bühne ein Kreischen. Es war Magdalena. In Windeseile erklomm sie die Bühne und rannte immer noch kreischend und mit erhobenen Fäusten auf Bogdan zu, wobei sie etwas auf Polnisch schrie, gleich gefolgt von der deutschen Übersetzung: „Du hast ihn umgebracht, du Schwein!“

Mit beiden Fäusten hämmerte sie auf Bogdan ein, der die Arme zum Schutz um seinen Kopf gelegt hatte. Im nächsten Moment gab er seine Abwehrhaltung auf, packte Magdalena bei den Armen und schleuderte sie vom Schlagzeugpodest aus über die halbe Bühne, wo sie schließlich wimmernd liegen blieb.

„Du Hure!“, schrie Bogdan ihr völlig außer sich hinterher.

Während Freddy den Eindruck gewann, sich in einem Shakespeare'schen Drama zu befinden, sah er, wie Bogdan einen seiner goldfarbenen Drumsticks, die er seit einiger Zeit mit sich führte, zur Hand nahm.

Mit einem Ruck zog er daran und ein spitzer Metallstab kam zum Vorschein.

Ehe Freddy seine Überraschung verarbeiten und reagieren konnte, stürmte der Pole auf ihn zu, umschlang mit einem Arm seinen Hals und drückte ihm mit dem anderen die Spitze des Metalls an die Schläfe.

Viele im Publikum schrien auf.

„Praktisch, diese Werbegeschenke der Musikhäuser!“, schrie Bogdan wie von Sinnen ins Mikrofon. „Ruckzuck wird aus einem Drumstick ein super Grillspieß. Und ruckzuck werde ich diese Drecksau abstechen, wenn hier nicht in einer Stunde ein vollgetanktes Auto mit hunderttausend Euro in bar vor der Bühne steht!“

„Seien Sie doch vernünftig und lassen Sie den Mann los!“

Es war Peppelinskis Stimme. Er stand direkt vor der Bühne.

Freddy brach der Schweiß aus. Verdammt, damit hatte er nicht gerechnet! Er spürte, wie Bogdan die Spitze des Grillspießes jetzt an seine Halsschlagader hielt. Die Haut daneben war schon leicht eingeritzt, er spürte einen Tropfen warmen Blutes hinunter laufen.

„Haben Sie nicht gehört? Sie lassen jetzt sofort den Mann los!"

Das war Rico Bein. Freddy war sich sicher, dass auch Stasi-Methoden nicht zum Erfolg führen würden.

„Einen Dreck werde ich!", hörte er Bogdan sagen. „Entweder meine Forderungen werden erfüllt oder der Typ hier stirbt."

Er sah sich um und zerrte Freddy plötzlich zu einem der Metallgerüste, die das Bühnendach stützten.

„Rauf da!", befahl er.

„Bist du bescheuert?"

„Schnauze! Du gehst jetzt da rauf. Und keine Tricks!"

Sie kletterten zu beiden Seiten des Gerüstes hinauf, wobei Bogdan ein wenig unterhalb von Freddy blieb. Den Spieß hatte er jetzt nicht mehr direkt an seinem Hals, aber der Schlagzeuger pikste ihm zur Warnung ständig in die Beine. Je höher sie stiegen, umso riskanter wurde es für Freddy, abzustürzen. Er fand keine Gelegenheit, Bogdan mit einem beherzten Tritt hinunterzustoßen.

Schließlich waren sie oben angekommen und balancierten mehr schlecht als recht auf dem Quergestänge.

Bogdan hatte offensichtlich weniger Mühe, das Gleichgewicht zu halten. Freddy zitterten die Knie, außerdem ließ es sich sein Widersacher auch jetzt nicht nehmen, ihn ständig und widerlich grinsend mit dem Spieß zu traktieren. Offensichtlich machte es ihm Spaß. Diese sadistische Ader war Freddy bisher noch gar nicht an ihm aufgefallen.

„Hör auf mit dem Mist!"

Freddy ging in die Hocke und hielt sich mit einer Hand am Gerüst fest.

„Das hast du dir alles selber eingebrockt. Warum konntest du dich nicht damit zufrieden geben, deine Gitarre wiedergefunden zu haben? Irgendwann hätte sich niemand mehr für Ullis Tod interessiert. Irgendwann wäre Gras über die Sache gewachsen und alles wieder gut gewesen. Aber nein! Der Herr musste ja den Detektiv spielen. Jetzt muss du auch mit den Folgen leben!"

In diesem Moment wurde das Spotlight auf beide gerichtet. Sie wurden geblendet.

Bogdan hielt die Hand vor Augen.

„Licht aus!“, schrie er.

„Macht das Licht aus oder ich steche ihn ab!“

Er begann erneut Freddy in Arme und Beine zu stechen. Dieser versuchte ihm auszuweichen, wobei er die Hand vom Gerüst nahm und sich leicht aufrichtete. Er schwankte bedenklich. Lange würde er sich nicht mehr halten können.

„Macht das verdammte Licht aus!“, brüllte Bogdan außer sich, während Freddy es schaffte sich wieder mit einer Hand festzuhalten.

Just in dem Moment, als er den Schuss hörte, hatte Bogdan aufgehört auf ihn einzustechen.

Er sah, wie sich der Pole mit der freien Hand das linke Bein hielt, aus dem in Fontänen das Blut schoss. Sein überraschter und zugleich panischer Gesichtsausdruck ließ erkennen, dass sich das Blatt gewendet hatte. Das Bein knickte ihm weg und er verlor das Gleichgewicht, als er Freddy mit einem letzten vorwurfsvollen Blick ansah.

Ihr alter Besitzer hatte sie wieder zurückgeholt.
Welch ein Jammer!
Was würde jetzt geschehen?
Sowohl er als auch ihr letzter Herr hatten sie weggesperrt,
wollten ihre Schönheit und Eleganz mit niemandem teilen.
Würde sie jemals aus diesem
Dornröschenschlaf erweckt werden?
Würde sie sich jemals vor Publikum
mit anderen Schönheiten ihresgleichen
präsentieren können?
Doch was war das?
Ihr Herr nahm sie sanft auf
und verbarg sie in einem schützenden Koffer.
Wollte er sie etwa heute ausführen?

Kapitel 17

Auch das nächste Streichholz war ausgegangen. Es war einfach zu windig. Freddy seufzte. Im nächsten Moment stand Salih neben ihm und hielt ihm ein sündhaft teuer anmutendes Benzinfeuerzeug unter die Nase. Als Freddy seine schützenden Hände mit der Zigarette im Mund davor hielt, flammte es derart auf, dass es ihm fast die Nasenhaare weggebrannt hätte. Er wich zunächst zurück, bevor er die Zigarette anzündete.

Sein Nervenkostüm hatte in letzter Zeit stark gelitten. Seit den Vorkommnissen vor dem Musiktheater war sein Zigarettenkonsum wieder gestiegen. Dabei hatte er sich vorgenommen aufzuhören.

Und dann diese lästigen Reporter, die ihn auch jetzt wieder vor dem Haupteingang des Landgerichts Bochum bedrängten.

„Herr Spieker, wie ist Ihr Kommentar zu dem heute ergangenen Urteil?“, fragte jemand vom Privatfernsehen und hielt ihm ein Mikrofon mit dem Logo des Senders vors Gesicht. Die Kollegen der Konkurrenzsender taten es ihm gleich, sodass sich Freddy im Nu einer ganzen Armada von Mikros gegenübersah, gleich dahinter die Berichterstatter und Kameramänner, die ganz ungeniert ihre Ellenbogen einsetzten, um sich Platz zu verschaffen.

„Mein Mandant hat nichts zu sagen.“

Salih drängte sich dazwischen und schob die Journalisten beiseite.

„Wir werden das Urteil akzeptieren, weil wir denken, dass das Gericht alle Tatbestände, die strafmildernd in Betracht kamen, in ausreichendem Maße berücksichtigt hat. Außerdem möchte mein Mandant endlich einen Schlussstrich unter die Angelegenheit ziehen. Sie haben daher sicherlich Verständnis dafür, dass wir keine weiteren Kommentare mehr abgeben möchten. Es ist alles gesagt.“

Widerwillig trollten sich die Reporter. Der eine oder andere stellte zwar noch eine Frage, die jedoch unbeantwortet blieb.

„Zwei Jahre auf Bewährung, ein Jahr die Fleppe weg, ein Anti-

Gewalt-Training, ein paar Sozialstunden in der Kita und fünftausend Euro Geldstrafe. Na ja, die Schadensersatz- und Schmerzensgeldansprüche kommen noch auf uns zu, aber das Ärgste haben wir hinter uns gebracht."

Salih nickte zufrieden.

„Geht doch! Hätte schlimmer kommen können."

„Findest du? Mir reicht's."

„Na, hör mal! Vergiss mal das Urteil. Ich glaube, du kannst froh sein, dass du mit dem Leben davon gekommen bist. Einen Sturz vom Bühnendach hättest du wahrscheinlich auch nicht überlebt. Vielleicht wäre dein Abgang aber nicht ganz so blutig ausgegangen."

In dieser Beziehung hatte Salih Recht. Nachdem Bogdan hinuntergestürzt war, hatte sich Freddy niedergehockt und krampfhaft am Bühnengerüst festgehalten. Er war nicht schwindelfrei, sodass er kaum gewagt hatte, nach unten zu blicken. Er hatte nur ansatzweise sehen können, wie Karin die Beretta senkte.

Seine Beretta!

Kurz darauf hatte er ein widerliches Geräusch gehört, so als ob eine mehrere Zentner schwere Melone auf dem harten Boden auseinanderplatzen würde, begleitet von einem hysterischen Aufschrei insbesondere der weiblichen Zuschauerschaft.

Verdammt, die Beretta! Wie konnte er Idiot sie nur vergessen! Er erinnerte sich daran, dass er sie, nachdem er Anjas Leiche entdeckt hatte und die Polizei angerückt war, in Karins Wagen versteckt hatte. Karin muss sie dann wohl zufällig gefunden haben, ohne ihm davon etwas zu sagen.

Noch auf dem Bühnendach hockend, hatte er sich heftige Vorwürfe wegen seiner Nachlässigkeit gemacht. Ebenso so sauer war er auch auf Karin gewesen. Sie hatte sich damit in Gefahr gebracht. Offensichtlich hatte sie von Anfang an vor, Ullis Mörder mit der Pistole umzulegen. Oder hatte sie das Gleiche etwa auch mit Magdalena vor? Als Freddy sie später danach fragte, lächelte sie nur und gab ihm einen Kuss.

Glücklicherweise kam es aufgrund des Schusses auf Bogdan nicht zu einer Anklage, da die Staatsanwaltschaft in diesem besonderen Fall von Nothilfe ausging. Dass es sich um eine illegale Waffe handelte, war zwar noch ein Problem, aber Karin behauptete zu Freddys Schutz, dass sie die Beretta erst kürzlich im Kleiderschrank des ermordeten Ulli entdeckt hatte und just an diesem Abend der Polizei übergeben wollte. Zwar glaubten ihr Peppelinski und Bein kein Wort, aber das Gegenteil konnten sie ihr nicht beweisen und Ulli konnten sie nicht mehr befragen.

Letztlich war Freddy nicht nur froh, dass Karin so zielsicher gewesen war, sondern dass der Anklagepunkt des unerlaubten Waffenbesitzes bei ihm nicht auch noch hinzugekommen war. Sonst wäre es wohl nicht mehr bei einer Bewährungsstrafe geblieben.

Glücklicherweise war die Feuerwehr schnell vor Ort gewesen und hatte ihn per Leiter vom Bühnendach heruntergeholt. Als er mit schlotternden Knien unten angekommen war, war die inzwischen entwaffnete Karin auf ihn zugestürmt und ihm wortlos, aber schluchzend um den Hals gefallen. Die Vorwürfe, die er ihr noch gerade machen wollte, hatte er hinuntergeschluckt. In diesem Moment war er nur froh gewesen, alles überstanden zu haben. Er hatte zwar mit der öffentlichen Präsentation des Mörders ein spektakuläres Show-Event geplant, aber nicht mit einem solch dramatischen Ende gerechnet.

„Die Leiche von dem Typen sah echt widerlich aus“, riss ihn Salih aus seinen Gedanken. Der Anwalt schüttelte sich.

Auch dieses Bild hatte sich in Freddys Gedächtnis eingebrannt. Als er sich aus Karins Umarmung gelöst hatte, hatte er gerade noch gesehen, wie ein Polizist Bogdans Leiche mit einem weißen Tuch abdeckte. Er hatte mit dem Kopf nach unten in einer riesigen Blutlache gelegen, seltsam verformt. Der umfunktionierte Grillspieß war ihm mitten durch die Brust gedrungen und ragte aus seinem Rücken heraus, als ob er sicherstellen wollte, dass dieser Sturz absolut tödlich endet.

Freddy nahm einen tiefen Zigarettenzug und blies den Rauch langsam aus, wie um das Bild des toten Bogdan zu vernebeln.

Im nächsten Moment sah er Karin aus der Tür kommen.

Sie umarmte und küsste ihn.

Vor Ullis Ermordung hatte er sich nicht vorstellen können, dass die beiden mal ein Paar werden könnten. Die letzten Monate hatten sie derart zusammengeschweißt, dass aus einer Freundschaft mehr geworden war. Dazu hatte beigetragen, dass Karins Gefühle für den toten Ulli von ihrer Enttäuschung über die heimliche Affäre mit Magdalena überlagert wurden. Zu Freddy hatte sie unbegrenztes Vertrauen. Für ihn war sie seine Lebensretterin, nicht nur wegen des Schusses auf Bogdan, sondern auch, weil er ohne ihre Unterstützung sein Ziel nie erreicht hätte.

Als sie sich nach der Rettungsaktion der Feuerwehr noch vor der Bühne in den Armen gelegen hatten, hatte Freddy im Hintergrund Elke gesehen, die ihn mit einem seltsam enttäuschten Gesichtsausdruck ansah und kurz darauf verschwunden war. Auch als sie ihn wenige Tage später anrief, schwang etwas in ihrer Stimme mit, dass er nur als Enttäuschung und Eifersucht deuten konnte.

Unschlüssig standen sie nun vor dem Gericht und beobachteten, wie sich die Pressevertreter in alle Winde zerstreuten.

In diesem Moment hielt ein Streifenwagen vor Ihnen.

„Hey, Superstar! Kann ich mal ’n Autogramm haben?“

Es war Hasso, der sich aus dem Fenster lehnte und ihm lachend Stift und Zettel entgegenhielt.

„Von wegen“, grinste Freddy. „Und am Ende vertickst du es bei Ebay für ’nen Haufen Kohle.“

„Na, komm schon. Ist für meine Tochter. Sie lässt übrigens fragen, wann dein nächster Film ins Fernsehen kommt. Außerdem will sie wissen, wann endlich dein *BRAVO*-Starschnitt erscheint.“

„Red keinen Scheiß! Das ist doch alter Mist aus den Siebzigern.“

Hasso hielt ihm noch immer den Zettel hin.

„Also gut! Aber nur, wenn du mit Bodo heute Abend zur Blues-Session kommst. Wer weiß, vielleicht brauche ich ja wieder Polizeischutz.“

Kurz bevor Fritz Krause die Bühne betreten wollte, um die heutige Blues-Session anzumoderieren, erschienen zwei Typen in der Eingangstür, mit denen er heute eigentlich nicht mehr gerechnet hatte. Was wollten die denn schon wieder hier? Die Verbrechen waren doch inzwischen aufgeklärt.

Während er noch darüber nachdachte, sah er kurz darauf auch Freddy und Karin hereinkommen, jeweils mit einem Gitarrenkoffer bestückt. Auch sie wunderten sich, als sie die unerwarteten Gäste erblickten. Einer der beiden kam direkt auf sie zu. Freddys Miene verfinsterte sich.

„Keine Angst! Ich habe keine Fragen mehr an Sie. Wir sind nur gekommen, weil wir ihre Musik inzwischen doch ganz schmissig finden."

Freddys Augenbrauen wanderten nach oben. Hatten diese Vokabel nicht früher seine Eltern benutzt, wenn sie die Musik von Max Greger beschrieben haben?

„Na so was, Herr *Ober*kommissar ..."

Peppelinskis Gesicht hellte sich auf. Endlich nannte Freddy Spieker die richtige Dienstbezeichnung.

„Dann haben Sie ja doch noch etwas Positives aus der Sache mitnehmen können."

Das Lächeln auf dem Gesicht des Polizisten verschwand sofort wieder. Wie hatte er das nun wieder gemeint? Er und Bein hatten sich eine Menge Spott ihrer Kollegen und Vorwürfe ihrer Vorgesetzten anhören müssen, weil sie nicht in der Lage gewesen waren, die Morde aufzuklären und sich von einem Amateur wie diesem Freddy Spieker hatten vorführen lassen müssen.

„Nein, im Ernst. Ich find's gut, dass der Blues wieder neue Fans gefunden hat", ergänzte Freddy versöhnlich, als er Peppelinskis Verstimmung bemerkte. Ein Seitenblick auf Rico Bein ließ ihn jedoch an seiner Aussage zweifeln. Dieser Typ starrte ihn immer noch so an, als wolle er ihn gleich verhaften. Wahrscheinlich war er nur mitgekommen, weil sein Chef es so vorgeschlagen hatte.

„Sie sind doch rein privat hier, oder?", fragte er vorsichtshalber.

„Natürlich!"

Peppelinski versuchte zu lächeln. Es misslang.

„Wir hoffen, dass Sie heute wieder eine gute Show präsentieren, besser ohne solch ein dramatisches Finale wie zuletzt. Aber ich denke, Ihre Detektivtätigkeit haben Sie jetzt für immer beendet."

Er nickte ihm nochmals zu und wandte sich ab, um sich einen Sitzplatz zu suchen.

Über Peppelinskis letzte Worte musste Freddy einen Moment lang nachdenken. Bodo und Hasso hatten letztens auch schon so eine Bemerkung gemacht, dass er offensichtlich nicht nur ein Talent zum Bassspielen habe.

„Freddy! Super, dass du wieder dabei bist!"

Ella Dörmann begrüßte ihn mit offenen Armen und riss ihn aus seinen Gedanken. Sie und Ihr Mann Horst hatten bei Wolfhard eine Amnestie für ihn erwirkt.

Während er mit Ella Dörmann munter plauderte, sah er den Wirt des *Kultur-Cafés* wie immer mit grimmiger Miene hinter dem Tresen

Gläser polieren. Skeptisch wurde er von diesem taxiert. Auch hier hielt er sich offensichtlich nur zur Bewährung auf.

Nachdem ihn Fritz Krause fast euphorisch wieder im Kreise der Blues-Familie willkommen geheißen hatte, spielte eine ihm unbekannte Blues-Gruppe aus dem Sauerland auf. Freddy bemerkte durch Seitenblicke, dass die Musiker ihn als „Stargast“ wohl besonders beeindrucken wollten, was ihnen jedoch nicht gelang. Als sie geendet hatten und Fritz die „Open stage“ einläutete, ertönten plötzlich „Freddy! Freddy!“- Rufe aus dem Publikum. So viel Anerkennung war ihm schon fast peinlich. Sollten doch erst mal andere spielen!

Doch niemand betrat die Bühne. Alle standen plötzlich auf und klatschten im Rhythmus. Hatten die sich etwa abgesprochen?

„Na, zier dich nicht so!“, forderte ihn Karin auf und zupfte ihn am Arm. „Jetzt bist du da, wo du hin wolltest. Dann genieß es auch!“

Freddy gab sich einen Ruck, schnappte sich einen der Gitarrenkoffer und betrat unter dem Jubel der Zuschauer die Bühne. Wie selbstverständlich gesellte sich Mike dazu und zückte eine Mundharmonika.

„Sie gestatten doch, Majestät, dass ich Sie begleite?“, schmunzelte er und verbeugte sich dabei.

Freddy nahm eine aristokratische Haltung ein.

„Dessen muss *er* sich erst noch als würdig erweisen!“

Fritz winkte ihm mit seinen Drumsticks zu, zum Zeichen, dass auch er mit von der Partie war.

„Fehlt nur noch jemand an der Klampfe“, bemerkte Mike sich umsehend.

Während Freddy seinen Bass an den Verstärker anschloss und stimmte, hörte er, wie sich auf der anderen Seite der Bühne eine Diskussion entspann.

„Nein, du kannst doch mit solch einem Schrott aus dem Kaufhaus hier nicht spielen. Das klingt doch Scheiße!“

Fritz machte seinem Ruf als „Blues-Polizist“ mal wieder alle Ehre. Er redete auf einen blutjungen Burschen um die Zwanzig ein, der sich anschickte, seine E-Gitarre an einen der noch freien Verstärker anzuschließen.

„Was soll ich machen! Hab keine Kohle für ein besseres Teil. Aber spielen kann ich schon!“

„Das weiß ich ja auch. Aber dieses Ding ist noch nicht einmal bundrein. Und überhaupt, die Pickups kannste total vergessen.“

Freddy trat hinzu und sah sich das umstrittene Spielgerät an. Fritz hatte recht. Das Ding war aus billigem Holz gefertigt und war höchstens als Spielzeug zu gebrauchen.

„Das ist Tobias“, stellte ihn Fritz vor, während der junge Mann Freddy mit leuchtenden Augen ansah. „Der Bursche ist echt talentiert, aber letztens ist er schon mal mit dieser umfunktionierten Holzlatte aufgetaucht. Der Sound ist so beschissen, da kann auch der beste Amp nichts mehr retten.“

Freddy kratzte sich nachdenklich am Kinn.

„Ich glaube, ich kann helfen“, meinte er, winkte Karin heran und flüsterte ihr etwas ins Ohr, woraufhin sie ihm den zweiten Gitarrenkoffer brachte.

Er legte ihn auf den Boden und öffnete ihn.

„Probier’s mal mit dieser!“, forderte er Tobias auf, während er ihm *Lucille* entgegenhielt.

Dem jungen Mann entfuhr ein andächtiges „Wow!“, während er die Gitarre in die Hände nahm, als sei sie ein rohes Ei.

Auch Fritz staunte nicht schlecht.

„Aber das ist doch ...“

„Genau, das ist die berühmte *Lucille*, für die ein Donald Berger gemordet hat und ich wette, er ist nicht der einzige auf diesem Planeten, der dazu bereit gewesen wäre.“

„Und dieses edle Stück willst du solch einem grünen Jungen anvertrauen?“

„Ich nehme nicht an, dass er sie gleich in Jimi-Hendrix-Manier auf der Bühne verbrennen wird“, antwortete Freddy mit einem Augenzwinkern in Richtung Tobias.

„Außerdem kann ich selbst gar nicht spielen und überhaupt ...“

Er legte die Hand beschwichtigend auf Fritz’ Schulter.

„... soll er das Ding ruhig nehmen. Ist doch nur ’ne Gitarre.“

Danksagung

Lieben Dank an Anja Liedtke, Anja Kloh, meine Schwester Moni und an Julia für ihre kritischen und wertvollen Rezensionen, ohne die ich mich nicht getraut hätte, dieses Buch zu veröffentlichen. Danke auch an meine Beate für ihre Geduld und Unterstützung und an meinen Kumpel Tom, der mich erst zur Musik gebracht hat. Dank auch allen, die mich auf meinem musikalischen Weg begleitet haben. Ohne diese Menschen hätte ich nie die Geschichten erlebt, die mich zu diesem Buch inspiriert haben.

BLUES HARP

Peter Reidegeld, geboren 1960 in Gelsenkirchen und seit Jahren in Bochum wohnhaft, ist hauptberuflich als Diplom-Verwaltungswirt bei der Stadtverwaltung in Gelsenkirchen beschäftigt. In seiner freien Zeit ist er Blues-Musiker und zeitweise Amateur-Schaupieler. Seine jahrelangen Erfahrungen in der Musikszene hat er jetzt in einem spannenden Kriminalroman verarbeitet. Die Ereignisse rund um den eigenwilligen Blues-Bassisten Freddy Spieker sind sein erster Roman.